凶火

Firestarter

［美］斯蒂芬·金 ——————— 著　王扬 ——————— 译

Stephen King

湖南文艺出版社
HUNAN LITERATURE AND ART PUBLISHING HOUSE　博集天卷
CS-BOOKY

献给雪莉 · 杰克逊[1]，

她不动声色就能把人吓得半死。

《邪屋》

《摸彩》

《我们一直住在城堡里》

《日晷》

1.美国小说家，有"哥特小说女王"之称。以下四部作品均是她的代表作。——译者注（除特别说明外，本书脚注均为译者注）

目　录

Contents

燃烧是一种享受。

——雷·布拉德伯里,《华氏451》

一

纽约╲奥尔巴尼

1

"爸爸，我累了。"穿着红短裤绿上衣的小女孩烦躁地说，"我们不能歇会儿吗？"

"还不能，宝贝。"

他块头很大，身形魁梧，穿着一件磨破的灯芯绒夹克和一条棕色的斜纹便裤。他和小女孩手牵手走在纽约第三大道上，脚步很快，几乎一路小跑。他回头看了一眼，绿色的车还在那里，靠着人行道缓慢爬行。

"求你了，爸爸，求你了。"

他望了望她苍白的小脸，和她眼睛下方的黑眼圈，把她抱了起来，让她坐在自己的臂弯里。但他不知道自己还能坚持多久。他很累，而且查莉现在也已经不轻了。

下午五点半，第三大道照例堵得水泄不通。他们正走在第六十街的上半区，这些街道光线暗淡，人烟也相对稀少……但这正是他所害怕的。

他们撞到了一个推着一车东西的女人。"好好看路，多大的人了？"她嘟囔着走开了，消失在拥挤的人群中。

他的胳膊开始发酸，于是换了只手抱查莉。他又朝后看了一眼，绿色的车还在那里，在距离他们半个街区的位置缓缓挪动。前排有两个人，他想，第三个人坐在后排。

现在该怎么办？

他不知道该如何作答。他又疲惫又害怕，无法思考。这种时候面临追捕真不是时候，而那些浑蛋很可能是有意为之。现在他唯一想做的，是坐在脏兮兮的路边，大声喊出自己的沮丧和恐惧。但这不能成为他的答案。他是个成年人，必须要为他们两个人着想。

现在该怎么办？

身上没钱。这可能是最麻烦的一点，除了绿色车上的那些家伙。在纽约，没钱寸步难行。没钱的人在纽约都消失了；他们栽进了下水道，从此没人知道他们的下落。

他再次回头，那辆绿色的车离他们更近了，这让汗珠顺着他的后背和胳膊流下来的速度变得更快了。如果他们已经掌握的内容如他所想——如果他们已经知道他的意念力量已经消耗殆尽——他们随时都有可能把他带走。他们用不着掩人耳目。在纽约，只要事不关己，人们都会选择性失明。他们已经对我做了行踪记录吗？安迪绝望地思索着。如果他们这么做，他们就会知道，那我肯定也就完蛋了。如果他们追踪了我的行踪，就一定已经对我的行为模式了如指掌。每次安迪拿到一些钱，怪事就会停止一段时间。那些他们感兴趣的怪事。

继续走。

好的，老大。没问题，老大。去哪儿？

他中午去了银行，因为他的雷达发出了警报——一个奇怪的预感，那些人再次逼近了。他的钱在银行里，他必须拿到这笔钱，才能和查莉在必要的时候逃走。滑稽吗？他，安迪——安德鲁·麦吉，在纽约化学联合银行里竟然连一美分都没有了。个人支票、商业支票、个人储蓄通通没有了。它们仿佛突然在稀薄的空气中蒸发了。这时他才意识到，他们真的打算结束这个游戏了。所有这一切，只是发生在五个半小时之前吗？

但也许事情还有转机。一线生机。从上一次到现在已经过去快一周了——周四晚上，互助俱乐部的例行聚会上，有一个打算自杀的男人平静而诡异地讲起了海明威是如何自杀的。散会之后，他走上前，随意地搭上那个男人的肩膀，对他动用了自己的意念力量，"推动"了他。现在，他苦涩地盼望自己的付出是值得的，因为目前来看，他和查莉似乎极有可能要为此付出代价。他几乎期望能在那些人身上施加厄运——

但是——不。他放弃了这个想法，并对自己感到恐惧和厌恶。对任何人都不应该有这样的想法。

只要一点点力量就好，他祈祷着。老天啊，只要一点点就好。只要能让我和查莉逃出眼前的困境就行了。

可是老天啊，你要付出怎样的代价……一个月的时间里你都会半死不活，就像电子管爆掉的收音机。也许是六周。或者可能你真的会死掉，已经没用了的脑浆会从你的耳朵里淌出来。查莉怎么办？

他们已经来到了第七十街，眼前灯火通明。车道上川流不息，行人聚集在街角，堵住了道路。他突然意识到这里就是绿色汽车里的人想要把他们带到的地方。他们当然想抓活的，但如果情况有变……好吧，他们可能也已经得到有关查莉的情报了。

也许他们根本就不打算让我们再活着了。也许他们希望可以维持现状。等式出错了该怎么办？抹掉就好了。

一把捅在后背上的刀子，或者一把消音手枪。很可能是更隐秘的手段——针头上的一滴罕见的毒物。在第三大道和第七十街的拐角处，一个男人突然倒地，抽搐。警官，这个人好像心脏病发作了。

他得找到那一点力量，不然只有死路一条。

他们来到街角等着过马路的行人当中。街对面，"不要横穿"的牌子稳稳地伫立着，仿佛足以对抗地老天荒。他回过头去，绿色的汽车已经停了下来，靠近人行道一侧的车门打开，下来了两个穿着西装的男人。他们很年轻，油头粉面，比安迪·麦吉想象的要体面许多。

他开始以肘开路，穿过人群，疯狂地想要找到一辆出租车。

"嘿，伙计——"

"老天，浑蛋！"

"不好意思，先生，你踩到我的狗——"

"抱歉……抱歉……"安迪不顾一切挤过人群，嘴里不停地念叨着。他想打车，却不见出租车的踪影。除了现在，大街上始终到处都是出租车。他能感到那些从绿色汽车里走出来的人正在向他逼近，想伸手抓住他和查莉，把他们带到天知道什么地方，带去"商店"，那个垃圾的地方，或者更糟的——

查莉把头靠在他的肩膀上，打了个哈欠。

安迪看到了一辆空出租车。

"出租车！出租车！"他大声喊道，空着的那只手疯狂挥舞。

在他身后，那两个人不再装模作样，径直向他跑来。

出租车停了下来。

"站住！"其中一个年轻男人嚷道，"警察！警察！"

路口人群的后方，一个女人尖叫起来，人群开始四散。

安迪打开出租车后门，把查莉放进去，然后自己也钻进了车里。"拉瓜迪亚机场，快走！"他说。

"别动，出租车。警察！"

司机朝那声音转过头去，安迪动用了他的力量——很轻柔。仿佛有一把匕首插进了安迪的前额正中，然后很快被抽走，只留下模糊的痛感，像是早晨起床时的略微不适——不良睡姿带来的后遗症。

"我想他们在追那个戴方格帽的黑人。"他对司机说。

"是的。"司机说，然后平静地把车从路边开走，沿第七十街向东驶去。

安迪回头看了一眼。那两个年轻人正站在路边，其他行人离他们很远，都不想惹事。其中一个取下腰上的对讲机，讲了几句话，然后两个人便走开了。

"那个黑人,"司机说,"干啥了?抢人家店了?你知道不?"

"我也不知道。"安迪说,他正在努力思考如何在动用最小意念力量的情况下最大限度地"推动"这位司机。他们记下出租车的车牌号了吗?他必须假设他们已经记下了。但他们不会去找市警局或州警局。而且至少在一段时间内,他们会不知所措。

"他们都是些毒虫,城市里的黑鬼。"司机说,"都不用你说,我跟你说。"

查莉快要睡着了。安迪脱下自己的灯芯绒夹克,叠起来,塞到她脑袋下面。他开始觉得有了一线希望。只要他办法得当,也许还有戏。幸运女神给他送了一个他万分渴求(没有任何恶意)的软柿子。他看上去是那种很容易被彻底操控的人:白人(出于某些原因,东方人最难对付);相当年轻(老人几乎不可能被控制);智力中等(聪明人最容易被控制,蠢人要困难些,智力低下的人不可能被操控)。

"我改变主意了,"安迪说,"麻烦带我们去奥尔巴尼吧。"

"哪儿?"司机通过后视镜盯着他,"兄弟,我不能去奥尔巴尼。你疯了吗?"

安迪掏出钱包,里面有一张一美元的钞票。谢天谢地这辆车没有防弹隔板,让司机只能跟乘客通过递钱口接触。开放式的环境可以让操纵变得更容易。他不知道这是否跟心理学有关,不过具体原因现在无关紧要。

"我要给你一张五百美元的大票。"安迪平静地说,"带我和我的女儿去奥尔巴尼,好吗?"

"老天——先生……"

安迪把钞票塞进司机手里。当司机低下头看时,安迪发动了自己的力量……用了全力。有一瞬间,他担心它会不起作用,在让司机看到那个并不存在的方格帽黑人之前,他就已经把这力量用光了。

接着那感觉又来了——那把钢质匕首带来的剧痛,一如往常。与此同时，他的胃似乎猛地向下一沉，五脏六腑突然搅在一起，令他痛苦万分。他用一只手颤抖着捂住自己的脸，感觉自己就要吐出来了……或者死掉。就在那一刻，他希望生命就此结束，就像以前他滥用这种力量时一样。物尽其用，但勿滥用。很久以前的一个电台音乐节目主持人的招牌结束语突然在他的脑海中回响，只是他想不起来那个主持人说的是什么了。如果这时候有人往他手里塞一把手枪——

然后他瞥了一眼旁边的查莉。查莉已经睡熟了；查莉相信他能解决眼前的麻烦，就像以前遇到其他麻烦时一样；查莉知道，当自己醒来时，他一定会在她身边。没错，所有的麻烦他都能解决，只是这些麻烦都一样，都他妈是一样的麻烦，而他们每次解决的方式都是逃跑。深深的绝望压得他无力思考。

感觉退去了……但头痛依旧。头会越来越疼，仿佛猛烈的重击随着每一次脉搏，将剧烈的疼痛送进他的脑袋和脖子当中。明亮的光线令他泪流不止，穿透眼睛，伴随着剧痛直达眼底。他的鼻窦会闭合，只能靠嘴巴来呼吸。太阳穴仿佛被扎进了一颗钻头。微小的声音被放大，而普通的声音变成了像低音炮般的轰鸣，更大的声音则完全无法忍受。头会越来越疼，像被套进刑讯逼供用的夹板。然后痛感会在某个水平上持续六小时，也可能是八或十小时。他不知道这次会持续多久。他从没在自己力量快用尽时还如此用力地使用它。无论头痛持续多久，他都无计可施。只有查莉会照顾他。天知道，她以前就这么做过……但他们一直很走运。他们还能走运多久呢？

"唉，先生，我不知道——"

这意味着司机觉得可能会有法律上的麻烦。

"只要你不跟我的小女儿说，这钱就归你。"安迪说，"过去两周她一直跟我在一起，明天早上她就得回她妈妈那边去了。"

"探视权，"司机说，"我明白。"

"对吧，我本该送她上飞机的。"

"去奥尔巴尼？打算去欧扎克是吧？"

"没错，但问题是我不敢坐飞机。我知道这听起来不像话，但千真万确。通常我都是开车送她回去的，但这次我前妻开始嘲笑我，而且……我不知道。"实际上，安迪确实不知道该怎么编了。凭着一时冲动，他编了这个故事，而现在它似乎正在走向死胡同。他已经筋疲力尽了。

"所以你想让我送你去老奥尔巴尼机场，让她妈妈觉得你是坐飞机过去的，对吧？"

"没错。"他头痛欲裂。

"而且还让那女人知道你不是个尿瓜，我说的对不？"

"没错。"尿瓜？什么意思？

痛得更厉害了。

"花五百美元免坐一次飞机。"司机自言自语。

"对我来说值了。"安迪说，同时用上了最后的力气。他的声音非常微弱，几乎是贴着司机的耳朵说话。他补充道："对你也值了。"

"听着，"司机的声音有些飘忽，"我犯不着跟五百美元过不去，我跟你说实话。"

"那就好。"安迪说，然后靠在座椅上。司机心满意足，毫不怀疑安迪漏洞百出的故事。他也毫不怀疑为什么一个七岁的小女孩十月份不去上学，而是来到这边跟爸爸一起生活了两周；为什么这两个人一点行李都没有。他什么都不怀疑，他被控制了。

而安迪正在为此付出代价。

他把手放在查莉的腿上。小姑娘很快就睡着了。整个下午他们都在赶路。安迪把她从二年级的课堂上带出来，用的是一个现在已经快想不起来的借口……奶奶病得很厉害……叫她回家……很抱歉没上完课就得把她带走。做完这些让安迪大大地松了口气。他最怕的是在米什金太太的班级里，看到查莉的座位上空空如也，书本整齐地摆在课桌里：不，麦吉先生，……两小时前她就跟你的朋友们走了……他们拿了张你写的字条……没出什么事吧？有关薇姬的记忆涌上心头，那天，那个空荡荡的房子所带来的恐怖再次笼罩了他。他疯狂地担心查莉，因为他们之前就曾经抓住过她。没错。

不过查莉还在教室里。多惊险啊，他大概只比他们早到了半个小时？还是十五分钟？甚至可能是前后脚？他不想细想。中午晚些时候，他们在内森餐厅吃了个午晚餐，然后下午的大部分时间都在赶路——安迪现在可以承认自己当时慌到不行——坐地铁，换公交，但大部分时间都是步行。现在她已经累得睡着了。

安迪盯着她看了许久，眼神里充满爱意。她的头发齐肩，是完美无瑕的金色，睡着的她有一种平静之美。她跟薇姬很像，这让他再次心痛。他闭上了眼睛。

在前面，出租车司机惊奇地盯着那人给他的五百美元大票。他把钞票塞进腰带上专门用来装小费的口袋里。他不觉得坐在后面的这个带着一个小女孩在纽约四处游荡、身上还带着一张五百美元钞票的人有什么奇怪的。他也没想自己要怎样跟调度员协调这件事。他心里想的只有自己的女朋友葛琳会有多兴奋。葛琳一直跟他说开出租是个很无聊的职业，还赚不到多少钱。嗯哼，那就让她瞧瞧这张无聊的、不值多少钱的大票吧。

安迪闭上眼睛，仰头坐在后排的座位上。头痛一阵一阵袭来，就像送葬队伍里突然出现了一匹无人驾驭的黑马，在东奔西窜。他几乎可以听见自己的太阳穴里传来马蹄声：咚……咚……咚……

他们在逃亡。他和查莉。他今年三十四岁。直到去年，他还是俄亥俄州哈里森州立学院的一名英语讲师。哈里森是一座平静的大学城。和气的老哈里森位于美国的正中央。和气的老安迪·麦吉，一个善良、正直的年轻人。还记得那个冷笑话吗？为什么人们说庄稼汉顶天立地？因为他总是面朝黄土背朝天。

咚，咚，咚，无人驾驭、红着眼睛的黑马，在他的脑袋里狂奔不止，蹄子掀起了灰色的脑浆，留下神秘的血红色新月形蹄印。

出租车司机是个软柿子。没错。一位称职的司机。

困意袭来，他看着查莉的脸。查莉变成了薇姬。

安迪·麦吉，还有他的妻子，漂亮的薇姬。他们把她的指甲拔下来，一个接一个。拔到第四个，她开口了。至少他是这样推测的。拇指、食指、中指、无名指。然后：停止。我告诉你们，你们想知道什么我都告诉你们。别伤害我了。求你们了。于是她都说了。然后……也许是个意外……然后他的妻子就死了。是啊，有些东西比我们两个更加强大，还有些东西是我们所有人都无力抗拒的。

比如"商店"。

咚，咚，咚，无人驾驭的黑马奔腾着，横冲直撞，漫无目的：看啊，一匹黑马。

安迪睡着了。

然后想起来了。

2

负责这个实验的是万利斯博士。他又胖又秃，而且拥有至少一个古怪的习惯。

"我们要对你们这十二位年轻的女士和先生每人进行一次注射。"他一边说，一边把一根烟在眼前的烟灰缸里撕碎。他用自己粉色的小手指摆弄着薄薄的烟纸，捻出里面整齐的细小的金棕色烟丝。"其中六针是清水，另外六针是含少量化合物的水溶液，我们称之为'第六批'。这种化合物的确切性质尚须保密，但它本质上是一种安眠药和无害的致幻剂。所以你们该了解这种化合物将采用双盲法来注射测试……也就是说，你们和我们都不知道谁注射了何种注射剂，只有到事后才知道。在注射后的四十八小时内，你们将受到严密监控。有问题吗？"

有几个人提出了问题，大多和"第六批"的确切成分有关——"保密"这个词就像把追踪犬放在罪犯逃跑的路径上。万利斯教授巧妙地避开了这些问题。没有人问二十二岁的安迪·麦吉最感兴趣的事。在哈里森大学的综合心理学与社会学教学楼几乎空旷无人的演讲大厅里，安迪·麦吉正在犹豫要不要举手提出自己的疑问：你为什么要把一根好端端的香烟弄碎呢？不过最好还是不要这么做。在这种无聊的时刻，最好还是让自己的想象力信马由缰。他可能想戒烟。他可能喜欢用嘴嚼，或是肛门服用（这个想法让安迪脸上浮起笑意，他赶忙用手捂住嘴巴）。或者万利斯的弟弟死于肺癌，他这么做是想用象征性的方式宣泄自己对烟草工业的愤恨。再或者这只是大学教授们觉得自己可以进行炫耀而非压抑的不自觉习惯。在哈里森上大二那年，安迪有一个英文讲师（他现在已经退休了，真让人安心）在讲威廉·迪恩·豪威尔斯和现实主义的兴起时，一直不停地闻自己的领带。

"如果没有其他问题了，请你们填写这些表格，我们应该会在下周二九点再见面。"

两名研究生助手把印着二十五个荒谬问题的表格发了下去，需要回答"是"或"否"。第八题：你曾经接受过心理咨询吗？第十四题：你是否相信自己曾经有过真实的通灵体验？第十八题：你是否曾使用过致幻剂？稍做考虑后，安迪对最后这个问题选了"否"。不过他想的却是，在这个英勇无畏的一九六九年，有谁会没用过这玩意？

让他来这里参加实验的是昆西·特里蒙特，跟他合租的大学同学。昆西知道当时安迪手头并不宽裕。那是一个五月，安迪上大四，即将以全系第四十（共五百零六人）、英语第三的成绩毕业。但成绩换不来饭票，他对主修心理学专业的昆西说。他已经申请了自秋季学期开始的研究生助理岗位，再加上一笔奖学金贷款，可以勉强维持生活，同时继续在哈里森的研究生学业。但这是秋天的计划，现在是夏天，他已经囊中羞涩了。到目前为止，他有希望获得的最好职位，是阿科加油站的夜班加油工，这工作需要极大的责任心，还要面对各种意外状况。

"有个能很快就赚两百美元的活，你有兴趣吗？"昆西问。

安迪把挡在他绿色眼睛前的黑长发撩开，咧嘴一笑。"哪里的男厕允许我去营业了？"

"哪个都没有。是个心理学实验。"昆西说，"不过友情提示，搞这个实验的是疯子博士本人。"

"谁啊？"

"万利斯，一个狂野分子。心理学系有名的药物狂人。"

"为啥叫他疯子博士？"

"好吧，"昆西说，"这人名声不大好，还是斯金纳[1]的门徒。行为主义者。行为主义者最近这段时间可不怎么受人爱戴。"

"哦。"安迪似懂非懂。

"也因为他戴着一副无框的小眼镜，让他看上去像极了《独眼巨人博士》里那个可以让人缩小的家伙。那个电影你看过吗？"

作为深夜秀爱好者，安迪看过那部片子，觉得心里有了点底。但他不确定自己是否愿意参加一位被人们认定为 A. 名声不怎么好，以及 B. 疯子博士的人主持的实验。

---

1. 伯尔赫斯·弗雷德里克·斯金纳（Burrhus Frederic Skinner, 1904—1990），美国心理学家，新行为主义学习理论的创始人，也是新行为主义的主要代表。以他为代表的心理学家强调心理学的研究对象是行为而非意识，因此被称为"行为主义者"。

"他们不是要研究如何把人缩小吧？"他问。

昆西放声大笑。"那倒不是。那种技术是给 B 级片特技演员准备的。心理学系一直在研究一些低效的致幻剂。他们正在和美国情报局合作。"

"中央情报局？"

"不，不是中央情报局，也不是国家情报局或者国家安全局。"昆西说，"比它们要低一些。你听说过有一个叫'商店'的机构吗？"

"好像在周末增刊或者其他什么东西上见过。我不太确定。"

昆西点上自己的烟斗。"这些机构都大同小异。"他说，"心理学、化学、物理学、生物学……就连学社会学的也能从它们身上捞点外快。有些项目政府给补贴，什么通过舌蝇的求偶仪式来研究处理废弃钚弹的可能方法。像'商店'这种地方，必须得通过花光每年的财政拨款来证明下一年度的预算报表切实合理。"

"真是臭狗屎，让人头大。"安迪说。

"它会让所有有见地的人头大。"昆西平静地笑着说，一点也不像头大的样子，"但谁又拦得住它们呢。情报部门到底想要什么样的低效致幻剂？谁知道？反正我不知道。你也不知道。可能他们自己也不知道。但从更新的预算来看，上头的秘密委员会似乎对它们的报告很满意。它们这些部门都有自己的宠物，在哈里森，万利斯就是它们在心理学系养的宠物。"

"学校不会有想法吗？"

"别天真了，小伙子。"他得意扬扬地抽着烟斗，不停地往破烂不堪的公寓起居室里大口吐着味道刺鼻的烟雾。他的声音也因此变得越来越沙哑，越来越浮夸，越来越像小威廉·巴克利[1]。"对万利斯有好处就是对

---

1. 小威廉·法兰克·巴克利（William Frank Buckley Jr., 1925—2008），美国媒体人、作家、保守主义政治评论家，政论杂志《国家评论》（*National Review*）创办人，以犀利、健谈的演讲风格令人印象深刻，成为美国的一个时代符号，有"美国现代保守派运动之父"之称。

哈里森的心理学系有好处，心理学系明年就要有自己的大楼了——再也不用跟社会学系挤贫民窟了。而对心理学系有好处就是对哈里森大学有好处。然后是整个俄亥俄州。皆大欢喜，大家开心。"

"你觉得那个实验安全吗？"

"要是不安全，他们就不会来找学生志愿者了。"昆西说，"但凡有一点点危险，他们都会先在老鼠身上做实验，然后是罪犯。在把那东西放进你身体里之前，他们肯定做过几百次人体实验了，而且那些人都已被严密监控起来。"

"我不想跟中情局——"

"'商店'。"

"有什么区别吗？"安迪郁闷地说。他看着昆西贴在墙上的海报——理查德·尼克松站在一辆破二手车前，咧着嘴，一手握拳，一手的两根粗手指比成"V"字形。到现在安迪还是没法相信这个人在不到一年前当上了总统。

"其实我只是觉得那两百美元对你可能有用。没别的。"

"他们为什么付这么多钱？"安迪怀疑地问。

昆西摊开双手。"安迪，这是政府给的钱！你还不明白吗？两年前'商店'出了三十多万，对批量生产什么可爆炸式自行车做可行性研究——还在《纽约时报》周日版登了广告。我猜是打算对付越南的，虽然没人确切知道是怎么回事。就像骗子麦吉[1]说的，'这搁以前可是个好主意'。"昆西迅速磕了磕烟斗，似乎有点紧张，"对他们那些人来说，美国的各个大学就像一个个百货大楼，他们东买买，西逛逛。好吧，要是你暂时不缺钱——"

1.美国广播喜剧《骗子麦吉和茉莉》(*Fibber McGee and Molly*)中的主角之一。该剧集风靡一时，是美国广播剧的经典剧集。

"行吧，我去。你也去吗？"

昆西勉强露出微笑。他的父亲在俄亥俄和印第安纳做男装连锁，生意还不赖。"我不怎么急着赚那两百美元。"他说，"再说，我讨厌针头。"

"哦。"

"听着，看在老天的分上，我可没有劝你参加。我只是觉得你手头有点紧。不管怎么说，你还有可能在对照组，一半对一半。两百美元给你打点水，还不是自来水，是纯净蒸馏水。"

"你来搞定？"

"我正在跟万利斯的一个研究生助理约会，"昆西说，"他们大概会收到五十份申请，不过其中大部分是捣蛋鬼，想找疯子博士的麻烦——"

"你最好别这么叫他。"

"那就叫他万利斯吧。"昆西笑着说，"他会亲自把那些捣蛋鬼筛掉，我女朋友会确保把你的申请放进他的'入选'一类里。在那之后，亲爱的，就得靠你自己啦。"

于是，当招募通知出现在心理学系的公告栏上时，他便提出了申请。一周后，一个年轻的女研究生助理（据安迪所知，正是昆西的女朋友）打来电话，问了他几个问题。他告诉她，自己的父母都已去世；血型是O型；之前没参加过心理学系的实验；目前他确实是哈里森大学的在读本科生，实际上是六九级的，作为全日制学生已经修完超过十二个学分。没错，他已经二十一岁了，可以合法签署任何公开或私密的契约。

又过了一周，他通过校内信箱收到了一封信，上面说他已经被选中，并要求他在一张协议书上签字。请于五月六日将签好字的表格递交至杰森·盖尔尼大楼，一〇〇室。

于是他便到了这里，交了表格。撕碎香烟的万利斯已经走了（他看起来确实有点像《独眼巨人博士》里的疯狂博士），他还要跟其他十一名学生一起回答有关宗教经历的问题。他有癫痫吗？否。十一岁时，安迪的父亲死于一次心脏病发作。他的母亲在安迪十七岁时死于一场车祸——一桩惨剧。他唯一在世的近亲是他妈妈的妹妹，科拉姨妈，多年来他们相处得很好。

他继续答题，不停画着"否"。只有一个问题他选了"是"：你是否曾经骨折或严重扭伤？如果是，请详细说明。在提供的空白区域里，他草草写下事实：十二年前，在一场后院棒球比赛里，他的左脚脚踝因跌进二垒骨折。

安迪用笔尖轻轻向上滑，检查了一遍自己的答案。这时有人碰了碰他的肩膀，一个女孩问："要是你写完了，可以把笔借我用一下吗？我的笔没墨水了。"声音甜美，略带沙哑。

"没问题。"他说着，转身把笔递了过去。一个很漂亮的女孩，个子高挑，头发是浅褐色的，皮肤白皙。她穿着一件浅蓝色的毛衣，下身穿着短裙，双腿修长，没穿长袜。这就是安迪对自己未来妻子的第一印象。

她接过笔，微笑着对他表示感谢。照在她头上的光让她的发丝闪烁着金属光泽，当她再次低下头时，他注意到她用一根白色的宽丝带随意地把头发绑在脑后。

他把自己的问卷交给研究生助理。"谢谢。"助理说，像设定好程序的机器人，"七〇室，周六早上九点。请务必准时到场。"

"接头暗号是什么？"安迪声音嘶哑地低声问。

研究生助理礼貌地报以微笑。

安迪离开演讲大厅，穿过正厅，朝双层大门走去（外面是一片葱郁的绿色，夏天即将来临，学生们散漫地四处游荡），然后想起了自己的笔。他几乎打算随它去吧；那只是一支十九美分的圆珠笔，可他还有最后一门考试要准备。而且那个女孩很漂亮，按照英国人的说法，值得打打交道。他对自己的长相和身材有很清醒的认识，显然都不够出色。他也不知道那女孩现在的状况（有固定伴侣，还是已经订了婚）。但今天天气很好，他感觉也不错。于是他决定等她出来，至少还可以再看看她漂亮的腿。

只过了三四分钟，她便出来了，胳膊下夹着几本笔记和一本课本。她确实很漂亮，安迪心想，这两条腿确实值得等到现在。它们不只是好看，简直美艳动人。

"啊，你在这儿呢。"她微笑着说。

"是啊，"安迪·麦吉说，"你觉得这实验怎么样？"

"我不知道。"她说，"我的朋友说，这些实验一直在进行——上学期她参加了 J. B. 莱茵的超感知觉卡片实验，赚了五十美元，而且她什么都没搞明白。所以我就想——"她耸耸肩，算是结束了自己的答话。亮褐色的头发披在她的肩上。

"是啊，我也是这么想的。"他说着，拿回了他的笔，"你朋友是心理学系的？"

"是，"她说，"我男朋友也是。他是万利斯博士的学生，所以不能参加这个实验。说是有利益冲突什么的。"

男朋友。一个个子高挑、亮褐色头发的漂亮女孩没理由没男朋友。天经地义。

"你呢？"

"跟你一样。我有个朋友在心理学系。顺便说一句，我叫安迪。安迪·麦吉。"

"我叫薇姬·汤姆林森。我有点紧张，安迪·麦吉。要是有什么不良反应之类的该怎么办？"

"我觉得他们的药好像很温和，再说，就算是致幻剂，好吧……我听说他们实验室里的致幻剂跟街上能买到的那种还不大一样。药劲很小，很温和，而且是在很平静的环境里注射。没准他们还会给你来点奶油蛋糕，再来点音乐。"安迪咧嘴一笑。

"你对致幻剂了解吗？"她微微一笑，他觉得那笑容很迷人。

"只了解一点点。"他承认，"我试过两次，两年前一次，去年一次。不知怎的，我感觉还不错。它能清空我的大脑……至少有这种感觉。然后很多尘积许久的脏东西都不见了。但我不想上瘾。我不喜欢失控的感觉。可以给你买杯可乐吗？"

"没问题。"她欣然应允，然后两人一起朝学生活动大楼走去。

他最后给她买了两杯可乐，整个下午他们都待在一起。晚上他们又去附近的小酒馆喝了几杯。原来，她正打算跟男朋友分手，但还不知道如何是好。她告诉安迪，她男朋友已经开始考虑跟她结婚了；他不许她参加这种毫无意义的实验。正因如此，她才去签了报名表，而且已经下定了决心，尽管还是有点紧张。

"那个万利斯看上去真的有点像疯子博士。"她说，同时用啤酒杯在桌上画圈。

"你觉得他为什么玩香烟？"

薇姬咯咯地笑了。"戒烟的怪招吧？"

他问她，能不能在实验那天早上去接她。她很感激地同意了。

"能有个人一起讨论这件事真是太好了。"她说，湖蓝色的眼睛盯着他，"你知道吗，我真的有点害怕。乔治是那么——我不知道，他很坚决。"

"为什么？他说什么了？"

"问题就在这儿。"薇姬说，"他什么都不肯跟我说，除了他信不过万利斯。他说系里没人像他这么干，但因为他负责研究生课程，所以大家还是会报名。而且他们知道，报名也没什么危险，因为他最后会把心理学系的学生都筛掉。"

他伸手到桌子另一边，碰了一下她的手。"说不定我们俩都能领到蒸馏水呢。"他说，"放轻松，朋友。一切都会变好的。"

但事实证明，什么都没有变好。什么都没有。

3

奥尔巴尼。

奥尔巴尼机场，先生。

嘿，先生，我们到了。

一只手在摇晃他。他的脑袋在肩膀上晃来晃去。头痛欲裂——哦，老天！一阵阵剧痛，仿佛不停地被重击。

"嘿，先生，机场到了。"

安迪睁开眼，随即因头顶的白光灯再次闭眼。一阵可怕、刺耳的哀鸣声越来越近，越来越响，让他再次畏缩。感觉就像是有一根钢针正缓缓插进他的耳朵。飞机。起飞。穿过一片血雾般的痛楚，来到他身边。啊，没错，大夫，现在它回来了。

"先生？"司机忧心地问，"你还好吗，先生？"

"头有点疼。"他的声音听上去似乎很遥远，淹没在飞机发动机的轰鸣声中。谢天谢地，他脑子里的声音开始渐渐消失了。

"几点了？"

"快十二点了。这段路可真长，我跟你实话说。末班车已经没了，要是你原先有这打算的话。你确定不用我送你回家吗？"

安迪琢磨着自己之前跟司机说过什么。虽然头痛到要爆炸，可记住这个至关重要。因为"记忆回溯"。如果他说的或做的与先前植入司机头脑中的故事产生矛盾，司机的脑子里就会出现"反弹"。这种反弹可能会自行消失——实际上，确实有这种可能——但也可能不会。司机可能会发现其中的某一点，抓住不放，然后很快便会失去控制，因为他会把所有的注意力都放在这个矛盾点上。如果发生这种情况，他很快就会精神崩溃。以前也发生过。

"我的车在停车场，"安迪说，"没问题。"

"哦，"司机笑了，长舒一口气，"换了葛琳肯定不信。你知道吧，我跟你实话——"

"她肯定会信的。你都信了，对吧？"

司机笑着的嘴张得更大了。"有这张大票在手里呢，先生。谢谢了啊。"

"我也谢谢你。"安迪说，努力表现得彬彬有礼。努力维持下去。为了查莉。如果只剩他一个人，他早就自杀了。这种痛苦，不是一个人可以承受的。

"你确定没事吗，先生？你的脸白得吓人。"

"我没事，谢了。"他开始叫醒查莉，"嘿，宝贝。"他小心地不叫出她的名字。也许没关系，但这种警惕已变得像呼吸般自然。"醒醒，我们到了。"

查莉嘟囔着，试图滚到另一边去。

"我们到啦，小家伙。醒醒，宝贝。"

查莉烦躁地睁开眼睛——湖蓝色的眼睛，和她妈妈一样——坐起身子，揉着自己的脸。"爸爸？我们到哪儿了？"

"奥尔巴尼，宝贝。机场。"他靠近她，低声说，"什么也别说。"

"好吧。"她对司机笑了笑，司机也对她微笑。她钻出车子，安迪跟在她身后，尽量站稳。

"再次谢了，兄弟。"司机喊道，"你可真是个大方人，我跟你实话说。"

安迪握住他伸来的手。"路上当心。"

"我估计葛琳肯定不信我干了票大的。"

出租车掉转头，沿着被漆成黄色的路边离开。又一架飞机起飞了，发动机还在加速运转，运转，直到安迪感觉自己的脑袋裂成了两半，像空心葫芦一样掉在人行道上。他跟跄了几步，查莉把手放在他的胳膊上。

"哦，爸爸。"她说。她的声音听起来遥不可及。

"去里面，我得坐一会儿。"

他们走进机场大厅。一个红短裤绿上衣的小姑娘，和一个黑发蓬松、步履蹒跚的大块头男人。一个机场搬运工目送他们走远，心想这可真够不像话的。一个大男人大半夜喝醉了在街上晃荡，还让一个早就该上床睡觉的小姑娘像导盲犬一样领着他。这种人就不配为人父母。搬运工想。

两人穿过电子眼控制的大门。搬运工很快把他们抛到脑后，直到大约四十分钟后，一辆绿色的汽车停在路边，从车上下来两个人找他问话。

4

十二点过十分。航站楼的大厅已经让给了夜间出行的人们：即将离岗的夜班服务人员，张罗着起得太晚、模样凌乱的孩子们的愁眉苦脸的女人，眼睛下面盘踞着大大的眼袋的生意人，以及留着长发、四处游荡的年轻人，有的背着背包，还有几个人背着网球拍。机场广播里不时播送着出发、到达以及找人的消息，像是某种梦里无法驱走的声音。

安迪和查莉并排坐在桌子旁，上面有一台被固定住的电视。漆成黑色的公用电视上满是刮伤和凹陷的痕迹。在安迪看来，它们很像是邪恶的眼镜蛇，散发着未来主义的气息。他把自己最后两枚二十五美分硬币塞进投币孔，这样他们就不会被要求离开座位了。查莉面前的电视正在重播《菜鸟》，而安迪的电视上，约翰尼·卡森、桑尼·波诺以及巴迪·哈克特正笑得开怀。

"爸爸，我一定要这样吗？"查莉问了第二次，快要哭了。

"宝贝，我太累了。"他说，"我们没钱，不能一直待在这儿。"

"那些坏人要来了吗？"她问，声音小得像是在说悄悄话。

"我不知道。"他的脑子里还在咚咚作响。现在，那匹没人驾驭的黑马已经不见了，取而代之的是一袋袋扎人的铁屑，不停地从五层楼高的地方砸到他身上。"我们得假设最糟糕的情况。"

"我怎么才能拿到钱？"

他犹豫了一下，然后开口。"你知道的。"

查莉的眼泪夺眶而出，顺着脸颊流下。"那是不对的，偷东西是不对的。"

"我知道，"他说，"但那些家伙一直追着我们也不对。我已经跟你解释了，查莉，我努力跟你解释过了。"

"关于小小的坏和大大的坏？"

"对，无关痛痒的罪过和罪无可赦的罪恶。"

"你的脑袋真的很痛吗？"

"痛得很厉害。"安迪说。在接下来的一两小时里，疼痛会一直持续，让他没法连贯地思考。但没必要跟她说这些。没必要让她进一步受到惊吓，更没必要告诉她，他觉得他们这次可能逃不掉了。

"我试试吧，"她从椅子上下来，"可怜的爸爸。"她说，然后吻了吻他。

他闭上了眼睛。电视在他面前开着，在他不断加剧的头痛间隙混入遥远的叽喳声响。当他再次睁开眼睛，看到的只是一个遥远的身影，很小，身上红绿相间，仿佛一个圣诞节风格的洋娃娃，在大厅的人群中一闪而过。

上帝啊，求您保佑她没事。他想。不要让任何人找她麻烦，也别把她吓坏。求求您，上帝，可以吗？

他再次闭上了眼睛。

5

一个穿着绿色人造丝衬衫、红色弹力短裤的小女孩，金发齐肩。时间这么晚了，她似乎还是一个人。不过这里是为数不多几个可以让她在这么晚的时间独自一人出没，还不引人注目的地方。她穿过人群，但并没有人认真地看她一眼。如果她哭了，可能会有保安来询问她是不是迷路了，知不知道父母的名字和航班号，以便通过机场广播来找人。但她没有哭，而且看起来完全知道自己要去什么地方。

但实际上，她并不知道——不过她很清楚自己想找什么。他们需要钱，爸爸是这么说的。坏人就要来了，爸爸头很痛。头这样痛时，他很难想事情。他只能躺着，尽可能保持不动。他需要睡觉，直到头痛好转。而那些坏家伙就要来了……那些从"商店"来的坏家伙，那些想把他们的身体拆开看看里面有什么秘密，想着能不能控制他们替自己做事的坏家伙。

她看到垃圾桶上面露出一个购物纸袋，便把它拿走了。她又沿着大厅走了一会儿，找到了自己想找的东西：一排公用电话亭。

查莉站在一边看着，很害怕。她害怕的原因在于，爸爸一次又一次告诉她不要这样做，不要用那个东西……从她记事起，那就是个坏东西。但她没法控制它，她可能会伤到自己，或者别人，很多很多人。很小的时候（哦妈妈对不起妈妈受伤了缠了绷带尖叫她尖叫我让她尖叫我再也不敢了……再也不敢了……因为那是个坏东西）在厨房里……回想这些太痛苦了。那是个坏东西，因为如果你任它出现，它就会……失去控制。这太可怕了。

还有其他的。比如控制别人的想法——"推动"，那是爸爸的说法，"推动"。而且她能比爸爸动用更多的意念力量，而且动用之后也不会头痛。但有时，那么做之后……就会着火。

当她紧张地注视着电话亭时，描述那件坏事的词就在她脑海里蠢蠢欲动：意念控火。"没关系。"住在港市时，爸爸曾这样告诉她，当时他们还以为自己是安全的，像个傻瓜，"你是个打火机，宝贝，跟芝宝差不多，只是稍微大一点。"她当时觉得很好笑，于是咯咯地笑了起来，但现在感觉一点都不好笑。

另一个她觉得自己不该动用意念力量的原因是，他们可能会被发现。那些来自"商店"的坏家伙。"我不知道他们现在对你了解了多少，"爸爸曾告诉她，"但我不想让他们打你的主意。你的'推动'和我的还不太一样，宝贝。你不能让人们……好吧，改变他们的想法。你能吗？"

"不——"

"但你可以让事情改变。如果他们发现了这种现象，并把这种现象跟我们联系起来，我们会比现在更麻烦。"

那就是偷东西。偷东西也是件坏事。但没关系。爸爸的头很痛，他们得尽快去一个安静、温暖的地方，赶在他变得更难受、更没法想事情之前。查莉继续往前走。

总共大概有十五个装着圆形滑动门的电话亭。置身其中，就好像进入一颗特大号的康泰克胶囊，里面有一部电话。查莉匆匆从旁边走过，看到大多数电话亭都光线暗淡。有一个穿着连裤装的胖女人挤在一个电话亭里，面带微笑，喋喋不休。倒数第三间电话亭门开着，一个身穿军装的年轻人坐在凳子上，腿伸在外面，语速飞快。

"萨莉，听我说，我理解你的感受，但我可以向你解释。当然。我知道……我知道……但只要你让我——"他抬起头，看见一个小女孩正望着他，于是收起了腿，关上了电话亭的门，动作一气呵成，就像乌龟缩进壳里。查莉想，他应该是在和自己的女朋友吵架，他放了人家鸽子。我永远不要让什么人放我鸽子。

机场广播的声音不断回荡。恐惧像只老鼠，在她脑后不停地啃咬。所有人的脸都很古怪。她觉得自己很孤单，很渺小，甚至难过地想起了妈妈。这是偷东西，但又有什么关系呢？那些家伙偷走的可是妈妈的生命啊。

她悄悄溜进最后一间电话亭，纸袋发出噼啪声响。她把电话从钩子上拿下来，假装打电话——嘿，爷爷，好的，爷爷，爸爸和我刚到，我们很好——同时透过玻璃，观察外面是否有人在注意她。谁都没有。附近只有一个黑人妇女，她刚刚在自助机上办好飞行保险，而且背对着查莉。

查莉凝视着公用电话，突然发力。

一小股能量涌出身体，她咬着下唇，很喜欢这种有东西抵住牙齿的感觉。不，她并没有感到痛苦。发力操控其他东西的感觉很好，这是另一件让她感到害怕的事情。要是她喜欢上了这种危险的事情该怎么办？

她再次对公用电话发力，力道很轻。突然，一大堆闪着银光的硬币从找零口喷涌而出。她想用袋子接住，但已经来不及了，绝大多数二十五美分、十美分和五美分的硬币落在了地板上。她弯下腰，尽可能把硬币扫进袋子里，时不时注意着外面的情况。

收好了所有零钱，她便去了另一个电话亭。旁边亭子里的那个穿军装的男人还在打电话，并且再次打开了电话亭的门，还抽上了烟。"萨莉，我敢对天发誓！要是不信你可以去问问你哥哥！他会——"

查莉走进亭子里，关好门，把他幽怨的哀求声隔在外面。虽然只有七岁，但她听得出男人们惯用的花言巧语。她望着电话，不一会儿它便吐出了零钱。这次她事先就把袋子放好了，随着悦耳的叮叮当当声，硬币纷纷掉进袋子里。

当她出来时，那个年轻人已经走了。查莉走进他刚才打电话的电话亭。凳子还是温热的，尽管有电风扇在吹，但里面仍弥漫着刺鼻的烟味。

随着一阵哗啦声，硬币滑进袋子里，她继续向前走。

6

埃迪·德尔加多坐在一把硬塑料躺椅上，望着天花板，抽着烟。婊子，他心想。下次再这样装模作样，肯定要叫她好看。埃迪这埃迪那的，埃迪我再也不想见到你了，埃迪你怎么能这么狠心呢——真叫人恶心。不过他还是让她回心转意，收回了"我再也不想见到你"的蠢话。他有三十天假期，正准备去纽约，看看传说中的"大苹果"，再四处逛逛，主要是去单身酒吧。等他回去的时候，萨莉就会像个熟透了的大苹果，唾手可得，鲜美多汁。佛罗里达州马拉松市的埃迪·德尔加多听不得什么"你要尊重我"的屁话。萨莉·布拉德福德就要束手就擒了，要是她真相信那套什么他已经切除了输精管的鬼话，只能怪她自己蠢得冒烟。反正事后要是受不了，她还可以去找她那个当老师的乡巴佬哥哥痛哭流涕。那时候，埃迪·德尔加多就已经在西柏林给部队开运输车了。他会——

埃迪正做着半是怨恨、半是愉悦的白日梦，突然被脚上的一股热流打断，好像地面突然升温了十度。伴随着热流，他闻到了一股奇怪但并非全然陌生的味道……不是烧东西，而是……可能有什么东西烧焦了？

他睁开眼，眼前出现了一个大概七八岁的小女孩，正在电话亭旁边转悠，似乎很疲惫。她手里拿着一个大纸袋，拖着地，里面好像装满了什么东西。

但他的脚，那才是重点。

他不再觉得热，而是烫。

埃迪·德尔加多向下看了一眼，随即发出尖叫。

"老天啊，救命！"

他的鞋着火了。

埃迪蹦了起来，人们纷纷转头望向他。某个目睹事情经过的女人也尖叫起来。两个刚刚一直在和阿勒格尼航空公司的售票小姐说闲话的保安冲了过来，想看看究竟发生了什么。

这些对埃迪·德尔加多而言都毫无帮助。此时，萨莉·布拉德福德和他的爱情复仇计划早已被抛到九霄云外。他的军用鞋正在快活地燃烧。现在，绿军裤的裤腿也着了。他在大厅里飞奔，脚下生烟，仿佛是被从炮膛里发射出来的。女卫生间离得稍近，出于自我保护意识，埃迪抛弃了社会礼仪，撞开门冲了进去。

一个年轻女子刚从厕所隔间里出来，裙子卷到腰间，正在埋头整理打底裤。看到人形火把般的埃迪冲进来，她惊声尖叫，声音在瓷砖的反射下听上去更加震撼。"出什么事了？""怎么了？"一连串疑问声从其他几个隔间里传出。埃迪手疾眼快，在隔间门自动关闭、重新开始收费前冲了进去，抓住两边门框，把脚伸进马桶里。随着一阵冲水声，隔间上空出现了一大团蒸汽。

两位保安也冲了进来。

"别动，里面的人！"其中一个喊道，拔出了枪。

"手抱头，从里面出来！"

"就不能等我把脚上的火弄灭吗？"埃迪·德尔加多咆哮道。

7

查莉回来了。她又哭了。

"出什么事了，宝贝？"

"我拿到了钱……但我没控制住，爸爸……有一个人……一个士兵……我控制不了……"

安迪感到恐惧正在他身上蔓延。头和脖子的疼痛暂时抑制住了它，但它仍然在。"是……是又着火了吗，宝贝？"

她说不出话，但点了点头。泪珠从她的脸颊上滚落。

"哦，老天。"安迪低声说，努力站了起来。

查莉完全崩溃了，她捂住脸，无助地抽泣，身体不停地颤抖着。

一群人聚集在女厕所门口。门一度被打开，但安迪什么都看不见……随后又看见了。两个刚才冲过去的保安带着一个穿着军装的年轻人走了出来，朝保安室走去。年轻人不断朝他们大声怒吼，不停地咒骂，不得不说，此人亵渎神明的方式很有创意。他军裤膝盖以下的部分都不见了，手里拎着两个黑色的东西，滴着水，可能是鞋子的残骸。然后他们走进保安室，门砰的一声关上了。一阵骚动声在大厅里回荡。

安迪再次坐下，抱着查莉。现在很难思考对策；他的思绪仿佛一条银色的小鱼，在一片黑色的海洋里来回穿梭，勉强躲过剧痛的浪头。但他必须尽力而为。想要摆脱困境，必须依靠查莉的力量。

"他没事了，查莉。他没事了。他们刚把他带进保安室了。现在跟我说说，刚才发生了什么？"

查莉一边哭，一边把刚才发生的事讲给他。她偷听到了那个士兵讲电话，对他有了一些不经意的想法，感觉他在欺骗那个跟他通电话的女孩。"然后我正准备回来找你，就又看见他了……我没控制住……然后就发生了。我没控制住它。我差点害了他，爸爸。我差点就让他受伤了。我让他着火了！"

"声音小一点。"他说，"听我说，查莉，我觉得这是这几天里发生的最好的事情了。"

"你——你真这么想？"她抬头望着他，一脸惊讶。

"你说你没控制住它，"安迪说，用力吐出每一个词，"确实是。但这次不一样。它只离开了一点点。刚才的事很危险，宝贝，但……你本来有可能让他的头发着火，或者是脸。"

这种可能性吓得她一激灵，感到万分恐惧。安迪温柔地把她的小脸转到他这边。

"那是一种潜意识，总是针对你不喜欢的人，"他说，"但……你并没有真的想要伤害那个家伙，查莉。你……"但接下来的话，安迪什么都没听到，他脑海里只剩下疼痛。他还在说话吗？有那么一会儿，他自己都没法确定。

查莉仍然能感觉到那个东西，那个坏东西，在她的脑袋里东奔西窜，想再逃走，去做些什么。它就像一只异常凶残但没什么脑子的小动物。有时你不得不把它放出来做事，比如从电话亭里搞一点钱，但同时它也会去做一些坏事，一些相当坏的事。

（像妈妈在厨房里哦妈妈对不起）

在你把它关回笼子里之前。但现在这不是关键。她现在不想去想这些，她不想去想（绷带妈妈必须得缠着绷带因为我弄伤了她）任何有关它的事。爸爸现在才是最重要的。他现在瘫坐在电视椅里，看上去很痛苦，脸色煞白，眼睛里都是红红的血丝。

哦，爸爸，她心想。可以的话，我真想和你换换。你会弄疼自己，但那东西永远不会逃出笼子。我虽然不会弄疼自己，但有时我真的怕死了——

"我拿到钱了，"她说，"我没把所有电话亭里的钱都拿出来，那样的话袋子太重，我怕会把它弄破。"她眼巴巴地望着他，"我们可以去哪里，爸爸？你得躺下好好休息。"

安迪把手伸进纸袋，缓缓地把钱放进灯芯绒外套的口袋里。他想知道这个夜晚何时才能结束。他的计划是坐出租车进城，然后住进他们经过的第一家旅店或汽车旅馆……但他又有些害怕。出租车可能会被追踪，而且他有强烈的预感，那辆绿色的汽车仍跟在他们身后。

他努力把自己知道的有关奥尔巴尼机场的信息集中起来。首先，它是奥尔巴尼县机场，不在奥尔巴尼城里，而是在科勒尼镇上。震颤派[1]的教区——是他爷爷告诉的他这里是震颤派的教区吗？或者这个教派已经消亡了？高速路是什么情况？收费关卡呢？答案来得很缓慢。有一条路……叫什么大道。北方大道还是南方大道来着，他想。

他睁开眼睛，看着查莉。"你还能走远路吗，孩子？可能要走几英里[2]？"

"可以。"她已经睡了一会儿，精神了不少，"你能吗？"

这的确是个问题。他自己也不知道。"我打算试试，"他说，"我想我们应该走到大路上，看看有没有人愿意载我们，宝贝。"

"搭便车？"她问。

他点点头。"搭便车的话不容易被他们追踪，查莉。如果走运，我们

1.基督教新教派别，全名为"基督复临信徒联合会"。该教派的宗教仪式开始时，人们四肢颤动，慢慢地整个身体都开始摆动，他们相信这样做可以使自己直接和圣灵相通。
2.1 英里合 1.6093 公里。——编者注

可以找到一个打算明早到布法罗的人。"要是不走运，我们就得一直举着大拇指傻站着，直到等来那辆绿色汽车。

"你觉得没问题就行。"查莉含糊地说。

"过来，"他说，"帮我一把。"

站起身时，他感到一阵剧痛。他摇晃了一下，闭上眼睛，然后又睁开。周边的人影看上去有些失真，色泽似乎格外鲜艳。一个穿着高跟鞋的女人刚好经过，她踩在机场瓷砖上的敲击声，每一声都仿佛是地下室门被砰的一声关上时的巨响。

"爸爸，你确定你能走吗？"她声音小小的，有些害怕。

查莉。只有查莉的样子没变。

"我想我可以。"他说，"来吧。"

他们从跟进来时不同的出口离开，那个在他们进来时注意到他们的搬运工正忙着从后备厢里卸行李。他并没有注意到他们离开。

"往哪边走，爸爸？"查莉问。

他望向两侧，看到"北方大道"，在航站楼下面弯弯曲曲地向右延伸。怎么过去是个问题。这里的道路错综复杂——上天桥、下天桥、禁止右转、禁止通行、继续左行、禁止停泊。交通信号灯在深夜的黑暗中闪烁，仿佛灵魂惴惴不安。

"我想是往这边。"他们沿着一条小路走过航站楼，周边围着"仅供装卸"的标识。人行道在航站楼的尽头。一辆银色大奔驰车突然从他们身边掠过，车顶反射的灯光让他不禁缩了一下身子。

查莉关切地望着他。

安迪点点头。"尽可能靠右走。你冷吗？"

"不冷，爸爸。"

"谢天谢地，今晚还算暖和。你妈妈会……"他欲言又止。

他们两个人走进黑暗中，一个肩膀宽阔的大块头男人，一个红裤子绿上衣的小女孩。小女孩握着男人的手，引导着他继续向前。

8

大约过了十五分钟，那辆绿色汽车到了，停在人行道的黄线旁边。两个男人下了车，正是在曼哈顿追安迪和查莉的那两个人。司机仍坐在驾驶座上。

一个机场警察走了过来。"先生，你们不能在这里停车。"他说，"如果你们只是想停下来——"

"我当然可以在这里停车。"司机说，他掏出证件给警察看，警察看了看证件，又看了看人，然后又看了一遍证件上的照片。

"哦，"他说，"我很抱歉，先生。您有什么吩咐吗？"

"跟机场安保无关，"司机说，"但你也许能帮上忙。今晚你见没见过这两个人？"

他递过去一张安迪的照片，然后是一张查莉模糊的抓拍。那时候，查莉的头发比现在长。照片里，她的头发被编成了辫子，当时，她的母亲尚在人世。"女孩现在大了几岁，"司机说，"现在头发剪短了，大概到肩膀。"

警察仔细端详着照片，一会儿拿到眼前，一会儿举到远处。"嘿，我觉得我应该见过这个小女孩，"他说，"头发是淡黄色的，对吧？照片有点不好认。"

"淡黄色的，没错。"

"这男的是她爸爸？"

"不该问的别多嘴。"

机场警察对坐在这辆无从辨认的绿色汽车里的那个面色苍白的年轻

人，突然产生了厌恶之情。联邦调查局、中央情报局，还有这个他们叫"商店"的组织，他都打过交道。这些地方出来的特工都一个德行，毫不掩饰自己的目中无人。他们把所有穿蓝制服的警察都看成杂碎，但在五年前这里发生劫机事件的时候，正是一帮杂碎把那个浑身绑满了手榴弹的家伙控制住，交给这些神通广大的"真警察"，结果嫌犯却用指甲划开颈动脉自杀了。干得好，伙计们。

"嘿……先生。我问你这个男的是不是她爸爸，是想看看有没有什么家族特征可以参考。这些照片有些模糊。"

"他们两个有点像。头发颜色不一样。"

这我当然看得出来，蠢货。机场警察心想。"我见过他们两个。"警察对绿色汽车的司机说，"他是个大块头，看上去比照片上壮。他有点病恹恹的，不知是怎么了。"

"是吗？"司机看上去很满意。

"今晚这边已经够热闹了，有个蠢货把自己的脚点着了。"

司机突然坐直了身子。"你说什么？"

机场警察点点头，很高兴自己的话让司机有了兴致。但如果司机告诉他这样一来他就得去"商店"的办公室做一次"汇报"，他恐怕就不会这么高兴了。而且埃迪·德尔加多也可能打算把他痛扁一顿，因为他不但没能在休假期间享受"大苹果"的单身酒吧之旅（附加按摩店和时代广场的成人用品商店），反而大部分时间都处在药物麻醉状态，反反复复描述自己的鞋子发热起火的前前后后。

9

绿色汽车上的另外两个人正在和机场地勤交谈。其中一个找到了那个目送安迪和查莉从出租车上下来，走进机场大厅的搬运工。

"没错，我看见他们了。我觉得那可真够丢人现眼的，一个大男人，喝得烂醉，这么晚还让一个小姑娘在外面。"

"他们可能坐飞机走了。"其中一人说。

"可能吧。"搬运工表示同意，"也不知道那孩子的母亲会怎么想，不知道她知不知道出了这样的事。"

"我觉得她不知道。"一个穿着暗蓝色巴特尼 500 羊毛西装的男人说，他讲话时显得非常诚恳，"你没看见他们离开吗？"

"没有，先生。据我所知，他们应该还在附近的什么地方……当然，除非他们的航班已经起飞了。"

10

两个人迅速穿过主航站楼，通过安检口，分头巡视一周，把证件拿在手里出示给安保警察看。两人在联合航空的售票口前碰面。

"没有。"第一个人说。

"你觉得他们上飞机了吗？"第二个人问，也就是穿着上好的巴特尼 500 西装的那个。

"我觉得那个家伙手里应该只有不超过五十美元……可能更少。"

"我们最好查一下。"

"好吧，但是要快。"

联合航空。阿勒格尼航空。美国航空。布兰尼夫航空。通勤航空。没有一个看上去病恹恹、肩膀宽阔的男人购买机票。不过，奥尔巴尼航空的行李员认为他见到了一个穿着绿上衣红裤子的女孩。一头漂亮的齐肩金发。

他们两个又在不久前安迪和查莉坐过的电视椅前碰面了。"你怎么想？"第一个人问。

穿巴特尼 500 的特工似乎很激动。"我觉得我们应该地毯式搜索整个区域。"他说，"这两个人应该还在步行。"

他们朝绿色汽车走去，几乎一路小跑。

11

查莉和安迪继续摸黑走在机场支线公路的软质路肩上。偶尔有一辆车从他们身旁掠过。已经将近一点了。在他们身后一英里处，那两个人又回到了绿色汽车上。安迪和查莉正沿着"北方大道"行走，那条路就在他们的下方右侧，被钠光灯照着。他们可以越过路肩，到故障车道上竖起大拇指，拦下一辆顺风车。但如果招来警察，那就一点机会都没有了。安迪不知道还要走多远才能到达斜坡。每次脚一落地，他的大脑里就会响起咚的一声巨响，令他痛苦不已。

"爸爸，你还好吗？"

"这会儿还好。"他说，但他不太好。他并不是在欺骗自己，他不知道这算不算在欺骗查莉。

"还要走多远？"

"你累了吗？"

"我还不累……但是爸爸……"

他停下来，认真地望着她。"怎么了，查莉？"

"我觉得那些坏家伙追过来了。"她小声说。

"没事，"他说，"我想我们最好抄条近路，宝贝。你能爬到下面去吗？小心别摔了。"

她看了看高度，上面覆盖着枯死的十月草。

"我想可以。"她犹豫地说。

他跨过护栏的钢索，然后把查莉抱过来。就像有时面对极度的痛苦和压力时，他的思绪会开始逃向过去，借以摆脱压力。在阴影渐渐吞噬他们的生活之前，曾经有一段美妙的时光——先是他和薇姬，然后是他们一家三口。但他们的幸福被一点点抹除，就像月食一样无情。曾经——

"爸爸！"查莉的喊声令他惊醒。她滑倒了。枯草很滑，很危险。安迪伸手抓住她挥动的手臂，但失了手，他自己也失去了平衡。他的头撞在路面上，咚的一声巨响令他不由得大叫了一声。

然后，他们两个都滚了下去，沿着北方大道的路肩滑向远处。不时有汽车从这条路上飞驰而过，速度太快，一旦朝他们中的一个开过来——他或是查莉——他们根本无从躲避。

12

一个研究生助理在安迪手肘稍微靠上的位置缠了一圈橡皮筋，让他握拳。安迪一握拳，静脉兀然冒了出来。他的眼睛望向别处，觉得有点不自在。无论有没有这两百美元，他都不太想看静脉注射的过程。

薇姬·汤姆林森在他旁边的床位上，穿着一件无袖的白色上衣和一条鸽子灰的长裤。她勉强向他微笑。他再次感觉她的褐色头发真漂亮，跟她纯蓝色的眼睛非常搭……接着胳膊一阵刺痛，然后微微发烫。

"好了。"研究生助理说，仿佛长舒一口气。

"你也好。"安迪说。他一点也不觉得轻松。

他们在七〇室，位于杰森·盖尔尼大楼的二层。房间里有大学医务室提供的十二张病床，为了赚钱，十二个志愿者躺在床上，枕着低致敏性泡沫枕头。万利斯博士并没有亲自给他们静脉注射，但他一直在病床中间穿梭，对每个人都耳语几句，脸上挂着冷淡的微笑。我们随时会缩小。安迪胡思乱想着。

所有人都到齐时，万利斯博士简短地说了几句。简单来说，他说的是：不要害怕，你们现在都在现代科学的怀抱中。安迪对现代科学并没有多少信心，它尽管给予世界小儿麻痹症疫苗和可丽莹[1]，但也带来了氢弹、凝固汽油弹和激光步枪。

研究生助理正在忙其他事。压接静脉注射管。

静脉注射的是百分之五葡萄糖溶液，万利斯博士曾说……他称之为糖五水溶液。压接口下面有一个小小的凸起。如果安迪被分到了"第六批"，它就会通过这个凸起注射进他的身体。如果他在对照组，注射的就是普通的生理盐水。五五开的赌局。

他再次望向薇姬。"你还好吗？"

"还好。"

万利斯走了过来。他站在他们中间，先看了看薇姬，再看了看安迪。

"你觉得有些疼，对吧？"他说话时不夹杂任何口音，尤其是美国地方口音。但在安迪听来，他的遣词造句很像是一个外国人在讲英语。

"压力，"薇姬说，"像是有什么东西压在上面。"

"是吗？会过去的。"他对安迪笑了笑，显得很和善。穿着白大褂的他看上去很高大，可他的眼镜似乎很小，对比格外明显。

安迪说："我们什么时候开始缩小？"

万利斯保持微笑。"你觉得你会缩小吗？"

"缩缩缩缩缩小。"安迪边傻笑着边说。他似乎感觉有些不寻常。老

---

1. 英国利洁时旗下的祛痘品牌。

天，他有点嗨了，思维不受控制。

"一切都会好起来的。"万利斯说，笑得更明显了一点。他走开了。有人刚刚骑着马经过，安迪困惑地思考着。他再次望向薇姬。她的头发多漂亮啊！不知怎的，这让他想起了崭新的发动机电枢上的铜线……也可能是发电机……交流发电机……交流感情……

他笑得更加放肆了。

研究生助理走了过来，面带微笑，仿佛听到了安迪脑子里的笑话。她压了压输液管，又给安迪注射了某种药物。安迪现在能看静脉注射的过程了。他现在丝毫不觉得厌恶。我是一棵松，他想。卧似一张弓。他再次大笑起来。

薇姬在对他微笑。老天，她可真美。他想告诉她她有多美，她的头发有多像炽热的铜块。

"谢谢，"她说，"这比喻真棒。"她说话了吗？或者这只是他的想象？

他勉强集中自己最后的清醒意识。"我想他们给我的是蒸馏水，薇姬。"

她平静地回答："我也是。"

"真好，对吧？"

"真好。"她迷迷糊糊地回应。

在某个地方，有人在哭，歇斯底里，好像还在说着什么。声音在循环当中起起落落，别有趣味。经过了仿佛千万年的沉思，安迪转过头去，想看看发生了什么。真有趣。一切都变得很有意思。一切似乎都变成了慢动作。slomo[1]，作为一个前卫的校园影评人，他经常把这个词写进自己的文章里。在这部影片中，安东尼奥尼[2]一如往常，通过 slomo 的镜头，

---

1. 即"慢动作"。
2. 米开朗基罗·安东尼奥尼（Michelangelo Antonioni，1912—2007），意大利现代主义电影导演。

达到了最深入人心的效果。多神奇的词啊，多么聪明的表达；听上去就像是一条蛇从冰箱里滑出来：slomo。

几名研究生助理缓慢地奔向七〇室黑板附近的床位，床上的年轻人似乎正在对自己的眼睛做着什么。是的，他肯定是在对自己的眼睛做着什么，因为他的手指卡在眼眶里，眼球似乎被他抠出来了。他的双手弯成一对钩子，鲜血从指间涌出。以慢动作涌出。吊针在他的胳膊上缓慢地摆动着。万利斯缓慢跑了过去，那人的眼珠落在床上，仿佛两颗被戳破的荷包蛋。安迪躺在床上想。是的，太像了。

所有白大褂都聚在那张床周围，那个年轻人不见了。他后面的墙上挂着一张图，是人脑的扇形结构图。安迪饶有兴趣地看了一会儿。真——有——意——思，《嘲笑》里的阿特·约翰逊如是说。这时，一只血淋淋的手从一堆白大褂当中伸了出来，仿佛溺水者的手。手指上满是血污，中间还挂着几张卫生纸。那只手拍到墙上的挂图上，留下了一个大大的红色逗号。挂图的卷轴随之吱嘎作响。

接着，那张床被抬了起来（他还是没能看到那个把眼球抠出来的男孩），被迅速抬出了房间。

过了几分钟（几小时？几天？几年？），一个研究生助理来到安迪的床前，检查了他的点滴，然后又往安迪的脑海里注射了一些"第六批"。

"感觉怎么样，兄弟？"研究生助理问，但当然，他并不是研究生助理，也不是学生，根本不是。一方面，此人看上去约三十五岁，对研究生而言，这个年纪有些老。另一方面，安迪突然想起来，这个人在"商店"工作。这很荒唐，但他知道，此人的名字是……

安迪绞尽脑汁，终于想起来了。他叫拉尔夫·巴克斯特。

他笑了。拉尔夫·巴克斯特。干得漂亮。

"感觉不错。"他说，"那个人怎么样了？"

"哪个人，安迪？"

"那个把自己眼球抠出来的人。"安迪平静地说。

拉尔夫·巴克斯特微笑着拍了拍他的手。"哈，你看错了，兄弟，幻觉而已。很逼真是吧？"

"不，那是真的，"薇姬说，"我也看见了。"

"你们以为自己看见了。"这个不是研究生助理的研究生助理说，"你也产生了同样的幻觉。黑板那边有个家伙产生了肌肉反应……有点像抽筋。没有人把眼睛抠出来。连血都没有。"

他想走开。

安迪说："兄弟，如果没有事先交流，两个人是不可能产生同样的幻觉的。"他觉得自己聪明极了，这逻辑无懈可击，容不得狡辩。他已经抓住拉尔夫·巴克斯特的马脚了。

拉尔夫回以微笑，毫不畏惧。"在这种药物的作用下是很可能发生的。"他说，"我一会儿就回来，好吗？"

"好的，拉尔夫。"安迪说。

拉尔夫停住脚步，回头朝安迪的床位走来。以慢动作的方式。他打量着安迪，若有所思。安迪咧嘴笑了，露出一个大大的、愚蠢的、毒虫式的笑脸。抓到你了，老浑蛋拉尔夫。你那众所周知的短处被我抓得牢牢的。突然，有关拉尔夫·巴克斯特的信息涌入他的脑海，成吨的信息：他今年三十五岁，已经为"商店"工作了六年，在那之前，他还曾为联邦调查局工作两年，在职业生涯中，他曾经——

曾经杀过四个人，三个男人，一个女人。他还在那个女人死后强奸了她。她生前是美联社的特别通讯员，她曾了解到——

这部分不甚清晰，不过没关系。突然，安迪不想继续了解了。他的笑容消失了。拉尔夫·巴克斯特仍低头看着他，安迪感到一股黑色的暗流席卷全身，让他想起了自己前两次使用迷幻药的经历……但这次更真切，更可怕。他不知道自己为何会了解到这么多有关拉尔夫·巴克斯特的信息，或者他是如何得知他的名字的，但如果告诉拉尔夫实情，他害怕自己会像那个抠出自己眼珠的男孩一样，立马从杰森·盖尔尼大楼的七〇室里消失。或者这一切都是幻觉；所有这一切都不是真的。

拉尔夫仍然盯着他，笑容渐渐浮现。"看吧，"他轻声说，"用了'第六批'，什么混账事都可能会发生。"

他走了。安迪慢慢地长舒一口气。他望向薇姬，后者正看着他，眼睛瞪得大大的，一副惊恐的表情。她在感受你的情绪，他想。就像收音机一样。让她放松一点！不管这药物到底能产生什么作用，别忘了她正在药物反应当中！

他向薇姬微笑，过了一会儿，薇姬也犹豫地对他笑了笑。她问他怎么了，他说他不知道，可能什么事都没有。

（但我们并没有在交谈——她的嘴都没有动）

（没动？）

（薇姬？是你吗？）

（是心灵感应吗，安迪？是吗？）

他不知道。但确实有事情发生了。他闭上双眼。那些人真的是研究生助理吗？她忧心忡忡地问他。他们看上去不太像。是这药的缘故吗，安迪？我不知道，安迪说，双眼仍紧闭。我不知道他们是谁。那个男孩出了什么事？他们带走的那个？他睁开眼睛看着她，但她却摇了摇头。她不记得了。安迪发觉他自己也有些记不清了，这让他既惊讶又沮丧。那件事好像变成了陈年往事。他抽筋了，对吧，那个男孩？只是肌肉反应而已。他——

把眼珠抠了出来。

但这又怎么样呢？

从白大褂中间伸出来的一只手。溺水者的手。

但那是很久以前的事，仿佛发生在十二世纪。

沾满血的手。拍在挂图上。挂图的滚轴吱嘎作响。

最好随他去吧。薇姬看上去又是忧心忡忡的。

突然，音乐自天花板的扬声器倾泻而下，而这总要比……总要比思考是抽筋还是抠眼球好太多。音乐柔和而雄壮。过了许久，安迪听出（在跟薇姬商量过之后）那是拉赫玛尼诺夫。后来，每当再听到拉赫玛尼诺夫，安迪都会回想起在杰森·盖尔尼大楼七〇室的那段漫无边际的时间里，如梦似幻的记忆。

其中有多少是真实，有多少是幻觉呢？十二年的苦思冥想并没有让安迪·麦吉找到答案。在某一时刻，各式各样的东西似乎在房间里到处乱飞，就好像有一股不可见的风卷起了纸杯、毛巾、血压仪，以及一大堆钢笔和铅笔。而在另一个时间点，一段时间之后（或者实际上是之前？这段记忆并没有线性的时间序列可供参照），一个志愿者突然肌肉痉挛，然后心脏骤停——或者看上去如此。白大褂们竭力抢救，试图通过人工呼吸恢复他的生命，然后又直接向他的胸腔里注射了一些东西，最后出现了一台发出巨大轰鸣声的机器，伸出两根粗电线，连在两个黑色的小碗上。安迪隐约记得有一个"研究生助理"在咆哮。"电他！电他！哦，把那东西给我，你这蠢货！"

而在另一个时间点上，他似乎睡着了，迷迷糊糊，昏昏沉沉。他跟薇姬互诉衷肠，讲述自己的生活。安迪告诉她他的母亲死于车祸，以及在那场悲剧发生后的第二年，他是如何在悲伤崩溃的边缘跟姨妈一起生活。她则告诉他，在她七岁时，有一个十几岁的护工猥亵了她，导致她现在仍对性爱很恐惧，同时更害怕自己性冷淡。这也是迫使她跟现在的男朋友分手的根本原因。他总是……强迫她。

他们相互倾诉一对男女在相识多年后才会讲述的内容……更多的时候，即便同床多年，很多夫妻也不会谈论这些内容。

但他们说话了吗？

安迪永远也不知道。

时间静止了，但不知怎的，它还是过去了。

13

他渐渐清醒。拉赫玛尼诺夫已经消失了……如果真的曾有音乐响起。薇姬安静地睡在他身边的床位上，双手交叠在胸前，像是一个在睡前祈祷时睡着了的孩子。安迪看着她，意识到自己就是在那一刻爱上了她。这种感觉纯粹而深沉，让此刻的困惑暂时消退。

过了一会儿，他环顾四周。有几张床已经空了，房间里可能还剩五个志愿者。一些人还在睡觉。有一个人坐在床上，研究生助理——一个看上去很正常的研究生助理，大概二十五岁左右——正在询问他，同时做着记录。他似乎说了什么有意思的话，因为两个人都笑了起来——笑得含蓄低沉，那种顾及身边有人睡觉的体贴方式。

安迪坐了起来，思考自己的状况。他感觉还不错。他试着笑了笑，一切正常。他的肌肉很放松，彼此间相安无事。他感觉很兴奋，很新鲜，所有感官都很活跃，又有某种天真之感。他回想起，之前有这种感觉还是在小时候，在周六早上醒来，想着自己的自行车挂在车库的车架上，感觉整个周末时光都属于自己，仿佛一场梦想狂欢节，可以自由自在地骑车到远方。

一个研究生助理走过来，说："感觉如何，安迪？"

安迪看着他。这是之前给他注射的那个人——注射是什么时候的事？一年前？他用手掌摩挲着自己的胡楂，听到一阵沙沙声。"我感觉自己像瑞普·凡·温克尔[1]。"他说。

研究生助理笑了。"你只睡了四十八小时，不是二十年。说真的，你感觉怎么样？"

"还不错。"

"一切正常？"

"没错，不管你说的'正常'是什么意思。正常。拉尔夫在哪儿？"

"拉尔夫？"研究生助理扬起眉毛。

"对，拉尔夫·巴克斯特。大概三十五岁。大块头，姜黄色头发。"

研究生助理微微一笑。"那是你梦见的人。"

安迪犹豫地望着他。"我怎么了？"

"梦见了他。在幻觉里看见了他。我只认识一个跟这个项目有关的拉尔夫，拉尔夫·斯坦汉姆，他是达坦制药公司的代表。那人差不多都五十五岁了。"

安迪盯着他看了半天，一言不发。拉尔夫是个幻觉？好吧，也许是吧。那确实很像幻觉，嗑药后的妄想；安迪似乎还记得拉尔夫是个特工，解决掉了好几个人。他笑了笑，研究生助理也笑了笑……笑得过于配合，安迪心想。说不定这也是个幻觉？很有可能。

安迪醒来时坐在床上的那个男人正在被人护送着往外走，边走边喝装在纸杯里的果汁。

安迪小心翼翼地问："没人受伤，对吧？"

"受伤？"

"嗯——没有人肌肉抽筋，是吧？或者——"

研究生助理俯身向前，一脸担忧。"说真的，安迪，我希望你不要在

1.美国作家华盛顿·欧文同名短篇小说中的主人公，因为一个意外沉睡了二十年。

学校里这样说。这可能会对万利斯博士的研究造成极大的影响。下学期，我们的'第七批'和'第八批'就要问世了，还有——"

"到底怎么了？"

"有个男孩出现了肌肉反应。很微小，但相当痛苦。"研究生助理说，"不到十五分钟就过去了，没造成任何伤害。但现在有一股猎巫的氛围。停止征兵，禁止后备军官培训，不允许陶氏化学招聘员工，因为他们可能会制造凝固汽油弹……事情有些过犹不及，而在我看来这是一项非常重要的研究。"

"那个男孩叫什么？"

"我跟你说实话，我不能告诉你。你要记住，你受到了轻度幻觉的影响，不要把致幻剂引起的幻想和现实混为一谈，然后开始散播这样不负责任的谣言。"

"我能那么做吗？"安迪问。

研究生助理看上去很困惑。"我不知道我们有什么办法阻止你。所有大学里的实验项目，志愿者都有很大的自主权。为了这区区二百美元，我们没法让你签保证书，对吧？"

安迪觉得如释重负。如果这家伙在撒谎，那他的演技真是一流。这样的话，刚才那些就都是幻觉了。这时，他身边床上的薇姬动了一下。

"可以继续了吗？"研究生助理笑着问，"我想，提问的人应该是我吧？"

于是他继续询问。当安迪回答完问题后，薇姬已经完全清醒，看上去神采奕奕，平静而轻松，对他微笑。研究生助理的提问很详细，其中许多是安迪自己也会提出的。

所以安迪为何还会有一种所有人都在配合演出的感觉？

14

那天晚上，安迪和薇姬坐在学生活动中心一个小休息厅的沙发上，讨论着彼此的幻觉。

她并不记得最令他触目惊心的那部分：那双沾满了鲜血的手，从一群白大褂中间伸出来，拍在挂图上，然后又沉了下去，消失不见。安迪也不记得最令她印象深刻的部分：一个一头金色长发的男人在她床边支起了一张折叠桌，桌子的高度与她的视线齐平。他在桌子上摆了一排大号的多米诺骨牌，然后说，"把它们推倒，薇姬，把它们全部推倒"。而当薇姬伸出手想照办时，那个男人却坚定地把她的手按回胸前。"你不需要动手，薇姬，"他说，"只管把它们推倒。"于是她看了看多米诺骨牌，然后它们就一个接一个地倒下了，总共有十多张。

"它们倒下了，我觉得很累。"她告诉安迪，微笑着，嘴角微微上翘，"我不知怎的，想到了越南，所以我似乎说了，'没错，这证明南越要是完了，它们就全都完了'。然后那人笑了，拍了拍我的手，说，'睡会儿吧，薇姬，你肯定累了'。于是我就睡了。"她摇了摇头，"但现在想起来，那一点也不像是真的。我想那一定都是我的想象，或者是正常测试下的幻觉反应。你根本不记得有那么个人，对吧？个子很高，齐肩的金发，下巴上还有疤。"

安迪摇了摇头。

"但我还是不明白我们为什么能够拥有相同的幻觉。"安迪说，"除非他们发明的那种药物不仅仅是致幻剂，还能造成心灵感应。我知道前几年有人讨论过这个问题……他们好像说如果致幻剂可以增强感官……"

他耸耸肩，然后咧嘴笑了，"卡洛斯·卡斯塔尼达[1]，我们需要你的时候你跑哪儿去了？"

"会不会我们曾经讨论过那些幻觉，然后又忘记了？"薇姬问。

他同意这很有可能，但整个经历仍让他觉得不安。这就像他们说的，致幻药的副作用。

他鼓足勇气开口说："我唯一确定的是，薇姬，我爱上你了。"

她有些局促地笑了笑，轻轻吻了下他的嘴角。"那太好了，安迪，可是——"

"但你有一点怕我。也许是害怕所有男人。"

"也许是的。"她说。

"我只希望你能给我一个机会。"

"没问题，"她说，"我喜欢你，安迪。非常喜欢。但我想让你一直记住，我会害怕。有时候我只是……害怕。"她试图轻轻耸耸肩，最终却变成了浑身打战。

"我会记住的。"他说，然后把她揽进怀里，吻了她。她犹豫了一下，然后回吻，紧紧抓住了安迪的双手。

15

"爸爸！"查莉尖叫着。

整个世界都在安迪眼前疯狂旋转。北方大道的钠光灯在他身下，路

---

1. 卡洛斯·卡斯塔尼达（Carlos Castaneda, 1925—1998），秘鲁裔美国作家和人类学家，研究重点是"印第安人使用的药用植物"。其"唐望"（Don Juan）系列作品曾在 20 世纪风靡一时，书中记载了他拜印第安巫师唐望为师的经历。

面跑到了他上方,他仿佛要散架了。然后他撞到地面,屁股朝下,像滑滑梯的小孩一样滑到了路基下面。查莉滑到了更下面的地方,无助地尖叫。

哦,不,她就要冲到车流里面了!"查莉!"他声音嘶哑地大吼,这让他的喉咙和脑袋更加痛苦,"当心!"

然后,她蹲在了故障车道上,不断被过往车辆的车灯扫过,抽泣成一团。安迪迅速跳了下去,重重地摔在她身边,感觉有东西从脊柱直蹿脑髓,让他头痛欲裂。眼前的事物不停翻转,翻了三圈才归于平静。

查莉还蹲在地上,抱着自己的头。

"查莉,"他说,碰了碰她的胳膊,"没事的,宝贝。"

"我真想摔到那些车前面!"她哭喊着,声音响亮而幽怨,充斥着对自己的厌恶,让安迪格外心痛,"我让那个男人身上着了火!都是我活该!"

"嘘——"他说,"查莉,你永远都不要这么想。"

他抱住她。汽车不停地从他们身边穿行而过,其中的任何一辆都有可能是警车,一切随时可能结束。从目前的情况来看,那倒算是一种解脱。

她的啜泣声渐渐停止。他意识到,她只是太累了。疲劳也让他头痛加剧,甚至无法尖叫出声,也勾起了那些痛苦的回忆。如果他们能找个地方躺一会儿……

"查莉,你还能站起来吗?"

她默默起身,擦去最后一滴眼泪。在黑暗中,她的脸仿佛一轮苍白的月亮。看着她,他感到一阵强烈的负罪感。现在的她本应躺在一栋房贷即将还清的房子里,在小床上搂着泰迪熊,准备第二天继续上学,为上帝、国家和二年级继续努力。然而现在,深夜一点十五分,她却站在纽约北部一条收费公路的岔路上,一路逃亡,同时心里充斥着愧疚,只因为她从父母那里继承了一些东西，一些她无法拒绝的东西，就像那双纯蓝的眼睛。该如何向一个七岁的小女孩解释，这一切的开始，只是因为她的父母当时急需两百美元，就去做了一件据说无害的事——然而那些人却撒了谎？

"我们得去拦一辆车。"安迪说，他不知道自己搂住查莉是为了安慰她还是为了支撑自己，"我们去找间旅店或汽车旅馆睡一觉，然后再考虑接下来该怎么办，你觉得怎么样？"

查莉无精打采地点点头。

"那就这么办。"他说，然后竖起了大拇指。汽车疾驰而过，没有人理睬他们。就在离他们不到两英里的地方，那辆绿色汽车又启动了。安迪对此一无所知：他那恼人的思绪又回到了跟薇姬一起，在学生活动中心的那个晚上。后来，他把她送回了她当时住的学生宿舍，两人在大门外的台阶上又热吻了一番，女孩迟疑地伸出胳膊搂住他的脖子。当时，她还是个处女。他们还很年轻，老天，太年轻了。

一辆辆汽车呼啸而过，查莉的头发在气流的搅动下四处飞舞，而他又记起了十二年前那个晚上发生的事。

16

安迪目送薇姬走进宿舍后，便转身穿过校园，朝高速路那边走去。他要去那里搭便车回城。尽管只感到有微风拂面，但五月的风猛烈地吹着林荫路两旁的榆树，仿佛一条无形的河流在他头上穿过，一条他仅能窥见最微弱、最遥远的涟漪的河流。

经过杰森·盖尔尼大楼，他站在漆黑巨大的楼身前。在它周围，树木和它们新长出的枝叶正在那条看不见的风之河流中疯狂舞蹈。一阵寒意顺着脊椎慢慢潜入他的身体，驻留在胃里，让他感到一阵冰冷。尽管这天晚上很暖和，但他还是不禁打了个寒战。银币大小的月亮穿行在木筏似的、不断膨胀的云层之间。在月光的映衬下，那云质木筏像是装了镀金的龙骨，在黑暗的风之河流上徐徐前行。建筑的窗玻璃反射着月光，它们仿佛一双双茫然凝视的眼睛，令人不适。

这里面另有隐情，他想。有一些不为他们所知，且超出想象的事情。究竟是什么呢？

在脑海中，他又看到了那只溺死之人血淋淋的手——这一次，他只看到了手拍在挂图上，留下了逗号形状的血迹……然后挂图咔嗒一声卷了起来。

他朝大楼走去。疯了。他们不允许有人在十点之后走进教学楼。而且——而且我很害怕。

没错。害怕是正常的，因为有太多若隐若现、令人不安的记忆，太容易说服自己那不过是幻觉。薇姬已经努力说服了自己。有一个志愿者把自己的眼珠抠了出来，还有人尖叫着想要自己快点死掉，死掉也比这样活着更好，即便这样会下地狱，永远在那里燃烧。还有人心脏骤停，然后被他们用让人胆战心惊的熟练手法清出了房间。因为，老伙计安迪，正视它吧，让你害怕的并不是心灵感应可能存在。吓坏你的是上述事件也许真的可能曾经发生。

鞋跟嗒嗒作响，他立在大门前，伸手拉了拉。门上锁了。透过大门，他可以看见空荡荡的大厅。安迪敲了敲门，而当他看到阴影里有人走出时，他差点掉头跑开。他差点被吓跑，因为他害怕从阴影中出现的可能是拉尔夫·巴克斯特的脸，或者是那个金发齐肩、下巴上有疤的高个男人。

但并不是他们。一个人来到门前，打开门锁，那张愠怒的脸表明，他只是个普普通通的大学保安：大约六英尺[1]二英寸[2]高，脸颊和前额布满皱纹，警惕的蓝眼睛因喝了太多酒而有些浮肿。他的皮带上挂了一个大闹钟。

"锁门了！"他说。

"我知道，"安迪说，"但我今天早上在七〇室参加了一场实验——"

"那又怎样！工作日大楼九点锁门！有事明早再来！"

"我好像把手表落里面了。"安迪说，他其实并没有手表，"嘿，你看怎么样？我只是进去找找看。"

"我不能让你进去。"夜班保安说，听起来似乎他不可思议地动摇了。

安迪并未多想，他压低声音说："你可以的。我只是进去看一眼，然后就走。你根本都不会记得有这事，对吧？"

他的脑袋里突然产生了一种奇怪的感觉：好像他伸手推动了这个保安，但发力的却不是他的手，只是脑袋。而这个保安却真的向后退了两三步，打开了大门。

安迪走了进去，感觉有点奇怪。他突然感到一阵剧烈的头痛，然后变为微弱的抽痛，半小时后才消失。

"嘿，你没事吧？"他问保安。

"哈？没事，我没事。"保安完全放松了警惕，他对安迪露出了完全友善的微笑，"你不是想找你的表吗，上去找吧。慢慢找，我保证不会记得你来过这儿。"

然后他便走开了。

安迪难以置信地望着他，然后随意地揉了揉前额，似乎想减轻自己剧烈的头痛。看在上帝的分上，他对那个家伙做了什么？一定是做了什

---

1. 1 英尺合 0.3048 米。——编者注
2. 1 英寸合 2.54 厘米。——编者注

么，这点可以肯定。

他转身走到楼梯前，开始往楼上去；楼上的大厅，昏暗而狭窄，对幽闭的恐惧恼人地悄然袭来，似乎让他呼吸越发急促，就像被套上了一条狗项圈。在楼上，楼层已经延伸进了风之河流当中，气流从楼旁穿过，发出嘶哑的尖叫声。七〇室装了双层门，上层装了磨砂卵石花纹玻璃。安迪站在门外，听着风吹过旧天沟和排水管的呜咽声，以及拂过枯叶时的沙沙声。他的心在胸口怦怦直跳。

当时，他几乎就要掉头回去了；突然间，他觉得将这一切忘掉似乎更容易。然后他伸手抓住了门把手，安慰自己没什么好担心的，反正门肯定上了锁，他也就可以死心了。

然而并没有。把手旋转自如，门一下子就开了。

房间里空荡荡的，只有月光透过窗外摇曳的老榆树树枝，断断续续地投进屋内，而这光线已经足够让他看清，那些病床都已经被移走了。黑板已被擦干净，挂图像窗帘一样卷了起来，只有拉环悬在半空。安迪走过去，站了一会儿，然后伸出一只手，颤抖着把它拉了下来。

大脑的扇形剖面图；人类的大脑像被屠夫剖开，上面标满了记号。只是看到这幅图，他便有种毛骨悚然的感觉，像是被一道带有腐蚀性的光打在身上。这幅图毫无趣味可言；他觉得恶心，呻吟声自喉咙溢出，他的声音仿佛蛛网的银丝般纤细、颤抖。

血迹还在那里，在摇曳的月光下，有一块已经发黑的逗号印记。周末实验前图上标记的 CORPUS CALLOSUM（胼胝体），现在变成了 COR OSUM，中间的字母被逗号印记挡住了。

小小的逗号。

决定性的逗号。

他呆立在原地，在黑暗中凝视着它，身体真正开始颤抖起来。他看到的一切，有多少是真实的？一些？大多数？全部？或者以上皆非？

他突然听到身后传来某种声响，或者他觉得自己听到了：鞋子发出的吱嘎声。

他的手抽搐着，突然拍在挂图上，发出了同样可怕的声响。挂图滚轴发出的声音在这个漆黑的房间里显得格外大。

突然，有东西敲在月光下的窗户上；是树枝，但也可能是沾着眼球组织和血液的死人的手指：让我进去，我把眼球落在里面了，让我进去让我进去让我进去——他仿佛沉入了梦里，梦里的一切都以慢动作进行，一个慢动作的梦，他确凿无疑地沉入其中，一定是那个男孩，是他身穿白袍的魂魄，眼睛的位置留下了两个黑洞。他的心几乎跳到了嗓子眼。

空无一人。

空无一物。

但他神经已然崩溃。当树枝再次拍打在窗户上，他夺路而逃，没有理会身后敞开的门。他冲下狭窄的楼梯，突然听到身后有脚步在追赶他，但其实那只是他自己脚步的回声。他一步两级跳下台阶，回到大厅，上气不接下气，感觉血液冲到了太阳穴。空气吸到喉咙里时，像干草一样令他刺痛。

他没看到保安的身影，于是悄悄离开，关上了身后的玻璃门。他走下台阶，蹑手蹑脚地离开大楼，和日后成为逃犯时一样小心翼翼。

17

五天之后，不顾她的反对，安迪把薇姬·汤姆林森带到了杰森·盖尔尼大楼的大厅。她已经不打算再去想那个实验了，拿到心理学系开出的两百美元支票后，她就把钱存进了银行，不想再去想它是从哪儿来的。

但最终，他还是说服了她，凭借他自己都不知道从何而来的口才。

他们利用下午两点五十分的课间去了那里。哈里森教堂的大钟在五月昏昏沉沉的空气中奏响了某种旋律。"这可是白天，我们不会有事的。"他说，因不安而拒绝讲出，即便只是再次想到也仍会让他毛骨悚然的东西，"周围有几十号人呢。"

"我只是不想去，安迪。"她说，但她还是去了。

有两三个学生抱着书，正往大教室外面走。安迪注意到，阳光下，这间教室的窗户看上去比那晚柔和。安迪和薇姬走进去时，还有几个人也走了进来，准备参加三点的生物学讨论会。其中一个人开始轻声且一本正经地跟同伴讨论这周末将要举行的反预备役军官训练营的示威游行。没人注意到安迪和薇姬。

"好了，"安迪说，"看看这个——"

他拽着拉环，把挂图拉下来。呈现在他们眼前的是一个赤裸的男人，皮肤被剥开，器官被打上标记。他的肌肉像是交织在一起的红色纱线，某个机灵的人还给他标了名字——"牢骚鬼奥斯卡[1]"。

"老天！"安迪说。

她上前抓住他的胳膊，手心因紧张出汗变得湿漉漉的。"安迪，"她说，"我们走吧，求你了。趁还没人认出我们。"

是的，他也准备走了。实际上，挂图被人换了，这比任何事都让他感到害怕。他啪地扯了下拉环，把挂图收起。卷轴发出了跟它被拉开时相同的声音。

不同的挂图，相同的声音。十二年过去了，他还记得那个声音——每次头痛都会让他记起。在那之后，他再也没有走进过杰森·盖尔尼大楼，但他对那个声音始终记忆犹新。

---

1. 动画儿童教育节目《芝麻街》中的主要角色。

他经常在梦里听到那个声音……同时看到那只手，那只央求着的、被淹没的、沾满鲜血的手。

18

绿色汽车沿机场岔路向北方大道的入口匀速驶去。驾驶座上的诺维尔·贝茨双手抓着方向盘，呈两点五十分的角度。古典音乐从调频广播中缓缓流淌而出，轻柔、平和。他的头发现在很短，向后梳着，但下巴上的疤痕还在——他小时候用可乐瓶盖的锯齿割伤了自己。倘若薇姬还活着，一定能把他认出来。

"有个我们的人已经在路上了。"穿巴特尼 500 西装的那个人说。他名叫约翰·梅奥。"那家伙是个线人，给我们干活的同时也给国防情报局干。"

"就是个婊子。"第三个人说。三个人都笑了，笑得紧张而做作。他们知道自己已经离目标很近了；几乎可以闻到血味。第三个人名叫奥维尔·贾米森，但他更喜欢别人叫他 OJ，或者最好叫他贾米。他在所有办公室文件上签的都是 OJ。有一次签了贾米，结果就被浑蛋上校教训了一顿。不只是口头上的，还被记了处分。

"你觉得他们走了北方大道，是吧？"OJ 问。

诺维尔·贝茨耸耸肩。"不是走北方大道，就是去奥尔巴尼城了。"他说，"我们可以让这边那个土包子去查城里的旅馆，这里是他的地盘，对吧？"

"没错。"约翰·梅奥说。他跟诺维尔处得不赖。他们认识很久了，杰森·盖尔尼大楼那次他们都在场。老天，那次可真够吓人的。约翰再也不想经历那么吓人的事情了。他就是当时给人做心脏电击的人。早年间在越南，他曾是个医务人员，知道怎样使用除颤器——至少是理论上的。但实践却不怎么成功，至少在那个孩子身上没有效果。"第六批"试药那天总共来了十二个孩子，有两个当场死于心脏骤停，还有个女孩死在宿舍里，表面上看是突发性脑栓塞。另外两个彻底疯了，其中一个男孩弄瞎了自己，另一个女孩后来脖子以下完全瘫痪。万利斯说那是心理作用，可这他妈的有谁知道？反正，那天的工作真是愉快。

"土包子会带着他老婆。"诺维尔说，"她会说自己在找外孙女，姑爷带着小姑娘跑了。反正就是那种恶心的离婚纠纷。她不想惊动警察，除非不得不那么做。但她害怕这姑爷脑子可能有点不正常。要是她演技够用，城里所有旅馆的夜班前台都会帮她查这两个人有没有登记入住。"

"要是她演技够用。"OJ说，"这帮线人，有时候真不一定靠谱。"

约翰说："我们走最近的入口匝道，对吧？"

"对，"诺维尔说，"再走三四分钟就到了。"

"他们能走这么远吗？"

"忙着逃命，估计没问题。说不定上了斜坡，我们就能看见他们竖着大拇指拦便车呢。或者他们可能抄了近路，从侧面进了故障车道。不管怎么着，咱们直着开，肯定能堵到他们。"

"去哪儿啊，兄弟。上车吧。"贾米说完自己笑了起来。他左胳膊下面的皮套里别着一支点三五七的马格南左轮手枪，他管它叫"大马"。

"要是他们已经搭上了便车，我们可就倒霉了，诺维尔。"约翰说。

诺维尔耸耸肩。"没这个可能。现在是深夜一点十五分。最近限行，路上的车更少。路过的大老板们看见有个大男人带着小女孩搭便车，你猜他会怎么想？"

"他会觉得准没好事。"约翰说。

"那必须的。"

贾米又笑了。前面的信号灯不停地闪烁，照在北方大道的斜坡上，让它在黑暗中闪闪发光。OJ把手放在"大马"的胡桃木枪托上。只是以防万一。

19

一辆大货车从他们身旁经过，掀起一阵冷风……然后它亮起了刹车灯，在大约五十码[1]外拐弯停了下来。

"谢天谢地。"安迪轻声说，"让我过去说句话，查莉。"

"好的，爸爸。"她听上去无精打采。她的眼睛下方再次出现了黑眼圈。他们朝货车走过去时，它正在向后倒。安迪感觉自己的脑袋就像一个慢慢胀大的铅球。

货车侧边画着"天方夜谭"风格的图案——哈里发[2]、面罩薄纱的少女、飘浮在半空中的魔毯。那魔毯无疑是红色的，但在收费公路钠光灯的照耀下，它却呈现出暗栗色，仿佛干掉的血迹。

安迪打开客座门，把查莉抱进去，然后自己也钻进车里。"谢谢你，先生。"他说，"你真是救了我们一命。"

"荣幸之至。"司机说，"你好啊，小家伙。"

"你好。"查莉声音微弱地说。

司机看了眼后视镜，慢慢在故障车道上加速，然后驶进正常车道。望着查莉垂下去的小脑袋，安迪满心愧疚：通常情况下，如果看到司机这样的年轻人在路边竖着大拇指搭车，自己是不会理会的。司机是个大块头，但身形佝偻，留着浓密的黑胡子，蜷曲着垂到胸前，还戴着一顶大毡帽，活像肯塔基乡村片里面的背景人物。他叼着一根像是自己家里卷的香烟，

1. 1 码合 0.9144 米。——编者注
2. 伊斯兰教首脑拥有的称号。——编者注

吞云吐雾。不过从味道上判断，确实只是香烟，并没有大麻的甜味。

"你们要去哪儿，伙计？"司机问。

"往前走两个镇子。"安迪说。

"黑斯廷斯谷？"

"没错。"

司机点点头。"我猜你们是在躲什么人吧。"查莉紧张起来，安迪把手放在她的背上，轻轻抚摸她，让她放松。他察觉到司机的声音里并没有恶意。

"机场那边有个送传票的家伙。"他说。

司机咧嘴笑了——他的笑容几乎完全被浓密的胡须盖住。他小心地把烟卷从嘴里取出，熟练地伸到窗外。涌动的气流很快就把它熄灭了。

"我猜是跟这小家伙有关。"他说。

"差不多。"安迪说。

司机不说话了。安迪靠在椅背上，努力应付自己的头痛。自刚才最后的致命一击，它似乎留在了极限水平上。以前也有过这么疼的时候吗？记不清了。每当他发力过猛，都会让这份痛苦达到极限。这会让他至少要过一个月后才敢再次发力。他知道再走两个镇子远远不够，但这已是他今晚的极限。他不行了，只能撑到黑斯廷斯谷了。

"你觉得谁能赢，伙计？"司机问。

"什么？"

"职棒。世界大赛，我看今年圣地亚哥教士队不赖。你觉得呢？"

"相当不赖。"安迪附和道。他的声音仿佛来自远方，仿佛海底的钟声。

"你还好吗，伙计？你的脸色可不大好。"

"头痛。"安迪说，"偏头痛。"

"压力太大了。"司机说，"我知道那滋味。你们打算住旅店吗？需要现金吗？我可以给你五美元。本来能多给你点，但我现在要去加利福尼亚，钱得省着用。就像那个——乔德一家，《愤怒的葡萄》里的那家人。"

安迪感激地笑了笑。"我想我们钱够用。"

"那就好。"他看了一眼查莉，后者已经打起了瞌睡，"真是个漂亮的小姑娘，伙计。你在照顾她吗？"

"尽我所能。"安迪说。

"真好。"他说，"有首歌也是这么唱的。"

20

从高速公路上看过去，黑斯廷斯谷这座小镇不过是一片开阔地。在这个时间，镇上的红绿灯都已经不再工作。戴着乡村风格毡帽、留着大胡子的司机载着他们驶出出口匝道，穿过沉睡的小镇，沿着四十号公路来到"美梦之乡"汽车旅馆。旅馆是一栋红木建筑，屋后有一片采摘过的棉花地，前面有一块霓虹灯招牌——黑暗里只有连不成词的几个字母在闪烁。查莉睡得很香，身子歪向左侧，脑袋渐渐靠在了司机穿着蓝色牛仔裤的大腿上。安迪想把她移开一点，司机却摇摇头。

"没事，伙计。让她睡吧。"

"你可以载我们再走一段吗？"安迪说。尽管很难集中精力思考，但这种谨慎几乎出自本能。

"不想让旅馆值班的知道你们没有车？"司机笑了，"没问题，伙计。不过这样的地方，就算你骑着独轮车进去，他们也不会赶你走的。"货车轮胎碾过碎石路肩。"你确定用不着我给你五美元？"

"大概能用上。"安迪勉强作答，"可以写个地址给我吗，以后我把钱寄给你。"

司机再次咧着嘴笑了。"我的地址是'路上',"他说,掏出钱包,"但说不定你还能看见我这张笑脸呢,对吧?谁知道呢。拿着吧,伙计。"他把五美元递给安迪,安迪突然哭了——并没有哭出声,但流了眼泪。

"别这样,伙计。"司机温柔地说,轻轻拍了拍安迪的脖颈,"人生苦短,不如意的事多着呢,我们一起生活在这个地球上,就应该相互帮助。总而言之,这就是我吉姆·保尔森的人生哲学。好好照顾这个小家伙吧。"

"我会的。"安迪说着擦干了眼泪。他把五美元放进灯芯绒外套的口袋里。"查莉,宝贝?醒醒,马上就到了。"

21

三分钟后,安迪目送吉姆·保尔森把车开到一家已经关门的餐馆前,然后掉头,从他们身边开过,回到了州际公路上。查莉困倦地靠在安迪身上,安迪举起了手,吉姆也朝他们挥了挥手。画着精灵、高大的维齐尔[1]和神奇魔毯的福特牌旧货车开走了。祝你加州行一切顺利,伙计。安迪在心里默默祝福。然后他们两人转头,朝"美梦之乡"走去。

"你先在外面等我,别让人看见,"安迪说,"好吗?"

"好的,爸爸。"查莉还是昏昏欲睡。

把查莉安顿在一丛灌木旁后,安迪走向旅馆,按了值班铃。两分钟后,一个穿着浴袍的中年人擦着眼镜走了出来。他打开门,一言不发地

1.伊斯兰君主制国家中宰相的衔号。——编者注

把安迪让进去。

"我想知道我可不可以住左边最后一间房。"安迪说,"我把车停在那边了。"

"这个季节,要是想的话,你可以把整个左半边都包下来。"值班的人说,朝安迪微笑,露出一口泛黄的假牙。他递给安迪一张登记卡和一支印着广告的钢笔。一辆车从外面经过,前车灯悄无声息地忽明忽暗。

安迪用"布鲁斯·罗泽尔"这个名字登了记。布鲁斯开了一辆一九七八年产的"织女星",纽约牌照 LMS 240。他看着"单位/公司"一栏的空白犹豫了片刻,随即有了灵感(尽可能在他的头痛允许下),写下"美国自动销售联合公司",然后在付款方式一栏选了现金。

又有一辆车从门前经过。

值班的人在登记卡上签好名,收了起来。"一共十七美元五十美分。"

"给你零钱可以吗?"安迪问,"我手里有二十美元钢镚,一直没机会换掉。这乡下业务可真是烦人。"

"没事,反正一样花。"

"谢谢。"安迪把手伸进大衣口袋,先把五美元纸币推到桌边,然后拿出一大把硬币,二十五美分、十美分、五美分的都有。他数出十四美元,然后又掏出一把零钱,补齐剩下的部分。值班的人把硬币码成几堆,分别扫进收银抽屉里不同面值硬币的隔间。

"我说,"他合上了抽屉,满怀希望地看着安迪,"要是你能把我们的自动贩烟机修好,我可以帮你省五美元。它都坏了一周了。"

安迪走到角落里的机器前,装模作样地看了一会儿,然后走回来。"不是我们家的机器。"安迪说。

"哦,该死。好吧。晚安,伙计。如果需要的话,壁橱的架子上还有额外的毯子。"

"好的。"

他走了出去。铺路的碎石子在他脚下吱嘎作响，让他的鼓膜备受折磨，像是在嚼石头做的麦片。他走到刚才的灌木丛旁，却发觉查莉不见了。

"查莉？"

没人回答。他把系着绿色标签的房间钥匙在两手间不停地倒来倒去。两只手现在都冒了汗。

"查莉？"

还是没人应声。他现在回想，好像在填登记表的时候，有辆经过门口的汽车减了速。说不定就是那辆绿色汽车。

他的心开始怦怦直跳，这让他颅骨内的疼痛更加难以忍受。他开始思索如果查莉不见了该怎么办，但他完全没有头绪。他的头太疼了。他……这时，一阵低沉的呼噜声从灌木丛里传来。这声音他太熟悉了。他跑了过去，碎石在脚底飞溅。坚硬的灌木枝刮伤了他的腿，撕扯着他灯芯绒外套的下摆。

查莉躺在汽车旅馆的草坪旁，膝盖抱在胸前，两手夹在腿间。她又睡着了。安迪闭上眼睛，默默站了一会儿，然后把她叫醒。他希望这是最后一次这样做。这个夜晚太漫长了。

她眼睑颤动着，然后睁开眼望着他。

"爸爸？"她问，声音里满是睡意，有一半仍在梦中，"我像你说的那样藏起来了，谁也找不着我。"

"我知道，宝贝。"他说，"我知道你最听话了。走吧。我们去床上睡。"

22

二十分钟后，他们都躺在十六号房的双人床上了。查莉睡着了，呼吸均匀，安迪仍然醒着，但也即将睡去，只是头痛仍困扰着他，以及一些疑问。

他们已经逃亡将近一年了。这有点难以置信，也许是因为他在宾夕法尼亚州的港市开减肥班时，他们的日子过得一点都不像是在逃亡。查莉在那里的学校上学，一个有工作、女儿还在上小学的人，怎么可能正在逃亡？在港市，他们几乎就要被抓到了，并不是因为敌人有多出色（尽管他们确实很顽强，这让安迪十分担忧），而是因为安迪犯了个决定性的错误——他让自己忘记了他们正在逃亡。

现在已经没有机会再犯错了。

那些人现在离他们有多近？还在纽约？除非没能记下出租车的号码，否则那些人一定还紧咬在他们身后。他们更有可能在奥尔巴尼，像一群蛆虫，在肉屑旁边来回蠕动。他们什么时候会到黑斯廷斯谷？也许会在明天早上。但也许不会。黑斯廷斯谷离机场有十五英里远，胡思乱想没有意义。

我活该！把那个人点着了，我活该摔在那些车前面！

他自己的声音在回答：本来还会更糟，本来着火的可能是他的脸。

声音像鬼魂一般在房间里飘荡。

他又想到了一些问题。按照登记信息，他应该开了辆"织女星"。等早上那个值班的人到屋外，发现十六号房外并没有"织女星"，他会不会以为，这个自动销售联合公司的职员已经动身离开了？或者，他会一探究竟？现在，他已无能为力，只能听天由命。

我觉得那个人有点滑稽。他看上去脸色苍白，病恹恹的。而且他用零钱付的账。他说自己在自动售货机公司工作，却不会修大厅里的那台机器。

声音像鬼魂一般在房间里飘荡。

他侧着身子，倾听查莉缓慢的呼吸。他以为他们把她带走了，但实际上她只是在灌木丛里走远了一点。不让人看见。查伦·罗伯塔·麦吉，查莉[1]，自从……好吧，自始至终。要是他们把你带走了，我真的不知道该怎么办才好。

<h2 style="text-align:center">23</h2>

最后一个声音，来自他的室友昆西，来自六年前。

查莉当时刚满一岁，不过他们当然知道，她肯定不是一个普通的孩子。他们知道，在她只有一周大时，薇姬就得把她带到大床上跟他们一起睡，因为一旦把她留在小床上，她的枕头……就会自燃。那天晚上，他们就彻底丢弃了婴儿床，当时他们心怀巨大的恐惧，什么都没说。这太诡异了，难以用语言讨论。枕头的热度已经足以把她的小脸烫出水疱，尽管安迪在药箱里找到了水宝宝防晒霜，但她还是号哭了整整一夜。查莉出生的头一年，他们两个几乎都要被逼疯了，他们没法睡觉，永远在担惊受怕。一旦查莉没能及时喝到奶，垃圾桶就会着火；有一次窗帘着火了，要是薇姬不在房间——

她从楼梯上摔下这件事，让他下定决心给昆西打电话。当时她一直在地上爬，她已经会用手和膝盖爬上楼梯，然后再爬下来。安迪那天一直坐在旁边陪她，薇姬跟朋友去森特百货商场购物了。她一直在犹豫该不该去，安迪几乎是把她推到了门外。她最近看上去有些操劳过度，太疲惫了。她的眼神几乎有些呆滞，让他想起了自己听说过的那些有关战争时期士兵超负荷战斗的故事。

他在客厅里看书，在靠近楼梯底部的位置。查莉正在爬上爬下。楼

1.查伦的昵称。——编者注

梯上放着一只泰迪熊。他本应该把它挪走，但就像在港市的生活一样，查莉每次都能从它身边绕开，让安迪觉得可以保持现状，于是便放松了警惕。

第三次爬下来时，查莉的脚被玩具熊绊住了，结果她滚下了楼梯，砰，啪，咚，接着她便哭号起来，充满恐惧与愤怒。楼梯上铺了地毯，她甚至连淤伤都没有——老天向来保护醉鬼和小孩，这话是昆西说的，而那天他第一次想到了昆西——但安迪还是冲向了她，把她抱起，抱着她，跟她说了很多安慰的话，检查有没有流血、扭伤或脑震荡的迹象。然后——

然后他觉得从自己女儿的脑子里，射出了一支无形的、不可思议的死亡之箭。那种感觉，仿佛是在夏日的站台上站得离轨道太近，感受到了迎面而来的一股热浪，一股柔软而无声的温暖气流……然后泰迪熊就着火了。泰迪熊弄伤了查莉，查莉便报复泰迪熊。火焰熊熊燃烧，瞬间便把它化为焦炭。透过火焰，安迪看着它黑色扣子做成的眼睛，看着火焰随泰迪熊的跌落蔓延到地毯上。

安迪赶紧放下女儿，冲向放在电视旁边墙上的灭火器。他跟薇姬并没有谈论过他们女儿的能力——有几次他想谈论此事，但薇姬不想听；她歇斯底里地抗拒这个话题，坚持说查莉什么问题都没有，什么毛病都没有——但灭火器也在未经讨论的情况下悄无声息地出现在家里，就像春夏之交的蒲公英一样。他们并没有谈论查莉的特殊能力，但灭火器已经摆在家里的各个角落了。

他抓到一个灭火器，冲向楼梯，此时地毯烧焦的味道已经开始弥漫……不过他还有时间想到那个故事，小时候读到的故事，《这是一个美好的生活》，作者是一个名叫杰罗姆·比克斯比的家伙。那个故事讲的是一个小孩用恐怖的心灵感应奴役自己的父母，让他们做了无数有关死亡的噩梦，而你永远也不会知道……你永远也不知道那个孩子什么时候会让噩梦成真……

查莉仍然坐在楼梯下面，号啕大哭。

安迪迅速拧开灭火器，把泡沫喷到正在蔓延的火焰上。然后他捡起沾着泡沫的泰迪熊，拿到楼梯下面。

他痛恨自己，但同时却出于某种本能，明白自己必须这样做。他必须让查莉知道界限所在，懂得是非，吸取教训。他不顾查莉因害怕而不停地哭闹，把烧焦的泰迪熊几乎按到了她的脸上。唉，你这浑蛋，他绝望地想，你为什么不去厨房拿把刀，在她脸上刻上界限，让她永远记得教训呢？而实际上，他正是这样想的。留下记号，记住教训。没错，他必须这样做。在他的孩子身上留下伤疤，在她的灵魂上烧一个疤。

"熊熊现在好看吗？"他吼道。泰迪熊被烧伤了，烧黑了，仍残留着如同冷却的木炭般的热度。"熊熊烧伤了，不能陪你玩了，这样你就高兴了，查莉？"

查莉哭得更大声了，几乎背过气去。她的皮肤红一块白一块，眼睛里满是泪水。"爸爸！熊熊！熊熊！"

"没错，它是你的熊熊，"他坚定地说，"可现在熊熊完全烧坏了，查莉。是你烧坏了熊熊。而且你可能烧坏熊熊，就有可能烧坏妈妈，还有爸爸。你永远也不可以再做这样的事情了！"他靠近她身边，但是没有把她抱起来，没有碰她，"你永远也不可以这样做，因为这是一件坏事！"

"爸爸，爸爸，爸爸——"

这是他所能承受的最大限度的残忍、恐怖与害怕。他把她抱了起来，紧紧地抱着她，来回走动，走了很长时间，她的哭声才渐渐停止，变成了不规则的抽泣。当他再看她时，她已经睡着了，脸颊软软地贴在他的肩上。

他把她放到沙发上，然后去厨房给昆西打电话。

昆西不想谈论此事。那是一九七五年，他正在一家大型航空公司工作。每年他都会给麦吉家寄贺卡，告诉他们自己的工作是负责心理疏导的副经理。每当飞机制造厂有工人心理出现问题，一般都需要昆西出马。他负责解决他们的问题——疏离感、身份焦虑，也许他们只是觉得工作枯燥乏味，自己仿佛只是一台加工机器——避免他们罢工，让他们继续把小零件放到该放的位置上，这样飞机就不会坠毁，就可以继续保证民主世界的和平安定。凭借这份工作，昆西每年可以赚三万两千美元，比安迪多一万七。"我并不觉得愧疚，"他写道，"仅凭一己之力就能保证美利坚上空的安宁，我觉得这点钱微不足道。"

这就是昆西，一如既往擅长讲俏皮话。但那天，当安迪从俄亥俄州打去电话，女儿睡在沙发上，家里还弥漫着烧焦的泰迪熊和地毯的味道时，他的俏皮话也没法继续了。

"我听说了一些事，"当明白如果不说点什么，安迪不会善罢甘休时，昆西说，"但有时候电话里讲事情并不安全，老伙计。水门事件可没过去多久。"

"我有点害怕。"安迪说，"薇姬也是。查莉更害怕。你听说了什么，昆西？"

"之前那个实验，总共有十二个人参加。"昆西说，"六年前那次，你还记得吗？"

"我记得。"安迪坚定地说。

"那十二个人没剩几个了。我最近听说只剩了四个。其中两个结了婚。"

"是的。"安迪说，但他越发觉得恐惧。只剩四个？昆西这话是什么意思？

"我知道其中一个可以让钥匙弯曲，还可以不用手关门。"昆西的声音很细，穿过两千英里的电话线，经过交换站、开放的中继点，再经过内华达、爱达荷、科罗拉多、爱荷华的接线盒，传送到安迪耳边。有无数个地方可以听到昆西的声音。

"是吗？"他说，努力保持平静。他想到了薇姬，她能够不用接近就打开收音机或关掉电视，而且她显然没有意识到自己拥有这样的特殊能力。

"哦，是的，他真能办到。"昆西说，"他是——你会怎么说？——有备案的。那种事情做多了他会头痛，但他能做到。他们把他关在一个小房间里，配备了他打不开的门和无法弯曲的锁。他们在他身上做测试。弯曲钥匙、关门……我估计那人快要被折磨疯了。"

"哦……老天啊……"安迪轻声说。

"他是我们维护世界和平努力的一部分。所以就算真疯了也没关系。"昆西说，"他一个人疯了，可以换我们美国两亿两千万国民的幸福生活，那也值了。你听明白了吗？"

"明白了。"安迪喃喃道。

"至于那两个结婚的，他们目前还没有线索，只知道那两个人在中部某个类似俄亥俄的州，过着小日子。他们大概每年会对这几个人进行一次检查，只是想看看这几个人是否有什么特殊能力，比如弄弯钥匙，或不用手就可以把门关上之类的。或者是在当地小马戏团表演心灵感应的小把戏，给肌肉萎缩症的可怜人筹点善款什么的。他们要是做不了这些事就好了，对吧，安迪？"

安迪闭上眼睛，闻着布料烧焦的味道。有时查莉会把冰箱门打开，朝里面看看，然后又爬到一边。这时如果薇姬在熨衣服，她就会朝冰箱门看一眼，冰箱门便会自动关上——自始至终她都不觉得这样的事情有什么奇怪之处。有时她能办到，有时也会不起作用，她会放下熨斗，自己动手关上冰箱门（或是关掉电视、打开电视）。薇姬不能弄弯钥匙，不会读心术，不会飞，不会用意念控火，更不会预测未来。她顶多能在里屋把房子大门关上，仅此而已。有时在她做了类似的事情后，安迪注意到她会抱怨自己头痛，或是肚子不舒服。安迪不知道这算是身体反应，还是潜意识发出的一种自我警告。在月经期间，她的能力似乎会更强。但那不过都是一些小事，而且很少发生，安迪早已习以为常。至于他自己……好吧，他的能力是"推动"别人。这种能力没有确切的名号，也许"自我催眠"更加贴切。他没法经常那么做，因为那会让他头痛。大多时候，他会忘了自己并非常人，自那天进入杰森·盖尔尼大楼的七〇室之后便不再正常。

他闭上眼睛，在眼皮后面的黑色区域内，他看到了那个血色的逗号，以及不成词的"COR OSUM"。

"是吧，那才叫走运。"昆西自说自话，仿佛安迪已经表示赞同，"不然他们就得被关在一间小房间里，永远待在那里，为美国两亿两千万国民的安全和自由牺牲自己。"

"真走运。"安迪附和道。

"那十二个人，"昆西说，"也许他们给那十二个人注射的是他们自己都不清楚具体效用的药物。可能有人——某个疯狂博士——误导了他们。或者，也许他自以为自己误导了他们，但实际上是他们在误导他。这都不重要。"

"是啊。"

"所以注射了药物的人可能被改变了染色体组成。可能是一点点，也可能改变很多，更可能谁也不知道。可能那两个结了婚的，生了孩子，而那个孩子不只继承了妈妈的蓝眼睛、爸爸的高鼻梁。你说那些人会不会对这个孩子感兴趣？"

"肯定会。"安迪说，他现在已经害怕得无法言语了。他已经决定不告诉薇姬，自己给昆西打了电话。

"这就好像你有一颗柠檬，很好，你还有糕饼，那也很好。但要是把它们放在一起，你就会得到……一种全新的味道。我猜他们肯定想知道那孩子能做什么。他们很可能会把她关在小房间里，看她能为保障民主世界的长治久安贡献什么样的力量。我想我能说的就这么多，老伙计，多说一句……自己保重，别让人找着。"

24

声音像鬼魂一般在房间里飘荡。

别让人找着。

他把头靠在旅馆的枕头上，看着已经睡熟的查莉。小宝贝查莉，我们该怎么办？我们要去哪里才能不被人找到？这一切要如何收场？

这些问题都无法回答。

最后他睡着了。就在不远处，那辆绿色汽车就像只猫，在夜里游荡，仍在寻找那个宽肩膀、穿灯芯绒夹克的大块头男人，以及绿衣红裤的金发小女孩。

二　弗吉尼亚，朗蒙特：「商店」

1

两座漂亮的南方种植园式房屋相对而立，中间是一片长条状的草地，绵延起伏。草地上有几道精心修剪出的自行车道，纵横交错，还有一条两车道宽的汽车道，从后山的主路延伸至此。其中一栋房子一侧有一间大谷仓，漆成了亮红色，边缘为白色。另一栋房子旁边是马厩，使用了同样的红白配色。这里饲养着南方最上等的马，谷仓和马厩之间是一池宽而浅的鸭塘，天空倒映在平静的水面上。

十九世纪六十年代，这两栋房子的原主人在战争中丧命。现在，两个家族中的继承人也都离世了。一九五四年，这两处地产被合为一处政府财产，成了"商店"的总部。

十月，一个阳光明媚的日子，安迪和查莉乘出租车离开纽约前往奥尔巴尼的第二天，此时是九点十分，一个眼神和蔼、炯炯有神的老人，头戴一顶英国式骑行毛帽，骑着自行车前往其中一栋房子。他刚刚经过的第二个山丘上有一座检查站，计算机系统检验过指纹后，他才得以通行。检查站位于两道带刺的电网中间，靠外的电网高七英尺，每隔六十英尺就有一块标志牌，上面写着"当心！此处有低压电网！政府财产！"。白天里，电网确实处于低压状态，但到了晚上，这里的发电机就会把电压提高到致命的程度，每天早晨，会有一组五个看守开着高尔夫球场专用的小车在周围巡视，把烤焦的兔子、鼹鼠、鸟、土拨鼠捡走。有一次他们发现了一只臭鼬的尸体，臭气熏天。有时还会捡到一头鹿。还有两次是人，同样被烤焦了。内外两道带刺电网间隔十英尺，守卫犬日日夜夜在中间巡视，它们是杜宾犬，都经过专门训练，知道远离电网。这里的每个角落都有一座防卫塔，同样是红底白边。防卫塔里配备了各类致命武器，以及使用这些武器的个中好手。整个基地都有电视摄像机全天候监控，所得到的画面会由计算机不断扫描。朗蒙特基地的防卫可谓滴水不漏。

老人骑着自行车，对经过的人微笑。一个戴着棒球帽的老人正在遛一匹脚踝很细的小母马。他举起手喊道："嘿，上校！天气真不错！"

"是啊。"骑自行车的人回应道，"你好啊，亨利。"

他来到靠北的那栋房子前，从车上下来，放下车架。他深吸着清晨温和的空气，然后快步走上宽阔的门廊台阶，从宽阔的陶立克式石柱之间穿过。

他推开门，走进宽敞的接待大厅。一个红发的年轻女人坐在桌子后，面前摊开了一本统计分析方面的书。她一只手放在书上，另一只手放在抽屉里，轻轻触碰着里面的史密斯威森点三八手枪。

"早啊，乔茜。"年老的绅士说。

"嘿，上校。今天来得晚了点，是吧？"这个漂亮女孩可以睁一只眼闭一只眼，要是换杜安当班，他就没这么好运了。上校并非妇女解放运动的支持者。

"我这豪车的链条好像有点卡，亲爱的。"他把拇指放进适当的孔槽里，控制台中有什么东西突然颤动起来，乔茜面前桌板上的绿灯开始闪烁，接着稳定下来。"忙你的吧。"

"嗯，我会当心的。"她俏皮地说，跷起二郎腿。

上校大笑着走过大厅。乔茜目送他离开，思索着要不要告诉他二十多分钟前，万利斯那个老浑蛋已经进去了。他很快就会知道的，她想，然后叹了口气。跟那个老浑蛋说话绝对是开始新一天的最糟糕的方式。但她觉得像上校这样的大人物，总能应付得来。

2

上校的办公室在房子后面。屋内有一扇巨大的凸窗，可以看到后面的草坪、谷仓和鸭塘的风景，它们部分被桉树遮掩了起来。里奇·麦基翁坐在草坪正中央的一台小型拖拉机式割草机上。上校站在窗前看了他一会儿，双手在背后交叉，然后向拐角处的咖啡机走去。他用自己上面印着 U.S.N（美国海军）的杯子接了杯咖啡，加了些雀巢奶精，然后坐下，打开对讲机。

"嘿，蕾切尔。"他说。

"您好，上校。万利斯博士在——"

"我知道，"上校说，"我知道，一进这屋子我就闻到那老婊子的味了。"

"需要我告诉他您今天抽不开身吗？"

"可别这么说，"他坚决地说，"就让他这该死的一上午都待在那个黄色客厅里好了。要是他死等不回，我就在午饭前会会他。"

"好的，先生。"问题解决了——反正对蕾切尔来说是这样，上校有点愤恨地想。万利斯根本不是她的问题。实际上，万利斯现在是累赘。这家伙已经没有利用价值和影响力了。不过幸好我们还有毛伊岛，还有雨鸟。

想到这儿，上校不由得内心一颤……他可不是容易发抖的人。

他再次按下对讲机的开关。"我需要再看一次麦吉的全部档案，蕾切尔。另外十点半我打算去见阿尔·斯泰诺维茨。要是见完阿尔，万利斯还没走，你就把他放进来。"

"很好，上校。"

上校坐回椅子上，指尖相对。他望着房间对面墙上乔治·巴顿将军的照片——巴顿跨在坦克的顶部舱口上，仿佛自己是韦恩公爵[1]或别的什么人。"人太强势，生活就会很艰难。"他对着巴顿的照片说，抿了口咖啡。

3

十分钟后，蕾切尔用图书馆常用的静音小推车把资料推过来了。总共有六盒文件和报告、四盒照片，还有一大堆电话记录。自一九七八年起，麦吉家的电话就被窃听了。

"谢谢你，蕾切尔。"

"您客气了。斯泰诺维茨会在十点三十分到。"

"他当然会来。万利斯死了没有？"

"恐怕还没有，"蕾切尔莞尔一笑，"他只是坐在外面，看亨利遛马。"

"还他妈一边撕着香烟？"

蕾切尔捂住嘴，像个女学生，咯咯地笑起来，点点头。"他已经撕了半包了。"

上校哼了一声。蕾切尔退出房间，他开始翻看档案。在过去的十一个月里，他已经看过这些东西多少次了？十多次？二十多次？他几乎可以把所有关键内容烂熟于心。而且，如果阿尔是对的，到周末，麦吉家剩下的两个人就将落到他手里。一想到这儿，他感到有一小股兴奋的暖

---

1. 指美国演员约翰·韦恩（John Wayne，1907—1979），"公爵"是他的绰号。韦恩以西部片及战争片中的硬汉形象深入人心，代表作有《关山飞渡》等，是当时美国式英雄主义的化身。

流自腹部淌过。

他开始随意翻阅麦吉的档案，从中间抽出一页纸，找一段读了起来。这是他重新进入状态的方式。他的意识保持中立，潜意识则处在高速运转的状态。他现在需要的不是细枝末节，而是宏观把握。就像棒球运动员说的，他需要找到时机。

那是万利斯自己写的备忘录。一个更年轻的万利斯（啊，不过那时的他们都还算年轻）写的，日期是一九六八年九月十二日。其中有半个段落吸引了上校的目光：

> ……在继续研究可控制的精神现象方面有着极其重要的意义。对动物进行进一步的试验将适得其反（见下页1），并且，正如我在今年夏天的小组会议上所强调的，如果"第六批"的力量比我们想象的还要强大，那么对罪犯或任何越轨人格的测试可能会导致非常严重的问题（见下页2）。因此我继续建议……

你继续建议我们，在你那万无一失的应急计划下，向对照组的大学生注射"第六批"，上校心想。那些日子里，万利斯丝毫不磨磨叽叽、唠唠叨叨。一点也没有。他当时的座右铭是全速前进，落后者遭殃。有十二个人接受测试，有两人直接死亡，一个是当场，另一个是试验后不久。有两个彻底疯了，而且他们都残疾了，一个瞎了，一个精神病性瘫痪。他们两个都被关在毛伊岛，直到悲惨地离开人世。所以现在还剩八个。有一个在一九七二年死于车祸，一场其实更应该称之为自杀的车祸。有一个在一九七三年从克利夫兰邮局的屋顶跳了下来，一次毫无疑问的自杀；他留了张字条，上面说，他"再也受不了自己脑子里出现的景象了"。克利夫兰警方将其诊断为自杀性抑郁症和妄想症，结案。上校和"商店"方面则认为是"第六批"的后遗症。还剩六个。

其余的三个，在一九七四年至一九七七年间自杀，这样一来可以确定的自杀人数为四人，算上疑似自杀的，则一共有五人。人们通常会说，这占了实验总数的将近一半。当他们用枪、绳子或从高处跳下结束自己的生命时，这些自杀似乎是全然正常的。但谁知道他们可能经历了什么？谁又能真的知道？

还剩三个。到一九七七年，沉寂多年的"第六批"项目又被人翻出来，当时一个名叫詹姆斯·理查森的志愿者，住在洛杉矶，一直在监视之下。他在一九六九年参加了"第六批"的实验，和其他人一样表现出了惊人的能力：心灵感应、思想传递，以及至少从"商店"的职业角度来看最有趣的能力——精神控制。

但就像其他人一样，理查森因药物产生的能力似乎随着药力的消耗而完全消失了。在一九七一年、一九七三年和一九七五年对他的回访中，他都没有表现出任何特殊的能力。即便是对"第六批"项目最为狂热的万利斯也不得不承认这一点。计算机持续随机抓取的片段（不过自从麦吉事件之后，它们的抓取已经不再那么随机了）表明，理查森并没有使用任何超自然的心灵能量，无论是有意识还是无意识。他于一九七一年毕业，然后在一系列低级别的管理岗位上不断向西移动——他的工作用不到精神控制——现在去了特利丹电子公司。

而且，他还是个该死的基佬。

上校长叹一口气。

他们继续监视理查森，但上校个人认为，此人已经没什么利用价值了。剩下的就只有安迪·麦吉和他的妻子了。他们的巧结连理当然被"商店"以及万利斯看在眼里，万利斯开始用备忘录轰炸办公室，提议这场婚姻孕育出的任何后代都应该被严密监视。你可以说他，鸡蛋还没下下来就开始惦记小鸡仔了。上校不止一次想捉弄万利斯，告诉他他们听说安迪已经做了输精管切除手术，这样老浑蛋就可以把嘴闭上了。那时万利斯已经中了风，没什么用了，反倒成了累赘。

"第六批"的实验只做了一次，那场实验的结果是灾难性的，以至于相应的掩盖工作规模巨大而彻底……而且所费不赀。于是高层直接下达了要求无限期推迟进一步试验的命令。当时上校就想，万利斯肯定会歇斯底里，大叫大嚷……事实上他确实嚷了半天。然而并没有迹象表明，苏联或其他世界大国对药物引起的心灵感应产生兴趣，因而高级官员拍板决定，虽然取得了一些积极的结果，但"第六批"的实验是条死胡同。从长期结果看，一位从事该项目的科学家将它比喻成把喷气式发动机装在一台快报废的老福特车上。项目运转得跌跌撞撞，虽说发动得起来……碰上第一个障碍物就得完蛋。"再给我们人类一万年时间进化，"这个家伙说，"到那时我们兴许可以再试试。"

部分问题在于，当药物诱导产生的超自然心灵能量达到一定高度，受试者根本无法控制。存在失控的可能性。而且这种力量一旦崩溃，势必这些高层也会一屁股屎。掩盖一个特工，甚至一个围观群众的死算不了什么。但想要掩盖一个学生心脏病致死、两个学生下落不明，还有其他人莫名其妙地歇斯底里和妄想发作就没那么容易了——尤其是这些事都叠加在一起。尽管他们都是因为没什么近亲在世才被选中，但这些人都有朋友和同学。成本和风险都是巨大的。他们为此动用了七十万美元的资金作为封口费，还至少给其中一人施加了"制裁"——那个把自己眼睛挖出来的学生的教父。那人说什么都不肯收钱，还非要查明事情的真相。到最后，他唯一的归宿只有巴尔的摩海沟底，他现在大概还在那里，腿上残余的部分还绑着两块水泥板。

而且这件事很大程度上——他妈的极大程度上——都得看运气。

于是，在年度预算拨款继续维持的情况下，"第六批"的项目被搁置了。这笔钱用于对受试对象的继续监视，以防有意外情况发生——一些行为模式的出现。

最后，真的出现了一个。

上校在一个放照片的文件夹里翻找，找出一张模糊的女孩的黑白照片，八乘十大小。照片拍摄于三年前，女孩当时四岁，正在上哈里森的免费幼儿园。照片是从一辆面包车的后面，用长焦镜头拍摄的，后来经过放大与裁剪，让一张有许多男孩女孩在做游戏的照片变成了一个微笑着的女孩的单人照。她双手握着跳绳，辫子在空中飞舞。

上校深情地望着这张照片好一会儿。中风后的万利斯知道了什么是恐惧，他现在认为这个小女孩也必须接受制裁。尽管最近这段时间万利斯已经被赶下台，不再握有实权，但还是有些人同意他的观点——其中有些人还握有实权。上校真心不希望事情发展到那种程度，因为他自己就有三个孙子，其中两个还跟查伦·麦吉年纪相仿。

当然，他们必须让这女孩跟她父亲分开，永不相见。而且安迪可以说一定会受到制裁……当然，还要等他履行完自己的使命之后。

已经十点一刻了，他按铃呼叫蕾切尔。"阿尔·斯泰诺维茨到了吗？"

"刚刚到，先生。"

"很好，让他进来吧。"

4

"我希望你亲自负责整件事情的收尾，阿尔。"

"很好，上校。"

阿尔伯特·斯泰诺维茨是个小个子男人，面色蜡黄，头发乌黑。早年间，偶尔会有人把他认成演员维克托·乔里。上校断断续续跟斯泰诺维茨共事八年——实际上，他们是一起从海军过来的——在他看来，阿尔总是像一个行将就木的人，马上就要去医院度过临终时光了。他经常烟不离手，除了在这里，因为条例不允许。他步伐缓慢而郑重，让他自带一份古怪的尊贵感，鲜少见于旁人的莫名的尊贵感。不过上校看过所有一级特工的病历档案，知道那庄重的步伐徒有其表；他不过是饱受痔疮之苦，已经做过两次手术。他拒绝了第三次手术，因为那意味着他可能余生都需要在腿上挂着结肠造瘘袋。因而，他那庄重的步伐只会让上校想起渴望成为女人的小美人鱼，以及她为了获得双腿双脚而付出的代价。上校觉得小美人鱼的步伐同样有其庄重的韵味。

"你到奥尔巴尼需要多久？"他问阿尔。

"从离开这里算起，大概一小时。"

"很好，我不会留你太久。那边情况如何？"

阿尔把他那双略微泛黄的小手叠放在膝盖上。"州警察配合得不错，所有通往奥尔巴尼的高速路口都设了路障，以奥尔巴尼县机场为中心，覆盖周围半径三十五英里。"

"你觉得他们没有搭便车。"

"我们只能如此。"阿尔伯特说，"如果他们搭到了便车，走了两百英里，我们只能从头再来。但我敢打赌，他们出不了那个圈子。"

"哦？为什么这么觉得，阿尔伯特？"上校倾身向前。也许除了雨鸟，阿尔伯特·斯泰诺维茨毫无疑问是整个"商店"最好的特工。他很聪明，直觉敏锐——工作需要时，他总是冷酷无情。

"部分是直觉。"阿尔伯特说，"另一部分是我们把所了解的安德鲁·麦吉过去三年生活中的一切输入电脑后，得到的结论。我们要求电脑找出所有可能适用于他的能力的行为模式。"

"他确实有自己的行为模式，阿尔。"上校温和地说，"这就是为什么这次行动如此地费尽周折。"

"没错，确实如此。"阿尔说，"但电脑显示，他使用能力的水平相当有限。如果使用过度，他的身体就会出现状况。"

"没错，我们正指望着这一点。"

"他在纽约有一家门面公司，做的是类似戴尔·卡耐基的营生。"

上校点点头。信心协会，针对缺乏信心的行政领导开办的公司。这足够让他和小女孩吃上面包和肉，喝上牛奶，虽然收入不算多。

"我们盘问了他的最后一组学员，"阿尔伯特·斯泰诺维茨说，"总共十六个人，每个人都交了一笔学费——入学先交一百美元，学到一半再交一百美元，如果他们觉得学的东西对他们有所帮助的话。当然每个人都掏足了钱。"

上校点点头。麦吉的能力确实适合那些需要信心的人。他真的有能力推动他们勇往直前。

"我们把他们对几个关键问题的回答输入电脑，问题是，在经过信心协会的一定课程培训后，你是否感觉更自信？在参加完信心协会的课程，变得如龙似虎后，你是否记得自己在工作中变得如龙似虎？你是否——"

"如龙似虎？"上校问，"老天，你问他们是不是觉得自己如龙似虎？"

"电脑建议这么问的。"

"好吧，继续。"

"第三个问题是，在接受信心协会的课程后，你在工作中是否取得了具体的、可量化的成果？这个问题，他们的回答都极为客观、可靠，因为每个人都记得自己加薪的那天，或什么时候被老板拍过后背。他们讲起来都滔滔不绝。我有点害怕，上校。他真的说到做到。这十六个人里，有十一个升了职——十一个。剩下的五个人，还有三个会在未来的某一刻升职。"

"没人对麦吉的能力心存怀疑，"上校说，"谁都没有。"

"好吧，那我回到正题。课程总共进行了六周。通过分析这些关键问题的回答，电脑得出了四个特别的日期……也就是麦吉在对他们宣讲诸如'只要有信心，你也可以'之类的陈词滥调之余，对他们真正用力'推动'的日子。这四个日期是八月十七日、九月一日、九月十九日……还有十月四日。"

"说明了什么？"

"嗯，昨晚他还'挑动'了那个出租车司机。动用了很大的力量。那家伙到现在还晕晕乎乎的。我们估计安迪·麦吉现在一定状况不佳，病恹恹的，可能都动不了了。"阿尔信心十足地望着上校，"电脑还给出了百分之二十六的可能性，认为他已经死了。"

"啥玩意？"

"好吧，以前就有过他因过分使用意念力量而卧床不起的记录。他是通过对大脑……天知道那是怎么回事。可能会让他的大脑轻度出血。问题可能会逐步升级。电脑显示他有超过四分之一的可能性已经死于心脏病或是中风。"

"在再次动用意念力量之前，他必须等待力量恢复。"上校说。

阿尔伯特点点头，然后从口袋里掏出某样东西。它被包裹在柔软的塑料袋里。他把那东西递给上校，后者看了看，然后又递了回去。

"这是什么东西？"他问。

"没什么，"阿尔若有所思地看着包在塑料袋里的纸币，"只是麦吉付给司机的车费。"

"他花了一美元，从纽约打车去了奥尔巴尼，是吧？"

上校把它拿了回来，饶有兴趣地研究着。"这车费肯定……搞什么鬼。"他把塑料袋扔回桌上，仿佛被它烫到了手。他坐回椅子里，使劲眨眼，仿佛想让自己看清一点。

"你也看见了，是吧？"阿尔说，"看到了吧？"

"老天，我不知道自己看见了什么。"上校说，然后伸手拿他放在陶瓷盒里的酸性中和剂，"有那么一瞬间，它一点都不像一美元纸币。"

"但现在又像了，对吧？"

上校死死盯着那张钞票。"是啊,现在是乔治·华盛顿——老天!"这次,他坐下去的动作太猛,差点把后脑勺磕到椅子后面的深色木镶板上。他看着阿尔。"那张头像……刚才似乎变了一下,多了副眼镜,还是什么的。这是变戏法吗?"

"是啊,真他妈是个高明的戏法。"阿尔说,把纸币拿了回去,"我之前也看见了,虽然现在看不到了。我想是我已经适应了……但我真不知道这是怎么办到的。当然不是钱出了什么问题。这只是某种疯狂的幻觉。但我真的看到了另外一张脸,是本杰明·富兰克林。"[1]

"这钱你是从那个出租车司机手里拿的?"上校问,仍着魔般地盯着那张纸币,等待它再次发生变化。但那上面只是乔治·华盛顿。

阿尔笑了。"没错,"他说,"我们拿了这钱,然后给了他一张五百美元的支票。他可赚大发了。"

"怎么讲?"

"五百美元上面不是本杰明·富兰克林,他在一百美元上面。显然麦吉并不清楚这个。"

"让我再看看。"

阿尔把那张一美元递给上校,上校盯着它看了整整两分钟。就在他准备再次把它递回去的时候,上面的图像又变了——在颤动。但至少这一次,他明确感觉到,这种颤动发生在他自己的大脑里,而不是在纸币或者别的什么东西上。

"我觉得还有个问题,"上校说,"我咬不准,但我觉得钞票上面印的本杰明·富兰克林好像不戴眼镜,除非——"他拖着长音,不知该如何结束自己的想法。"该死的见鬼了"涌上心头,但他没说出口。

1.一美元纸币上的人物头像是乔治·华盛顿,一百美元纸币上的是本杰明·富兰克林。

"没错,"阿尔说,"无论是怎么回事,那种力量都在减弱。今天早上我把这张纸币给六个人看过,其中有几个觉得看到了些什么,但都不像那个司机和跟他一起同居的那个女孩那样感觉那么强烈。"

"所以你觉得他已经是强弩之末?"

"对,我怀疑他是否还能继续坚持。他们可能睡在树林里,或是在某个角落的汽车旅馆里。他们也有可能闯进了这个地区的某座度假小屋。但我觉得他们肯定跑不远,而且用不着费多大力气就能让他们乖乖就范。"

"这个任务你派了多少人手?"

"人手足够了,"阿尔说,"加上州警察,参加这个小活动的总共超过七百人。优先级别 A+。他们会挨家挨户搜查。我们已经搜查过奥尔巴尼的所有酒店和汽车旅馆——总共四十多家。我们现在正在把搜查范围扩展到邻近的城镇。一个男人和一个小女孩……再显眼不过了。我们会抓到他们,或者那个小女孩,要是他已经死了的话。"阿尔伯特站起身,"我想我该走了,重头戏开场的时候我可得去盯着。"

"当然。把他们带到我这里,阿尔。"

"我会的。"阿尔伯特说着,朝门口走去。

"阿尔伯特?"

气色不佳的小个子男人转过身去。

"五百美元纸币上到底是谁?你查过了吗?"

阿尔伯特·斯泰诺维茨泛起笑意,"麦金莱,"他说,"他是被人暗杀的。"

他走了出去,轻轻带上门,留上校一个人慢慢琢磨。

5

十分钟后,上校再次打开对讲机。"雨鸟从威尼斯回来了吗,蕾切尔？"

"昨天回来的。"蕾切尔说。尽管她以精心训练过的老板秘书的口气讲出了这句话，但上校还是从中听出了厌恶。

"他在这边还是萨尼贝尔岛？""商店"在佛罗里达州的萨尼贝尔岛上有一个度假地。

蕾切尔没有立刻回答，她正在用电脑查询。

"他在朗蒙特，上校。昨天下午六点到的。现在大概还在倒时差。"

"找人叫他起来。"上校说，"我希望在万利斯走的时候见到他……万利斯还在外面吗？"

"十五分钟前我看他还在。"

"好吧……告诉雨鸟中午过来。"

"好的，先生。"

"你是个好姑娘，蕾切尔。"

"谢谢您，先生。"她听上去备受感动。上校喜欢她，很喜欢她。

"让万利斯进来吧，蕾切尔。"

他坐回椅子上，双手交叠在胸前，默默思索着，就当我自作自受吧。

6

约瑟夫·万利斯是在理查德·尼克松宣布辞去总统职务的同一天中风的，即一九七四年八月八日。那是一次中等程度的大脑"意外"，却让他的身体永久性受损。在上校看来，他的心理也是如此。直至中风后，万利斯对"第六批"试验及其后续工作的兴趣开始变得持久不变且痴迷。

他挂着一根拐杖走进房间。阳光透过凸窗洒进屋内，照在他那圆圆的无框眼镜上，反射出茫然无措的光。他的左手仿佛一只细长的爪子，左边的嘴角始终挂着一抹冷笑。

蕾切尔越过万利斯的肩膀，同情地望着上校。上校点点头，示意她可以走了，她便退了出去，轻轻关上门。

"你好，博士。"上校一本正经地说。

"进展如何？"万利斯说，坐下时发出了一阵咕哝声。

"保密。"上校说，"你知道的，乔[1]。今天我能为你做什么？"

"我已经在这个地方待了一整天了，"万利斯说，无视上校的询问，"整个上午都被人晾在一边，你说我能干什么？"

"如果你来之前没有预约——"

"你觉得你差不多又能抓到他们了，是吧，"万利斯说，"不然为什么叫那个刽子手斯泰诺维茨过来？好吧，也许确实如此，可能是那样。但你还是太心急了，对吧？"

"你的想法是什么，乔？"上校不喜欢有人揭他的伤疤。他们追踪那个女孩已经有一段时间了，但执行任务的人始终没能得手。也许永远都得不了手。

"我的想法？我一直都是怎么想的？"他弯下腰，撑在拐杖上发问。哦，老天，上校心想，这老家伙又要开始大放厥词了。"我为什么还活着？就是为了说服你赶紧制裁那两个人，还有詹姆斯·理查森，加上毛伊岛的那两个，通通干掉。发动终极制裁，霍利斯特上校。把他们抹去。让他们从地球上消失。"

上校叹了口气。

万利斯爪子似的手朝小推车比画着，说："我想你又翻了遍档案，是吧？"

---

1. 约瑟夫的昵称。

"我几乎都快把它们背下来了。"上校说，同时勉强笑了笑。过去一年里，他的生活中只有"第六批"，而再往前两年，"第六批"是每次会议上的固定讨论内容。从这个角度来说，也许万利斯不是这里唯一对这个项目着迷的人。

区别在于，我是领工资的，万利斯则是爱好。一种危险的爱好。

"你只是在翻，却没有了解。"万利斯说，"让我再努力一次，把真相告诉你，霍利斯特上校。"

上校差点发作，但一想到中午就能见到雨鸟，他的表情立刻缓和下来，恢复如初，甚至带着几分同情。"好吧，"他说，"准备好了就开火吧，格里德利。"[1]

"你觉得我是个疯子，是吧？精神错乱的科学狂人？"

"那是你自己说的，我可没说。"

"你最好记住，我是第一个建议使用钕镨混合物－麦角酸混合酸剂来进行试验的人。"

"有时我真希望你没提出那个建议。"只要闭上眼睛，他就能看见万利斯当年提出的第一份报告，一份两百页的说明书，介绍了一种被称为"DLT"的药物，后来内部技术人员称之为"强酸"，再后来才被叫作"第六批"。上校的上一任批准了这个计划，而在六年前，这位先生已经军葬于阿灵顿了。

"我想说明的是，在这个项目中，我拥有绝对的话语权。"万利斯说。今天上午他听上去很疲惫，说话慢慢吞吞的，还含糊不清。说话的同时，他左边嘴角一直带着冷笑。

"我听着呢。"上校说。

1.这是美西战争中的一句著名的命令。美军将领乔治·杜威命令海军上尉查尔斯·弗农·格里德利向西班牙军队发起进攻，并且凭借接下来的攻势扭转战局，这句命令也因此流传下来。此处有调侃意味。

"据我所知，我是唯一对你说话还管用的心理学家或研究人员。你们这些人都被一件事，而且只被这一件事蒙蔽了双眼：这个男人和小女孩对美国的安全意味着……也许对未来世界的力量平衡也会有影响。从麦吉的背景来看，他是个和蔼可亲版的拉斯普京[1]。他能让……"

万利斯声音低沉，滔滔不绝，但上校却一时走了神。和蔼的拉斯普京，他想，尽管这是个掉书袋的说法，但他却很喜欢。他想知道，如果他告诉万利斯，电脑已经计算出麦吉有四分之一的概率在逃出纽约时就"制裁"了自己，万利斯会怎么说。说不定万利斯会高兴到发疯。如果再把那张纸币拿出来呢？他恐怕会当场中风吧。想到这里，上校赶紧捂住嘴巴，止住笑意。

"我最担心的是那个女孩。"万利斯第十二次——十三次？十四次？——告诉他，"麦吉和汤姆林森结婚……这种事发生的概率微乎其微，本该不惜一切代价加以阻止，但谁又能想到——"

"当时你可是完全赞成的，"上校说，然后又干巴巴地补充道，"我相信他们要是邀请你去婚礼上客串新娘的父亲，你都会答应。"

"当时我们都没想到啊，"万利斯嘟囔着，"我也是中了次风才明白。毕竟'第六批'只是一种脑垂体提取物的合成复制品……一种强大的、不可预测的止痛致幻剂。对于它的药性，我们当时没了解清楚，现在也是。我们知道——或者至少我们有百分之九十九的把握，这种物质的自然对应物可以看作人类偶尔爆发超自然能力的起因。所涉现象之广，令人咋舌：未卜先知、心灵遥感、精神控制、超出常人的力量爆发、交感神经系统的暂时控制等等。你知道在几乎所有生物反馈实验中，脑垂体都会突然变得过度活跃吗？"

---

1. 俄国历史传奇人物，尼古拉二世时期的神秘主义者，沙皇及皇后的宠臣，相传拥有特异功能。

上校知道。万利斯已经把这一点以及其他事情都跟他说过无数次了。但他没必要回答，这个上午，万利斯舌灿莲花，布道进行得非常顺利，上校也决心听下去……反正是最后一次了。让这个老家伙把这局打完吧，对万利斯来说，这恐怕已经是九局下半[1]了。

"没错，是这样的。"万利斯自问自答，"它在生物反馈中很活跃，在浅睡眠状态中也是如此，那些脑垂体受损的人很少做梦，而且他们患上脑肿瘤和白血病的概率很高。脑垂体啊，霍利斯特上校。就进化而言，它是人体内最古老的内分泌腺。在青春期最初，正是它将比自身重很多倍的腺体分泌物注入血液中。它是个非常重要的腺体，同时也很神秘。要是我相信人类有灵魂，霍利斯特上校，它肯定就在脑垂体里。"

上校嘟囔了一声。

"我们已经知晓了这些，"万利斯说，"就像我们也已经知晓，'第六批'不知怎的就改变了那些参与试验的人的脑垂体的物理成分。就连你们那个所谓的'老实人'詹姆斯·理查森也是如此。最重要的是，通过那个小女孩，我们可以推断出，这种改变同时也导致染色体在某种程度上发生了变化……对脑垂体的改变可能是真正意义上的突变。"

"X 因子被遗传了。"

"不对，"万利斯说，"这是很多你没掌握的知识点之一，霍利斯特上校。在试验后，安德鲁·麦吉本身就成了一个 X 因子。维多利亚·汤姆林森是 Y 因子——她也受到了影响，但所受影响不同于她的丈夫。那个女人得到的是低程度的心灵遥感能力。那个男人得到的则是中等程度的精神支配能力。但这个小女孩……这个小女孩，霍利斯特上校……她究竟有怎样的能力，我们尚且还不清楚，她是 Z 因子。"

---

1. 即棒球比赛中最后一局的最后阶段。

"我们打算搞清楚。"上校轻声说。

现在万利斯两边嘴角都在冷笑。"你们打算搞清楚，"他重复说，"没错，要是你们坚持这么办，你们可能会……你们这些瞎眼的、执迷不悟的蠢驴。"他闭上眼睛，并用一只手捂住。上校平静地看着他。

万利斯说："有件事你们已经清楚了。她会放火。"

"对。"

"你们推断，她从她的母亲那里继承了心灵遥感的能力，实际上你对此深信不疑。"

"没错。"

"她年纪太小，还无法控制这些……这些天赋，或者换个别的词……"

"一个小孩，连放屁拉屎都控制不了，"上校举了一个写在档案里的例子，"但等她长大了——"

"是的，是的，这个类比我很熟悉。但就算长大了，还是难免会发生意外。"

上校微微一笑，然后作答："我们打算把她关在防火的房间里。"

"一间单人牢房。"

上校继续保持微笑。"你愿意这么叫也可以。"

"我给你我的推论，"万利斯说，"这孩子并不喜欢使用自己的能力。她会害怕，而这种害怕是刻意灌输给她的。我可以给你举个例子。我哥哥的孩子，弗雷迪，他们家有一些火柴，弗雷迪想玩火柴，划着它们，然后摇灭。他会说，'真好看，真好看'，而我哥哥这时候就会给他制造一种恐惧情结，把他吓坏，让他再也不玩火柴。于是他跟弗雷迪说，火柴里的硫黄会让他的牙齿掉光。看火柴划着，最终会使他失明。最后他抓起弗雷迪的手，把它放在一根划着的火柴上。"

"你哥哥，"上校说，"听着不像一般人啊。"

"让一个小男孩去摸点着的火柴，总比把他送去烧伤科，包着湿被单，全身百分之六十Ⅲ度烧伤要好。"万利斯一本正经地说。

"不过最好的办法还是把火柴放到小孩够不着的地方。"

"你有办法把查伦·麦吉的火柴放到她够不着的地方?"万利斯问。

上校缓缓点了点头。"你说的有几分道理，但是吧——"

"问问你自己，霍利斯特上校：当这个孩子还是个婴儿的时候，麦吉夫妇该怎么办才好? 尤其是他们把眼前的情况跟以前的事联系起来之后? 喂奶晚了，孩子哭了，同时婴儿床上的某个毛绒玩具突然冒烟了。尿布湿了，孩子又哭了，结果洗衣篮里待洗的衣服突然自燃了。你都有记录，霍利斯特上校，你知道那房子里都出过什么乱子。他们家所有房间都有烟雾探测器和灭火器。还有一次，她的头发都着火了，霍利斯特上校。他们走进她的房间，发现她在婴儿床里尖叫，她自己把自己点着了。"

"没错，"上校说，"他们一定整天都提心吊胆的。"

"所以，"万利斯说，"他们会训练她上厕所……也会训练她不要放火。"

"不要放火。"上校自言自语。

"也就是说，他们会像我哥哥那样，给她制造一种恐惧情结。你刚才用了那个类比，霍利斯特上校，那么让我们继续检验它的可行性。如何训练她上厕所? 这也需要制造一种情结。一种纯粹简单的反应。"然后突然，这个老头抬高声音，模仿女人训斥孩子时的语调，吓了上校一跳，上校厌恶地望着他。

"你这个坏宝宝!"万利斯喊道，"瞧瞧你干的好事! 真恶心，宝宝，瞧瞧你多恶心! 把裤裤都弄脏了! 大人会在裤裤里拉臭臭吗? 快坐到马桶上，宝宝，去用马桶拉臭臭。"

"行了。"上校痛苦地说。

"这就是情结的形成。"万利斯说，"如厕训练的关键是将孩子的注意力集中在他们需要被矫正的行为上，如果对象不同，我们便会认为这是一种不正常的训练。你可能会问，通过这种方式灌输给孩子的情结会有多强烈？华盛顿大学的理查德·达蒙就曾经提出过这个问题，他通过实验找到了答案。这个人招募了五十个大学生志愿者，让他们喝水、苏打水和牛奶，直到他们的尿意达到极限。过一段时间后他告诉他们，可以方便了……但是要方便在裤子里。"

"真够恶心的！"上校大声说。他真心觉得恶心和震惊，因为这已经称不上什么实验了，而是一种堕落的行径。

"瞧瞧这种情结在你心里多么根深蒂固，"万利斯轻声说，"二十个月大的时候你可不这样，那时候你想尿就尿，就算坐在教皇腿上你也会不管不顾。霍利斯特上校，达蒙实验的重点就是这个：他们大多数人都尿不出来。他们都明白，这是一次封闭实验，不是光天化日之下，他们每个人都被关在一个小隔间里，至少跟普通浴室一样私密……但有整整百分之八十八的志愿者就是尿不出来。无论身体的需求有多么强烈，父母灌输给他们的这种情结都道高一丈。"

"这不过是瞎扯淡。"上校斩钉截铁地说。

"不，这不是扯淡。我想让你考虑一下如厕训练和别放火训练的相似之处……还有明显的区别，即后者的紧迫性要远远大于前者。如果孩子学上厕所学得很慢，会有什么后果？无非有点不舒服罢了。要是不经常通风，小孩的屋里就会有臭味。妈妈就要整天在洗衣机旁边忙活。一阵兵荒马乱后，可能还得找人清洗地毯。而最严重的后果，可能是孩子会得尿布疹，但这只有在孩子的皮肤非常敏感，或妈妈不负责任的时候才会发生。可一个会放火的孩子会造成怎样的后果……"

他的眼睛闪闪发光，左边嘴角继续冷笑。

"我觉得麦吉夫妇的育儿水平很高。"万利斯说，"他们想办法让她克服了这个难关。我想，他们应该是在父母通常开始如厕训练之前就着手这项工作了。可能在她还不会爬之前就开始了。'宝宝，不可以！那会伤

到你自己！不，不，不！坏孩子！坏孩子！坏——坏——孩子！'

"但你的电脑预测说，这孩子正在克服自己的情结，霍利斯特上校。她能做到这一点真让人羡慕，因为她还小，那些情结还没有变得根深蒂固、坚不可摧。况且她还有爸爸在身边！你能想到这个简单的事实有怎样的意义吗？不，你不能。父亲是孩子的权威，握有女孩每一个固恋的精神控制权。口唇、肛门、生殖器；这些器官的背后，都有她父亲的身影。对女孩来说，父亲就是摩西，他立了她的法，她并不知晓这法从何而来，但必须执行。他也许是世界上唯一可以打开她恐惧情结的人。我们的恐惧情结，霍利斯特上校，总让我们感受到最大的恐惧与精神痛苦，它们是与生俱来、不可辩驳的……也是不可饶恕的。"

上校瞥了眼手表，发觉万利斯在这里待了将近四十分钟，可他觉得已经过去了好几个小时。"你说得差不多了吧？我还有个约——"

"当这情结打开，它就会像被暴雨冲垮堤坝，一泻千里，"万利斯轻声说，"我们那边有个十九岁的女孩，患有性瘾。她有三百个情人，身体像个四十岁的妓女，千疮百孔。但十七岁时，她还是个处女。她爸爸是个牧师，从小就告诉她婚内性行为是避无可避的罪恶，婚外性行为是地狱与诅咒，而性本身则是原罪的苹果。而当这个情结被打开，立马就一泻千里。一开始是一两道裂缝，有小水流流过，小到可以不为人注意。按照你的电脑提供的信息，在她爸爸的敦促下，这个小女孩已经开始用自己的能力帮忙了。所有的情结很可能会在一瞬间通通消失，滔天洪流奔涌而来，摧毁所有村庄道路，淹没所有阻挡它的人，让世界彻底改变！"

万利斯沙哑的声音从原来的轻声细语，拔高成一个老人声嘶力竭的吼叫声——但与其说是震撼人心，倒不如说是无理取闹。

"听着，"他对上校说，"你就听我一次吧，别再自欺欺人了。那个男人本身并不危险。他的力量有限，不过是个绣花枕头，可以轻易解决掉。他也明白这一点，凭他那点能力，没法弄到一百万美元，更不可能统治一个国家或者民族。他顶多能帮女人们减减肥，让胆小的行政人员升升官。况且这点力量他都没法随意取用……内在的生理因素限制了他。但那个女孩却极其危险。她现在跟着她爸爸逃亡，生命受到威胁。她很害怕，而那个男人同样也很害怕，这就很麻烦了。麻烦不在于那个男人，而在于你正在强迫他重新教育那个小女孩。你强迫他去改变那个小女孩对自己内在力量的态度。你强迫他告诉她去使用这种力量。"

一口气说了这么多，万利斯差点背过气去。

等他演讲完毕，上校平静地问："那你的建议是什么？"

"那个男人必须死，尽快，要赶在他破坏掉自己和他妻子一起给小女孩创造的恐惧情结之前。而且我认为，那个女孩也一定得死，以免她的情结已经被破坏。"

"可她不过是个小女孩，万利斯。她能放火，我们称之为意念控火，但你说的好像她能导致世界末日。"

"说不定真有这种可能。"万利斯说，"你不能因为她的年纪和体形，就忘记她是最不可预知的Z因子……而这正是你现在犯的错误。如果控火能力只是冰山一角呢？如果她的能力与日俱增呢？她现在七岁。约翰·弥尔顿七岁时也只会拿着炭笔歪歪扭扭写自己的名字，还只有他爸妈能看明白。他也曾是个孩子，可长大后，他却写出了《失乐园》。"

"我不知道你在说什么。"上校不咸不淡地回道。

"我在说她的潜在破坏性。我在说与脑垂体相关联的才能，而在查伦·麦吉的这个年纪，人类的脑垂体还处在几乎休眠的状态。等她开始发育，脑垂体从休眠中醒来，在二十个月内就成为人类体内最强大的力量来源，从第一、第二性征突然成熟到眼睛中的视紫红质陡然增加，你觉得会发生什么？如果你有个孩子，仅凭意念就能让一颗核弹爆炸，你会怎么办？"

"这在我听来简直是一派胡言。"

"是吗？那就让我把这一派胡言变成满口疯话吧，霍利斯特上校。假如今天早上，外面某个地方有一个小女孩，她的体内有一种暂时还未觉醒的力量，但这力量可以让这颗星球在某一天像靶场里的瓷碟一样一分为二，你说我们该怎么办？"

他们相视而立，突然对讲机响了。

上校愣了几秒，俯下身，用手指按了几下。"怎么了，蕾切尔？"真他妈想让这个老家伙安静一会儿，一会儿就好。他就像一只可怕的乌鸦，这也是上校不喜欢他的另一个原因。上校信仰的是勇往直前，倘若说这世上有什么东西是他无法忍受的，那就是悲观主义者……

"加扰线路上有您的电话，"蕾切尔说，"从服务区打来的。"

"好的，亲爱的。谢谢，让他等几分钟，可以吗？"

"好的，先生。"

他坐回椅子上。"我必须要结束这次会面了，万利斯博士。你可以相信，我肯定会仔细考虑你所说的一切。"

"你会吗？"万利斯问，僵硬的嘴角似乎在嘲笑他。

"我会的。"

万利斯说："那个女孩……麦吉……还有理查森那个家伙……他们是这个无解方程式里的最后三个未知数了，霍利斯特上校。抹掉他们，一切就可以从头再来。那个女孩危险至极。"

"我会考虑你说过的一切。"上校重复了一遍。

"你一定要想清楚。"万利斯终于开始挣扎着起身，用拐杖撑着地。花了很长时间他才站起来。

"冬天就要来了，"他对上校说，"我这把老骨头可要遭罪了。"

"今晚你住在朗蒙特？"

"不了，我回华盛顿。"

上校犹豫了一下，开口道："住梅弗劳尔吧，我可能会再联系你。"

老人眼睛里流露出某种东西——感激？差不多就是那种感情。"那太好了，霍利斯特上校。"他说着，挂着拐杖挪动到门口——这个老人曾亲手打开潘多拉的盒子，现在他希望把放出来的一切都杀掉，让他们从世界上消失。

当门在他身后吱吱嘎嘎关上时，上校松了口气，赶紧拿起加扰电话。

7

"哪位？"

"奥维尔·贾米森，先生。"

"抓到他们了吗，贾米森？"

"还没有，先生，但我们在机场发现了一些有趣的东西。"

"什么东西？"

"所有投币电话都被掏空了，我们在一些隔间的地板夹缝里发现了十美分和五美分硬币。"

"被撬开了？"

"不，先生，这就是我为什么要给您打电话。没有被撬开，但它们都空了，电话公司都快疯了。"

"好的，贾米森。"

"这个线索对我们帮助不小，我们觉得他可能把女孩藏在了外面，自己一个人登记住了旅馆。无论如何，我们现在需要找一个用一大堆零钱付账的人。"

"如果他们住了旅馆，而不是偷偷借用了某个度假小屋。"

"是的，先生。"

"加把劲儿，OJ。"

"好的，先生，谢谢您。"听到自己的绰号被人记住，他很高兴。

上校挂断电话。他眼睛半闭，坐了五分钟，思索着。柔和的秋日阳光透过凸窗照进室内，让办公室里既明亮又温暖。然后他俯下身，再次呼叫蕾切尔。

"约翰·雨鸟来了吗？"

"是的，他来了，上校。"

"让他再等五分钟，然后让他进来。我要先跟服务区的诺维尔·贝茨通话。在阿尔到达之前，他是那边的头儿。"

"好的，先生。"蕾切尔回答，稍有些迟疑，"跟他通话要用开放线路。步话机连是连上了，可不是很——"

"没关系，就那么着吧。"他不耐烦地说。

过了两分钟，他耳边响起诺维尔·贝茨尖细的声音。他是个好手——脑子有限，但耐力十足。在阿尔抵达前，上校希望可以用这种人稳住局面。诺维尔终于开始汇报，告诉上校他们已经把搜查范围扩展到周边城镇——橡树镇、特里蒙特、梅萨隆塞特、黑斯廷斯谷、洛顿。

"好的，诺维尔，干得不错。"他想起万利斯说的，你在强迫他重新教育这个小女孩。他想到贾米森告诉他，所有付费电话都被掏空了。麦吉没有这样的能力，是那女孩干的。而且，正是她的能力，让那个士兵的鞋着火了，但很可能是个意外。万利斯大概会很高兴上校准备听取他百分之五十的建议——这老家伙今天上午说得不赖。

"情况有变。"上校说，"我们要制裁那个男人。终极制裁。你明白了吗？"

"终极制裁，"诺维尔干脆地重复道，"没问题，先生。"

"非常好，诺维尔。"上校轻声说。他挂断电话，等待约翰·雨鸟进门。

过了一会儿，门开了，他站在门口，身形巨大，样貌丑陋无比。但这个拥有一半切罗基血统的人动作非常轻巧，如果你一直低着头阅读文件或忙于回信，根本不会注意到他已经走进来了。上校知道他的这种特质多么难得。大多数人都会被其他人轻易察觉：万利斯曾把这种能力叫桶底感，而非第六感，因为这是五感所获取的无穷小的信息输入的总和。但雨鸟无法被捕捉。没有人的感官能够纤细到捕捉他的存在。阿尔·斯泰诺维茨曾在上校的房间里，隔着红酒杯，用一句奇怪的话评价雨鸟："他是我见过的唯一走路不用推开身前空气的人。"上校很庆幸雨鸟是他们的人，因为此人是唯一能让他心惊胆战的狠角色。

雨鸟是山中巨怪，是磐石，也是恶魔的仆从。他足有六英尺十英寸高，头发乌黑发亮，垂在脑后，扎成一条短辫。十年前，在他第二次越战之旅中，一枚阔刀地雷在他身前爆炸，在他的脸上留下一道狰狞、蜿蜒的疤痕。他的左眼被炸没了，现在那里什么都没有，只剩一个深窝。他说他不会做整容手术，也不会装义眼。因为，他说，当他去往极乐世界的猎场时，人们会要求他展示自己在战争中留下的疤痕。当他说起这些话时，你不知道应不应该当真，也无从知晓他究竟是认真的，还是出于某种只有他自己知道的理由，在捉弄你。

多年以来，雨鸟一直都是一名优秀得出奇的特工——部分原因是，他看上去根本不像个特工，但最主要的原因还是，在他那副狰狞的面容背后，有一颗聪明且无情的头脑。他能流利地说四种语言，同时还能听懂另外三种语言。他曾学过如何用俄语催眠。他说话时，声音低沉、富于韵律感，且彬彬有礼。

"下午好，上校。"

"已经下午了吗？"上校有些吃惊。

雨鸟微微一笑，露出一排无瑕的白牙——就像鲨鱼的牙齿，上校心想。"过了十四分钟。"他说，"我从威尼斯的黑市上弄了块精工电子表。这东西棒极了，小小的黑色数字变个不停。真是工艺上的伟大壮举。我经常想，我们在越南作战不是为了胜利，上校，而是为了实现这些工艺上的伟大壮举。我们是为了制造廉价的电子腕表、在电视上玩家庭乒乓球游戏，还有袖珍计算器而战。我在黑夜里看着我的新手表，它告诉我，我离死亡越来越近，一秒又一秒。这可真是个好消息啊。"

"坐下吧，老朋友。"和往常一样，和雨鸟说话会让他觉得嘴巴发干，同时他还得抑制住想在锃亮的桌面上不停绞动双手的冲动。虽说如此，他还是觉得雨鸟喜欢他——如果此人可以说得上喜欢某个人的话。

雨鸟坐下，穿着一条旧牛仔裤和褪色的衬衫。

"威尼斯怎么样？"上校问。

"正在下沉。"雨鸟说。

"我有个任务给你，如果你想要。不是什么大任务，但可能会牵扯到另一个任务，一个会让你觉得有意思的任务。"

"告诉我吧。"

"绝对自愿，"上校坚持说，"你还在休假。"

"告诉我吧。"雨鸟轻声重复，然后上校便跟他说了。他只和雨鸟待了十五分钟，却感觉像过了一小时。当这个大块头印第安人终于离开时，上校长舒一口气。一上午连续跟万利斯和雨鸟见面，是个人都会吃不消。但这个上午总算熬过去了，收获还颇丰，谁知道下午还会有什么事呢？他呼叫了蕾切尔。

"您好，上校。"

"我想在办公室吃个便饭，亲爱的。你能从餐厅帮我拿点东西过来吗？什么都好，无所谓。谢谢你，蕾切尔。"

终于只剩他自己了。加扰电话静静地躺在厚重的底座上，里面塞满了微电路、存储芯片，还有其他天知道是什么的东西。当它再次响起时，可能就是阿尔伯特或者诺维尔告诉他，纽约的事已经结束了——那个女孩已被控制，她的父亲已经死了。那才是好消息。

上校又合上了眼睛。思绪和词语仿佛一只又大又懒散的风筝，在他脑海里飘来荡去。精神控制。那些智囊团的人说这种可能性十有八九。想象一下，要是麦吉这样的人物成为卡斯特罗，或阿亚图拉·霍梅尼的左膀右臂会怎样；想象一下，如果他离"左倾"分子泰德·肯尼迪足够近，可以用低沉的声音对他说自杀是最好的选择会如何；想象一下，一个像他这样的人物要是被某个共产主义游击队的领袖收入麾下，会掀起怎样的风波。不得不除掉他确实令人可惜，但……既然能制造出一个麦吉，就还有可能制造出下一个。

那个小女孩。万利斯说，她的力量可以让这颗星球在某一天像靶场里的瓷碟一样一分为二……这当然是无稽之谈。万利斯的脑子有些不正常了，就像 D. H. 劳伦斯的小说《木摇马上的赢家》（*The Rocking-Horse Winner*）里的那个擅长赌马的小男孩。对万利斯来说，"第六批"已经成了他的蓄电池酸液，在他良好的判断力上腐蚀出了无数触目惊心的大洞。她不过是个小女孩，绝不是什么世界末日的武器。至少他们还需要更多时间，才能了解她日后会如何。仅凭这一点，他们就有足够的理由重启"第六批"项目的试验。如果能说服她为这个国家使用自己的力量就再好不过了。

那再好不过了。上校心想。

加扰电话突然发出拉长、刺耳的叫声。上校瞬间心跳加速，立马接了起来。

三　曼德斯农场事件

1

当上校和阿尔·斯泰诺维茨在朗蒙特讨论她的未来时，查莉·麦吉正坐在"美梦之乡"旅馆十六号房的床边打着哈欠，伸着懒腰。明亮的晨光从窗口斜斜落下，外面秋日的天空纯净无瑕，一片湛蓝。又是新的一天，前景似乎大有好转。

她看着爸爸，后者整个人都蜷在毯子下面，一动不动，只有一缕黑发露在外面。她笑了。爸爸总是尽力做到最好。如果他饿了，她也饿了，而家里只有一个苹果，他会先咬一口，然后把剩下的全给她吃。醒着的时候，他总会这么做。

可要是睡着了，他就会把毯子全部卷走。

她溜进浴室，脱掉衣服，打开淋浴。趁水加热的工夫，她上了厕所，然后走进淋浴间。热水打在身上，她笑着闭上眼睛。世界上没有什么事比热水淋浴最开始的一两分钟更美好。

（昨晚你做了坏事）

她皱起了眉。

（不，爸爸说那不算坏事）

（让人家的鞋着火了，坏女孩，坏极了。熊熊烧焦了你开心吗？）

眉头皱得更深了。她内心的不安此刻变成了恐惧和羞耻。关于泰迪熊的记忆从未真正浮到表面，而是潜藏心底，成为一种潜意识。就和往常一样，她的罪恶似乎总被归结为一种气味——烧焦的气味。小熊的外衣和填充物在默默燃烧。那股气味又让她记起爸爸妈妈俯身在她上方的画面，那时的他们看上去很大，是巨人。他们很害怕；他们还很生气，声音很大，噼里啪啦，就像电影里从山上滚下来的大石头，不断撞击地面，发出可怕的声响。

（"坏女孩！太坏了！你不可以这样，查莉！不可以！不可以！不可以！"）

那时她多大？三岁？两岁？人能记住多久之前的事情？她曾问过爸爸这个问题，但爸爸说他不知道。他说他记得小时候被蜜蜂蜇过一次，但他妈妈说那是他十五个月大时候的事。

而这就是她最早的记忆：两张巨大的面孔俯在她的上方，巨大的声音，像是巨石从山顶滚落；还有一股闻起来像烧焦的华夫饼的味道。是她头发的味道。有一次她把自己的头发点着了，几乎所有头发都被烧了个干干净净。在那之后，爸爸提到了"求助"，而妈妈的反应很奇怪，先是笑了，然后哭了，再然后又奇怪地放声大笑起来，结果爸爸扇了她一耳光。她记得，因为那是爸爸唯一一次对妈妈做那样的事。也许我们应该为她"求助"，当时爸爸说。他们当时在浴室里，她的头是湿的，因为爸爸打开了淋浴头，把她放在下面。哦，好啊，我们去找万利斯博士，他会为我们提供很多帮助，就像他以前那样……然后笑了，哭了，又笑了，然后就是那个耳光。

（你昨晚太坏了）

"不，"她在噼里啪啦的水声中喃喃自语，"爸爸说那不算。爸爸说那本来……可能会……烧到他的脸。"

（你昨晚非常坏！）

但他们需要电话里面的零钱。爸爸是这样说的。

（太坏了！）

然后她又想到了妈妈，那是在她五岁，快六岁的时候。她讨厌想到那件事，但记忆就在那里，由不得她。那件事就发生在坏人们来伤害妈妈之前。

（杀死她，你的意思是杀死她）

是啊，没错，在杀死她，然后把查莉带走之前。爸爸把她抱在腿上讲故事，只是这次，他没有拿平时给她读的那本，关于小熊维尼、跳跳虎、蟾蜍先生，还有威利·旺卡的大玻璃升降机的故事书。他拿了一些大厚书，上面没有图画。她厌恶地皱起鼻子，想要他继续讲小熊维尼。

"不，查莉，"他说，"我要给你读一些别的故事，而且我需要你好好听。我觉得你现在已经不小了，你妈妈也这么觉得。这些故事可能会让你害怕，但它们很重要，它们都是真实发生的。"

她记住了爸爸讲故事时用的那几本书的名字，因为那些故事确实吓到她了。其中一本是《看哪！》（*Lo!*），作者叫查尔斯·福特，一本是《科学无法解释的奇闻》（*Stranger Than Science*），作者是弗兰克·爱德华兹。还有一本叫《夜之真相》（*Night's Truth*）。另外还有一本是《人体自燃：案例集》（*Pyrokinesis：A Case Book*），但妈妈不让爸爸读那本书里的任何故事。"等等吧，"妈妈说，"等她再长大一点，安迪。"然后那本书就不见了。查莉松了口气。

故事都非常吓人。有一篇说，有个人在公园里被活活烧死了。还有一篇讲的是，一个女人在她的活动板房的客厅里被烧死了，但现场其他东西都完好无损，除了那个女人，以及她看电视时坐的一把椅子。有些故事太过复杂，她听不明白，但她记住了一件事，有个警察说："我们无法解释这种现象，受害者只剩牙齿和几块烧焦的骨头。要做到这一点，只能用喷火灯，可她身边的其他东西都完好无损。我们无法解释为什么这整个地方没像火箭一样上天。"

第三个故事讲的是一个大男孩，他在十一二岁的时候，在海滩上被烧死了。他爸爸把他抱进了水里，但在这个过程中他已经被严重烧伤，而且被放入水里后他还在继续燃烧，直到彻底烧焦。还有个故事讲的是一个女孩，她在忏悔室里向神父告解自己所有罪过时被烧死了。查莉很了解天主教的忏悔室，因为她的朋友迪妮跟她讲过。迪妮说你必须把一周里做的所有坏事都告诉神父。迪妮还没有去过，因为她还没有领过圣餐，但她的哥哥卡尔去过。卡尔上四年级了，在那里他什么都得说，连偷偷溜进他妈妈房间，偷吃巧克力蛋糕都得告诉神父。因为如果你不告诉神父，你就不能在基督之血中洗清罪过，会永远被地狱之火焚身。

查莉知道这些故事对她来说意味着什么。在听完忏悔室那个女孩的故事后，她吓得大哭起来。"我也会把自己烧死吗？"她哭着说，"就像我小时候把头发烧着那样，我会把自己烧成灰吗？"

爸爸和妈妈看上去很沮丧。妈妈脸色苍白，不停咬着嘴唇，但爸爸挽住了她，说："不会的，宝贝。只要你一直小心，不去想那件……事情。那件你在生气或者害怕时会去想的事情。"

"那是什么？"查莉哭喊着，"那是什么，告诉我，那是什么，我连那是什么都不知道，我不会再做了，我保证！"

妈妈说："据我们所知，宝贝，它叫意念控火，意思是有时候只要想到火就会着火。它经常发生在人们生气的时候。有的人似乎会有那样的……那样的能力，但他们一辈子都不知道。而有的人……好吧，那种力量会在一瞬间控制住他们，然后他们就……"她说不下去了。

"他们就会把自己烧死。"爸爸说，"就像你小时候把自己的头发点着，没错。但你可以控制它，查莉。你必须控制它。而且上帝知道，那不是你的错。"说这句话的时候，他跟妈妈对视了一眼，他们之间似乎进行了某种交流。

环抱住她的双肩，他说："有时候你无法控制，我明白。那是场事故，就像小时候你在玩，结果忘了去洗手间，弄湿了裤子一样。我们以前常说出事故啦——你还记得吗？"

"我再也不会那样做了。"

"对，你再也不那样做了。所以再过一小段时间，你也可以以同样的方式控制住它。但是现在，查莉，你必须向我们保证，你要控制住自己，永远、永远、永远都不用那种方式生气。不然你就会放火。如果你记住了这一点，却还是没控制住，记住要把火推到远离自己的地方。废纸篓或烟灰缸里，再或者想办法推到室外。如果附近有水，就推到水里。"

"但永远不要推到别人身上。"妈妈说，她仍脸色苍白、表情严肃，"那是非常危险的，查莉。那样做你就是个非常坏的女孩。因为你可能会——"她费力地从唇齿之间挤出那几个字，"可能会杀死那个人。"

然后查莉号啕大哭起来，那是恐惧和懊悔的泪水，因为妈妈的两只手上都缠着绷带，而且她明白了为什么爸爸会给她读那些可怕的故事。因为前一天，当妈妈告诉她，她不能去迪妮家玩，因为她还没有收拾自己的房间时，查莉非常生气，结果突然间，火不知道从什么地方窜了出来，就像那些讨厌的吓人木盒里的小丑，点着头，狞笑着；她太生气了，于是把它从自己身体里推了出去，推给了妈妈，于是妈妈的手着起火来。而这还不算太糟（更糟的是，可能会让她的脸着火），因为水槽里满满都是泡着碗筷的肥皂水。虽然不算太糟，但却非常坏。她向他们保证，她永远、永远、永远都——

热水拍打着她的脸、她的前胸、她的肩膀，像是把她裹了起来，裹在一个温暖的茧里，让她的记忆和担忧得以放松。爸爸告诉她没事，既然爸爸那样说了，就一定没事。他可是这个世界上最聪明的人。

她的思绪从过去回到现在，想到了那些正在追赶他们的人。他们是政府的人，爸爸说，但不是政府里好的那一部分。他们给政府一个叫"商店"的部门工作。那些人对他们穷追不舍，不管他们去到什么地方，那些人肯定会跟在后面。

我想知道，如果我把他们点燃会怎样？她内心中的一部分冷酷地问，而她随即因充满愧疚的恐惧闭上了眼睛。那样想太危险了。那是不对的。

查莉伸手摸到水龙头开关，然后手腕突然用力一扭，把热水关掉。接下来的两分钟里，她浑身颤抖，紧紧地抱住自己小小的身体，站在冰冷刺骨的凉水下，想要出去，却不允许自己出去。

当你有了坏想法，你就得付出代价。

迪妮曾这样告诉她。

2

安迪迷迷糊糊地醒来，隐约听见有淋浴的声音。起初，他以为那是梦的一部分：他回到了八岁，和祖父待在塔什莫尔的一个池塘边，正在努力往大鱼钩上穿蚯蚓。蚯蚓还在蠕动，他要集中精力不把钩子穿到自己的拇指上。这个梦极其逼真，他看到了船头用柳条编成的鱼篓，看到了爷爷的绿靴子上用红色轮胎皮打的补丁，看到了自己拥有的第一双棒球手套——一副皱皱巴巴的旧手套，让安迪想起，自己明天还要去罗斯福球场为少年棒球联赛训练备战。但此时正值傍晚，白日的最后一丝光亮和暮色在黄昏伊始取得了完美的平衡，池塘如此安静，你甚至可以看到一小群蚊子、蠓虫从铬色的水面掠过。热闪[1]时隐时现……或许那就是真正的闪电，因为雨下起来了，最初的雨滴打湿了爷爷饱经风霜的白色小渔船，留下一枚枚一便士大小的痕迹。然后你可以听到雨滴落进湖里的声音，一种低沉而神秘的嗞嗞声，就像——

那种声音就像——

1.在远处的闪电，看上去像是天空或云的短促发光，听不到雷声。——编者注

淋浴，肯定是查莉在淋浴。

他睁开眼睛，看到陌生的天花板，横梁裸露在外。我们在哪儿？

记忆渐次回落到各自的位置，但有那么一瞬间，由于惊吓，它开始胡乱砸下，因为在过去的一年里，他们周转了太多地方，每次都险象环生，令他倍感压力。他渴望回到梦境，继续跟已经去世二十年的爷爷待在一起。

黑斯廷斯谷。他现在在黑斯廷斯谷。他们在黑斯廷斯谷。

他想搞清楚自己脑袋的状况。它还在疼，但已经没有昨晚那个大胡子司机把他们送来这里时那么疼了。痛感降低至一种低频率的阵痛。如果跟往常一样，今晚这种阵痛便会降为刺痛的程度，明天就会完全消失了。

淋浴关掉了。

他坐在床上，看了眼手表。差一刻十一点。

"查莉？"

她回到卧室，用毛巾使劲擦着身体。

"早上好，爸爸。"

"早上好，感觉如何？"

"饿。"她说，走到椅子旁边，拿起放在上面的绿色上衣，闻了闻，然后做了个鬼脸，"我得换件衣服了。"

"宝贝，你得暂时忍耐一下，今天晚些时候我们再去给你弄些新衣服换上。"

"但愿我们不用等那么久才能吃上饭。"

"我们去搭便车，"他说，"遇到第一家餐馆，我们就进去吃饭。"

"爸爸，我上学的时候，你跟我说永远不可以坐陌生人的车。"她穿上短裤和上衣，困惑地望着他。

安迪下了床，走到她身边，将双手放在她的肩膀上。"有时，你不认识的魔鬼可能会比你认识的要好一些。"他说，"你知道这话什么意思吗，乖女儿？"

她认真思考了一下。他们认识的魔鬼是"商店"的那些人，她猜想。那些人前一天还在纽约的大街上对他们穷追不舍。他们不认识的魔鬼——"我想这句话的意思是，大多数开便车的人跟'商店'的人不是一伙的。"她说。

安迪笑了。"真聪明，但我之前说的话仍然有效，查莉。不过陷入麻烦的时候，你可以做一些正常情况下你永远不可以做的事。"

查莉的笑容消失了，表情严肃而充满警惕。"比如从公用电话里取零钱？"

"没错。"他说。

"昨晚那不算坏事？"

"不算。在某种情况下，那不算坏事。"

"因为遇到麻烦时，就需要想尽办法摆脱它。"

"没错，不过也有例外。"

"哪些是例外，爸爸？"

他揉了揉她的小脑袋。"现在先不管这些，查莉。放轻松。"

但她却不肯放松。"我没有故意烧那个人的鞋子。我不是故意的。"

"是啊，你当然不是故意的。"

她终于放松了下来，露出灿烂的笑脸，跟薇姬几乎一模一样。"你今天早上感觉怎么样，爸爸？"

"好多了，谢谢。"

"那就好，"她认真地望着他的脸，"你有只眼睛看起来好奇怪。"

"哪只眼睛？"

她指了指左边。"这一只。"

"是吗？"他走进浴室，在被蒸汽覆盖的镜面上擦出一块干净的区域。

他盯着自己的眼睛看了很长时间，好心情逐渐消失。他的右眼和往

110

常一样，是灰绿色的——春日阴天时大海的颜色。他的左眼也是灰绿色的，但眼白充血很明显，瞳孔看上去比右眼小，眼睑也在以一种他此前并未注意到的方式下垂。

薇姬的声音突然在他脑海中响起。那声音非常近，仿佛她就站在他身边。你的头痛让我害怕，安迪。当你推动别人或对别人做了些什么的时候，你也会影响到你自己。

随着这个思绪而来的是一个画面——一颗气球正在膨胀。它越来越大……越来越大……越来越大……最后砰的一声炸开，声音大得骇人。

他开始仔细检查自己的左脸，用右手轻轻触碰每一寸皮肤。他看上去就像是在演电视广告里，对自己的剃须效果惊讶不已的桥段。他找到了三个地方——一个在左眼下方，一个在左边颧骨上，还有一个在左边太阳穴下——一点知觉都没有。恐惧仿佛傍晚的薄雾，穿过他身体的深谷。这种恐惧并非源于担心自己，而是担心查莉，担心如果她只能一个人面对这一切，她该如何是好。

仿佛他喊了她的名字一样，查莉出现在镜子里。

"爸爸？"她的声音里有一丝害怕，"你还好吗？"

"很好。"他说，听上去一切正常。没有一丝动摇，也没有刻意的自信和虚张声势。"只是感觉我该刮个胡子了。"

她捂住嘴巴，咯咯地笑起来。"大胡子毛刷，净扎人，真讨厌。"

他追着她回到卧室，用粗糙的胡楂在她光滑的脸蛋上蹭来蹭去。查莉一边笑，一边双腿乱踹。

3

在安迪用胡楂骚扰女儿的同时，奥维尔·贾米森，又名 OJ、贾米，正和另外一个名叫布鲁斯·库克的"商店"特工，从一辆停在黑斯廷斯餐厅外的淡蓝色雪佛兰车里下来。

OJ原地站了一会儿，朝主街望去，街边有倾斜的停车场、电器商店、食品杂货店、两个加油站、药房，还有一座木质的市政建筑，前面有一块牌匾，记载着早已被人遗忘的历史事件。这条主街同时也是四十号公路，而麦吉和他们站的地方只相距不到四英里。

"瞧瞧这镇子，"OJ厌恶地说，"我就在离这儿不远的地方长大，一个叫劳维尔的镇子。听说过纽约的劳维尔镇吗？"

布鲁斯摇摇头。

"它离尤蒂卡也不远。尤蒂卡俱乐部的啤酒就是那儿产的。离开劳维尔的那天是我这辈子最高兴的时候。"OJ把手伸进外套，重新整理了一下枪套里的"大马"。

"汤姆和史蒂夫来了。"布鲁斯说。在街对面，一辆浅棕色的配速者车正开进一辆农用卡车刚刚让出来的车位里。两名穿深色西装的男人从车上下来，一副银行家的派头。在远处闪光警示灯附近，另外两名"商店"特工正在和一个午餐时间跟小学生们走在一起的老女人谈话。他们给她看了照片，她摇了摇头。黑斯廷斯谷已经聚集了十名"商店"的特工，他们都受诺维尔·贝茨的直接调遣，而后者则正在等待上校的特派专员阿尔·斯泰诺维茨的到来。

"唉，劳维尔。"OJ叹了口气，"我希望可以在中午之前逮到那两个蠢货。我还希望我的下一个任务是去卡拉奇。或者冰岛。任何地方都行，只要不是纽约郊区。这个地方离劳维尔太近了，近得让我不舒服。"

"你觉得我们中午就可以抓到他们？"布鲁斯问。

OJ耸耸肩。"反正太阳落山前肯定成，你可以放心。"

他们走进餐厅，坐在柜台边，点了咖啡。一个身材苗条的年轻女服务员把咖啡端了过来。

"你当班多久了，小妹妹？" OJ 问她。

"你要真有个小妹妹，那我挺替她遗憾的。"女服务员说，"要是她还不巧长得有点像你的话。"

"别这样，小妹妹。" OJ 说着出示了他的证件。她盯着看了许久，在她身后，一个身穿摩托夹克、长相颇为老成的少年混混伸手调低了收音机的音量。

"我从七点开始上班，"她说，"跟以前一样。你大概很想和迈克谈谈，他是这儿的老板。"她开始转身，OJ 一把抓住了她的手腕。他不喜欢嘲笑他长相的女人。无论如何，大多数女人都是婊子，他妈妈说得没错，尽管在其他方面她的话可能并不正确。而且他妈妈肯定知道怎么对付这种心口不一的小婊子。

"我说我想跟你们老板说话了吗，小妹妹？"

她现在开始害怕了，而这正合 OJ 的心意。"没——没有。"

"那就对了。现在我只想跟你聊聊，而不是跟某个从早上开始就在厨房里鼓捣鸡蛋和汉堡的家伙。"他从口袋里掏出安迪和查莉的照片递给她看，另一只手仍抓着她的手腕不放，"你认识他们吗，小妹妹？说不定你今天早上还给他们端过早餐吧？"

"放手，你弄疼我了。"现在，她脸上血色全无，只剩下淫荡的红唇。她也许高中时期是啦啦队队长，是那种会在奥维尔·贾米森发出邀约时报以嘲笑的姑娘，只因为他是国际象棋俱乐部的主席，而不是橄榄球队的四分卫。一群劳维尔出产的婊子。老天，他恨纽约。纽约市离这里太近了。

"你只需要回答我你是否见过他们。然后我就会放你走，小妹妹。"

她瞥了一眼照片。"没有！现在你可以——"

"你还没看清楚呢，小妹妹。你最好认真看看。"

她又看了一眼。"没有！没有！"她大声喊道，"我从没见过他们，放开我，好吗？"

一个穿着低档猛犸象牌皮夹克、年纪稍长的混混凑了过来，身上的拉链叮当作响。他的拇指扣在裤子口袋里。

"你这是在骚扰这位小姐。"他说。

布鲁斯·库克毫不掩饰地斜睨着他。"管好你自己吧，不然我们就去骚扰你了，死麻子。"他说。

"哦。"穿皮夹克的老混混应了一声，声音突然变小。他很快就离开了，显然是记起自己还有要紧事没办。

两个上了年纪的女人在小隔间里紧张地注视着发生在柜台旁的这一幕小插曲。一个身着一身相当干净的厨师白大褂的大块头男人——大概是老板迈克——站在厨房边，也在旁观这一切。他拿着一把切肉刀，不过显然不知如何是好。

"你们想干什么？"他说。

"他们是警探，"女服务员紧张地说，"他们——"

"没有招待过他们吗？你确定吗？"OJ问，"小妹妹？"

"我确定。"她说，她已经快哭了。

"你最好能确定。犯一点错就够你蹲五年大牢了，小妹妹。"

"我确定。"她的声音近乎耳语，一滴眼泪从她眼睛里溢出，顺着脸颊流下，"放开我吧，求你了，别再弄疼我了。"

OJ继续紧紧握了一会儿，陶醉于细小的腕骨在他手心里挣扎的感觉，更陶醉于自己可以轻易把它折断的幻想……然后放开了手。餐厅里一片沉寂，除了收音机里传来的史提夫·汪达的音乐声，安慰着受惊的食客们，这一切即将过去。两个老女人匆忙起身离开。

OJ端起咖啡，靠向柜台，把咖啡浇到地上，然后把杯子一摔，摔得粉碎。厚瓷碎片溅得到处都是。女服务员开始放声大哭。

"真难喝。"OJ说。

老板有意无意地晃了一下手里的刀子，OJ似乎一下子来了兴致。

"过来，兄弟。"他说，面带假笑，"过来，让我瞧瞧你有什么本事。"

迈克把刀放在烤面包机旁边，突然大喊起来，脸涨得通红。"我在越南打过仗！我哥哥也在越南打过仗！我要给国会议员写信！你等着瞧吧！"

OJ看着他。过了一会儿，迈克低下头，像是受到了惊吓。

两人走了出去。

女服务员跪在地上，一边收拾咖啡杯碎片一边啜泣。

在外面，布鲁斯问："这边有多少家汽车旅馆？"

"三家，还有六间度假小屋。"OJ说，盯着闪光警示灯。他对这东西很着迷。小时候在劳维尔，有家小饭馆外面放了块招牌，上面写着："如果不喜欢我们镇，就去找张火车时刻表。"他曾多少次想把那块招牌扯下来，塞进某个人的喉咙里？

"有人正在搜查那边。"他说。他们走向那辆政府靠纳税人税款买单的雪佛兰车。"我们很快就会得到结果。"

4

约翰·梅奥和一个名叫雷·诺尔斯的特工在一起。他们正沿着四十号公路朝"美梦之乡"旅馆驶去。他们开着一辆最新款的棕褐色福特，但当他们越过最后一个山头，瞥见旅馆的轮廓时，车胎却爆了。

"真该死。"约翰说。汽车开始上下颠簸，朝右边倾斜。"这他妈就是政府干的好事。去他妈的更新换代。"他把车停在软质路肩上，打开福特车的四向紧急闪烁灯。"你走过去吧，"他说，"我在这儿先他妈的把轮胎换了。"

"我来帮忙，"雷说，"耽搁不了几分钟。"

"不用了，你先去吧，翻过这个山坡应该就是了。"

"你确定?"

"肯定没错,我会赶上你的,除非备用胎也挂了。要真那样了我也没啥好意外的。"

一辆嘎嘎作响的农用卡车从他们身旁经过,正是 OJ 和布鲁斯·库克在黑斯廷斯餐厅外看到的开走的那辆。

雷咧嘴笑了。"最好别那样,你得填四份表格才能换个新轮胎。"

约翰表情严肃。"我也知道。"他闷闷不乐地说。

他们绕到后备厢,雷打开它。备用胎保存完好。

"好了,"约翰说,"你走吧。"

"换个轮胎真用不了五分钟。"

"是啊,而且那两个人也不在那个旅馆。但我们得假装他们在,毕竟他们肯定在某个地方。"

"是啊,那好吧。"

约翰把备胎和千斤顶从后备厢里拿出来。雷·诺尔斯看了他一会儿,然后朝"美梦之乡"走去。

5

就在旅馆另一边,安迪和查莉正站在四十号公路软质路肩上。安迪曾担心旅馆的人会怀疑他没有车,但事实证明这一担心完全多余;前台的女人对一切都毫无兴趣,除了她面前的那台日立小电视。电视画面上,菲尔·多纳休[1]正在滔滔不绝,那女人看得如痴如醉。她把安迪交回来的

116

钥匙扫进抽屉，看都没看他一眼。

"慢走，欢迎下次光临。"她说。她正跟一盒巧克力椰蓉甜甜圈作战，已经消灭一半了。

"谢谢。"安迪说着出了门。

查莉在外面等他。那女人给了他一份账单发票，走下台阶时，他把它塞进灯芯绒外套侧面的口袋里。从奥尔巴尼的付费电话里搞来的零钱不时发出闷响。

"还好吗，爸爸？"查莉问。他们朝路边走去。

"看上去还可以。"他说，伸手搂过她的肩膀。就在他们的右后方，约翰和雷的车刚刚爆胎。

"我们要去哪儿，爸爸？"查莉问。

"我不知道。"他说。

"我不喜欢这样。我觉得很紧张。"

"我觉得我们已经甩开他们很远了。"他说，"别担心，他们可能还在找那个把我们送到奥尔巴尼的司机呢。"

但他们现在的处境岌岌可危；他知道这一点，查莉可能也知道。只是站在路边，他就觉得自己已经暴露无遗了，仿佛一个穿着条纹囚服的越狱犯。别想了，他对自己说。不然你就会觉得他们无处不在，每棵树后面都藏着一个，山脚下还有一群。不是有人说过，完全的妄想和完全的理智其实是一回事吗？

"查莉——"他开口说。

"我们去找太爷爷吧。"她说。

他看着她，大吃一惊。他仿佛又回到了自己的梦境里，梦里的他在雨中钓鱼，而那场雨又变成了查莉淋浴的声音。"你怎么会想到去找太爷爷呢？"他问。太爷爷在查莉出生前就过世了，他一辈子都住在佛蒙特的塔什莫尔，一个位于新罕布什尔州边界西部的小镇。他去世之后，湖边的土地由安迪的母亲继承，再然后又归了安迪。本来镇上的人可以以税款的由头收缴那片土地，但太爷爷留下的一小笔钱刚好支付了相关的款项。

之前每到夏天，安迪和薇姬都会到那边度假，直到查莉出生。那个地方人烟稀少、树木繁茂，距离最近的双向公路也有二十英里远。很多人夏天会到塔什莫尔池塘边度假，它实际上是一座湖，隶属远处新罕布什尔州布拉德福德的一个小镇。但在每年的这个时候，所有夏日度假营地都空无一人，安迪怀疑那边的路在冬天可能根本不通。

"我不知道，"查莉说，"只是……我一下子就想到了。就在刚刚。"在另一边的坡道上，约翰·梅奥刚刚打开后备厢，检查备胎的状况。

"早上我梦见太爷爷了，"安迪慢慢地说，"我大概有一年多没想到过他了。所以我想，你可以说，我也是一下子想到了他。"

"那是个好梦吗，爸爸？"

"是的，"他说，嘴角微微上翘，"是的，是个好梦。"

"好吧，那你觉得怎么样？"

"我觉得这是个好主意，"安迪说，"我们可以去那边待一段时间，想想该怎么办。我们该如何处理眼前的问题。我在想，要是我们能够找到一家报纸，愿意让我们把这个故事讲给更多人听，他们应该就得停手了。"

一辆旧农用卡车吱吱嘎嘎地开到他们面前。安迪伸出大拇指。在另一边的坡道上，雷·诺尔斯正走在软质路肩上。

卡车停了下来，一个穿着成人围兜、头戴纽约大都会队棒球帽的男人探出头来。

"哇哦，有个小美女。"他微笑着说，"小姐，你叫什么名字？"

"罗伯塔。"查莉立马回答。罗伯塔是她的中间名。

118

"你好啊，伯比[1]。你们这是要去哪儿？"司机问。

"我们正准备去佛蒙特，"安迪说，"圣约翰斯堡。我妻子去看她姐姐，结果出了点小状况。"

"是吗。"农夫说，然后便不再说话，只是用眼角上下打量着安迪。

"生孩子了。"安迪说，脸上露出大大的笑容，"这孩子要有个小弟弟了，今天深夜一点四十一分的事。"

"他叫安迪，"查莉说，"这名字是不是很好听？"

"我觉得棒极了，"农夫说，"上来吧，我不顺路，但朝圣约翰斯堡走十英里还是没问题的。"

他们上了车，卡车吱嘎吱嘎地再次发动起来，轰隆隆地重新启程，驶向清晨明媚的阳光。与此同时，雷·诺尔斯正沿着山路徒步前进，眼前的道路空空荡荡的，直通"美梦之乡"旅馆。而在离旅馆更远的地方，他看到几分钟前从他们旁边经过的那辆农用卡车正缓缓地从他的视野中消失。

他觉得自己没必要着急。

6

农夫名叫曼德斯——伊夫·曼德斯。依照之前他跟 A&P 连锁店的老板达成的协议，他刚刚送了一车南瓜进城。他告诉他们，他以前都是跟第一国民打交道，但那边的负责人对南瓜一窍不通。按照伊夫·曼德斯的说法，那家伙不过是个趾高气扬的切肉机。而话又说回来，A&P 的经理可是个行家。他还告诉他们，他老婆夏天的时候开了个类似旅游纪念

---

1. 罗伯塔的昵称。

品店的铺子，他则在路边摆摊卖卖菜，两人干得还不赖。

"你们肯定不乐意我多管闲事，"伊夫对安迪说，"但你和你的小姑娘不该在这儿竖大拇指。老天，别在这儿。这地方不比以前了，乱七八糟的人来了不少。你们应该去黑斯廷斯谷药店，那边有个灰狗汽车站，去那边坐车更好。"

"呃——"安迪说，他不知道该如何回答，但查莉接过了话茬。

"爸爸失业了，"她轻快地回答，"所以我妈妈才去艾米姨妈家生孩子。艾米姨妈不喜欢我爸爸，所以我们两个留在家里。但现在我们要去见妈妈，对吧，爸爸？"

"这是咱们家的私事，伯比。"安迪说，听上去有些不好意思。他感到有些紧张，查莉的故事漏洞百出。

"你不用说了，我懂，"伊夫说，"我知道家里的那些糟心事。有时候可真不好过。我明白你不容易，这种事用不着不好意思。"

安迪清了清嗓子，但什么都没说。他想不出该说什么，于是他们都沉默了一会儿。

"嘿，我说，你们两个为什么不跟我回家，跟我老婆一起吃顿饭呢？"伊夫突然提议。

"哦，不，我们不能——"

"我们很乐意去，"查莉说，"对吧，爸爸？"

他知道查莉的直觉通常都很敏锐，而且他现在很虚弱，没法提出反对意见。她是个很有主见，甚至有些咄咄逼人的小姑娘，安迪曾不止一次怀疑，他们两人之间究竟谁说了算。

"如果你确定有足够的——"他说。

"啥都管够。"伊夫说着，终于把卡车换到了三挡。他们在秋天的树林间吱吱嘎嘎地穿行：枫树、榆树、白杨树。"很高兴你们乐意来。"

"太感谢你了。"查莉说。

"请你吃饭是我的荣幸，小姑娘。"他说，"到时候看见你，我老婆也会很高兴的。"

查莉笑了。

安迪揉了揉太阳穴。他左手手指按压的那块皮肤下的神经似乎已经死亡。不知怎的，他感觉很不好。而且他仍能明显地感觉到那些人正在逼近。

7

给安迪办理完退房手续二十分钟后，"美梦之乡"前台的那个女人紧张了起来。她已经把菲尔·多纳休完全抛到了脑后。

"你确定就是这个男人。"雷·诺尔斯问了她第三遍。她不喜欢这个瘦小的、不知为何感觉很严厉的男人。也许他在为政府工作，但这对莉娜·坎宁安来说算不得什么安慰。她不喜欢他那张窄脸，也不喜欢那双冷酷的蓝眼睛周围的皱纹。最重要的是，她不喜欢他一直拿着那张照片，在她鼻子下面晃来晃去。

"是的，就是他。"她又说了一遍，"但他并没有带着小女孩，先生，我说的都是实话。我丈夫也会告诉你同样的话。他值晚班，所以除了晚饭时间，我们很少见面。他会告诉你——"

另一个人回来了，随着不断响起的警报声，她看见他一手拿着对讲机，另一只手拿着一把相当大的手枪。

"是他们。"约翰·梅奥说。他因失望和愤怒而有些歇斯底里。"那张床有两个人睡过的痕迹，一个枕头上是金发，另一个是黑发。去他妈的爆胎！真他妈的糟心！湿毛巾还挂在浴室里，还他妈的在滴水！我们跟他们可能只差了五分钟，雷！"

他把手枪塞回枪套。

"我去叫我丈夫。"莉娜怯生生地说。

"别在意。"雷说，抓着约翰的胳膊走到屋外。约翰还在诅咒那个轮胎。"别管轮胎了，约翰。你跟 OJ 通报了吗？他还在镇上。"

"我跟他说了，然后他跟诺维尔说了。诺维尔正在从奥尔巴尼过来的路上，阿尔·斯泰诺维茨跟他在一起。阿尔是从纽约过来的，不到十分钟前刚到奥尔巴尼。"

"嗯，那很好。听着，好好思考一下，伙计。他们肯定正在搭便车。"

"没错，我想也是，除非他们偷了辆车。"

"那家伙是个英语老师，他连怎么从瞎子的家里偷根棒棒糖都不知道。反正他们肯定得搭便车。昨晚在奥尔巴尼，他们就搭了便车，今天早上也是。我敢跟你打赌，刚才我上山的时候，他们肯定伸着大拇指站在路边。赌今年的薪水。"

"要是那轮胎——"约翰戴着金属框架的眼镜，眼神里满是痛苦。他看到一个晋升机会正拍打着慢悠悠的、慵懒的翅膀，准备飞走。

"去他妈的轮胎！"雷说，"有谁从我们身边经过了？在我们换轮胎的时候，有谁从旁边经过？"

约翰把对讲机挂回腰带上，想了想。"农用卡车。"他说。

"我想的也是那个。"雷说。他环顾四周，发现莉娜·坎宁安硕大如满月的脸正透过汽车旅馆办公室的窗户凝视他们。当她发觉他们发现了她时，窗帘迅速落了下来。

"一辆快散架的卡车。"雷说，"要是他们没离开主路，我们一定能赶上他们。"

"那我们走吧。"约翰说，"我们可以通过对讲机继续跟 OJ、阿尔，还有诺维尔他们保持联系。"

他们小跑着回到车边，钻进车里。过了一会儿，棕褐色的福特车呼啸着驶出停车场，白色石块从后轮胎下飞溅而出。莉娜·坎宁安目送他们离开，如释重负。以前经营旅馆可没这么麻烦。

她走回屋，喊她丈夫起床。

8

当福特车载着方向盘后的雷·诺尔斯和拿着枪的约翰·梅奥以超过每小时七十英里的速度在四十号公路上飞驰（同时还有十或十一辆相似且不起眼的新型轿车正从附近的搜索区域向黑斯廷斯谷进发），伊夫·曼德斯却伸出手做了个左转的手势，驶离高速公路，开上一条大致向东北方向延伸的无名柏油小路。卡车吱吱嘎嘎、一路颠簸着向前行驶，在伊夫的央求下，查莉已经唱完了她会的全部九首歌，其中包括经典的《祝你生日快乐》《这位老先生》《耶稣爱我》以及《康城赛马歌》。最后一首歌，伊夫和安迪也跟着合唱了起来。

这条路弯弯曲曲，穿过树木越发茂盛的山脊，来到一片平坦的空地。这片空地已被耕种并收割过了。有一次，一只鹧鸪突然从马路左侧的一丛秋麒麟草和干草堆中间钻了出来，伊夫大喊："捉住它，伯比！"查莉也伸出手指比画着，嘴里发出"砰，砰，砰！"的声音，然后放声大笑。

几分钟后，伊夫开上了一条泥泞的土路。走了一英里后，他们来到一个红白蓝三色相间的破旧邮箱前，邮箱上写着"曼德斯"。伊夫又把车开进一条将近半英里长、布满车辙的车道。

"冬天想在这儿种地可得费点劲。"安迪说。

"我都是自己干的。"伊夫说。

他们来到一座三层楼高的白色农舍前，农舍边缘被漆成了薄荷绿色。在安迪看来，这种房子往往一开始看上去毫不起眼，但随着时间的推移会变得越发奇特。农舍后面有两座棚屋，朝不同方向曲折延伸。南面侧翼有一座温室；一座封闭式门廊从北面伸出，仿佛一件笔挺的衬衫。

农舍后面有一座红色的谷仓，可以看得出今年收成不错。谷仓和农舍之间有一片被新英格兰人称为"门前庭院"的空间——一片平坦的泥地，有十几只鸡在那里昂首阔步、咯咯直叫。当卡车轰鸣着驶来时，它们一哄而散，拍打着无用的翅膀，越过一块劈柴用的墩子逃命，墩子上还插着一把斧头。

伊夫把车开进谷仓，谷仓里有干草的香味，让安迪想起，佛蒙特的夏天也有同样的味道。当伊夫关掉卡车的发动机，安迪和查莉都听到从谷仓深处传来一阵低沉的、如音乐般的叫声。

"你有一头奶牛，"查莉说着，一脸狂喜，"我听见它叫了！"

"我们有三头。"伊夫说，"你听到的是博西（Bossy）[1]——这名字很老土，你说是吧，小姑娘？它觉得自己应该一天被挤三次奶。要是你爸爸允许，待会儿你可以见见它。"

"可以吗，爸爸？"

"我想没问题。"安迪说，精神上已经完全投降。不知怎的，他们只是想搭个便车，却被诓到了这样一个地方。

"过来吧，见见我老婆。"

他们慢悠悠地穿过院子，时不时停下，让查莉有更多机会跟小鸡们玩耍。后门开了，一个大约四十五岁的女人走了出来，站在台阶上。她伸手挡住眼前的阳光，喊道："你回来了，伊夫！你把谁带回家了？"

伊夫笑了。"这个小姑娘叫罗伯塔，这位是她的爸爸。我还不知道他叫什么名字，说不定我们还是远亲呢。"

安迪上前一步，说："我叫弗兰克·伯顿，女士。您丈夫邀请伯比和

1.亦有母牛之义。——编者注

我来吃午饭，如果可以的话。很高兴认识您。"

"我也是。"查莉说。但她的注意力还在小鸡身上，无暇顾及眼前的女主人——至少目前是这样。

"我叫诺尔玛·曼德斯。"她说，"进来吧，欢迎你们。"但安迪注意到她朝自己的丈夫投去了困惑的目光。

他们都走了进去，穿过墙边堆着一人高柴火堆的走廊，进入一个巨大的厨房，里面有一个柴火炉和一张铺着红白相间格子油布的桌子。空气中弥漫着水果和石蜡的气味，若有若无。那应该是罐头的味道，安迪想。

"弗兰克和他的小姑娘正准备去佛蒙特。"伊夫说，"我觉得让他们在上路前吃一顿热乎乎的饭菜没什么坏处。"

"当然啦，"她表示同意，"你的车在哪儿呢，伯顿先生？"

"呃——"安迪应了一声。他望向查莉，但查莉现在帮不上忙；她正迈着小步在厨房里转来转去，带着孩子不加掩饰的好奇心打量一切。

"弗兰克遇到了一点小麻烦。"伊夫说，直视他的妻子，"但我们不必纠结这个，至少现在用不着。"

"好吧。"诺尔玛说。她有一张可爱而直率的脸——显然是一个习惯于辛勤工作的漂亮女人。她的双手发红，还有些裂口。"家里做了鸡肉，我还可以做一份上等沙拉。牛奶管够。你喜欢牛奶吗，罗伯塔？"

查莉并没有抬头看她。安迪想，她一定忘记自己这个名字了。老天，情况真是越来越好了。

"伯比！"他喊了一声。

她这才抬起头，面带微笑，笑得有些夸张。"哦，好啊，"她说，"我超爱喝牛奶。"

安迪看到，伊夫瞥了他妻子一眼，带有警告的意味：不要问问题，至少现在不要。他感到一阵绝望。无论如何，他们的故事现在已经没有多少真实度可言了。但现在除了坐下来吃饭，等着看伊夫·曼德斯的葫芦里卖的是什么药外，他们什么都做不了。

9

"我们现在离汽车旅馆多远了？"约翰·梅奥问。

雷瞥了一眼里程表。"十七英里。"他说，然后把车停了下来，"已经够远了。"

"但也许——"

"不，如果这样能抓住他们，现在应该已经抓到了。我们掉头去和其他人会合。"

约翰用手掌根拍打仪表盘。"他们在某个地方下了高速，"他说，"这破轮胎！这个任务从一开始就不顺，雷。一个书呆子和一个小姑娘，可我们就是抓不住他们。"

"不，我觉得我们已经逮到他们了。"雷说，然后拿出对讲机。他拔出天线，把它伸出窗外。"只需半小时，我们就可以在整个区域内设下警戒线，而且我敢打赌，走不上二十户人家，肯定就会有人认出那辆卡车。十九世纪六十年代末生产的万国收割机，深绿色款，前面还有除雪机，车厢周围绑了木桩，来固定载重。我觉得天黑前我们就能完成任务。"

过了一会儿，他开始跟阿尔·斯泰诺维茨讲话，后者正在接近"美梦之乡"旅馆。阿尔也向他传达了其他特工的情况。布鲁斯·库克记得那辆农用卡车。OJ也记得。它之前停在 A&P 连锁店门口。

于是阿尔把他们派回镇上，半小时后他们便几乎可以肯定，那两个逃犯搭乘的便车属于一个叫伊夫·曼德斯的人，他住在纽约市黑斯廷斯谷的贝林斯路，所属乡村免费邮寄第五号区。

此时刚过中午十二点半。

10

午餐很愉快。查莉像匹小马驹——吃掉了三份肉汁鸡肉、两份诺尔玛·曼德斯特制的现烤饼干、一份配菜沙拉，还有三份他们家的罐装莳萝泡菜。他们以一份加了切达干酪的苹果派作为午餐的收尾——伊夫认为“没有奶酪的苹果派就好比接吻只是蜻蜓点水”。他的发言招来他老婆一记深情款款的肘击警告。伊夫翻了个白眼，查莉笑了。安迪的胃口也让他自己有些惊讶。查莉打了个嗝，然后立马愧疚地捂住了嘴巴。

伊夫笑着对她说：“腾出地儿才好吃更多好吃的，小姑娘。”

“再吃我就要胀开了。”查莉回答说，“我妈妈以前常这么说……我是说，她总是这么说。”

安迪疲惫地笑了笑。

“诺尔玛，”伊夫站起身，说，“你带着伯比去喂喂小鸡吧。”

“饭桌还没收呢。”诺尔玛说。

“饭桌待会儿我收，”伊夫说，“我想在这儿跟弗兰克说两句话。”

“你想去喂鸡吗，宝贝？”诺尔玛问查莉。

“太想了。”她眼里闪着光。

“好吧，那你跟我来。你有外套吗？外面有点冷。”

“呃……”查莉望向安迪。

“我可以借一件毛衣给你穿。”诺尔玛说。相似的眼神再次在她和伊夫之间传递。“把袖子卷起来一点就可以了。”

“好的。”

诺尔玛在门口套上一件褪色的旧夹克，查莉穿上一件已磨损的白色旧毛衣，袖子卷了三四折。

“它们会啄人吗？”查莉有点紧张地问。

“它们只啄食，宝贝。”

她们走了出去，把门带上了。查莉还在喋喋不休。安迪看着伊夫·曼德斯，伊夫也平静地看着他。

"来罐啤酒吗，弗兰克？"

"我不叫弗兰克，"安迪说，"我猜你已经知道了。"

"我想是的。那你怎么称呼？"

安迪说："知道越少对你来说越好。"

"好吧，"伊夫说，"那我就叫你弗兰克吧。"

他们隐约听到查莉在外面高兴地尖叫。诺尔玛说了些什么，查莉表示同意。

"我想我可以来罐啤酒。"安迪说。

"好的。"

伊夫从冰箱里拿出两罐尤蒂卡俱乐部啤酒，打开，把安迪的放在桌面上，自己的留在灶台上。然后他从水槽边的钩子上取下一条围裙，穿在身上。围裙红黄相间，还镶了荷叶边，但不知怎的，穿在他身上并不显得滑稽。

"需要我帮忙吗？"安迪说。

"不用，我知道这些锅碗瓢盆都放在什么地方。"伊夫说，"至少大部分我都知道。她倒是每周都会换换地方。没有女人希望男人对自家厨房的每个角落都了如指掌。当然，她们喜欢你帮忙，如果你问她们炒菜锅在什么地方，或者钢丝球放在哪里，她们会感觉更好。"

安迪回想起自己当时给薇姬当帮厨的日子，笑着点了点头。

"多管闲事不是我的强项。"伊夫说着，往厨房水槽里放水，然后往里加了点清洁剂，"我是个农夫，就像我跟你说过的那样，我妻子经营着一家小纪念品商店，就在贝林斯路和奥尔巴尼公路拐角的路口。我们在这里住了快二十年了。"

他回头瞥了安迪一眼。

"但从我第一眼看见你们两个站在路边，我就觉得有事情不对劲。通常不会有一个大男人带着一个小女孩搭便车。你懂我什么意思吧？"

安迪点了点头，抿了口啤酒。

"而且在我看来，你们好像刚从'美梦之乡'出来，但你们没有车，而且连行李箱都没有。所以我本来打算直接开过去。但我还是停了下来，因为……好吧，不多管闲事和明明看见有事不对劲却坐视不管还是有很大区别的。"

"我们看上去那么明显吗？那么糟糕？"

"那倒没有，"伊夫说，"现在好多了。"他仔细清洗着那些不配套的旧盘子，把它们叠放在滤水口，"我不知道你们两个是怎么回事。我的第一感觉是你们两个是警察要找的那两个人。"他注意到安迪的表情变了，还有他突然放下了啤酒罐的反应。"我猜那就是你们，"他轻声说，"但我希望不是。"

"什么警察？"安迪厉声问。

"他们封锁了所有进出奥尔巴尼的主要道路。"伊夫说，"只要我们再沿着四十号公路走上六英里，就会在四十号公路和九号公路的交汇口遇上路障。"

"好吧，那你为什么不直接开过去呢？"安迪问，"那这事就跟你没关系了，你可以不用惹上这个麻烦。"

伊夫开始刷锅了，他停下手上的动作，开始在橱柜里找东西。"明白我刚在说啥了吧，我找不着钢丝球了……哎，这儿呢……为什么我不把你带去警察局？可能是因为我这人天生有好奇心吧。"

"你有什么疑问吗？"

"疑问多着呢。"伊夫说，"一个成年男人带着一个小女孩搭便车，这小女孩没有行李箱，警察还要抓他们。所以我有一个想法，而且还不算离谱。我想这个父亲是因为拿不到小女孩的监护权，所以带着她逃走了。"

"这在我听来相当离谱。"

"这种事经常有,弗兰克。我对自己说可能是孩子他妈生气了,于是就报了警,让警察抓这个父亲。这样,所有设置的路障就能解释通了。除非发生大型抢劫案才会有这么大阵势……或者是绑架。"

"她确实是我女儿,但她妈妈没有报警抓我。"安迪说,"她妈妈已经过世一年了。"

"好吧,我现在也开始觉得这个想法不太靠谱了。"伊夫说,"用不着费什么心思,谁都看得出你们两个很亲近。无论发生了什么,你似乎并没有做违背她意愿的事。"

安迪没说话。

"所以这就是我的疑问了。"伊夫说,"我把你们两个载到这里,是觉得那个小女孩可能需要帮助。而现在我不知道她遇到了什么麻烦。你看上去也不像坏人。但即便如此,你和你的小女孩都用了假名,讲的故事也漏洞百出,比薄纸还要单薄,而且你看上去好像很不舒服,弗兰克。你好像强撑着才能站起来。这些我通通搞不明白,所以但凡有你可以让我知道的内容,说不定都能帮上忙。"

"我们从纽约到了奥尔巴尼,今天一早搭便车来的黑斯廷斯谷。"安迪说,"那些家伙已经追过来了,这真是个坏消息,但我也已经料到了,我想查莉也已经想到了。"他提到了查莉的名字,他出错了,但这个时候已经无关痛痒。

"他们为什么要抓你们,弗兰克?"

安迪沉思许久,然后抬头与伊夫对视,他的灰眼睛十分坦诚。他说:"你是从镇上回来的,对吧?看见陌生人了吗?城里人打扮?穿着整洁、定制的西服套装,看不出有什么特点,人一走你就会把他们忘得一干二净那种?还开着和风景融为一体的新款轿车?"

这回轮到伊夫思考了。"在 A&P 前面有两个那样的人，"他说，"当时他们在跟黑尔佳谈话。黑尔佳是个收银员。他们好像还给她看了什么东西。"

"大概是我们的照片。"安迪说，"他们是政府的特工，正在跟警察合作，伊夫。更准确地说，是警察正在为他们工作。警察并不知道他们要抓我们。"

"是哪种政府特工？ FBI（联邦调查局）的？"

"不，是'商店'。"

"什么玩意？是 CIA（中央情报局）的分部吗？"伊夫显然并不相信。

"他们跟中央情报局一点关系都没有。"安迪说，"'商店'实际上是 DSI——科学情报部[1]。我在三年前的一篇文章里读到，有人在二十世纪六十年代初给它起了'商店'这个绰号——来自科幻小说《伊夏的武器店》（ *The Weapon Shops of Isher* ）。我记得那本书是一个叫范·沃格特的人写的，但这都无所谓了。他们的任务本来应该是参与国内的科学项目，主要是那些目前或将来可能会应用到国家安全事务上的项目。这一定义来自他们的组织章程，而在公众眼中，他们关注的重点是由他们资助和监督进行的电磁材料以及核聚变能源研究。但实际上他们参与了更多项目。查莉和我都曾是某个项目的一部分，一个很久以前的项目，当时查莉还没出生。她妈妈也跟项目有关，她被人谋杀了。凶手就是'商店'。"

伊夫沉默了一会儿。他把水槽里的洗碗水放空，擦干双手，然后开始擦桌子。安迪把他的啤酒罐拿了起来。

"我不想直接说我不相信你，"伊夫终于开口，"在这个国家，确实曾经发生过一些事情，然后被人掩盖了。CIA 的人会给人们加了致幻药的

1.英文全称为 "Department of Scientific Intelligence"。

饮料，有一些 FBI 特工被指控在民权运动中杀了人，还有那些装在棕色信封里的'抚恤金'。所以我不能说我不相信你。但是你还没有说服我。"

"我觉得他们真正想找的人并不是我。"安迪说，"曾经也许是，但他们已经换了目标。现在他们想找的是查莉。"

"你是说，出于国家安全方面的目的——国家政府正在追捕一个一二年级的小学生？"

"查莉并不是普通的二年级小学生，"安迪说，"她妈妈和我被注射了一种叫'第六批'的药物，到现在我也不知道那究竟是什么。我猜它最有可能是一种合成的腺体分泌物。那个药物最终改变了我和她妈妈的染色体。我们又把染色体传给了查莉，它们以全新的方式混合在一起。如果以后她能把染色体传给她的孩子，我想，她就会被称为'突变体'。不过她也有可能不会把这种染色体传下去，或者根本无法生育。但无论如何，他们想找到她。他们想研究她，看她可以做什么。更重要的是，我认为，他们是想要把她当成一件成果。他们希望可以重启'第六批'项目。"

"她能做什么？"伊夫问。

透过厨房的窗户，他们可以看到诺尔玛和查莉刚刚从谷仓出来。查莉身上的白色毛衣松松垮垮的，下摆垂到了她的小腿。她两颊红扑扑的，正在和诺尔玛说着什么，诺尔玛微笑着，不停地点头。

安迪轻声说："她能放火。"

"好吧，我也可以。"伊夫说。他又坐了下来，用好奇而谨慎的目光看着安迪，仿佛在打量眼前这个人是不是疯了。

"她只需要这么想就可以做到。"安迪说，"这种能力的学名叫意念控火。这是一种超自然能力，就像心灵感应、心灵遥感、预知未来，顺便说一句，查莉也有一点预知能力，但意念控火更为罕见……而且更加危险。她很害怕自己的能力，她也应该如此。她无法百分之百控制这个能力，如果她动了心思，她可以把你家的房子、谷仓、前院通通烧掉。或者她还能帮你点烟斗。"安迪无力地笑了笑，"但在帮你点烟斗的同时，她也有可能把房子、谷仓，还有前院通通点着。"

伊夫喝光了啤酒，开口说："我想你应该报警自首，弗兰克，你需要帮助。"

"我想这些话听起来很不靠谱，是吧？"

"没错，"伊夫严肃地说，"这听上去是我听过的最不靠谱的话了。"他坐在椅子边上，十分紧张，安迪想，他可能正在等着自己突然发疯。

"我想这也无关紧要了，"安迪说，"反正他们很快就来了。我想警察来了也许更好，因为就算被他们抓住，你也不会立刻从世界上消失。"

伊夫刚想开口，门开了。诺尔玛和查莉走了进来。查莉兴高采烈，眼里闪着光。"爸爸！"她说，"爸爸，我刚才喂了——"

但她的表情一下子变了。她脸颊上的红晕消失了，她不安地看看伊夫·曼德斯，又看看爸爸，然后又把目光转回伊夫身上。她脸上的快乐表情随即被痛苦取代。跟她昨晚的表情一样，安迪想，昨晚我把她从学校里带出来的时候。这种事情一次次发生，什么时候才能让她真正安下心来，幸福地生活？

"你说了，"她说，"哦，爸爸，你为什么要说呢？"

诺尔玛走上前，伸出胳膊搂住查莉，像是要保护她。"伊夫，发生什么事了？"

"我不知道，"伊夫说，"伯比，你说的'说了'，是什么意思呢？"

"我不叫伯比，"她说，涌出眼泪，"你知道那不是我的名字。"

"查莉，"安迪说，"曼德斯先生发现有些事情不对劲。我跟他说了，但他不相信我。你自己想一想，就会明白我为什么要这么做。"

"我什么都不明——"查莉开始尖叫，但突然安静下来。她歪着头，样子很奇怪，像是在努力听着什么，尽管在场的其他人都听不到任何声音。当他们望向她时，她的脸已经没了血色，就像看着一个大水罐里的液体被一下子抽干。

"怎么了，宝贝？"诺尔玛问，同时忧心忡忡地瞥了伊夫一眼。

"他们来了，爸爸，"查莉轻声说，眼睛里满是恐惧，"他们来抓我们了。"

11

他们在四十号公路与那条无名柏油路——在黑斯廷斯谷的地图上，这条路名叫老贝林斯路——的交汇处会合了，伊夫就是在那里转了弯。阿尔·斯泰诺维茨终于赶上了自己的手下，迅速且果断地接管了指挥权。总共有十六个人、五辆车。他们一同朝伊夫·曼德斯的农场驶去，仿佛一支赶时间的送葬队伍。

把指挥权交给阿尔·斯泰诺维茨、卸下重任后，诺维尔·贝茨真正松了口气。他询问起配合行动的当地警察以及州警察的情况。

"我们目前还要对警方保密。"阿尔说，"一旦抓到他们，我们就可以让他们撤掉路障。如果没抓到，我们就要让他们进一步缩小包围圈。但说实话，诺夫[1]，要是咱们十六个人都抓不到他们两个的话，那这件事恐怕没人能办成了。"

诺夫感觉阿尔话里带刺，于是闭嘴不再说话。他知道，最好在没有外力介入的情况下抓到他们，因为安德鲁·麦吉一旦被捕获，就会有不幸的"意外"发生。一场致命的事故。周围没有穿蓝制服的碍事，这种事办起来会更容易。

---

1. 诺维尔的昵称。——编者注

在他和阿尔身前，OJ 的车打起了转向灯，然后开上了一条土路。其他人紧随其后。

12

"我不明白这是怎么一回事。"诺尔玛说，"伯比……查莉……你不能冷静一点吗？"

"你不会明白的。"查莉说，声调很高，仿佛被扼住了脖子。伊夫看着她，神情紧张。她的脸看上去仿佛一只被人套住的兔子。她挣脱了诺尔玛的胳膊，跑向爸爸。安迪把手放在她的肩膀上。

"我想他们是要来杀你。"她说。

"什么？"

"杀了你。"她重复说。她眼神僵直，充满忧虑。她发疯似的喊："我们得逃走，我们得——"

热。突然很热。

他向左边瞥了一眼，炉子和水槽之间的墙上装了一个室内温度计，温度计的样式很普通，通过任何一份邮购商品目录都可以买到。温度计的底部有一个塑料的红色魔鬼，拿着干草叉咧着嘴笑，扬着眉毛。它的蹄子下面写着："够热了吧？"

温度计的水银柱正在缓缓上升，仿佛一根正在指责某人的红色手指。

"没错，他们就是想那么做。"她说，"杀了你，就像杀了妈妈那样杀了你，然后把我带走。不可以，我不许他们那么做，我不许——"

她的声音越升越高，像水银柱一样升高。

"查莉！当心你在做什么！"

她的眼神有所缓和。伊夫和妻子靠在了一起。

"伊夫……这是——？"

但伊夫顺着安迪的目光望向温度计，突然就明白了。屋子里突然变得很热，热得让人冒汗，温度计的读数已经达到了九十[1]以上。

"哦，我的老天啊。"他尖叫道，"是她做的吗，弗兰克？"

安迪没有理会他。他仍把手放在查莉的肩膀上，直视她的眼睛。"查莉——你觉得现在是不是已经晚了？你觉得如何？"

"是的。"她说。现在她的脸已经毫无血色。"他们现在已经上了那条土路了。哦，爸爸，我好害怕。"

"你可以阻止他们。"他平静地说。

她看着他。

"试试看。"他说。

"可是……爸爸，那样不好。我知道那样是不对的，我会杀了他们。"

"是啊，"他说，"但现在也许只有两个选择，要么杀人，要么被杀。你不得不从中选一个。"

"那不是坏事吗？"她的声音近乎耳语。

"不，那是坏事。"安迪说，"我们永远也不可以自欺欺人。如果你没法控制，就别动手，查莉。即便是为了我也不行。"

他们看着彼此，四目相对。安迪的眼睛里满是疲惫，布满血丝和恐惧，查莉的眼睛睁得大大的，仿佛被催眠。

她说："如果我做了……一些事情……你还会爱我吗？"

这个问题横在两人中间，悬而未决许久。

"查莉，"他说，"不管发生什么，我都永远爱你。"

伊夫刚才一直盯着窗外，现在他穿过房间，来到他们跟前。"我想我该

1.这里的温度计应为华氏温度计，约合 32.2 摄氏度。后文出现的温度均为华氏度。

好好跟你们道个歉。"他说,"外面来了一个车队。如果你们需要,我会站在你们这边。我有把猎鹿枪。"但他看上去像是突然受了惊吓,脸色煞白。

查莉说:"你不用拿你的枪。"

她离开父亲的怀抱,来到纱门前。穿着诺尔玛·曼德斯的毛衣让她显得比平时更加瘦小。她跨出门外。

过了一会儿,安迪发觉自己也跟着她走了出去。他的肚子感觉很冷,就像三口吞下了一个 DQ 的大号冰激凌。曼德斯夫妇待在他们身后。安迪最后望了一眼那个男人困惑而恐惧的脸,一个念头在他脑海中一闪而过:这大概会教会你,不要随便让陌生人搭便车。

然后他和查莉一起站在门廊上,看着打头的车开上长长的车道。母鸡咯咯直叫,扑棱着翅膀,博西哞哞地叫着,以为又有人要来挤它的奶。十月稀薄的阳光照耀着这个纽约北部的小镇,洒落在树木茂盛的山脊和秋天棕色的田野上。逃亡了将近一年,安迪惊讶地发觉,跟强烈的恐惧交织在一起的,竟是一种奇怪的解脱感。他听说,即便是一只兔子,在即将被撕碎之前,也会在不那么温顺的原始本能的驱使下,回身直面凶恶的猎狗。

无论如何,不用逃跑总是件好事。他和查莉站在一起,阳光柔和地照在她金色的头发上。

"哦,爸爸,"她嘟囔着,"我快站不住了。"

他伸出胳膊搂住她的肩膀,把她搂到身边,搂得比之前更紧。

打头的那辆车已经来到门口。两个人下了车。

13

"嘿,安迪。"阿尔·斯泰诺维茨面带微笑,说,"嘿,查莉。"他两手空空，但外套是敞开的。在他身后，另一个人警惕地站在车旁，双手放在身体两侧。第二辆车停在第一辆车后面，又有四个人下了车。接着所有车都停了下来，所有人都准备就位。安迪数到十二，然后就不数了。

"滚开。"查莉说。在这个清凉的下午，她的声音又尖又细。

"你让我们追得好苦。"阿尔对安迪说，他又望向查莉，"宝贝，你用不着——"

"滚！"她尖叫道。

阿尔耸耸肩，故作友好地笑了笑。"我恐怕不能那么做，亲爱的。我得执行命令。没人想要伤害你或是你爸爸。"

"你这个骗子！你想杀了他，我知道！"

安迪开口了，同时惊讶于自己的声音可以保持镇定。"我建议你照我女儿说的做。你一定知道上面为什么想抓她，而且你也一定听说了机场里那个当兵的出了什么事。"

OJ和诺维尔·贝茨交换了一个不安的眼神。

"如果你跟我上车，我们可以好好讨论一下这些事情。"阿尔说，"说实话，我们不想对你们怎么样，除非——"

"我们知道你们会对我们怎么样。"安迪说。

最后两三辆车里下来的人开始散开，装作不经意的样子将门廊包围起来。

"求你了。"查莉对眼前这个面色黄得有些怪异的男人说，"别逼我做什么。"

"这样没用，查莉。"安迪说。

伊夫·曼德斯来到门廊。"你们这是非法入侵。"他说，"我要求你们离开我的房子。"

三个特工走上门廊的台阶，来到查莉和安迪的左边，站在离他们不到十码远的地方。查莉瞥了他们一眼，带有警告和孤注一掷的意味。他们停了下来——但只是暂时的。

"我们是政府特工，先生。"阿尔彬彬有礼地对伊夫低声说，"这两个人被通缉了，我们需要把他们带回去。没别的。"

"我才不管他们是不是刺杀了总统，被政府通缉。"伊夫说。他的声音高昂，很有威慑力。"给我看你们的逮捕令，不然就给我从我的私有财产上离开。"

"我们不需要逮捕令。"阿尔说。他的声音现在也变得尖锐起来。

"你们需要，除非我一觉醒来跑到了俄罗斯。"伊夫说，"先生，我请你们离开，你最好给我走远一点。我只说这么多。"

"伊夫，快进来！"诺尔玛喊道。

安迪感觉到空气中有什么东西正在聚集，查莉周围仿佛形成了一座电场。他胳膊上的汗毛开始竖起、移动，仿佛无形的海草随潮汐摆动。他低下头看着她的脸，感觉那脸庞出奇地小，此刻特别奇怪。

就要来了，他无助地想，就要来了，老天啊，真的要来了。

"快出去！"他对阿尔喊道，"你不明白她要做什么吗？你感觉不到吗？别犯蠢，伙计！"

"拜托，"阿尔说，他装作不经意地朝门廊尽头站着的三个人点了点头，然后回头望向安迪，"只要我们好好商量——"

"当心，弗兰克！"伊夫·曼德斯尖叫道。

门廊尽头的三个人一齐朝安迪冲了过来，同时拔出了枪。"别动！别动！"其中一个人嚷道，"站在原地！把手——"

查莉转向他们。在她转身的同时，包括约翰·梅奥和雷·诺尔斯在内的其他六个人也拔出枪，冲向门廊后侧的台阶。

查莉的眼睛略微睁大，安迪感觉到有一股热流从身边掠过。

门廊正面的三个人冲到一半，头发突然起火。

一声震耳欲聋的枪声响起，一根大约八英寸的碎木片从门廊的一根柱子上掉了下来。诺尔玛·曼德斯大声尖叫,安迪也不由得后退了一步。但查莉似乎并没有注意到。她表情恍惚,异常沉静,露出了蒙娜丽莎式的微笑,一边嘴角微微翘起。

她享受这个过程,安迪惊恐地想到,这就是她之所以如此害怕的原因吗?因为她喜欢这种感觉?

查莉又转过身去,望向阿尔·斯泰诺维茨。他最先派出的三个得力干将已把自己对国家、政府和"商店"的责任抛到了九霄云外。他们因头顶着火而大喊大叫、抱头鼠窜。下午的空气中突然充斥着头发燃烧的气味。

又一声枪响,窗玻璃碎了。

"别打那个女孩!"阿尔喊道,"别打那个女孩!"

安迪被人粗暴地擒住了。门廊上突然挤满了人。在一片混乱中,他被人拖向围栏。然后有人从另一个方向开始拽他,让他觉得自己仿佛变成了一根拔河用的绳子。

"放开他!"伊夫·曼德斯咆哮着,"放开——"

又是一声枪响,诺尔玛突然尖叫了一声,然后一遍又一遍地呼喊着丈夫的名字。

查莉低头看着阿尔·斯泰诺维茨。突然,阿尔脸上冷酷且自信满满的表情消失了,恐惧开始浮上他的脸庞。他泛黄的皮肤变得越发干瘪。

"不,不要,"他像是在跟某人商量着什么,"别——"

火不知是从何处燃起的。突然间,他的裤子和外套都起了火。他的头发仿佛一片燃烧着的灌木丛。他尖叫着向后退,撞到了车上。然后他半转过身,挥舞着双臂朝诺维尔·贝茨扑去。

安迪再次感觉到一股温柔的热流,仿佛空气被置换,好似有一颗燃烧弹被以火箭般的速度从他鼻尖前投掷了过去。

斯泰诺维茨的脸着火了。

有那么一刻,他呆立在原地,在透明的火焰中无声地尖叫。然后他整个人开始模糊、缩小，油脂般渐渐熔化。诺维尔赶忙从他身边跑开，阿尔·斯泰诺维茨变成了一个燃烧着的稻草人。他跌跌撞撞地走下车道，胡乱挥舞着手臂，最后面朝下栽倒在地。他已经失去了人形；看上去就像一捆着了火的破布。

门廊上的人都吓得动弹不得，呆呆地注视着烈火出其不意地烧起来。三个被查莉点着了头发的特工已设法把火扑灭。他们接下来一段时间看上去一定会很奇怪（虽然大概不会持续太久）；他们的头发都剪成了规定的短发，但现在看上去就像是一团发黑的、纠缠在一起的灰烬。

"滚出去。"安迪声音嘶哑地喊道，"赶紧滚出去。她以前从没这样做过，我不知道她能不能停得下来。"

"我可以的，爸爸。"查莉说。她的声音很冷静，泰然自若，还夹杂着一丝古怪的冷漠。"我能控制住。"

然后汽车开始爆炸。

所有爆炸都是从汽车尾部开始的；后来，当安迪回想曼德斯农场发生的事情时，他对这一点非常确信。它们都是从后面炸开的，从油箱所在的位置。

阿尔的浅绿色普利茅斯车先炸了，爆炸时还伴随着一声沉闷的巨响。一团火球从普利茅斯车的尾部腾空而起，光亮刺眼，接着后车窗炸开了。约翰和雷的福特车紧随其后，大约只隔了两秒钟。金属碎片划破天际，嗖嗖作响，溅到了屋顶上。

"查莉！"安迪喊道，"查莉，快停下！"

她以同样冷静的声音说："我不要。"

第三辆车也炸了。

有人跑了，其他人跟在他后面。门廊上的人开始后退。安迪又被人拽了一把，他往反向用力，突然感觉抓住他的人全都松了手。他们一下子全都逃走了，一个个脸色苍白，慌不择路。其中一个头发烧焦了的人试图从围栏上面翻过去，结果一头栽进了小花园里。诺尔玛年初时在那里种过一些豌豆，供豆子攀附生长的木桩还留在里面，噗的一声刺穿了那人的喉咙，那声音安迪一辈子都忘不了。他在花园里抽搐着，像是一条掉在地上的鳟鱼。豆架仿佛一根箭杆，从他脖子后面冒了出来。他发出微弱的声音，像是在漱口，鲜血染透了他的衬衫前襟。

其他车也陆续爆炸，仿佛一连串震耳欲聋的鞭炮声。两个逃跑的人洋娃娃般被冲击波抛到地上，其中一个腰部以下着火，另一个则被玻璃碎片击中。

黑烟升起，空气中弥漫着汽油味。在车道另一边，远处的山丘和田野在酷热中扭动，发出微光，仿佛在恐惧中不停地退缩。鸡群受到惊吓，四处逃窜，不停地咕咕叫。突然，其中三只被火焰包围，像长了脚的火球一般到处乱跑，最后栽倒在院子的远端。

"查莉，快停下来！停下！"

火焰沿着一条斜线穿过院子，沿途的泥土都被点燃，仿佛有人在地上铺了一路火药。火烧到了墩子上，伊夫的斧子还插在上面，火焰在它周围形成一道神奇的光圈，然后突然向内坍塌。墩子也烧着了。

"停下，查莉！看在老天的分上！"

某个特工的手枪被扔在门廊和燃烧的车队之间的草坪边缘。突然，里面的子弹发出一连串尖锐的噼啪爆炸声。手枪在草坪上诡异地晃来晃去。

安迪用尽全力扇了她一个耳光。

她的头朝后一仰，蓝眼睛变为一片茫然。然后她望着他，眼里满是惊讶、受伤和迷茫。安迪突然感到自己被裹进一颗能够迅速生热的胶囊里。他深吸一口气，感觉空气像厚玻璃一样沉重。他的鼻毛仿佛正在卷曲。

是自燃，他想，我就要自燃了——

然后那种感觉消失了。

查莉摇摇晃晃地站起来，捂住脸。透过指缝，她发出一声惨叫。那叫声里充满了恐惧与沮丧，甚至让安迪担心她的意志已经崩溃。

"爸爸——"

他把她拥进怀里，紧紧抱住。

"嘘，"他说，"哦，查莉，宝贝，嘘——"

尖叫停止了，查莉瘫倒在安迪怀里。她晕了过去。

14

安迪把她抱在怀里，她的头无力地靠在他的胸口。空气炽热，充满了汽油燃烧的味道。火苗已越过草坪，爬到了常春藤的棚架上。手指粗细的火苗仿佛一个夜晚出来游荡的男孩，敏捷地向上攀登。房子就快着火了。

伊夫·曼德斯斜靠在厨房的纱门上，双腿张开。诺尔玛跪在他旁边，他肘部中弹，蓝色工装服的袖子已被染成了鲜红色。诺尔玛从连衣裙下摆上撕下一块布条，用力想把他的袖子卷起来，给他包扎伤口止血。伊夫睁着眼睛，面色灰白，嘴唇泛青，呼吸十分急促。

安迪朝他们走了一步，诺尔玛·曼德斯赶紧退后，同时用身体罩住丈夫。她抬起头，恶狠狠地瞪着安迪。

"滚开。"她怒气冲冲地说，"带上你的怪物女儿滚开！"

15

OJ 逃走了。

当他逃跑的时候，"大马"一直在他的胳膊下不停地跳动。他根本顾不上方向，跑到了田里，摔了一跤，然后爬起来继续跑。他一脚踩进了坑里，扭伤了脚踝，又摔了一跤，四脚朝天倒在地上，不由得发出一声尖叫。他又接着向前跑。有时他感觉只有他一个人，有时他又觉得前面有人在跟他一起逃跑。这都无所谓了。最要紧的是离开十分钟前还是阿尔·斯泰诺维茨的那团燃烧的破布，离开着火的汽车，离开栽倒在小花园里、喉咙里插着一根木桩的布鲁斯·库克。跑远一点，跑远一点，再跑远一点。"大马"从枪套里掉了出来，砸在他的膝盖上，带来一阵剧痛，然后掉进一堆杂草当中，从此被人遗忘。OJ跑进一片树林，绊倒在一棵倒下的树干上，顺势四肢摊开躺了下来。他躺在那里，呼吸急促，一只手捂住因岔气而刺痛不止的侧腹。他因震惊和恐惧哭了起来。他想：再也不在纽约执行任务了。永远不。一切都结束了。真是受够了。就算我活到两百岁，我也决不踏入纽约半步。

过了一会儿，OJ站起身，一瘸一拐地朝前走去。

16

"我们把他从门廊上抬走。"安迪说。他把查莉放在院子外面的草地上。房子侧面正在着火，火花如同一只只又大又慢的萤火虫，不时飘落在门廊上。

"走开，"她厉声说，"别碰他。"

"房子正在着火，"安迪说，"我得帮帮你。"

"滚开！你做得已经够多了！"

"别这样，诺尔玛。"伊夫看着她，"发生的这一切并不是他的错。所以快别这么说了。"

她看着他，似乎有一肚子话想说，却突然咽了回去。

"抬我起来。"伊夫说，"腿都麻了。我想我可能尿裤子了。这没什么。不知道是哪个浑蛋朝我开的枪。帮个忙，弗兰克。"

"我叫安迪。"他说，然后一只手撑着伊夫的后背，帮他慢慢站了起来，"我不怪你太太。今天早上你就不应该载我们回来。"

"要是再让我选一次，我还是会那么做。"伊夫说，"他妈的拿着枪来我们家，去他妈的特工，政府养的婊子……哦哦哦，老天啊！"

"伊夫？"诺尔玛喊道。

"别说了老婆，我把伤口弄开了。加把劲，弗兰克，或者安迪，或者叫啥都行。这边越来越热了。"

确实如此。安迪连拉带拽把伊夫弄下台阶，走进院子。一阵风将火星打着卷吹到了门廊上。墩子已经变成了一段发黑的树桩。被查莉点着的鸡只剩下几根烧焦的骨头和一团格外显眼的、可能是羽毛的灰烬。它们并不是被烤死的，而是被火化了。

"把我放到谷仓旁边，"伊夫喘着气，"我跟你说几句话。"

"你得叫个医生。"安迪说。

"对，我会叫我的医生过来。你女儿现在怎么样？"

"昏过去了。"他把伊夫放下，让他背靠在谷仓门上。伊夫抬头看着安迪。伊夫的脸上渐渐有了血色，嘴唇上的青色慢慢淡去。他在流汗。在他们身后，一栋自一八六八年起便矗立在贝林斯路上的白色大农舍正在火舌下挣扎。

"一个人不应该有那样的能力。"伊夫说。

"可能就像你说的那样。"安迪说，然后把目光移到了诺尔玛·曼德斯那张漠然且拒绝原谅的脸上，"但一个人也不应该患上脑瘫、肌肉萎缩或白血病。但那种事情还是会发生，而且会发生在孩子们身上。"

"她无法拒绝，"伊夫点点头，"好吧。"

安迪仍看着诺尔玛。"她就像是带着铁肺生活，或智障儿童之家里的孩子一样。她并不是怪物。"

"我很抱歉那么说。"诺尔玛回道，她的视线游移不定，但最终还是落到了安迪身上，"我刚才还在跟她一起喂鸡，看她摸奶牛。但是先生，我家的房子都被烧掉了，而且死了好几个人。"

"我很抱歉。"

"房子上过保险了，诺尔玛。"伊夫边说边伸出没受伤的那只胳膊，握住了诺尔玛的手。

"但保险公司复原不了我妈妈的盘子，那是她妈妈传给她的。"诺尔玛说，"还有我上好的写字桌，还有去年七月我们在斯克内克塔迪艺术节上买的那些画。"一滴泪珠从她眼睛里滚落，她赶紧用袖子擦掉，"还有你当兵的时候写给我的那些信。"

"你家小姑娘会好起来吗？"伊夫说。

"我不知道。"

"好吧，听着。要是你想，可以这么做。谷仓后面有一辆旧威利斯吉普——"

"伊夫，够了！别再参与这件事了！"

他转头望向她，面色灰白，脸因疼痛皱成一团，一直在冒汗。

在他身后，他们的家正在燃烧，屋子里木板爆裂的声音就像圣诞节时在壁炉里烤栗子。

"那些家伙既没有搜查令，也没有任何证明文件，就想把他们从咱家抓走。"他说，"我是在一个有明文法律的文明国家，请他们来做客的。而且那些人中的一个还开枪打了我，还有一个想在这里打死安迪。子弹离他的头只差了四分之一英寸。"安迪想起了第一声震耳欲聋的巨响和门廊支柱上掉下的木头碎片。伊夫颤抖着继续说："他们来这里胡作非为，你想让我怎么做，诺尔玛？坐在这儿等那些家伙，如果他们有种，敢回来的话，就把他们交给那些秘密警察？做一个守法的德国佬？"

"不，"她声音沙哑，"不，我不这样想。"

"你用不着——"安迪开口说。

"我觉得我应该这样做，"伊夫说，"而且一旦他们回来……他们会回来的，对吧，安迪？"

"哦，是的，他们会回来的。你这次算是捅了个大娄子，伊夫。"

伊夫笑了，捯着气，发出了哨声。"那可太好了，反正等他们再出现，我就只知道你把我的威利斯吉普开走了，别的什么都不知道。祝你好运。"

"谢谢。"安迪轻声说。

"我们得快点。"伊夫说，"这里离镇上还有一段距离，但他们应该已经看到冒烟了。消防车很快就会过来。你之前说你们要去佛蒙特，那是真话吗？"

"是的。"安迪说。

他们的左边传来轻声的呢喃。"爸爸——"查莉坐了起来，红裤子和绿衣服上都沾满了尘土。她脸色苍白，眼神迷离。"爸爸？什么东西在烧？我闻到有什么东西烧着了。是我点的火吗？什么东西在烧？"

安迪走了过去，把她抱起来。"没事的。"安迪说，同时想的却是，人们为什么总是这样对孩子说，即便他们和你一样清楚，眼前的状况绝不是"没事"。"一切都很好，你怎么样，宝贝？"

查莉从他肩头望向一排正在燃烧的汽车、花园里还在抽搐的尸体，以及屋顶正在着火的曼德斯家的房子。门廊也已经被火包围。风吹走了烟尘，让周遭空气不那么炽热，但汽油和房子建材燃烧后的味道仍然呛人。

"是我干的。"查莉说，声音小得几乎听不见。她的表情再次变得扭曲，脸皱成一团。

"小姑娘！"伊夫严厉地喊道。

她朝他的方向看了眼，但似乎没看到他。"是我。"她喃喃自语。

"把她放下来，"伊夫说，"我跟她说说话。"

安迪走到伊夫靠坐的地方，把查莉放了下来。

"你听我说，小姑娘。"伊夫说，"那些人想要杀死你爸爸。你一早就知道，在我知道之前，可能也在你爸爸知道之前，虽然我完全搞不懂你是怎么知道的。我这么说对吗？"

"对的。"查莉说，她的眼神依旧充满悲伤，"但你不明白。就像那个士兵，而且比那更糟。我没法……我没法再控制它了。它突然就窜了出去，到处都是。我把你家的鸡烧了……而且我还差点让我爸爸着火。"泪水自悲伤的眼睛里溢出，她痛哭起来。

"你爸爸没事。"伊夫说。安迪什么也没说。他记得突然袭来的窒息感，仿佛被发热的胶囊包裹起来的感觉。

"我再也不这么做了，"她说，"再也不了。"

"好，"安迪说着，把一只手放在她的肩膀上，"好孩子，查莉。"

"再也不了。"她小声但肯定地重复道。

"你不该这么说，小姑娘。"伊夫说，抬头看着她，"你不该这样困住自己。当你必须那么做的时候，你还是需要去做。你要尽力而为。而且那是你能做的。我相信上帝最喜欢做的事就是把麻烦交给那些说'再也不了'的人。你明白吗？"

"不明白。"查莉轻声嘀咕。

"但我想你会明白的。"伊夫说，他带着深切的同情望着查莉，这让安迪心里充满了悲伤和恐惧。然后伊夫望向自己的妻子。"把你脚边的那根棍子拿给我，诺尔玛。"

诺尔玛捡起那根棍子，把它放到丈夫手里，同时叮嘱他做得太多了，该歇歇了。这时，只有安迪听到，查莉用几不可闻的声音又说了一遍"再也不了"，仿佛这是一句隐秘的誓言。

17

"看这儿，安迪。"伊夫说，同时在地上画出一条直线，"这是我们之前走过的土路，贝林斯路。再往北走四分之一英里，你就可以在右边看到一条树木茂密的小路，汽车无法通过，但威利斯吉普车可以，只要你把握好方向，控制住离合器。你偶尔会觉得没路了，但只要继续开，你就可以找到路。那条路不在地图上，你明白吗，不在任何地图上。"

安迪点点头，看着那条用木棍在地上画出来的林间小路。

"它能带你往东走十二英里，只要没被困住或迷路，你就能在霍格科默斯附近上一百五十二号公路。再往左转，沿一百五十二号公路往北走大约一英里，你就可以看到另外一条林间小路。那儿是一片低地，有点潮，跟沼泽差不多。威利斯吉普车也许能通过那里，也许不能。我想我大概有五年没走过那条路了。这是我唯一知道的可以去佛蒙特且没被设路障的路。第二条小路会把你带到二十二号高速公路，彻丽平原以北，佛蒙特州州界以南。到那时，你们应该就脱离危险了——但我想他们会把你们的名字和照片传到全国。但我们希望你们能平安无事，对吧，诺尔玛？"

"是。"诺尔玛说，那个词听来像是一声叹息。她看着查莉。"你救了你爸爸的命，小姑娘。你一定要记住。"

"是吗？"她的声音不带一丝感情，让诺尔玛·曼德斯不由得有些困惑和害怕。不过查莉接着勉强微笑了一下，诺尔玛也笑了笑，松了口气。

"钥匙在车里，还有——"他把头歪向一边，"听！"

是警笛声，有规则地起起伏伏，虽然听上去很微弱，但正在逼近。

"是消防车，"伊夫说，"如果想走就赶紧走。"

"来吧，查莉。"安迪说。她走到他身边，眼睛因刚哭过而有些泛红。她刚才勉强露出的微笑，好似藏在云彩后的犹豫不决的阳光，消失不见了，但那微笑确实存在过，这足以让安迪感受到莫大的鼓舞。她脸上的表情仿佛是刚刚才意识到自己劫后余生，既惊愕又受伤。在那一刻，安迪希望自己可以拥有她的力量，他知道该如何使用，以及用在谁身上。

"谢谢你，伊夫。"安迪说。

"我很抱歉，"查莉小声说，"你们的房子，你们的鸡……还有其他所有东西。"

"那根本不是你的错，小姑娘。"伊夫说，"都是那些人自找的，你要好好照顾你爸爸。"

"我会的。"她说。

安迪牵着她的手，绕过谷仓，来到一个斜棚下面。威利斯吉普车就停在那里。

当他发动吉普车，把它开出草坪，来到路上时，警笛声已经近在咫尺了。房子现在仿佛地狱火海。查莉努力不去看它。安迪最后一次看到曼德斯夫妇，是在这座帆布顶篷吉普车的后视镜里：伊夫靠着谷仓，受伤的胳膊上绑着一块白色裙料，现在已被染得殷红。诺尔玛坐在他的身边。他用那只没受伤的胳膊搂着她。安迪挥了挥手，伊夫勉强抬起受伤的那只胳膊作为回应。诺尔玛没有挥手，也许她还在想着她妈妈的瓷器、她的写字桌以及情书——所有那些保险公司无法赔偿，而且永远也不会有人能够补偿的东西。

18

他们找到了伊夫·曼德斯说的第一条林间小路。安迪把吉普车调整为四轮驱动，开上了小路。

"抓紧了，查莉。"他说，"接下来的路会有些颠簸。"

查莉抓紧了。她面色苍白，无精打采。安迪看着她，有些担忧。去度假屋，他想，去麦吉老爷子在塔什莫尔池塘旁边的度假屋。只要能在那里休息一阵，她就能恢复过来，然后我们再想想接下来该怎么办。

我们明天再想。就像斯嘉丽[1]说的，明天又是新的一天。

吉普车咆哮着，一路向上爬去。这条路不过是一条仅能容纳两轮驱动通过的小道，两侧生满灌木，拐弯处甚至还长着一些生长不良的松树。这片土地大约在十年前被砍伐过，但安迪怀疑在那之后它是否曾被人类使用，除了偶尔在这里出没的猎人。走了六英里后，前面看上去似乎真的没路了，安迪不得不两度停车，把被风吹倒在路中间的树搬开。第二次搬树时，当他费力地抬起身、累得气喘吁吁、头也跟着痛起来的时候，他看到有只大母鹿正若有所思地望着他。鹿站在原地看了一会儿，然后突然白尾巴一甩，朝更深的丛林走去。安迪回头看了眼查莉，看到她正饶有兴趣地盯着那头鹿……安迪感到宽心不少。又往前开了一点后，他们又发现了车道，下午三点左右，他们来到了一条双车道柏油路上，这便是一百五十二号公路。

<h2 style="text-align:center">19</h2>

奥维尔·贾米森身上满是刮伤和污泥，脚踝也扭伤了，正坐在距离曼德斯农场大约半英里的贝林斯路旁边，对着对讲机说话。他发送的消息将被转至黑斯廷斯谷大街上，一辆充当临时指挥所的货车里。这辆货车配备了无线电设备，内置干扰器以及信号强大的发射器。OJ的报告将在这里被加扰并增强信号，传送到纽约，然后通过中转站发送至弗吉尼

---

1. 长篇小说《飘》的女主人公。

亚州的朗蒙特。在那里，上校将坐在自己的办公室里，收听他的报告。

上校的表情不再像早上骑自行车上班时那般轻松自如了。OJ 的报告几乎让人难以置信：他们知道那个女孩有特殊能力，但这场突如其来的大屠杀和反杀（至少对上校来说），就像一道晴天霹雳。四到六人死亡，其余人抱头鼠窜，逃进树林，六辆车被炸飞，一栋房子被烧没了，还有一位平民负伤，他还准备昭告天下，一群新纳粹分子没有搜查令便出现在他家，并且试图绑架他邀请回家吃饭的一个男人和一个小女孩。

当 OJ 完成自己的报告（他其实并没有完成，只是歇斯底里地把相同的话嘟囔了好几遍）后，上校挂断通话，一屁股坐进转椅里，开始集中精力思考对策。他想，自猪湾事件[1]以来，美国特工的秘密行动从未出现过如此严重的纰漏——而且还是在美国的土地上。

太阳已经降至大楼的另一侧，办公室里一片昏暗，但他并没有开灯。蕾切尔通过对讲机呼叫过他一次，但他很客气地告诉她，自己现在不想和任何人说话。任何人。

他觉得自己老了。

他听到万利斯说：我在说她的潜在破坏性。好吧，现在来看，这已经不再是一个潜在问题了，对吧？但我们要抓到她，他想着，眼神茫然地望向房间另一边。哦，没错，我们一定要抓到她。

他呼叫了蕾切尔。

"我要和奥维尔·贾米森谈话，让他赶紧飞这儿来。"他说，"另外，我还要和华盛顿的布拉克曼将军通话，加急。我们在纽约州碰到了一个非常棘手的事件，你就这样告诉他。"

"好的，先生。"蕾切尔小心翼翼地回答。

1.或称吉隆滩之战（Invasión de Playa Girón）。1961 年 4 月 17 日，中央情报局协助逃亡美国的古巴人入侵古巴西南海岸猪湾，且行动失败。

"晚上七点，我要跟六个副官开会，这个也是加急。另外我还要和纽约的警察局长通话。"他们也是搜查活动的一部分，上校想要指出这一点。真到了推卸责任的时候，他可得有所准备。但他也希望指出，在目前的局面下，他们仍有共渡难关的可能，所以现在还要携手并肩，不要撕破脸皮。他犹豫了一会儿，然后说："如果约翰·雨鸟打来电话，告诉他我想跟他谈谈，我有别的任务安排给他。"

"好的，先生。"

上校关掉对讲机，坐回椅子上，研究着阴影的形状。

"没什么事是解决不了的。"他对着阴影喃喃自语。这是他一生的座右铭——没有写在纸上挂起来，也没有刻成牌子放在桌上，而是作为真理，被永远铭刻在他心里。

没什么事是解决不了的。直到今晚之前，直到OJ的报告传过来之前，他都坚信这一点。这是一种哲学，支撑着一个来自贫穷的宾夕法尼亚矿工之家的孩子走了很远的路。而现在他仍相信这句话，只是稍有些动摇。曼德斯和他妻子两人可能有很多亲戚，从新英格兰到加利福尼亚，每一个都可能成为潜在的威胁。朗蒙特有足够多的绝密文件，可以确保国会听证会不会就"商店"的行动有……好吧，听证会是有一点麻烦。汽车，甚至是特工，都不过是道具，虽然他还是需要一点时间来适应阿尔·斯泰诺维茨已经不在了这个事实。谁有可能取代阿尔？不为别的，只为他们对阿尔做的事，那个孩子和那个男人就要付出代价。他必会让他们血债血偿。

可是那个女孩，谁能解决她？

会有办法的。擒住她的办法。

麦吉的档案还留在文件推车上。他站起身，走过去，开始不安地翻阅这些卷宗。他想知道约翰·雨鸟现在身在何方。

四

华盛顿

1

就在霍利斯特上校想到他的同时，约翰·雨鸟正坐在梅弗劳尔酒店的房间里，看一档名叫《十字智慧》（*The Crosswits*）的智力竞赛节目。他光着身子，赤脚坐在凳子上，盯着电视。他在等待天黑，天黑之后，他还需要等待深夜的降临。深夜来临后，他需要继续等待凌晨的到来。凌晨之时，他便可以结束等待，上楼去一二一七房间，把万利斯博士杀掉。再然后，他可能会回到这间房间，想一想万利斯临死前跟他说的话。等太阳出来后，他也许会小睡片刻。

约翰·雨鸟是一个平和的人，他几乎和所有事物都平和相处——上校、"商店"、美利坚合众国。他也能跟上帝、撒旦以及宇宙和平共存。如果他还没有完全平和下来，那只是因为他的朝圣尚未结束。他完成了很多政治上的艰巨任务，身上留下了很多光荣的伤疤。人们往往会因恐惧和厌恶对他敬而远之，但这无关紧要。在越南，他失去了一只眼睛，但这也无关紧要。他们付给他多少报酬他也不在乎，大部分钱都被他用来买鞋了。他对鞋很痴迷。他在旗杆镇有一栋房子，虽然很少过去，但他所有的鞋子都存在那栋房子里。当他有机会回去时，他就会欣赏那些鞋子——古驰、巴利、贝斯、阿迪达斯、范伯伦。所有鞋子。他的房子仿佛是一座诡异的丛林；"鞋树"生长在每一个房间里，他则会一个房间接着一个房间地欣赏那些长在"鞋树"上的"鞋果"。但当只有自己一个人的时候，他却总是打着赤脚。他的父亲，一个血统纯正的切罗基人，是被赤着脚下葬的。有人偷走了他在葬礼时穿的鹿皮鞋。

除了鞋，约翰·雨鸟只对两件事感兴趣，其中一件是死亡。当然，是他自己的死亡。他已经为这一必然事件做了二十年的准备。处理死亡一直是他的工作，也是他唯一擅长的事情。而随着年龄增长，他对死亡的兴趣也越发浓厚，就像艺术家研究光影变化，作家像盲人触摸文字那样感受文字的细微差别。他更感兴趣的其实是离开的那一瞬……灵魂逸出体外……从人类身体以及其他已知生命体中离开，转化为其他存在的过程。生命正在从身体里悄悄溜走是种怎样的感觉？你会觉得那是一个注定可以醒来的梦吗？基督教里的魔鬼真的会拿着叉子，准备把它插进你尖叫的灵魂里，像带走一块烤肉一般把你的灵魂带到地狱里去？快乐吗？你知道自己就要离开吗？濒死者的眼中能看到什么？

雨鸟希望自己能有机会找出这些问题的答案。在他的工作里，死亡往往是瞬间发生且出乎意料，通常只在眨眼之间。他希望当自己的死亡降临之时，他可以有机会做好准备，感受这一切。最近，他越发留心被他杀死的人的脸，试图从他们的眼睛里读出死亡的秘密。

死亡令他着迷。

另外让他感兴趣的，就是他们都在关注的那个小女孩。那个查伦·麦吉。在上校看来，雨鸟对麦吉家的事和"第六批"一无所知。但实际上，雨鸟知道的几乎跟上校一样多——这一点如果让上校知道，雨鸟自己恐怕也会性命不保。他们怀疑那个女孩拥有某种巨大的力量或潜能——可能是多种力量。他想见见这个女孩，看看她究竟有什么本事。他还知道安迪，那个上校口中的"潜在精神支配者"，但雨鸟并不关心。他还没遇到过可以支配他的人。

《十字智慧》结束了。电视上开始播放新闻，没有一条好消息。约翰·雨鸟干坐着，不吃不喝，也不抽烟，周身干干净净、空空如也，等待着杀戮时刻的到来。

2

这一天早些时候，上校还不安地想到，雨鸟行动时有多么悄无声息。万利斯博士完全没有察觉到他。他从熟睡中醒来，是因为有一根手指在挠他的鼻子。他一睁眼，就看到一个巨人坐在他床上，如同噩梦里的怪物。怪物的一只眼睛在浴室柔和的灯光下闪着光——每次到陌生的地方睡觉，他都会给自己留一盏灯。而那怪物脸上本该出现另一只眼睛的地方，却只能看见一个空荡荡的洞。

万利斯张开嘴，刚想喊，约翰·雨鸟便用手指捏住了他的鼻孔，同时用另一只手捂住他的嘴。万利斯开始挣扎。

"嘘。"雨鸟说。他的话音中带着一种溺爱似的亲切，就像一位妈妈在给宝宝换尿布。

万利斯挣扎得更用力了。

"要是你还想活命，就不要动，也不要出声。"雨鸟说。

万利斯抬头看了他一眼，弓起身子，然后便躺平了。

"你能保持安静吗？"雨鸟问。

万利斯点点头，他的脸已经涨红了。

雨鸟把手拿开，万利斯开始痛苦地喘息，一小股血从鼻孔里流了出来。

"你……谁……上校……派你来的？"

"雨鸟，"他一本正经地说，"上校派我来的，没错。"

万利斯的眼睛在黑暗中瞪得溜圆。他伸出舌头，舔了舔嘴唇。他躺在床上，被蹬到下面的被子缠在他的脚踝上，他看上去就像是世界上最老的孩子。

"我有钱，"他迅速轻声说，"瑞士银行账户，很多很多钱。都归你了。而且我永远都不会再开口，我对天发誓。"

"我不想要你的钱，万利斯博士。"雨鸟说。

万利斯盯着他，左边的嘴角疯狂地抽搐，左眼睑下垂且颤抖着。

"如果你想活着见到太阳，"雨鸟说，"那你就跟我聊聊天吧，万利斯博士。你可以来一次讲座，而我是你唯一的听众。我会注意听讲的，做个好学生。而且我会保住你的命，让你远离上校和'商店'。你明白了吗？"

"明白了。"万利斯声音嘶哑地说。

"那你同意吗？"

"同意……但怎么——？"

雨鸟伸出两根手指，放在万利斯的嘴唇上，万利斯立马安静了下来。他那瘦骨嶙峋的胸膛迅速起伏着。

"我先说个人名。"雨鸟说，"然后你再开始你的演讲，把你知道的都讲出来，还有你所有的怀疑、推测。你准备好听这个人名了吗，万利斯博士？"

"准备好了。"万利斯说。

"查伦·麦吉。"雨鸟说，然后万利斯开始了他的演讲。起初他讲得很慢，后来加快了速度，滔滔不绝。他给雨鸟讲了"第六批"测试的完整历史和最高潮的那次实验。他说的内容很多是雨鸟已经了解过的，但也填补了不少空白。教授讲起了这天早上他刚跟上校讲过的内容，这一次终于有人听进去了。雨鸟听得很认真，时而皱眉，时而轻轻拍手，还被万利斯用如厕教育打比方逗得咯咯直笑。这让万利斯备受鼓舞，开始以更快的速度讲话。而当他开始像老人那样重复自己说过的内容时，雨鸟再次伸出手，用一只手捏住他的鼻子，另一只手捂住他的嘴。

"抱歉。"雨鸟说。

万利斯在雨鸟的重压下不停弓背，挺身，挣扎。雨鸟加大力气，当万利斯的挣扎开始减弱时，雨鸟突然松开了捏住他鼻子的手。这位杰出博士咝咝的喘气声就像轮胎被扎了颗大钉子后漏了气。他的眼睛在眼窝里疯狂地转来转去，就像一匹受了惊的马……但还是什么都看不出来。

雨鸟抓住万利斯博士睡衣的领子，把他拉到床边，让浴室冷冷的白光直直地照在他的脸上。

然后他再次捏住了博士的鼻子。

一个男人有时可以在被切断呼吸且完全静止的状态下，继续存活九分钟且不发生脑损伤；女性的肺容量更大，二氧化碳处理效率更高，有可能坚持十到十二分钟。当然，挣扎和恐惧都会大大缩短人的生存时间。

万利斯博士迅速挣扎了四十秒，然后他自我拯救的努力渐渐变弱了。他用双手轻轻地拍打雨鸟如扭曲的花岗岩一般的脸，脚后跟不停地踢蹬着地毯，发出沉闷的声响。他开始在雨鸟长满厚茧的手掌下流出口水。

时候到了。

雨鸟俯下身，带着孩子般的渴望仔细观察万利斯的眼睛。

但它没什么变化，一如往常。眼里的恐惧似乎已经消失，取而代之的是巨大的困惑。并非好奇、顿悟、理解或敬畏，只是困惑。有那么一会儿，那一双迷惑不解的眼睛盯着约翰·雨鸟的一只眼睛，雨鸟知道自己正在被看着。也许只是一个模糊的影子，随着万利斯博士渐渐死去，影子也慢慢褪去，但他知道自己被看到了。然后便什么都没有了，只剩下无神的眼珠。约瑟夫·万利斯博士已经不在梅弗劳尔酒店了，雨鸟坐在曾经属于他的床上，身边只有一具真人大小的人偶。

他静静地坐着，一只手仍放在人偶的嘴上，另一只手也依旧捏着它的鼻子。为了确保万无一失，他会继续这样待上十分钟。

他想着万利斯告诉他的有关查伦·麦吉的事。一个小孩子可能拥有那么大的力量吗？他想也许有这种可能吧。在加尔各答，他曾见过一个男人把刀子插进自己的身体里——大腿、肚子、胸膛、脖子——然后他把刀子拔了出来，没留下任何伤口。这是完全可能的，而且还相当……有趣。

他思索着这些事，然后发觉自己在想象，杀死一个孩子是什么感觉。他从未故意做过那样的事（虽然有一次，他在一架飞机上装了一枚炸弹，炸死了机上全部六十七个人，也许其中有一个或几个是孩子，但那不是一回事；那不是针对一个人）。他所从事的并不是一个经常要取孩子性命的行业，毕竟他们不是像爱尔兰共和军（IRA）或巴勒斯坦解放组织（PLO）那样的恐怖组织，无论有多少人——比如国会里的那些孬种——觉得他们也是那路货色。

毕竟，他们是个科研机构。

也许，这个孩子会让情况有所不同。也许死前的眼睛里除了困惑，可能还会有别的东西，会让他感到十分空虚，十分——没错，是的——十分悲伤。

他可能会通过一个孩子，了解到他需要了解的、有关死亡的事。

一个像查伦·麦吉这样的孩子。

"我的生活，就像沙漠里的一条笔直的道路。"约翰·雨鸟说，他紧紧盯着那对原本是万利斯博士的眼睛的蓝色大理石球，"但你的生活根本就没有路，我的朋友。我的……好朋友。"

他先亲吻了万利斯一侧的脸颊，然后又吻了另一侧，然后把他拖回到床上，在他身上盖了条床单。床单如同降落伞般轻柔地落在上面，勾勒出这片白色亚麻布下万利斯凸起却不再起伏的鼻子。

雨鸟离开了房间。

那天晚上，他想着那个据说能放火的女孩。他满脑子都是她。他想知道她在哪里，在想什么，在做着怎样的梦。他想对她温柔以待，想把她护入怀中。

早上六点刚过，他开始入睡。他确信：那个女孩将会属于他。

五

佛蒙特州，塔什莫尔

1

安迪和查莉在曼德斯农场着火两天后，来到了塔什莫尔池塘边的度假小屋。威利斯吉普车从一开始状态就不大好，穿过伊夫指给他们的泥泞的林间小路后，状况也没有丝毫好转。

当黑斯廷斯谷这漫长的一天终于来到黄昏时分，他们距离第二条林间小路——就是状况更糟的那条——的尽头，只差不到二十码了。在他们下方，被灌木丛遮住的便是二十二号公路。虽然看不见路，但偶尔经过的汽车和卡车的声音已经清晰可闻。那天晚上，他们就睡在车里，浑身裹得严严实实。第二天早上——也就是昨天早上——刚过五点，他们便再次出发。天色还一片昏暗，只有东方略微泛白。

查莉脸色苍白，无精打采，筋疲力尽。她没有问他，如果路障范围扩大了该怎么办。其实也没什么。如果范围扩大，他们被抓，那一切就都结束了。他们也不可能弃车步行；查莉已经没力气走路了，安迪也是。

于是安迪驱车驶上高速公路，十月份的这一天，他们在一片白色的天空下不停地颠簸，沿着二级公路慢速前进。这天空似乎预示着即将下雨，但雨始终未曾落下。查莉一直在睡，安迪很担心——担心她是以嗜睡来逃避之前发生的事，而不是努力去适应。

他两次在路边的餐馆停下，买一些汉堡和薯条。第二次，他用的是大货车司机吉姆·保尔森给他的那张五美元纸币。之前从公用电话里拿的零钱已经所剩无几。他一定是在曼德斯农场出事的时候弄丢了不少，但他已经记不起来了。还有一些东西也不见了；他脸上那些可怕的麻木之处，在前一天夜里的某个时刻也消失了。对此他倒毫不介意。

留给查莉的汉堡和薯条她都没怎么吃。

昨天晚上，天黑一小时后，他们驶进了一个高速休息区。休息区里空无一人。现在是秋天，是温尼贝戈人过新年的时节。一个生了锈还被火烧过的木牌上写着："不准露营　不准生火　把狗拴好　乱扔垃圾罚款五百。"

"这附近的人胆子真大。"安迪嘟囔着，把车开下斜坡，从碎石停车场中间穿过，来到溪边一片树林里。他和查莉下了车，一言不发地来到水边。天仍然阴着，但还算暖和。天上看不到星星，显得格外黑暗。他们坐了一会儿，听了会儿潺潺的流水声。他握住查莉的手，而她开始大哭起来——撕心裂肺，泪水夺眶而出，仿佛要把她扯成碎片。

他搂住她，摇晃着她的身子。"查莉，"他轻声说，"查莉，查莉，别这样。别哭了。"

"求你别再让我那么做了，爸爸。"她哭着说，"因为你说过，如果我那么做，我就会把自己杀掉，所以求你……求你……再也别……"

"我爱你，"他说，"别再说什么你会把自己杀掉的话了。那是胡说八道。"

"不，"她说，"不是的。答应我，爸爸。"

他想了许久，然后慢慢开口："我不知道我能不能保证，查莉。但我会尽力。这样可以吗？"

她困惑的沉默已经回答了他的问话。

"我也很害怕。"他轻声说，"爸爸也很害怕。你一定要相信这一点。"

那天晚上，他们还是在车里度过的。他们在早上六点回到路上。云层已经散开，十点时，他们仿佛已经置身于一个完美无瑕的印第安夏日。穿过佛蒙特州州界后不久，他们便看到路边桅杆似的梯子上，人们在摇动苹果树，把停在果园里的卡车上的一口口大筐装满。

上午十一点半，他们下了三十四号高速公路，来到一条布满车辙的狭窄土路上，路旁还标示着"私人财产"，安迪顿时松了口气。他们已经来到麦吉爷爷的土地上了。他们到了。

他们朝池塘缓缓驶去，大约走了一英里半。十月的落叶红黄相间，在吉普车前方不停地打转。当树林间泛起粼粼水光时，道路一分为二。一条沉重的铁链横在那条窄路上，铁链上则挂着一个锈迹斑斑的黄色告示牌："县治安官命令 不得擅自入内。"铁制的告示牌上大概有六到八个弹坑，弹坑的周围也满是锈迹。安迪想，大概是某个夏天来度假的孩子用点二二手枪打出来的杰作，以此作为消遣。但那一定是很多年前的事了。

他从车上下来，从口袋里掏出钥匙圈。钥匙圈上有一个皮革标签，上面有他名字的缩写"A.McG."，几乎快要被磨没了。这是有一年薇姬送给他的圣诞礼物——正是查莉出生的前一年。

他站在链子旁，看看钥匙圈上的皮革标签，又看看那些钥匙。总共二十多把。钥匙是种很有意思的东西，你可以通过钥匙圈上的钥匙，来记录你自己的生活。他想到，显然有一些人比他更擅长打理生活，他们会把没用的钥匙及时丢掉，就像同一类型的人每隔六个月就会清理一次钱包一样。安迪从来不会那么做。

有一把钥匙可以打开哈里森的普林斯大楼东侧的大门，他以前的办公室就在那里。他自己办公室的钥匙、英文系办公室的钥匙，还有他们在哈里森的家门钥匙。最后一次见到那栋房子，是在"商店"杀害他妻子并绑走他女儿的那天。还有两三把他已经记不清是哪里的钥匙了。钥匙真是有意思的东西。

他的视线模糊了。突然，他开始想念薇姬，需要她，在带着查莉逃亡的这些日子里，他从未有过这样的感觉。但他现在疲惫至极、提心吊胆，同时又满腔愤怒。在那一刻，如果他能让"商店"的特工沿着老爷子的小路站成一排，如果再有人给他一把汤普森冲锋枪……

"爸爸?"是查莉的声音，很焦急，"你找不到钥匙了吗?"

"没有，我找到了。"他说。它就在剩下的钥匙中间，一把小小的耶鲁牌钥匙，上面被他用小刀刻了"T.P"字样，即塔什莫尔池塘。上次他们来这里，还是查莉出生的那一年，所以安迪不得不在把钥匙插进去后，使劲扭动了几下。然后锁突然开了，他把铁链放在落叶铺成的地毯上。

他把车开了过去，然后重新锁好锁链。

路况很糟糕，安迪对此倒是很满意。以前，他们每年夏天都会来这里度假，每次都要待上三四周，而他总会抽出几天修整路面——从萨姆·穆尔的砾石坑里弄一堆砾石，把它们铺在轧得格外严重的车辙上，再修剪修剪灌木，然后让老萨姆开拖车过来帮忙把路面轧平。这条路的另一个更宽阔的岔口通往沿着海岸线排列的二十多个营地和农舍，那边的人有自己的道路协会，每年都要缴纳会费，八月份的时候还要聚在一起开会（尽管那个会只是个借口，让人们在劳动节[1]前找找乐子，给又一个夏天收尾）。但这边的小路上只有麦吉爷爷的度假小屋。当年，趁经济大萧条，老人家买下了这一整片土地。

以前，他们有一辆福特家用车。现在，他怀疑那辆车还能不能在这条路上开。就连这辆高底盘的吉普车，开起来也有两次触碰到了地面。但安迪对此毫不介意。这样的路况说明，这里已经很久没有人来过了。

"那边有电吗，爸爸?"查莉问。

"没有，"他说，"也没有电话。我们也不敢用电，宝贝。那样做就像举着块牌子，告诉那些人'我们来啦'。不过，那边应该还有煤油灯和两桶煤油，要是还没被人偷走的话。"这让他有些担心。从他们上次来这里

1.美国和加拿大工人的法定节日，为每年九月的第一个周一。

到现在，煤油价已经上涨得足够让小偷跑来这里洗劫一番了，他想。

"那会有——"查莉开口说。

"该死。"安迪说。他猛踩刹车，前面的路上横着一棵倒下的老桦树，显然是冬天暴风雪的杰作。"我想我们还是走过去吧，反正也只剩一英里了。我们能走过去。"后来，他不得不带着爷爷的单手锯过来把树锯开再搬走，他不想把伊夫的吉普车留在这里。太显眼了。

他揉了揉她的小脑袋。"来吧。"

他们从车上下来，查莉轻而易举地从大树下面钻了过去，而安迪则小心翼翼地爬过去，当心自己别被挂住。他们向前走着，落叶在脚下发出悦耳的吱嘎声，秋天的森林里散发着怡人的芳香。一只松鼠在树上注视着他们，密切关注他们的行踪。此时，透过细密的树枝缝隙，他们再次看到了蓝色的粼粼波光。

"我们遇到那棵树之前，你本来打算说什么？"安迪问她。

"那边的油够不够撑很长一段时间？说不定我们要在这里过冬。"

"应该不够，但问题不大。我会砍很多木头，你也能收集不少树枝回来。"

十分钟后，这条路延伸到塔什莫尔池塘边的一片空地上，他们到了。两人静静地在原地站了一会儿。安迪不知道查莉有什么感觉，但他自己却涌起一股回忆的冲动，彻底到已经不能称之为怀旧了。在回忆中，他甚至想起了三天前那个早上的梦——那条船、悄然行动的夜行者，甚至还有爷爷靴子上的轮胎皮补丁。

小屋总共有五个房间，是一座建在一块大石头上的木质建筑。地基的平台一直延伸到湖面上，一个石磴伸入水中。除了三个冬天的落叶和积尘，这里几乎没有任何变化。他甚至期待着爷爷走出来，穿着绿黑相间的格子衬衫，挥手喊他进屋，问他有没有搞到钓鱼执照，因为河鳟在黄昏时分很容易上钩。

这里曾是个好地方，一个安全的地方。在塔什莫尔池塘对岸，松树在阳光下闪耀着灰绿色的光芒。这树是个蠢蛋，爷爷曾说，连冬天夏天都分不清。对面唯一的文明标志是布莱福德镇码头。没人想在这里建购物中心或游乐场，风儿仍在这里的树梢上低声细语。绿色的木瓦上覆盖着青苔，仍保留着木材的原样，松针则依旧在屋面脚和木质沟槽里缓缓漂流。在这里，他曾是个孩子，爷爷给他演示如何给鱼钩穿饵。他在这里有自己的卧室，里面有漂亮的枫木镶板。在窄窄的小床上，他曾经做着男孩的梦，醒来便可以听见湖水拍打码头的声音。在这里，他也曾是个男人，和妻子在大床上做爱，这床原本属于爷爷和奶奶。奶奶是个沉默的、不知为何有些阴郁的妇人，还是美国无神论者协会会员，一旦被问起，她就会向你解释詹姆斯国王钦定版《圣经》里最大的三十处矛盾，或者如果你喜欢，她也可以把可笑的谬论——宇宙时间发条理论——以一个传教者虔诚而坚定的脑回路，磕磕巴巴地解释给你听。

"你想妈妈了，对吗？"查莉悲伤地说。

"是啊，"他说，"是啊，没错。"

"我也想她了，"查莉说，"你们在这里很开心，对吗？"

"是啊。"他同意，"过来，查莉。"

她回头看着他。

"爸爸，事情还能变回以前那样吗？我还能回去上学吗？"

他本想跟她撒个谎，但谎言是个拙劣的答案。"我不知道。"他说。他想笑一笑，但没能笑出来。他发现自己甚至连把嘴唇有力地张开都做不到。"我不知道，查莉。"

2

爷爷的工具都整齐地摆在船屋的工具棚里，安迪还找到了自己希望找到但又不敢奢望的意外收获：在船屋下面，还整齐地摆放着两捆劈好的柴火。大多是他自己劈的，还覆盖着他扔在上面的一张破烂肮脏的帆布。两捆柴火当然不足以支撑他们过冬，但等他们把度假小屋周边的落叶枯枝收拾出来，再把路上那棵桦树劈开搬过来，他们的储备应该就足够了。

他拿着木锯回到那棵倒下的树前，把它锯到足以让车从路上通过。做完这些，天已经快黑了，他又累又饿。小偷没有费心潜入他们库存丰富的食品储藏室；即便在过去的六个冬天曾有小偷造访过这里，他们也一定去了住户更多的池塘南边。储藏室里的五个架子上摆满了坎贝尔牌汤罐头、怀曼沙丁鱼、迪蒂穆尔炖牛肉以及各种蔬菜罐头。地板上还有半箱竞争牌狗罐头——爷爷那条和气的老狗宾博的遗产——不过安迪认为他们应该不必动用。

查莉发现大客厅的书架上有好多书，与此同时，安迪走下三级台阶，进到食品储藏室下面的小地下室，在一根横梁上划亮了火柴。在这间铺满泥土的小房间里，贴墙放着一块木板。他把手指伸进木板的孔洞里，用力一拉。木板被拉了出来，安迪向里面看。过了一会儿，他咧嘴笑了。在这个布满蛛网的洞里，有四个玻璃瓶，里面装着一种清澈的、有点像油的液体——那是爷爷的百分之百纯度的私酿威士忌，被他称为"老子的遭骡踹"。

火柴烧到了安迪的手指。他把它抖灭，然后点燃了第二根。和昔日的老英格兰传教士一样（她正是他们的直系后代），胡尔达·麦吉不喜欢、不理解，或者说无法容忍这种简单而略显愚蠢的男性欢乐源泉。她是个清教徒兼无神论者，而这些酒则是麦吉爷爷的小秘密，在去世前一年，他曾和安迪分享。

除了威士忌，墙洞里还有一小包扑克牌筹码。安迪把它拉出来，摸索洞上面的凹槽。随着一阵窸窣声，他取出来一小沓钞票——一些五美元、十美元的，还有一些一美元的。总共大概有八十美元。爷爷的弱点就是偶尔喜欢去玩七张梭哈，而这些钱正是他的"秘密赌资"。

第二根火柴也烧到了他的手指，安迪再次把它摇灭。在黑暗中，他把扑克筹码、钱和其他所有东西都放回原位。知道它们在哪里就足够了。他把木板也推了回去，穿过储藏室回到屋里。

"你要喝番茄汤吗？"奇迹中的奇迹，她竟然在书架上找到了"小熊维尼"全集，现在正和维尼、屹耳一起在百亩森林里漫游。

"好啊。"她答道，头也不抬。

他做了一大锅番茄汤，还给他们两人各开了个沙丁鱼罐头。他小心翼翼地拉上窗帘，把一盏煤油灯放在餐桌上，把它点亮。他们坐下吃饭，两人都没怎么说话。吃完了饭，他借着煤油灯点了根烟，抽了起来。查莉在奶奶的威尔士梳妆台里发现了放扑克牌的抽屉；总共有八九副，每副不是少了个 J 就是缺了个 2，或者少了别的什么东西。她整晚都在整理这些扑克牌，边整理边玩。而安迪则在度假小屋附近逡巡。

后来，他把她抱到床上，问她感觉如何。"安全了。"她毫不犹豫地回答说，"晚安，爸爸。"

如果说眼下的处境对查莉来说已经够好了，那么对安迪而言也是如此。他在她身边坐了一会儿，但她很快就睡着了，并没有什么问题。他把房门开着，走了出去。这样一旦查莉夜里感到不安，他也能听见。

3

上床睡觉之前，他回到地下室，拿了瓶私酿威士忌，用一个果汁杯给自己倒了点，然后穿过滑动门，来到了屋外的平台上。他坐在一张帆布摇椅上(有股霉味，能不能把这味道除掉的念头在他脑子里一闪而过)，朝缓缓波动的黑暗湖面望去。天气有点冷，但喝了几口爷爷的"遭骡踹"后，他很快就缓了过来。自第三大道那次可怕的围捕之后，这同样也是他第一次感到安全和惬意。

他抽着烟，朝塔什莫尔池塘对面望去。

安全和惬意，但这并不是纽约之事后的第一次，而是十四个月以前，在八月那个可怕的一天，"商店"重新进入他们生活后的第一次。从那以后，他们要么在逃跑，要么在躲，从未得到过片刻安宁。

他记起了当年跟昆西通话时闻到的那股地毯烧焦后的味道。他在俄亥俄，昆西远在加利福尼亚，在为数不多的几封信里，那里被他称为"神奇的地震王国"。是吧，那才叫走运，昆西说，不然他们就得被关在一间小房间里，永远待在那里，为美国两亿两千万国民的安全和自由牺牲自己……我猜他们肯定想知道那孩子能做什么。他们很可能会把她关在小房间里，看她能为保障民主世界的长治久安贡献什么样的力量。我想我能说的就这么多，老伙计，多说一句……自己保重，别让人找着。

他想，他当时一定害怕极了。之前他并不知道害怕为何物。害怕是一回到家就看到自己的妻子死了，指甲还被人拔了出来。他们拔掉了她的指甲，是想知道查莉在什么地方。查莉去了她的朋友特丽·杜根家，住了两天两夜。他们本来还计划在一个月后邀请特丽来他们家住相同的时间。薇姬称之为"一九八○年的大交换"。

而现在，坐在屋外抽着烟，安迪可以回想起当时发生的一切，尽管那时的他如坠五里雾中，被悲伤、恐慌和愤怒团团围住：最盲目的好运之神（也许不只是运气）让他有机会一步不落地应对这一切。

他们全家一直处于监视下。肯定已经持续有一段时间了。而当查莉周三下午没有从夏令营回家，周四一整天和晚上都没有出现时，他们以为安迪和薇姬发觉自己被监视了，所以把孩子藏了起来。他们压根没有想到，这个小姑娘不过是去朋友家住了两天，只在不到两英里外。

这是一个疯狂而愚蠢的错误，但并不是"商店"头一次犯蠢——安迪曾在《滚石》杂志上读到一篇文章，"商店"还曾卷入过一起血腥的红色军团恐怖分子的劫机事件，并且造成了严重的影响（劫机事件最终以六十人丧生告终）。"商店"还出售过海洛因，为了换取和那些在迈阿密人畜无害的美籍古巴人相关的情报；此外他们还帮共产主义者接管了加勒比海上的一座小岛，这个岛以其数百万美元的海滨酒店和大量巫毒行业从业者而闻名。

有这样一系列"掉链子"的行为，我们就不难理解为何那些被安排来监视麦吉家的特工会把一个孩子去朋友家住了两晚当成一级危险信号。正如昆西说的（他也许这么说过），要是"商店"这几千个或者更多的"精兵强将"都去私企上班，那么过不了试用期，这帮人就能领失业救济金了。

但双方其实都犯了一些疯狂的错误，安迪回想道——即便这其中的苦涩随时间推移而慢慢散开，变得模糊，但它曾经锋利得刀刀见血，覆满尖刺，每个尖端都带着悔恨的箭毒。查莉被绊倒，从楼梯上摔下来的那天，他跟昆西通完电话后被吓坏了，但吓得还不够彻底。如果他足够害怕，他们也许还有机会躲起来。

当一个人的生活，或者一个家庭的生活开始偏离正轨，进入一个疯狂的幻想世界太久后，人会陷入被催眠的状态，就像通常你只会被要求坐在电视前看六十分钟节目或在当地电影院看一百一十分钟电影，但他明白这一点明白得太晚了。

在和昆西通话后，一种奇怪的感觉经常在他身上蔓延，似乎整个人都变得有些恍惚。有人在窃听他家的电话？有人在监视他家的生活？是不是有一天，他们一家三口会突然被抓走，扔进某座政府大楼的地下室里？可他又觉得自己对此无能为力：他只能面带微笑，傻傻地静待这些事慢慢浮现；只能继续过着文明的生活，把自己的本能扔进马桶冲走……

在塔什莫尔池塘的暗处，突然有一阵骚动，很多野鸭匆忙飞起，朝西飞去。半轮月亮升了起来，在野鸭的翅膀上投下暗淡的银色光辉。安迪又点了根烟。他抽了很多，但差不多也该停下来了；只剩四五根了。

没错，他那时一直怀疑电话被人窃听。有时，在他拿起听筒说"哈喽"的同时，他会听到一个奇怪的"咔嗒"声。有一两次，当他和问他作业的学生或同事谈话时，通话会被莫名其妙地掐断。他怀疑房子里有窃听器，但他从未试图寻找（他是在怕自己可能会找到它们吗？），而且有好几次他都怀疑——不，几乎是确信——他们家被人监视了。

他们以前住在哈里森的湖区，那里是最适合过郊区生活的地方。喝醉酒的夜里，你可以绕着六到八个街区转上几个小时，只是因为找不到自己的房子。他们的邻居要么是在 IBM 的工厂工作，要么去镇上俄亥俄州半导体厂上班，或者是在大学里讲课。你可以在家庭平均收入表上画两条线，底线为一万八千五百美元，上线则画到大约三万美元，几乎所有人都在这两条线中间。

你必须去认识人。在街上，你向培根夫人点头致意。她失去了自己的丈夫，从此跟伏特加一起过日子——这一点谁都看得出来；因为跟这位特殊的郎君如胶似漆，她的脸蛋和身材都大大走了样。你冲街边两个穿着白色紧身裤的女孩比画了个"V"——她们在茉莉街和湖区大道的拐角处租房子住——想着要是能跟她们两个一起共度良宵，该是多么快活。在劳雷尔巷，你开始跟哈蒙德先生谈论棒球，他正在忙着修剪树篱。哈蒙德在 IBM 上班（"这说明我得经常搬家。"在电动剪刀嗡嗡作响的同时，他会没完没了地跟你讲），一开始住在亚特兰大，所以是亚特兰大勇士队的狂热粉丝。他讨厌辛辛那提红人队，毫无疑问，这绝不会让他受到邻居们的喜爱。但哈蒙德先生对此并不介意，他正在等 IBM 再给他来份调职令呢。

但哈蒙德先生不是重点，培根夫人不是重点，那两个穿着白色紧身裤、红色底裤隐约可见的漂亮姑娘同样也不是。重点在于，过不了多久，你的脑子里就会形成一个下意识的集合：什么样的人是湖区居民。

薇姬被杀、查莉被人从杜根家带走的几个月前，周围开始有一些并不属于这里的人出没。但安迪刻意忽略了他们。他告诉自己，不过是跟昆西通话后有些疑神疑鬼，况且让薇姬跟着担惊受怕再愚蠢不过了。

那些人开了一辆浅灰色的货车。他曾见过其中一个红发男人在一天晚上无精打采地出现在一辆 AMC 斗牛士车里，两周后又钻进一辆普利茅斯车，十天后则是一台灰色货车。有几个晚上，当他们外出一天回到家里，或带查莉出去看了最新的迪士尼电影回来后，他总觉得家里有人，有些东西被挪动了一点点。

有种被监视的感觉。

但他并不相信这种监视还会再进一步。这就是他令人抓狂的错误。他仍然不肯完全相信，事态的发展都是由于那些蠢蛋特工没来由地恐慌。他们也许计划着要抓走查莉和他自己，杀死薇姬只是因为她相对来说没什么用处——有谁需要一个最大的把戏不过是隔着房间把冰箱门关上的低级灵媒呢？

尽管如此，他们的行动还是过于鲁莽，他认为，查莉的不见踪影加快了他们的行动进程。如果消失的是安迪，他们也许还会继续等下去。但事实却并非如此。失踪的是查莉，是他们真正感兴趣的人。安迪现在能肯定这一点了。

他站起身，活动活动筋骨，听着脊椎咔咔直响。该上床睡觉了，该把那些过去的、痛苦的回忆暂且收拾起来了。他不会把自己的余生都用在为薇姬的死自责上，毕竟在这个事件上，他并不需要负起主要责任。而且他的余生可能也不会有多长。安迪·麦吉不会忘记他们在伊夫·曼德斯家门廊上的行动。他们现在只想解决他。他们现在只想要查莉。

他上了床，片刻后便睡着了。他做了一个又一个梦，每个梦境都不太平。他一遍又一遍看着火舌穿过院子里的土沟，看着它在墩子周围形成一个火圈，看着它把活生生的鸡变成东奔西窜的燃烧弹。在梦里，他一次次感受到那颗烈焰的胶囊包裹住他自己。

她说自己不会再放火了。

那也许是最好的。

屋外，阴冷的十月月光照在新罕布什尔州布拉德福德镇的塔什莫尔池塘上，同时越过水面，照在新英格兰的其他地方。一直照到南面，照到弗吉尼亚州的朗蒙特。

4

有时，安迪会产生某种感觉——一种异常生动的预感。从在杰森·盖尔尼大楼参加完试验后便开始了。他不知道这种预感是不是也算一种低级的能力，但当它们到来时，他已经学会去相信。

一九八〇年八月，那一天的中午，他便有了一个很糟糕的预感。

预感是从他在联合大楼教职工休息室的七叶树餐厅吃午饭时开始的。他甚至能说出准确的时刻。当时，他跟埃夫·奥布莱恩、比尔·华莱士和唐·格拉博夫斯基一起吃了奶油鸡配米饭，他们都是他英文系的同事，同时也是他的好朋友。和往常一样，有人给唐讲了个波兰笑话，他正在收集这方面的内容。这次讲笑话的是埃夫，他说普通梯子和波兰梯子的区别在于，波兰梯子最上层的横档上有个"停"字。所有人都大笑起来，但这时，安迪脑子里却响起一个微弱而平静的声音。

（家里出事了）

只有这些。这些就够了。伴随这个声音而来的是一阵头痛，和他过分使用力量推动别人时一样，几乎让他坐不住了。但头痛并不是重点，此时，他的所有情绪仿佛都纠缠在了一起，松松垮垮，如同一团毛线，而一只脾气暴躁的猫正在它的神经系统里跑来跑去，把它们拨弄得七零八落。

他的好心情荡然无存。奶油鸡失去了它所有的吸引力。他的胃开始抽搐，心跳加速，好像刚刚受到了严重的惊吓。随后，他的手指也开始抽痛，仿佛被门夹到了。

他一下站了起来，额头上冷汗直冒。"各位，我有点不舒服。"他说，"你能替我去上一点钟的课吗，比尔？"

"讲那些雄心勃勃的诗人？没问题。不过你这是怎么了？"

"我不知道。可能我吃的东西有点问题吧。"

"你看起来脸色不大好。"唐·格拉博夫斯基说，"你应该去医务室看看，安迪。"

"会的。"安迪说。

他离开座位，但并不打算去医务室。当时是十二点一刻，期末前最后一周的夏末校园正昏昏欲睡。他向比尔、埃夫和唐举手示意，然后匆匆走了出去。从那之后，他就再也没见过他们。

他来到联合大楼的楼下，钻进电话亭，往家里打了个电话。没人接听，这说明不了什么；查莉正在杜根家，薇姬可能去购物，或者去做头发了，又或者去了塔米·乌普莫尔家，甚至可能跟艾琳·培根一起吃午饭去了。然而，他的神经又陡然收紧，几乎要发出尖叫。

他离开联合大楼，小步向普林斯大楼的停车场跑去，他的旅行车停在那里。他驱车穿过城镇，来到湖区，一路颠簸不止，状况不断。他闯了红灯，追了尾，还差点把一个嬉皮士从他的十段变速奥林匹亚自行车上撞下来。嬉皮士朝他比了个中指。但安迪根本无暇顾及，他的心狂跳不止，感觉整个人都在失控边缘。

他们家住在针叶苑小区——和湖区许多二十世纪五十年代兴建的郊区住宅区一样，这里大多数小区都是以树木或灌木的名字命名的。正值八月正午，酷热难耐，街上几乎空无一人。但这只是进一步加剧了他的不祥预感。街道似乎比往常更宽阔，街边停着寥寥几辆车，即便是街边三五成群玩耍打闹的孩子也无法驱散这种诡异的荒凉感；他们大多正在操场上吃午饭，或者已经吃完了饭。劳雷尔巷的弗林太太推着一辆小车从街边走过，上面载着一袋杂货；她穿了一条牛油果色的弹力长裤，肚子就像个皮球，又圆又鼓。洒水车懒洋洋地在街上转来转去，把水洒向草坪，在空中留下彩虹。

安迪把旅行车的右轮靠到路边，猛踩刹车，安全带随之绷紧，然后他将车头向人行道方向倾斜。他关掉发动机，但变速杆未归位，他以前从未出现过这种情况。他沿着开裂的水泥路朝前走；他一直想修整下这条路，但不知为何一直没有付诸行动。他的鞋跟敲击着地面，咔嗒直响。他注意到客厅窗户的大百叶窗（壁画窗，房产经纪人坚持这样叫它，这就是壁画窗）被拉了下来，让房子处于封闭、隐秘的状态，加剧了他的不安。她经常拉下百叶窗吗？也许是夏天太热，她希望这样能隔绝热量？他不知道。他意识到，当他不在家时，他对她的生活并不了解。

他伸手去拧门把手，但并没有拧开，只是从他的手中滑脱。他不在家的时候她会锁门吗？他不相信。薇姬不会那么做。他的担心——不，是恐惧——进一步增加了。有那么一刻（他日后永远都不会承认），很短暂的一瞬，他只想从这扇紧锁的门前赶紧逃开。把它甩在身后。不再管薇姬，或查莉，或日后苍白无力的自我辩护。

只管逃跑。

但那念头还是消失了。他把手伸进口袋里找钥匙。

结果一紧张，他把所有钥匙一股脑扔到了地上——车钥匙、普林斯大楼东侧门的钥匙，还有那把黑色钥匙，每年夏末，他都会用它打开横在通往爷爷的度假小屋的那条路上的铁锁链。钥匙的累积是一件很有意思的事。

他从钥匙堆中找出房门钥匙，把门打开。他走进去，顺手把门带上。客厅里光线暗淡，泛着病态的黄。房间里很热，也很安静。老天，太安静了。

"薇姬？"

无人回应。无人回应意味着她不在这里。她穿上了自己的战靴，她喜欢那样说，出门买菜或拜访朋友了。然而她并没有那么做，他可以确信这一点。而他的手，他的右手……为什么会抽搐得这么厉害？

"薇姬！"

他走进厨房，里面有一张富美家牌的小桌子和三把椅子。他、薇姬和查莉经常在厨房里一起吃早饭。其中一把椅子翻倒在地，仿佛一条死狗。盐罐也翻了，撒了一桌子。安迪几乎没意识到自己在做什么，用左手的大拇指和食指捏起了一点盐，撒到身后，像他爸爸和奶奶曾当着他的面做过的那样，同时低声嘟囔着："盐巴狗盐巴狗，小鬼快快走。"

炉灶上有一锅汤，汤是冷的。汤罐头的空盒还放在橱柜上。某人的午餐。但她去了哪里？

"薇姬！"他朝楼下喊了一声，下面是洗衣房和游戏房，宽度和上面相当。

没人回答。

他再一次环顾厨房。几乎一尘不染。冰箱上有两幅查莉的画，是她七月假期上《圣经》课的时候画的，用蔬菜形状的冰箱贴固定。电费单和电话账单插在铁钉上，特意标明了"最后再付"。一切都井然有序，一切都一如往常。

除了椅子倒了、盐撒了。

他觉得口干舌燥，嘴里一点水分都没有。仿佛夏日里的铬，干燥光滑。

安迪上楼察看查莉的房间、他们的房间以及客房。什么都没有。他穿过厨房，打开楼梯灯，走了下去。洗衣机开着，烘干机仿佛一只用玻璃舷窗制成的眼睛，紧紧地盯着他。在它们中间的墙上，挂着薇姬不知道从什么地方买来的刺绣画，上面写着"亲爱的，我们都洗干净了"。他来到游戏房，摸索着电灯开关，手指在墙上来来回回，疯狂地幻想着，不知何时会有一只冰冷的手盖在他的手上，指引他把灯打开。最后，他终于摸到了开关，阿姆斯特朗牌天花板上的荧光灯瞬间发出光芒。

这是间让人愉快的房间。他花了很多时间在这里，整理东西，一个人傻笑，因为到最后他终究成了人们大学时曾发誓不要成为的那种人。他们三个人都在这里待了很长时间，这里有一台壁挂电视、一张乒乓球桌，还有一张超大的双陆棋棋盘。墙上还挂着很多棋盘，薇姬用竹板做的矮桌上有一些大开本的书。有一整面墙用平装书做了装饰，有几面墙上挂着几块薇姬亲手织的阿富汗挂毯，镶了边，颜色暗淡。她曾开玩笑说，自己各方面都很出色，唯独在挂毯领域栽了不少跟头。查莉的书都被放在特制的儿童书架上，按字母顺序排列，这是两年前一个无聊的下雪夜，安迪教给她的，而她至今仍对此很着迷。

一个令人愉快的房间。

一个空荡荡的房间。

他试图让自己放松下来。什么预感、预知、预兆，不管怎么称呼，都是空穴来风。她只是不在家罢了。他关上灯，回到洗衣房。

这个洗衣机是他们在一次旧货拍卖会上以六十美元买下的老家伙，仍然开着。他下意识把它关上了，就和刚才往身后撒盐时一样。洗衣机的玻璃窗口上有血迹，不是很多，只有两三滴。但那是血迹。

安迪站在原地盯着它。楼下很凉快，太凉快了，仿佛停尸间。他看着地板，地板上有更多血迹，甚至没有干透。一个小小的、轻柔的、歇斯底里的声音，冲上了他的喉咙。

他开始在洗衣房里四处寻找。洗衣房很小，只是一个小隔间，四周是白色石灰泥墙壁。他打开洗衣篮，里面什么都没有，除了一只袜子。他看向水槽下的小架子，上面什么都没有，除了清洁用的瓶瓶罐罐。他看了看楼梯下面，同样什么都没有，除了蜘蛛网和查莉的旧娃娃的一条腿——这些残缺的肢体总是耐心地留在原地，等待着天知道多久后被人发现。

他打开洗衣机和烘干机之间的小门。随着哐当一声巨响，熨衣板落了下来。在熨衣板下面，是被抹布堵着嘴的薇姬·汤姆林森·麦吉。她双腿被绑住，下巴抵住膝盖，眼睛睁得大大的，空洞而茫然，已然没了生气。空气中弥漫着一股浓烈而令人作呕的家具上光剂的味道。

他发出低沉的吼声，踉踉跄跄地朝后退去。他的手不停挥舞，仿佛要把眼前可怕的景象赶走。他的一只手撞到了烘干机，它突然转动起来。衣服开始翻腾，吱嘎作响，安迪随即尖叫出声。他跑了，跑上了楼，结果在厨房拐角摔了一跤，前额撞在油毡上，整个人顺势躺了下来。然后他坐了起来，急促地喘着气。

它又回来了。它缓慢地归位，就像在以慢动作回放一场橄榄球赛，看四分卫一记本可以完成擒杀甚至制胜的传球被人截住。在后来的日子里，这一幕一直萦绕在他的脑海中。小门打开，熨衣板落下，哐当一声，让他想到了断头台，而他的妻子，嘴里堵着擦家具的抹布，被塞在下面。他彻彻底底地回想起了整件事，他知道自己又要尖叫了，于是赶紧把胳膊塞进嘴里，用力咬住，发出模糊的吼叫声。如此两次之后，他感觉到，有什么东西离开了他，让他平静下来。这是一种惊骇后的虚假平静，但很管用。无形的恐惧和无焦点的恐慌散去了。他右手的抽搐也停止了。此时他脑海中闪现的念头，同笼罩他的平静和惊骇一样冷入骨髓。他想到的是查莉。

他站起身，想去打电话，转身走回楼梯。他在楼梯顶部站了一会儿，紧咬嘴唇，下定决心后又下了楼。烘干机不停地旋转，里面只有一条他的牛仔裤，腰部的大纽扣随着裤子的转动不停地发出撞击声。安迪关掉烘干机，朝熨衣板下面的空间望去。

"薇姬。"他轻声说。

她用无神的眼睛回望着他，他的妻子。他朝她走过去，握住她的手，在黑暗中紧紧地抱住她。他发觉自己还记得那一晚，在教职工聚会上，她喝多了，吐得一塌糊涂，他就是这样抱着她的头。然后是洗旅行车那天，他去车库里拿海龟牌车蜡，她趁机跑到他身后，把水管塞进了他裤子后面。他还记得婚礼那天，他当着大家的面吻她，回味无穷，她的唇，她丰满而柔软的嘴唇。

"薇姬。"他又喊了一声，同时发出颤抖的长叹。

他把她拉出来，把她嘴里的抹布拿掉。她的头无力地垂在他的肩膀上。他看到血从她的右手流出，有几个指甲被拔掉了。她的鼻孔里也有一点血迹，其他地方都安然无恙。她的脖子被折断了，一击毙命。

"薇姬。"他喃喃自语。

查莉，他心里的那个声音再次响起。

这使得他的头脑又恢复了冷静，意识到查莉现在是重中之重，是他唯一重要的事情。之后再算总账。

他走回游戏房，这次没必要开灯。在房间另一边的乒乓球桌旁，有一张长沙发，上面罩着一块罩布。他取下罩布，拿到洗衣房，盖在薇姬身上。不知怎的，她被罩布盖住的样子显得更加糟糕，让他难以转身离开。她再也动不了了吗？这是真的吗？

他掀起罩布，露出她的脸庞，亲吻着她的嘴唇。冰冷似铁。

他们拔掉了她的指甲，他到现在也无法相信，老天，他们拔掉了她的指甲。

但他知道原因。他们想知道查莉在哪儿。

她从夏令营回来后没有直接回家，而是去了特丽·杜根家，他们不知怎的把她跟丢了。他们慌了神，于是监视工作就此结束。薇姬死了——可能是他们有意为之，也可能是某个特工做得太过火了。他跪在她身边，想到了另一种可能，她因一时的恐惧，做出了比关冰箱门更出格的事。她可能让一只手远离了她，或让某个人的脚腾空而起。可惜的是，她没能爆发出足够的力量，把他们以每小时五十英里的速度扔到墙上。

也许他们掌握的情况已足够让他们紧张，他想。也许他们甚至得到了具体的指令：这个女人可能极端危险。只要她做出了——任何——影响行动的事，就可以除掉她。就地解决。

又或者，他们也许只是不喜欢留下活口。毕竟某些事情正处在紧要关头，不仅仅是会影响他们在纳税人缴纳的美元中所占的份额。

但是那些血迹。他应该想到血迹，当他发现时，血迹还没有干透，仍然是黏糊糊的。他回家时，他们还没有离开多久。

他内心的声音更加执着地呼喊道：查莉！

他再次亲吻妻子，对她说："薇姬，我会回来的。"

但他从此再也没见过薇姬。

他上楼打电话，在薇姬的电话簿里找到了杜根家的号码。他拨通电话，琼·杜根接了起来。

"嘿，琼，"他说，还没缓过来的惊愕此时反倒帮了他，他的声音平静得近乎完美，跟平日并无差别，"我可以跟查莉说几句话吗？"

"查莉？"杜根的声音里充满疑惑，"嗯，她刚刚跟你的两个朋友走了，他们是老师。是……出了什么事吗？"

他体内突然有什么东西腾空而起，又瞬间跌落。也许是他的心。但让这个他只在社交场合见过四五回的善良女人跟着担惊受怕是没有意义的。这样帮不到他，也帮不到查莉。

"该死，"他说，"我以为她还没走呢。他们是什么时候离开的？"

杜根太太的声音飘远了一点。"特丽，查莉是什么时候走的？"一个小孩的声音嘀咕了些什么，他听不清楚，只感觉自己的指关节间都在冒汗。

"她说大概是在十五分钟前。"她愧疚地说，"我当时在忙着洗衣服，就没出去看。其中有个人下楼来跟我说的。没出什么事，对吧，麦吉先生？那人看上去挺正经的……"

突然，他身体里涌上来一股疯狂的冲动，想要轻声笑着对她说，你在洗衣服，是吗？和我妻子一样呢。结果我发现她被人塞进了熨衣板下面。你可真走运啊，琼。

他说："没什么事。我想知道他们是要直接回家吗？"

问题被转达给特丽，后者说她不知道。真棒，安迪心想，我女儿的性命掌握在另一个六岁小姑娘手里。

他抓住了这根稻草。

"我得去街角的市场，"他对杜根夫人说，"你能问问特丽他们开了轿车或者面包车没有？说不定我会遇到他们。"

这次他听到特丽的答话了。"是面包车。他们是开着一辆灰色的面包车离开的，和大卫·帕西奥的爸爸开的那辆车一样。"

"谢谢。"他说。杜根太太回答没关系。那股冲动又来了，这次他想通过电话线朝她尖叫，我妻子死了！我妻子死了，我女儿跟几个陌生的男人上了一辆面包车，而你为什么要洗衣服？

但他没有尖叫，什么都没做，只是挂断电话，径直走了出去。屋外的高温劈头袭来，让他有些踉跄。他回来的时候有这么热吗？现在似乎更热了。邮递员已经来过了。邮箱里半插着一张之前并没有的伍尔科[1]宣传页。邮递员是在他下楼抱着他死去的妻子时来的。他可怜的、死去的薇姬，他们拔掉了她的指甲，而比起钥匙圈上不断增加的钥匙，死亡的

1.美国一家折扣连锁店。——编者注

讯息如何从四面八方、各个层面向你袭来似乎更加有趣——有趣得多。你试图蹦跳小跑，为了躲避将身体紧靠一侧，而死亡的真相却从另一个侧面径直朝你扑过来，毫不掩饰。死亡是个橄榄球运动员，他想，是个大肉盾。死亡是弗兰科·哈里斯、萨姆·坎宁安，或者是狂人乔·格林。[1]它会把你死死地压在争球线上，让你屁股贴地，动弹不得。

动起来吧，他心想。走了十五分钟——不算太久，还可以追，除非特丽·杜根分不清楚十五分钟跟半小时或者两小时有什么区别。但无论如何，想这些都没有用。出发吧。

他出发了。他回到横跨在人行道上的旅行车旁。他打开车门，回头望了一眼自己干净整洁、已经付完一半房贷的郊区独栋公寓。这笔贷款很划算，如有必要，你还可以每年向银行申请两个月的"还贷假期"。安迪从不需要这样做，他看着整栋房子在阳光下昏昏欲睡，突然震惊得睁大双眼，视线再次被邮箱里那张泛着红光的宣传页吸引。砰！死亡的事实再次袭击了他，让他泪眼蒙眬，牙关紧咬。

他上了车，朝特丽·杜根家所在的街道驶去。他并不相信自己真的能够找到那些人的踪迹，因为这不合乎逻辑。可除了这盲目的希望，他现在一无所有。而从那之后，他也再没见过自己那栋位于针叶苑小区的房子。

这次，他的驾驶状况好了不少。他已经见识过最糟糕的景象了，所以开车平稳了许多。他甚至打开了收音机，里面鲍勃·席格正在唱"还是一样"。

他以尽可能快的速度穿过湖区。在最糟糕的时刻，他脑子里一片空白，完全记不起那条街叫什么。但随后他想到了。杜根家住在布拉斯莫尔，他和薇姬曾开玩笑说，那里的房子是比尔·布拉斯设计的。他开始

1.此三人均是以身形壮硕为特点的著名橄榄球手。

因回忆微微笑了起来，然后又是"砰"的一声，她已死亡的事实再一次扑向他，令他难以招架。

他只用了十分钟便抵达了那里。布拉斯莫尔是一条短小逼仄的死胡同，灰色面包车不可能开到另一头，远端只有一处围栏网，露出约翰·格伦中学的一小部分轮廓。

安迪把旅行车停在布拉斯莫尔和里奇街的交叉路口处。街角有一栋白底绿漆的房子。草坪上的喷水器正不停地旋转。房子前面有两个小孩，一男一女，都是十岁上下。他们轮流玩着滑板，女孩穿着短裤，两个膝盖上各有好几块痂，不过都快长好了。

他从旅行车上下来，朝他们走去，孩子们警惕地打量着他。

"嘿，"他说，"我在找我的女儿，她大约半小时前从这儿经过，坐在一辆灰色的面包车里。她当时和……好吧，和我的几个朋友在一起。你们有看见一辆灰色面包车经过这里吗？"

男孩心不在焉地耸耸肩。

女孩说："你在担心她吗，先生？"

"你看见面包车了，对吗？"安迪亲切地问，同时轻轻地"推"了她一下。用力过猛会适得其反。那会让她看到面包车朝四面八方行驶，包括天上。

"是的，我看到了一辆面包车。"她说。她踩上滑板，滑到街拐角的消防栓旁边，跳了下来。"它朝那边开了。"她伸手指了指布拉斯莫尔的方向，再走两三个路口就是卡莱尔大街，哈里森的主干道之一。安迪推测他们会往那边走，但最好还是确认一下。

"谢谢。"他转身回到旅行车上。

"你在担心她吗？"女孩重复了一遍。

"是的，有一点担心。"

他掉转车头沿着布拉斯莫尔的方向开了三个街区，来到和卡莱尔大街相接的路口。这样找好比大海捞针，希望渺茫。他感到一阵恐慌，一开始只是一个点，很快就会蔓延开来。他尽量驱散这种感觉，集中注意力沿着他们可能走过的道路前进。如果需要使用特殊力量，他也一定会那么做。他可以控制自己的力量，在不让自己头痛的前提下轻轻去"推"。他感谢上帝，他已经有很长一段时间没动用这种力量了——或者是诅咒，如果你更愿意从另一个角度看——整个夏天都没有。他现在状态良好，可以为任何值得的事情"发力"。

卡莱尔大街有四条车道宽，路口设有一个红绿灯。在他右手边有一个洗车店，左边是个饭馆，不过早已关门大吉。街对面是埃克森加油站，还有一家迈克相机店。如果他们向左转，就是开往了市区方向。向右的话，他们就会前往机场和八十号州际公路。

安迪把车开进洗车店。一个年轻雇员，留了一头垂至深绿色衣领、漂亮得让人惊讶的红头发。他正在吃棒冰。

"洗不了了，兄弟。"在安迪开口前他便说，"洗车器大约一小时前就坏了，我们关门了。"

"我不是来洗车的，"安迪说，"我在找大约半小时前穿过十字路口的一辆灰色面包车。我女儿在里面，我有点担心她。"

"你觉得有人可能劫持了她？"他继续吃着棒冰。

"不，不是那样的。"安迪说，"你看见那辆面包车了吗？"

"灰色面包车？嘿，老兄，你知道一小时里会有多少车从这里经过吗？或者半小时？这条街可是主干道，兄弟。卡莱尔大街是繁华路段，每天车来车往。"

安迪竖起拇指，指了指身后的方向。"它是从布拉斯莫尔过来的，这条路可不是车来车往的主干道。"他本想再"推一推"，但根本用不着那样做。年轻人的眼睛突然一亮，他突然把棒冰从中间一分为二，将其中一段的紫色冰块不可思议地一口吞下了肚。

"啊，是的，没错。"他说，"我确实看见了，我还可以告诉你我为什么会注意到它。它刚好从我们这边的空地穿过来，想抢灯。我自己倒不在乎他们这么干，但我老板发火了。这跟冲洗器出故障也没什么关系，他是遇上了别的闹心事。"

"所以那辆车朝机场方向开了？"

那人点点头，把半根棒冰皮扔到身后，接着对付另外半根。"希望你能找到你的女儿，兄弟。要是你不介意我瞎出主意，我觉得你可以报警，要是你真的很担心的话。"

"我想那么做恐怕没什么好处。"安迪说，"在这种情况下。"

他再次回到旅行车上，自己也从洗车场里穿过，转向卡莱尔大街。他现在在往西走。这一带到处都是加油站、洗车店、快餐店和二手车卖场。一张汽车电影院的广告招牌上提供了一份两部电影连映的套餐：《尸体研磨机》和《嗜血死亡商人》。他看着电影院的外棚，耳畔响起了熨衣板发出的嗒嗒声，那如同断头台的声响，突然一阵反胃。

他经过一块路牌，上面写着"如果你乐意，西行一点五英里后可到达八十号州际公路"。除此之外还有一块小路牌，上面画了一架飞机。好了，他又到岔路口了。现在该怎么办？

他突然把车开进一家沙基比萨的停车场。在这里停车问人不会有什么结果，就像那个洗车店里的年轻人说的，卡莱尔大街是繁华路段。他可以用特殊力量驱使别人回想，直到自己的脑浆从耳朵里流出来，但那样做得到的结果只会让他自己更加困惑。反正要么是州际公路，要么是机场，他确信这一点。要么美女，要么老虎。

他这一生中从未如此有意识地动用自己的预感能力。之前每次预感到来，他都只把它们当成馈赠，并且会跟从它们行事。而现在他呆呆地坐在旅行车的驾驶座上，用手指尖轻轻地碰了碰太阳穴，希望可以感受到些什么。发动机在转，收音机在响。滚石乐队。跳吧，小姑娘，跳起来。

查莉，他想。她把衣服塞进背包里就去了特丽家，那个背包她走到哪儿就背到哪儿。这可能也会让那些人觉得奇怪。上次见到她时，她穿着一条牛仔裤，戴着三文鱼色的贝壳帽，头发像往常一样梳成了辫子。一声漫不经心的"再见，爸爸"，还有一个吻。哦，老天啊，查莉，你到底在哪儿？

什么都没来。

没关系。再听一会儿滚石。沙基比萨。你自己选，是薄皮还是脆皮？麦吉爷爷以前经常这么说，你自己选，你付钱。滚石还在鼓励小姑娘跳啊，跳啊，跳啊。昆西说他们可能会把她安置在一个小房间里，这样全美国的两亿两千万国民就能安全自由了。薇姬。一开始他跟薇姬的性生活并不和谐。她总是害怕得要死。在第一次灾难般的经历后，她泪流满面地说："你叫我冰姑娘吧。别做爱了，求你了，我们就相敬如宾吧。"但不知怎的，"第六批"的实验似乎帮到了他们——他们可以分享一切，就这一点而言，其实跟做爱并无差别。尽管对他们来说，做爱仍然很艰难，只能一点点取得进展。温柔一点。泪流满面。薇姬开始有所回应，接着身体僵直，大声尖叫："别这样！会很疼的！不要，安迪，快停下！"但实际上，正是"第六批"的实验，以及这段共同的经历，让他能够继续尝试，就像个撬保险柜的贼，知道自己打得开，总会有办法。然后某个晚上，他们解决了这个问题。接下来又一个晚上，再次一切正常。然后，突然，他们度过了一个酣畅淋漓的夜晚。跳啊，小姑娘，跳啊。生查莉的时候，他一直陪在她的身边。分娩很顺利，一会儿就结束了。很快她便恢复了，他们又能在一起……

什么都没来。追踪的思路依旧一片空白。机场还是州际公路？美女还是老虎？

滚石唱完了。接着登场的是杜比兄弟，想知道要是没有爱情，你会在哪里。安迪不知道。太阳炙烤着大地。沙基比萨的停车场线新刷了油漆，在柏油路的衬托下显得很白、很清晰。停车场四分之三的空间已被占满，现在是午餐时间。查莉吃午饭了吗？他们会给她吃的吗？也许……

（也许他们会到服务区，在路边的霍乔斯餐馆停一下——毕竟他们不能开车不能开车不能开车）

哪儿？他们在哪儿不能开车？

（不能开车，一直开到弗吉尼亚不停下来休息？我的意思是小姑娘肯定要停下来，上个厕所什么的，对吧？）

他坐直身子，内心涌起一股巨大但迟滞的感激之情。它来了，果然来了。不是机场，他本来也会这样猜测，如果他只能猜测。不是机场，而是州际公路。他不能完全确信这个预感真的存在，但他相当确信。而且这总比一片空白要好。

他把旅行车开过地上刚刚上过漆、指向外边的箭头，向右转，再次回到卡莱尔大街上。十分钟后，他开上州际公路，向东驶去，同时把公路收费单塞进副驾驶座上的那本破旧的、带注释的《失乐园》里。又过了十分钟，俄亥俄州哈里森市便被他甩在身后。从此，他便踏上了这段一路向东的旅程，直到十四个月后被带到佛蒙特州的塔什莫尔。

为了保持冷静，他把收音机的音量调得很大。音乐一首接一首，而他只听得出那些老歌，因为从三四年前开始，他就已经不再听流行音乐了。没什么特殊的原因，自然而然。流行音乐仍然能让他雀跃，但他内心的冷静遵循其冰冷的逻辑，坚持让他对此漠然处之，认为这种雀跃不合时宜——如果现在他开始以七十迈[1]的速度在超车道上行驶，一路疯狂咆哮，那他一定会惹上麻烦。

他把速度表的指针固定在稍高于六十的位置，因为他觉得那些带走

1.机动车行车时速，每小时行驶多少英里即为多少迈。——编者注

查莉的人不会超过限速要求的五十五迈。虽说他们完全可以向那些以超速为由拦住他们的警察出示他们的证件，但想要解释车里为什么会有一个不停尖叫的孩子可能会有些困难。这也很有可能会让他们的行程被进一步拖延，而且肯定会让他们不好向上头交代。

但他们可以给她下药，然后把她藏起来，他心里的一个声音小声说。然后，当他们开到七十迈，甚至八十迈被人喊停时，只需要出示一下证件，就可以继续前行。俄亥俄州的警察会找一辆属于"商店"的面包车的麻烦吗？

顺着俄亥俄州东部的公路前行的同时，安迪也在跟这个想法做斗争。首先，他们可能不敢给查莉下药。给孩子注射镇静类药物并不简单，除非你是专家……而且他们可能无法确定镇静类药物会对他们正在调查的查莉身上的特殊能力产生怎样的影响。其次，州警察可能还会继续盘查他们的面包车，或者在检查他们的证件有效性时让车停靠在路边。最后，他们有什么理由如此匆忙呢？他们不可能知道有人跟在他们屁股后面。现在还不到一点，正常情况下，安迪的课要上到两点才结束。"商店"的人会认为他最快也要两点二十才能到家，同时还要再花上二十分钟到两个小时才会发现家里出了事。他们为什么不悠闲地兜会儿风呢？

安迪稍微加快了一点速度。

四十分钟过去了，然后是五十分钟。感觉似乎过去了更久，他开始冒汗。忧虑一点点突破他刻意的平静与麻木共筑的心防。那辆面包车真的在前面某个地方吗？或者这一切只是他在自欺欺人？

路上的车流散开又聚拢。他看到了两辆灰色面包车，但都不像之前曾在湖区周边出没过的那辆。其中一辆车的司机已经上了年纪，满头银发。另一辆车里则装满了嗑药的怪胎，司机看到安迪正在观察他们后，随即朝他挥了挥手里的大麻卷。他旁边的女孩伸出中指，先轻轻吻了一下，然后比向安迪。安迪把他们甩在身后。

他的头开始感到疼痛。路上车很多，阳光刺眼。每辆车都镀了铬膜，每一块铬膜都反射出太阳之箭，直刺他的双眼。他路过一个路牌，上面写着"距离前方休息区还有一英里"。

他之前一直在超车道上行驶，现在他向右打方向盘，并入行车道。他让车速降到四十五迈，然后是四十迈。一辆小跑车从他旁边超车而过，司机还怒气冲冲地朝安迪按了喇叭。

休息区，路牌上写着。这并不是一个服务区，只是个有斜坡停车的岔道口，还有饮水区和卫生间。有四五辆车停在那里，其中就有一辆灰色面包车。就是那辆灰色面包车。他几乎可以肯定。他的心开始在胸膛里怦怦直跳。他迅速打满方向盘，开了过去，轮胎随即发出低沉的呜咽声。

沿着岔道口，他缓缓地朝那辆面包车驶去，同时环顾四周，想尽快掌握情况。休息区有两张野餐桌，一家人挨着另一家。其中一家正在收拾东西，准备离开，母亲把剩下的食物收进一个亮黄色的手提袋里，父亲和两个孩子在收拾垃圾，然后扔进旁边的垃圾桶。另一张桌子上，一男一女正在吃三明治和土豆沙拉。他们中间有一个小婴儿，正在婴儿车里熟睡。婴儿穿着一件灯芯绒套衫，上面有很多跳舞的大象。草坪那边，在两棵巨大而优美的老榆树中间，坐着两个二十多岁的女孩，她们也在吃午餐。这里没有查莉的影子，也没有任何人看上去是年轻力壮的大块头"商店"特工。

安迪关掉旅行车引擎。他现在感觉自己的眼球也在跟心脏同步跳动。面包车上似乎没人。他走下了车。

一个挂着拐杖的老妇人从女卫生间里出来，慢慢朝一辆酒红色比斯坎车走去。一个同她年纪相仿的老先生从车上下来，绕过车头，替她打开车门，让她进去。他自己重新上了车，启动汽车。一股蓝色油烟从排气管里冒出，车开走了。

男卫生间的门开了，出来的是查莉。她左右两边站着两个三十多岁的男人，穿着运动外套、开领衬衫和深色的双面针织长裤。查莉一脸茫然，看起来被吓到了。她看看其中一个男人，又望向另一个，然后再次转回去。安迪的肠胃里一阵翻绞。她还背着她的小背包。他们朝面包车走去。查莉对其中一个人说了些什么，后者摇了摇头。她转向另一个，他耸耸肩，越过查莉跟他的同伴说了些什么，后者点点头。他们一起转身，朝饮水区走去。

安迪感觉自己的心跳前所未有地快，肾上腺素随着苦涩而紧张的洪流涌入他的体内。他很害怕，害怕到了极点，但同时心里又涌起了别的情绪——愤怒，全然的狂怒。这股狂怒甚至比刻意的镇定更让他感觉良好。就是这两个男人，杀了他的妻子，掳走了他的女儿。倘若耶稣不能公正地对待他们，他很乐意为之代劳。

当他们带着查莉走到饮水区时，他们都背对着安迪。安迪从旅行车旁边走开，来到面包车的后面。

刚刚吃完午饭的那家人已经上了他们的福特车，准备开车离开。女主人随意地望了安迪一眼，就像人们在长途旅行里，在美国高速公路系统的消化肠道里慢慢蠕动时打了一个照面。他们驱车离开，车牌显示他们来自密歇根州。现在休息区里还有三辆车，外加灰色面包车和安迪的旅行车。其中一辆属于那两个女孩。又有两个人开始在空地上走动，信息亭里还有一个人，正看着高速公路地图，手插在牛仔裤的后口袋里。

安迪不知道自己下一步该如何行事。

查莉喝完了水。两个男人中的一个也弯下腰喝了一口。然后他们又朝着面包车走去。安迪站在面包车左后方拐角处看着他们。查莉看上去很害怕，一脸惊恐。她一直在哭。不知道为什么，安迪伸手拽了拽面包车的后门，但并没有什么意义；门锁上了。

突然，他径直走了出去。

他们反应很快。安迪立刻从他们的眼神看出，他们认出了他，快到查莉脸上的惊恐与茫然还未被喜出望外取代。

"爸爸！"查莉尖叫道，引得带孩子的那对年轻夫妇也朝这边望了过来。榆树下的一个女孩也把手遮在眼睛上方，想看清这边究竟发生了什么。

查莉想朝他跑过去，一个男人抓住了她的肩膀，把她拉回自己身边，小背包也拽掉了一半。眨眼间，他手里就出现了一把枪，他之前应该是把它藏在了运动外套下面，就像魔术师在变一个邪恶的戏法。他把枪口对准查莉的太阳穴。

另一个人不慌不忙地从查莉以及他的搭档身边走开，向安迪靠近。他的手插在外套里，但变戏法的水平似乎不如他的搭档；他掏枪的时候似乎遇上了一点麻烦。

"如果你不想你的女儿出什么意外，就赶紧从面包车旁边离开。"拿着枪的男人说。

"爸爸！"查莉再次喊道。

安迪慢慢远离面包车。那个年纪不大就秃顶的家伙终于把枪掏出来了。他举起枪指向安迪，相距只有不到五十英尺。"我衷心建议你不要动，"他压低声音说，"这把柯尔特点四五能搞出一个不小的洞。"

那个带着妻子和孩子的年轻人已经从餐桌旁站了起来。他戴着无框眼镜，表情严肃。

"这到底是怎么回事？"他说话的语气好似大学教师，清晰且颇具感染力。

抓着查莉的男人转向他，同时让枪口从查莉的头部稍稍移开，让年轻人能够看清。"政府公干，"他说，"待在原地别动，不会有事的。"

年轻人的妻子抓着他的胳膊，让他坐了下来。

安迪盯着秃顶的特工，同样压低声音，以亲切的口吻对他说："那把枪烫手，你拿不住的。"

秃顶特工看着他，一脸困惑。然后突然，他尖叫着扔掉了自己的左轮手枪。手枪撞在人行道上，弹到一旁。榆树下的一个女孩发出一声困惑而惊讶的呼喊。秃顶特工捂着自己刚才拿枪的手，原地直蹦。他的手掌上冒出白色的水疱，仿佛发酵的面团。

抓着查莉的特工注视着他的搭档，枪口已经完全从查莉的小脑袋上移开了。

"你是个瞎子。"安迪对他说，同时用尽了自己的力量。一阵钻心的抽痛贯穿了他的大脑。

那个男人突然尖叫起来，放开了查莉，伸手捂住自己的眼睛。

"查莉。"安迪低声喊道，他的女儿跑到他跟前，双手紧紧抱住他的腿，身子还在不停地颤抖。信息亭里的那个男人也跑了出来，想看个究竟。

秃顶特工仍捂着自己烧伤的手，朝安迪和查莉跑过来。他的表情已经十分狰狞。

"睡觉去。"安迪简单地说，同时再次发力。秃顶特工的秃头栽了下去，像一根被砍倒的竹竿。他的前额撞在人行道上，年轻男人的妻子不由得发出一声惊呼。

安迪现在头痛欲裂。他有点庆幸现在是夏天，而且自己已经很久没有动用过力量了，尽管他一度想帮助一个大概从五月起成绩就无故下滑的学生。他准备充分——但无论准备充分与否，上帝都知道他会为在这个炎热夏日里发生的事情奋力一搏。

瞎了眼的男人摇摇晃晃地走在草坪上，双手捂着脸，不住地尖叫。他走向一个绿色的垃圾桶，栽倒在一堆三明治包装纸、啤酒罐、烟头和空苏打水瓶子当中。

"哦，爸爸，我怕死了。"查莉说，又哭了起来。

"旅行车在那边，看到了吗？"安迪听到自己说，"上车去，我一会儿就来。"

"妈妈在吗？"

"不。快上车，查莉。"他无暇处理这个问题。不知怎的，他觉得自己现在应该先应付这些目击证人。

"这到底是怎么回事？"从信息亭里出来的男人困惑地问。

"我的眼睛，"刚才用枪指着查莉脑袋的特工尖叫道，"我的眼睛，我的眼睛，你到底对我的眼睛做了什么，你这个狗娘养的？"他站了起来，手上还粘着一个三明治包装袋。他开始摇摇晃晃地朝信息亭走去，而那个穿蓝色牛仔裤的男人则赶忙冲了回去。

"快走，查莉。"

"你会来吗，爸爸？"

"会的，我一会儿就过去。赶快走。"

查莉走开了，金色的辫子摆来摆去，小背包仍歪斜着挂在身后。

安迪从睡得正香的"商店"特工身边走过，本想去拿他的枪，转念还是作罢。他走到野餐桌旁的那对年轻夫妇身前，轻一点，他对自己说。那很容易，轻轻一推就行了，不要有其他影响。一定不要伤害这些人。

年轻女人一把将孩子从婴儿车里抱起，把他吵醒了。孩子开始哇哇大哭。"别靠近我们，你这个疯子！"她说。

安迪看着那个男人和他的妻子。

"这儿没出什么事。"他说，然后推动。新的疼痛感像蜘蛛般附在后脑勺上……陷进脑海里。

年轻男人看上去如释重负。"哦，谢天谢地。"

他的妻子勉强笑了笑。他没在她身上用太多力；她的母性已经被唤醒。

"宝宝真可爱啊，"安迪说，"瞧这小家伙，是个男孩，是吧？"

瞎眼特工从人行道上下来，向前走去，一头撞在可能属于榆树下的那两个女孩的红色斑马车上。他发出号叫，鲜血从太阳穴涌出。"我瞎了！"他再度发出尖叫。

年轻女人怯生生的笑容变得灿烂起来。"没错，是男孩。"她说，"他叫迈克尔。"

"嘿，迈克。"安迪说，伸手抚摸孩子几乎还没什么头发的小脑袋。

"我不知道他为什么在哭，"年轻女人说，"刚才他还睡得好好的。他肯定是饿了。"

"没错，肯定是饿了。"她丈夫说。

"回见。"安迪朝信息亭走去。他现在没时间可以浪费。随时都会有人闯进这个街边的临时疯人院。

"怎么回事，伙计？"穿蓝色牛仔裤的人问，"警察在搞演习吗？"

"不，什么事都没有。"安迪说，同时轻轻推了他一下。现在他觉得很不舒服。他的头仿佛被人重重一击，又给捣成了碎末。

"哦，"那人说，"好吧，我只是想搞清楚从这儿到查格林福尔斯该怎么走。再见。"然后他一闪身，又进了信息亭。

两个女孩现在已经退到了安全栅栏前面，栅栏后面是私人的耕地。她们睁大眼睛望着他。瞎眼的特工现在还在人行道上转来转去，两手僵直地伸在身前，不停地咒骂哭号。

安迪慢慢走向那两个女孩，伸出双手，示意他没有恶意。他跟她们说了几句话，其中一个女孩问了他一个问题，他便继续讲下去。很快她们就放下了警惕，面带微笑，不时点头。安迪朝她们挥挥手，她们也向安迪挥手。然后他穿过草地，迅速朝旅行车走去。他的额头上渗出冷汗，胃里翻涌个不停。他只能祈祷在他和查莉离开之前，不会有任何人进来，因为他已经筋疲力尽。他完全耗空了自己。他钻进车里，用钥匙启动引擎。

"爸爸。"查莉说着朝他扑过去，把头埋在他的胸膛里。他抱了她一会儿，然后把车从停车位里开出来。就连转头都让他痛苦万分。那匹黑马来了。每每发力后痛苦袭来，他都会有这样的想法。他觉得自己把那匹黑马从潜意识里的某个黑暗的马厩中放了出来，现在，它再一次在他的脑海里扬蹄狂奔。他得找个地方让它消停一会儿，然后自己躺下来。得赶紧。他没办法长时间开车。

"那匹黑马。"他含糊地说，它来了。不……不。它不是来了，它就在那里。嗒……嗒……嗒。没错，它就在那里，没有人能制止它。

"爸爸，当心！"查莉尖叫道。

瞎眼特工正从他们的车前走过。安迪猛踩刹车。瞎眼特工开始用力拍打旅行车的引擎盖，并大声呼救。在他们右边，那个年轻母亲开始给孩子喂奶。她的丈夫在一旁读报纸。信息亭里的那个男人走到那两个开红色斑马车的女孩身边，跟她们攀谈——也许是希望得到一段快速的艳遇，好给《阁楼论坛》投稿。秃顶特工则趴在人行道上，睡得正香。

瞎眼特工继续不停地拍打着引擎盖。"帮帮我！"他尖叫道，"我瞎了！有个浑蛋不知道对我的眼睛做了什么！我瞎了！"

"爸爸。"查莉害怕地低声说。

有那么一瞬间，他几乎要把油门踩到底。在他头痛欲裂的脑袋里，他几乎可以听见轮胎擦地的声音，听到车轮碾过人的身体时的沉闷声响。这个人绑架了查莉，还用枪指着她的头。也许他还是那个把抹布塞进薇姬的嘴里，以免她在被拔掉指甲的时候大声呼喊的人。杀掉他再好不过了……但要是那样做，他跟这些人又有什么分别？

他开始按喇叭。喇叭声仿佛是一支闪着光的痛苦之矛，刺进他的脑袋。瞎眼特工突然从车上弹开，仿佛被什么蜇到了。安迪猛打方向盘，从他身边驶过。开着车驶进公路的返回车道时，他从后视镜里看到的最后景象是瞎眼特工坐在人行道上，整张脸因愤怒和恐惧变得扭曲，以及年轻女人把迈克尔举过肩头，轻轻拍打他的后背。

他看也不看，就挤进了高速公路的车流当中。喇叭声此起彼伏，轮胎擦地的声音不断响起。一辆大号林肯轿车从他们的车旁绕过，司机愤怒地朝他挥了挥拳头。

"爸爸，你还好吗？"

"我会好起来的。"他说，他觉得自己的声音似乎很遥远，"查莉，看看通行票，下一个出口是什么？"

他眼前的车辆变得模糊，一辆车变成两辆，变成三辆，接着又合成一辆，然后又变得四分五裂。铬膜反射的阳光充满了他整个视野。

"系紧安全带，查莉。"

下一个出口是哈默史密斯，还有二十英里。

不知怎的，他做到了。他后来想，大概只是因为他的意识还能感觉到查莉在他身边、依靠着他，才让他继续开了下去。就像查莉帮他挺过了接下来的所有事情一样——查莉在他身边，她需要他。查莉·麦吉，一个父母曾经急需两百美元的小女孩。

哈默史密斯坡道下端有一家贝斯特韦斯特酒店。安迪设法用假名办理了入住，指明要一间远离高速公路的房间。

"他们会追过来的，查莉，"他说，"我需要睡一会儿，但只能到天黑，我们只有这么多……只敢有这么多时间休息。天黑的时候叫醒我。"

她说了些什么，但他已经栽倒在床上了。世界逐渐模糊，变成了一个灰点，然后这个点也不见了，只剩下黑暗，痛苦也无法触及。没有痛苦也没有梦，当查莉在八月那个炎热的夜晚的七点一刻把他摇醒时，他觉得房间里热得透不过气，衣服也都湿透了。她本想开空调，但怎么也找不着遥控器。

"没事的。"他说，他把脚放在地上，双手按住太阳穴，挤压脑袋，以防它爆炸。

"好点了吗，爸爸？"查莉急切地问。

"好了点。"他说。不过确实……只有一点。"我们再待一会儿，去吃点东西。那应该会有帮助。"

"我们要去哪儿？"

他慢慢摇了摇头。他身上只有那天早上从家出门时带着的钱——大概十七美元。他倒是有万事达卡和维萨卡，但刚才入住的时候他用的是一直放在钱包后夹层的两张二十美元（我的救命钱，他有时跟薇姬开玩笑说，但事实证明这个玩笑真实得吓人），而没有用这两张卡。用它们就像是留下记号：那个逃亡的大学教师和他的小女孩就在这里。十七美元可以让他们买些汉堡，然后给旅行车的油箱加满油。然后他们就身无分文了。

"我不知道，查莉。"他说，"越远越好。"

"我们什么时候去接妈妈？"

安迪抬头看着她，一阵头痛再度袭来。他想到了地板上和洗衣机舷窗上的血迹。他想到了上光剂的味道。

"查莉——"他开了口，却说不出其他话。但也没必要说下去了。

她看着他，眼睛慢慢睁大。她捂住自己发颤的嘴巴。

"哦，不，爸爸……求你了，告诉我不是那样的。"

"查莉——"

她尖叫道："哦，求你了，告诉我那不是真的！"

"查莉，那些人——"

"求你了，告诉我，妈妈她没事。告诉我她没事！"

房间，房间里很热，因为没开空调，只是因为这样，但这里太热了，他的头很痛，汗水顺着脸颊滚落。现在冒的不是冷汗，而是热的，像油一般，几乎发烫……

"不，"查莉在说话，"不，不，不，不，不。"她疯狂地摇着头，辫子在空中飞舞，这让他近乎荒唐地想起了他和薇姬第一次带查莉去坐旋转木马时的情景——

不只是因为没开空调。

"查莉！"他大喊一声，"查莉，浴缸！那里有水！"

她尖叫一声，把头转向开着的浴室门。突然间，里面闪过一道蓝光，仿佛一只灯泡烧坏了。淋浴喷头从墙上掉了下来，啪的一声掉进浴缸里，蜷曲着糊作一团。几块蓝色的瓷砖裂成了碎片。

查莉哭着倒下，他差点没抓住她。

"爸爸，对不起，对不起——"

"没关系。"他颤抖着，把她揽进怀里。浴室里飘出一股轻烟，来自被熔化的浴缸。所有瓷制品的表面都立刻出现了裂痕，仿佛整间浴室都被送进了一座功能强大但有缺陷的烧窑。毛巾在冒烟。

"没事的。"他说着，抱着她，摇晃着她，"查莉，没事的，一切都会好起来的，我保证，无论发生什么，一切都会好起来的。"

"我想要妈妈。"她抽泣着说。

他点点头。他也一样。他把查莉紧紧地搂在怀里，闻着焦煳味、瓷制品和贝斯特韦斯特酒店毛巾烧熟的味道。她几乎把它们全都烧着了。

"都会好起来的。"他告诉她，摇晃着她。但他自己已经无法相信这句话了，只把它当作连祷文，当作圣咏经；那是成年人的言语，在岁月的黑井下向恐怖童年的悲惨深渊发出的呼喊；发生不对劲的事情时你总会这样说；它就像夜里的一道光，可以暂时赶走衣橱里的魔鬼，但也许只能维持片刻的安宁；这声音毫无力量，却是无论如何都要发出的。

"都会好起来的。"他说着这句自己都不相信的话，因为每个成年人都打心底里清楚，这世上的事情从来都不会好起来，永远都不会，"都会好起来的。"

他哭了，他已经控制不住自己了。泪水如潮水般涌出眼眶。他用尽全力把她搂在胸前。

"查莉，我向你发誓，无论如何，这一切都会好起来的。"

5

有一件事他们没能办到——尽管他们很想——把谋杀薇姬的罪行嫁祸给安迪。他们只能简单地抹除掉洗衣房里的一切罪证，这其实要容易得多。有时，但并不经常，安迪会想他们在湖区的邻居会如何猜测他们家发生的事。资金出了问题？婚姻破裂？可能是吸毒或者虐待儿童？他们在针叶苑小区认识的人并不多，所以这一切最多也只会成为人们茶余饭后的谈资，而且持续不了多久，等银行出面收走他们的房子再出售，一切便不会再有人提起。

坐在屋外平台上，望着一片黑暗，安迪觉得自己那天或许比自己所知的（能意识到的）要幸运不少。他没能及时赶回家救下薇姬，却赶在收尸的到来前离开了。

任何报纸上都没有和此事相关的报道，包括那些以耸人听闻为噱头的街头小报——多神奇！一个名叫安德鲁·麦吉的英文老师和他的家人人间蒸发了。也许是"商店"封锁了全部消息。当然会有人上报他的失踪；那天跟他一起吃午饭的人里，有一个或几个顶多可能做到这种程度。但这并不能解释为什么报纸上一点消息都没有，银行的收账人也没有登报寻人。

"能办到的话，他们一定会嫁祸给我。"他说，不自觉讲出了声。

但他们办不到。验尸官可以查明死亡时间，而安迪刚好有一些没有利益关联的第三方可以为他提供不在场证明（从上午十点到中午十一点半，英语系一一六班二十五个上"写作风格与短篇小说"课程的学生都能给他做证），所以想要拉他下水是不可能的。而且就算没有不在场证明，他也没有动机谋杀自己的妻子。

所以那两个杀了薇姬，然后掳走查莉的家伙，同时还通知了那些被安迪认为是来收尸的人（在脑海里，他甚至看见了那些脸颊光洁、穿着白大褂的年轻人）。在他动身去找查莉之后，可能只过了五分钟，几乎可以肯定不会超过一小时，收尸的人就来到了他家门口。于是，在那个整个针叶苑小区都昏昏欲睡的下午，薇姬的尸体被人悄悄挪走了。

他们甚至可以推断——准确无误地——对安迪来说，一个失踪的妻子比死去的更加棘手。失踪意味着没有尸体，也就无法估计死亡时间。没有死亡时间，就没有不在场证明。他会被监视，被问讯，被礼貌地限制行动。他们当然会把查莉的证词作为参考，也包括薇姬留下的其他证据，但安迪一个人仍是百口莫辩。所以她被挪走了，而直到现在，他甚至都不知道她被埋在了哪里。也许她被火化了，也许——

该死，你为什么要这样折磨自己？

他突然站起身，把剩下的酒倒到栏杆外面。都已经过去了；没有一丝一毫能够改变；不应该再去想它们了。

能办到就太棒了。

他望着前方那片黑压压的树影，右手紧紧地捏着玻璃杯，那个场景再次回到脑海里。

查莉，我向你发誓，无论如何，这一切都会好起来的。

6

塔什莫尔的那个冬天，距他从俄亥俄州的那个汽车旅馆痛苦地醒来已经过去很久了，那个绝望的预言似乎成真了。

对他们来说，那个冬天算不上过得安逸。圣诞节刚过，查莉就感冒了，流鼻涕、咳嗽，直到第二年四月初才彻底痊愈。有些日子她发起了高烧。安迪给她吃了半片阿司匹林，同时告诉自己，如果她三天内不退烧，他就得带她去湖对岸的布拉德福德看医生，无论会有怎样的后果。但她退烧了，在余下的冬日里，感冒对她来说只是一种持续不断的轻微滋扰。在三月，安迪有生以来第一回生了冻疮，而在二月一个寒冷刺骨的夜晚，两人因为在木炉里塞了太多柴火，险些把自己烧死。讽刺的是，还是查莉在半夜醒来，发觉屋子里太热了。

十二月十四日，他们庆祝了安迪的生日，三月二十四日则轮到了查莉。她八岁了，有时候安迪会好奇地望着她，仿佛同她头一回见面。她已经不再是个小女孩了，身高超过了安迪的手肘。她的头发长长了，如果不编辫子就会挡到眼睛。她会长得很漂亮，实际上现在已经很漂亮了，包括那个红红的小鼻头。

他们没车可用了。一月的时候，伊夫·曼德斯的威利斯吉普车被完全冻住了，安迪觉得排气管应该已经有了裂痕。他每天都会去试着发动它，只是出于一种责任感，因为新年之后，即便是四轮驱动也无法把他们带出爷爷的度假营地。除了松鼠、花栗鼠、几头鹿，以及一只总是满怀希望地在垃圾堆旁嗅来嗅去，并且总是留下自己痕迹的浣熊以外，积雪覆盖了一切，差不多有两英尺深。

屋子后面的小简易房里有老式的越野滑雪板——总共有三副，但没有一副能给查莉用。这样也好，安迪可以尽量把她关在屋里。感冒尚且不算大碍，但他可不敢再让她冒发烧的风险。

他找到了爷爷的滑雪靴，满是灰尘，由于年代久远，已有些许裂痕。它们被放在桌子下面的一个卫生纸硬纸盒里，爷爷以前在那张桌子上亲手刨木头，做窗子和门。安迪给靴子上了油，把它们弄得软一些，但发现如果不在前面塞上报纸，他仍然没法穿爷爷的大靴子。这让他觉得有些滑稽，但隐隐也感觉到一丝不安。在那个漫长的冬天里，他总会想起爷爷，想知道如果同样身处这样的困境，他会怎么做。

那个冬天，他曾六次穿上越野滑雪板（滑雪板没有现代式的按扣，只有一串令人困惑又烦躁的带子、搭扣和套环），一路穿过被冰封的、宽阔的塔什莫尔池塘，去往对面的布拉德福德镇码头。沿着那里的一条蜿蜒小路，他可以去往深藏在湖面以东两英里的小山上的村庄。

他总会背着爷爷的背包，天亮前就出发，下午三点后才回来。有一次，他几乎撞上一场暴风雪。倘若真的被困住，他将无法辨别道路，失去方向感，在冰上无法动弹。当他回到家里，查莉总算松了口气，哭出了声——然后又咳嗽起来，时间长得吓人。

去布拉德福德是为了给他和查莉补充食品和衣物。他拿着爷爷藏起来的钱，还有后来他从塔什莫尔池塘另一边比较大的三个营地里偷来的一些钱。他并不以此为傲，但在他看来，这也是为生存所迫。他选择的营地地价都在八万美元往上，所以他觉得这些业主应该承受得起价值三四十美元的"饼干罐零钱"的损失——实际上，他们大多数人确实会把零钱放在饼干罐里。那个冬天，除了这些钱，他只拿了一样东西——一个大油桶，在以前被他们称为"混乱营地"的一栋现代化大别墅后面。从那个油桶里，他总共得到了大约四十加仑的汽油。

他并不喜欢去布拉德福德，他不喜欢那些坐在收银机旁边的大火炉周围的老人说长道短，谈论一个住在湖边某个营地的陌生人。这种事情流传得很快，一不小心就会被不该听到的人听见。"商店"的人只需要一点点风吹草动，就会把安迪和他爷爷在佛蒙特州塔什莫尔的度假营地联系起来。但他不知道自己还能怎么办。他们需要吃东西，而且不能整个冬天都靠沙丁鱼罐头过活。他想给查莉买新鲜水果、维生素片，还有新衣服。刚来这里时，查莉除了一件脏兮兮的上衣、一条裤子以及一条内裤，其他什么都没有。这里没有任何他信得过的治咳嗽的药，也没有新鲜蔬菜，而且更可怕的是，几乎连火柴也没有。他闯进的每个营地都有火炉，但他只找到了一盒钻石牌木火柴。

他本可以走远一点，周边还有其他营地和农舍，但那里受塔什莫尔警察局管辖，经常有人巡逻。而且在很多条路上，都至少有一两户长期定居的居民。

在布拉德福德的杂货店里，他能买到他需要的所有东西，包括三条厚裤子和三件大约是查莉尺寸的羊毛衬衫。那儿没有女孩的内裤，查莉不得不穿最小号的男士内裤，这让她偶尔觉得讨厌，偶尔又觉得好笑。

用爷爷的滑雪板走上六英里来到布拉德福德，对安迪来说既是一种负担，同时也是一种乐趣。他不喜欢留查莉一个人在家，不是因为不信任她，而是害怕回家后发现她不见了……或是死了。不管穿多少双袜子，爷爷的旧靴子都会把他的脚磨出水泡。如果走得太快，他就会感到头痛，然后记起自己脸上那一块块没有感觉的地方，想象自己的大脑是一个磨秃了的轮胎，用得太久以致变得僵硬，有些地方里面的帆布都露了出来。如果在湖中央他突然晕过去，冻死在外面，查莉该怎么办？

但也正是这些短途旅行，让安迪有机会好好思考。独处的静默让他头脑清醒。塔什莫尔池塘算不上宽阔——安迪选的那条路，由西岸到东岸不到一英里——但走起来却很漫长。到二月时，冰面上的积雪已达四英尺，他有时会在半路停下来，慢慢朝自己的左右张望。冰面仿佛是一条长长的走廊，铺满了耀眼的白色瓷砖——洁净无瑕、连绵不断，延伸向四面八方。周围是撒了糖霜似的松树。向上望去，是冬日肃杀、刺眼、毫无怜悯之意的天空，时而湛蓝，时而灰白，压抑地预示着大雪将至。远处偶尔传来乌鸦的叫声，或是冰层下方不断延伸发出的低沉的噼啪声，除此之外一片死寂。这一活动令他的身体得到了充分的锻炼，他的皮肤与衣物之间渗出了温热的汗珠。出出汗，再把汗水从额头上擦去的感觉令人愉快。以前在学校里教叶芝、威廉斯，批改作业的时光几乎让他忘掉了这种感觉。

在这片寂静中，通过充分的运动，他的思绪变得清晰，开始尝试在头脑中解决一些问题。一些迫在眉睫的事——早就应该去做，但现在已经错过了时机。他们可以在爷爷的度假小屋里过一个冬天，但他们仍在逃亡。镇上那些围坐在火炉旁、拿着烟斗、怀疑地打量着他的老头令他感到的不安，已经让他充分意识到了这一点。他和查莉现在被逼到了一个角落里，一定要想办法逃出去。

同时他仍然感到气愤，因为事情本不应该如此。他们没有权力那样做。他和自己的家人都是美国公民，生活在一个据说开放、包容的文明社会，结果他的妻子死于非命，女儿险些被人掳走，而他们两个现在像兔子一样躲在树篱里。

他再次想到，如果能把这件事讲给某个人，或某些人听，整件事情或许会有转机。他之前没这么做，是因为一种近乎自我催眠的古怪心理，正是这种心理导致了薇姬的死，并且在某种程度上还在持续。他不希望自己的女儿像个怪物一样，在人们的围观下长大。他不希望她被人关起来——无论是为了国家还是为了她自己。最糟糕的是，他一直在自欺欺人。甚至在看见自己的妻子嘴里塞着抹布惨死在洗衣房的熨衣板下面后，他还在继续自欺欺人，告诉自己，这些人终究会放过他们。就像小时候做游戏那样，只是闹着玩，孩子们会这么说，一切结束后，大家都会把钱还回来。

然而现在已经不是小时候了，他们不是闹着玩。等一切结束的时候，没有人会还给他和查莉任何东西。这场游戏开始就无法回头。

在寂静中，他开始理解这些残酷的真相。在某种程度上，查莉的确是个怪物。她和二十世纪六十年代那些沙利度胺[1]婴儿或者母亲服用过己

1.又名"反应停"，是一种用于抑制妊娠反应的药物，但由于临床试验未充分进行，该药物对人体的副作用未被充分查明，导致许多服用沙利度胺的孕妇产下四肢发育不全的海豹肢症婴儿，还导致大量婴儿在出生前就已经因畸形死亡。

烯雌酚[1]的女婴并无二致；医生们只是无法确切地知晓这些女婴究竟会在十四年还是十六年之后患上阴道肿瘤。这并不是查莉的错，但事情已经发生了。她的怪异之处与特殊能力打娘胎里就已经注定。她在曼德斯农场所做的事是可怕的，简直骇人，从那时起，安迪便开始考虑她的能力已经到了什么程度，将会达到怎样的地步。在逃亡的这段时间，他读了很多超心理学方面的著作，足以让他了解意念控火和心灵遥感也许跟某种鲜为人知的无导管腺体有关。他还通过阅读的材料得知，这两种能力是密切相关的，而且大多数记录都发生在比查莉年纪大不了多少的女孩身上。

仅仅七岁，她就在曼德斯农场制造了那样一场大规模的破坏。现在她快八岁了。等到了十二岁，她进入青春期，又会发生什么呢？也许什么也不会发生，也许会发生更加惊人的事。她说她再也不会使用这种力量了，但一旦她迫不得已呢？如果这种力量不受控制呢？如果到了青春期，作为青春期怪现象的一部分，她开始在睡眠中不自觉地制造火焰，就像十几岁的男孩在夜里不自觉地排出火热的分泌物那样该怎么办？如果"商店"打算放弃这项行动……而查莉却被外国组织绑架了，又该怎么办？

问题一个比一个棘手。

在横穿池塘的过程中，安迪绞尽脑汁地思考这些问题，不情愿地越发相信，也许查莉不得不在某种监禁中度过余生，哪怕是为了她自己的安全。对她来说，这种措施可能和肌肉萎缩患者的残忍的腿部支架，或沙利度胺婴儿奇怪的假肢一样必要。

1.是一种人工合成的非甾体雌激素物质，主要用于雌激素低下症及激素平衡失调引起的功能性出血、闭经，还可用于死胎引产前，以提高子宫肌层对催产素的敏感性。但孕期使用该药物极易造成胎儿发育异常，女婴成年后发生阴道腺病或宫颈癌的危险增加。

另外还有他自己的未来。他记得自己脸上失去知觉的地方，还有充血的眼睛。没有人愿意相信自己大限将尽，安迪也不完全相信，但他意识到，再发力两三次，他可能就会让自己丧命。他意识到，自己的正常寿命已经被大大缩短了。为了防止这种情况发生，他必须提早为查莉做好准备。

但不是像"商店"那样。

不是小房间。他不允许那种事情发生。

所以他再三思量，终于做出了一个痛苦的决定。

7

安迪写了六封信。它们几乎一模一样。其中两封写给俄亥俄州的参议员，一封写给哈里森在美国众议院的一位女性代表，一封给《纽约时报》，一封给《芝加哥论坛报》，还有一封给《托莱多刀锋报》。这六封信讲的事情都是相同的，从杰森·盖尔尼大楼的实验开始，一直讲到他和查莉被迫躲在塔什莫尔池塘的无人营地。

写完之后，他把其中一封拿给查莉看。她慢慢地、仔仔细细地看了一遍，用了将近一小时。这是她第一次从头到尾了解整件事情。

"你要把这些寄出去吗？"读完之后她问。

"对，"他说，"明天就去寄。我想明天应该是我最后一次敢从池塘上穿过去了。"天气终于开始回暖，冰冻得还很结实，但一直在发出崩裂的声音，他不确定这条路线还能保证走多久。

"会发生什么呢，爸爸？"

他摇了摇头。"我不确定。我只希望把这件事公之于众，可以让那些追赶我们的人放弃他们的行动。"

她严肃地点点头。"你之前就应该这么做。"

"是啊。"他说，知道她想到了去年十月在曼德斯农场发生的那场灾难，"也许是该这样。但我一直没有机会好好思考，查莉。我满脑子想的都是我们如何继续逃下去。而且在逃跑的时候，你所能想到的办法……好吧，大多是些蠢主意。我一直在希望他们能主动放弃，这样我们就得救了。这是个严重的错误。"

"他们不会把我带走的，对不对？"查莉问，"我的意思是，从你身边带走。我们还可以待在一起，对吧，爸爸？"

"对。"他说，不想让她知道，把这些信寄出去后会发生什么，他和她一样一无所知。只能走一步看一步了。

"那就好。我以后再也不放火了。"

"嗯。"他应了一声，伸手摸了摸她的头发，感觉有什么东西堵住了嗓子眼，随之而来的是一股不祥的预感。曾在这附近发生的一件事突然闯进他的脑海，他已经很多年没有想起当时的情景了。他和爸爸还有爷爷一起出门，爷爷把自己的点二二手枪——他管它叫"狐鼠步枪"——交给安迪，因为安迪一直吵着要。安迪看到了一只松鼠，想要开枪打它。他爸爸刚要制止，却被爷爷以一个奇怪的微笑拦了下来。

安迪用爷爷教给他的方法瞄准，然后扣动扳机，而不是勉强向后按动（这也是爷爷教给他的），打中了松鼠。它就像一个毛绒玩具，四脚朝天跌了下来。安迪把枪交给爷爷，兴冲冲地跑了过去。然而一靠近，他便被自己看到的东西吓得目瞪口呆。一靠近，他便看清那是一只松鼠，不是一个毛绒玩具。它还没有死。他打中了它的后背，它躺在血泊中，奄奄一息，眼睛却又黑又亮，充满了可怕的痛苦。它身上的跳蚤知道大难已至，兵分三路从它身上撤退。

九岁的时候，安迪第一次感受到这种嗓子眼里被什么东西堵住的感觉，那是一种鲜明又呛人的自我厌恶。他呆呆地盯着自己杀戮后所造成的凌乱后果，意识到爸爸和爷爷站在自己身后，他们的影子罩住了他。麦吉家祖孙三代站在佛蒙特州森林里一只即将死于谋杀的松鼠身前。在他身后，爷爷轻声说，瞧瞧，安迪，你做到了。你感觉怎么样？泪水突然涌了上来，顷刻间压垮了他——那是恐惧和领悟的热泪。有些事情一旦做了便覆水难收。他突然发誓说自己永远也不会用枪杀人。他以上帝的名义起誓。

我以后再也不放火了。查莉说道，而安迪仿佛听到了那天自己射杀了松鼠，向上帝起誓后爷爷的回应。永远都不要这样说，安迪。上帝喜欢让人违背誓言。这能够让人始终谦卑，意识到自己在这个世界上的位置，始终保持自制。就像伊夫·曼德斯对查莉说的那样。

查莉在阁楼上找到了一整套《丛林男孩邦巴》，她虽然看得很慢，但每天都要看上一点。此时此刻，安迪坐在一张黑色的旧摇椅上，看着她。阳光下，空气中的尘埃轻舞飞扬。以前经常坐在这里的是安迪的奶奶，两脚之间还总放着一篮要做的针线活。安迪的内心在挣扎，他想让查莉收回刚才的话，在她还来得及的时候，告诉她，她还不懂的那种可怕的诱惑：如果一把枪闲置了太久，你总会想把它捡起来。

上帝喜欢让人违背誓言。

8

没人看见安迪寄信，除了查理·佩森。查理·佩森在去年十一月搬到布拉德福德，此后便忙于经营镇上的"新潮新品"商店。佩森个头不高，面色阴郁，安迪进城时，他还曾想请安迪喝一杯。在镇子上，人们普遍认为，倘若夏天生意还是这么不景气，到九月十五号"新潮新品"大概就要关门大吉。佩森人不错，但他现在不过是在苦苦挣扎。布拉德福德早已今时不同往日了。

安迪在街上走着——他把滑雪板插在通往布拉德福德码头那条路的路口的雪地里——来到杂货店。店里的老人们饶有兴趣地打量着他。那年冬天，有不少人在议论安迪。对于这个陌生人，人们普遍的意见是他正在躲避什么——可能是破产，也可能是离婚协议。也许他的妻子正怒火中烧，因为被他骗走了孩子的监护权；安迪买的那些小孩衣服没能逃过他们的眼睛。大家一致认定，他和那个孩子可能闯进了池塘对面的某个度假营地，并在那里过了冬。没有人把这些推断告诉布拉德福德的治安官，一个只在镇上住了十二年就觉得自己是这里的主人的菜鸟警察。那个人来自湖对岸，来自塔什莫尔，来自佛蒙特。在布拉德福德杂货店，坐在杰克·罗利铺子里的火炉旁的老人家们对佛蒙特人的生活方式并不感冒，包括他们的所得税法、目中无人的瓶子法[1]，还有那个俄国佬，像沙皇一样在家里游手好闲，写着谁都看不懂的破书[2]。大家都认为应该让佛蒙特人自己解决自己的破事，他们没必要蹚浑水。

"过不了多久他就没法从湖面上走过来了。"其中一个人说，然后咬下一口巧克力棒，嚼了起来。

"他至少得给自己搞座桥。"另一个人应和道。两人咯咯地笑了起来。

"我们不会再见到他了。"安迪快走进商店时，杰克得意地说。安迪穿着爷爷的旧外套，耳朵上缠着一条蓝色羊毛护耳。一些记忆——也许是因为这套装扮跟安迪的爷爷太过相似——在杰克脑海中闪烁，但很快就消失了。"等冰开始化了，他就该滚蛋了，还有跟他一起的那个小孩。"

安迪站在门外，打开背包，掏出那几封信。然后他走了进来。屋子里的人纷纷低下头，装作在看自己的指甲、手表，还有那只火炉。还有

---

1. 疑指佛蒙特州曾通过的一项名为"饮料容器法"（*Beverage Container Law*）的法案，法案禁止该州内销售容器不可重复灌装的饮料。
2. 疑指流亡作家索尔仁尼琴，他于1976年抵达美国佛蒙特州的卡文迪什镇，在那里居住了18年。

一个人掏出一方蓝色铁路扎染印花大手帕，捂着嘴大声咳嗽起来。

安迪环顾四周。"早啊，先生们。"

"你也早。"杰克·罗利说，"需要点什么？"

"你这儿卖邮票，对吧？"

"哦，对。政府信得过我。"

"我要六张十五美分的，谢谢。"

杰克拿出一本黑色的旧邮册，小心翼翼地从里面的一版邮票上撕下一部分。"还要点什么？"

安迪想了想，然后微微一笑。那天是三月十日。没有回应杰克的问话，安迪走到咖啡机旁边放卡片的架子前，取下一张又大又漂亮的生日贺卡。上面写着"致我的女儿，在这特殊的日子里"。他把它拿了过来，一并付账。

"谢谢。"杰克说，把钱放进收款机。

"不客气。"安迪说，然后走了出去。他们看着他调整头上的护耳，然后给每封信都贴上邮票。他的鼻孔呼出缕缕白烟。他们看着他绕到楼后，邮箱就在那里。但围坐在炉子旁边的这些人并没有真正看到安迪把信塞进邮筒。再见到他时，他已经背着背包往回走了。

"他走了。"其中一个老家伙议论说。

"倒是个体面人。"杰克说。这个话题便告一段落。他们又开始议论起其他意义重大的鸡毛蒜皮。

查理·佩森站在自家商店的门口，整个冬天他的入账不足三百美元。他目送着安迪离开。佩森倒是看见了，安迪已经把信寄出：他就站在原地，看着安迪刚刚把一封封信塞进邮筒。

当安迪消失在远处，佩森回到店里，穿过平时售卖一美分糖果、棒球帽和泡泡糖的柜台，走进后面的起居室。他的电话上加装了干扰器。佩森拨通了电话，请求弗吉尼亚方面的指示。

9

新罕布什尔州的布拉德福德没有邮局，佛蒙特州的塔什莫尔同样如此。这两个镇子都太小了。最近的邮局在新罕布什尔州的特勒镇。三月十日下午一点十五分，特勒镇邮局的小邮政车停到杂货店门口，邮递员下了车，把邮箱里的东西倒空，里面有安迪的六封信，还有一张贺卡，是五十岁的老处女雪莉·迪瓦恩小姐寄给她在佛罗里达州坦帕市的姐姐的。而在湖的对岸，安迪·麦吉正在打盹，查莉·麦吉则在堆雪人。

邮递员罗伯特·埃弗里特把邮件装进一只口袋里，然后把口袋塞到他那辆蓝白相间的邮政车后面，准备接着开车去威廉姆斯，一个同样属于特勒镇邮政编码区域的新罕布什尔州的小镇。接下来，他要在威廉姆斯镇上一条被当地人开玩笑说是"中央大道"的街上掉头，回到特勒镇。所有的邮件将在那里进行整理，并在下午三点左右发出。而在镇子外五英里处，一辆米色的雪佛兰随想曲车横在路中央，堵住了狭窄的两车道。埃弗里特把邮车停在雪堆旁，从车上下来，想看看能不能帮上忙。

有两个人从雪佛兰车上下来，向他出示证件，告诉他他们想要的东西。

"不行。"埃弗里特说。他有点想笑，因为这要求太疯狂，就像有人告诉他，现在打算去冻成冰的塔什莫尔池塘里游泳一样。

"如果你怀疑我们的身份——"其中一个人开口说。他是奥维尔·贾米森，有时叫 OJ，有时叫贾米。他不介意跟这个乡巴佬打交道，只要执行的任务不必接近那个该死的小女孩三英里以内，让他做什么他都不会介意。

"不，不是那样的，跟身份没有关系。"罗伯特·埃弗里特说。他有些害怕，就像所有普通人突然面对政府力量时一样害怕。那些灰蒙蒙的执法机构突然有了张真实的脸，仿佛水晶球里突然冒出某种可怕又实在的东西。尽管如此，他还是坚持自己的立场。"但我车上装的是邮件，美国邮政的邮件。你们必须明白这一点。"

"这件事关乎国家安全。"OJ 说。自黑斯廷斯谷的那场惨败之后，曼德斯家周围就设下了警戒线。每一寸土地和房屋残骸都经过了地毯式的检查。结果，OJ 找到了自己的"大马"，它现在正惬意地贴在他的左胸口上。

"你们话虽这么说，但这不是什么充分的理由。"埃弗里特说。

OJ 解开自己的卡罗尔·里德大衣，让埃弗里特看到他的"大马"。"你不想让我用这东西，对吧？"

埃弗里特无法相信正在发生的事情。他做了最后一次努力。"你们知道抢劫美国邮政的车会有什么后果吗？他们会把你们抓到堪萨斯的莱文沃思去的。"

"等回了特勒镇见到你们局长，你就明白这是怎么一回事了。"另一个人说，这是他第一次开口，"现在赶紧他妈的给我闪一边去，好吗？把城外的邮件包给我们。"

埃弗里特把布拉德福德和威廉姆斯的邮件小包交了出去。他们当街把它打开，例行公事地检查了一番。罗伯特·埃弗里特十分愤怒，心中还有某种羞耻感。他们这么做是不对的，即便里面藏着有关原子弹的秘密也不行。当街打开美国邮政的邮件是不对的。可笑的是，他发觉自己现在的感觉就像是有陌生人突然冲进他的家里，当着他的面扒光了他老婆的衣服。

"你们走着瞧，"他哽咽着恐惧地说，"你们会有报应的。"

"在这儿。"另一个家伙对 OJ 说。他递给他六封信，所有的地址都一笔一画写得很认真。罗伯特·埃弗里特记得很清楚，它们都来自布拉德福德杂货店后面的那个邮箱。OJ 把信放进口袋，两人一起回到他们的雪佛兰随想曲车上，把敞开的邮袋留在地上。

"你们会有报应的！"埃弗里特以颤抖的声音喊道。

OJ头也不回地应道："在跟别人说这件事之前，先找你们局长谈谈。除非你不想让邮局给你开养老金了。"

他们扬长而去。埃弗里特目送他们离开，愤怒、恐惧和恶心同时涌上胃部。过了许久，他才抓起地上的邮袋，把它扔回车上。

"被抢了。"他说，惊讶地发觉自己快哭了，"被抢了，我被人抢了。真该死，我被人抢了。"

城外道路泥泞，他以最快速度回到特勒镇。按照那人的建议，他先去找了邮局局长。局长名叫比尔·科巴姆，埃弗里特在科巴姆的办公室里待了一个多小时。他们的声音不时传到门外，既激动又愤怒。

科巴姆今年五十六岁了。他已经在邮政系统里工作了三十五年，此时被吓坏了。最后，他成功地把自己的恐惧传递给罗伯特·埃弗里特。在布拉德福德和威廉姆斯间的郊外小路上遭人抢劫这事，他对任何人都守口如瓶，甚至他的妻子。但他从未忘记，也从未涤去那天在路上感受到的愤怒与羞耻……以及幻灭之感。

10

下午两点半，查莉完成了自己的雪人，而安迪也结束了自己的小憩，起了床。奥维尔·贾米森和他的新搭档乔治·西达卡乘上了飞机。四小时后，当安迪和查莉开始玩牌，晚餐的盘子已经在水槽里被洗好擦干时，那六封信也被送到了霍利斯特上校的办公桌上。

六

上校与雨鸟

1

三月二十四日是查莉·麦吉的生日。霍利斯特上校坐在办公桌后，心里充满了难以言喻的巨大不安。不安的原因倒并非难以言喻；他盼望约翰·雨鸟在不到一小时后来到他面前，这简直就像是在祈祷魔鬼出现在十美分硬币上。况且跟魔鬼还能讨价还价，只要你乐意相信它能够信守承诺，但上校一直觉得，雨鸟身上有种旁人根本无从控制的东西。说到底，他是个纯粹的杀手，而这样的人迟早都会自我毁灭。上校觉得，一旦雨鸟走到那一步，一定会惊天动地。他到底对麦吉事件了解多少？应该不会比他应该知道的更多，没错，但……他总是觉得不安。不止一次，他琢磨着，等麦吉事件结束后，给这个大个子印第安人也来场意外是不是明智的选择。用一句上校的父亲曾说过的令人印象深刻的话来形容，雨鸟就是个疯子，吃老鼠屎都能吃得津津有味，还管那玩意叫鱼子酱。

他叹了口气。窗外，冰冷的雨滴在强风中不停地拍打着窗户。他的办公室在夏天明丽而清爽，现在却充满了灰色的阴影，不时闪动。他坐在办公桌后，麦吉的档案在他的左手边，放在推车上，他觉得这些阴影令人不安。冬天令他更加苍老了，他不再是十月份那天愉快地骑着自行车来到这里的他了。那日，麦吉父女再次逃脱，留下一片狼藉。当时他脸上的那些不为人注意的皱纹，如今几乎变成了交错的沟壑。他不得不戴上令人羞耻的双光镜——他觉得那是老人才用的——为了适应它，他整整恶心了六周。这些都是小事，是事件进展到如此疯狂、如此丧心病狂的地步的外在符号。而他对此只能隐忍，因为他所有的训练和成长教育都在告诉他，对于这些深埋在表层之下的重大事件，他无权公然抱怨。

那个该死的小女孩就像是他的霉头——母亲去世之后，这世上仅剩的两个关心他的女人都在这个冬天死于癌症。他的妻子乔治娅，死于圣诞节后三天，而他的私人秘书蕾切尔，刚刚去世一个多月。

他当然知道乔治娅本来就已经病入膏肓；去世前十四个月，她接受了乳房切除术，延缓了病情的蔓延，但无力阻止它的发展。蕾切尔的死则是个令人痛心的意外。到最后他都还记得（有时候回想过去，我们会发觉自己是多么不可原谅），他开玩笑说蕾切尔应该再长点肉，而蕾切尔立刻以同样的笑话回敬他。

现在他只剩下"商店"了——他想可能自己也不会再工作多久了。一种潜伏的癌症也袭击了上校他自己。该管它叫什么？信任之癌？差不多吧。对高层人士而言，这种癌症几乎是致命的，尼克松、兰斯、赫尔姆斯都死于这种公信力之癌。

他打开麦吉的档案，拿出最新添加的部分——安迪在不到两周前寄出的六封信。他匆匆翻阅，没有留心去读。六封信的内容几乎一样，而他也已经烂熟于心。在它们下面是一些模糊的照片，有些出自查理·佩森之手，还有一些则来自在塔什莫尔池塘周围的其他特工。有些照片里，安迪正走在布拉德福德的大街上，还有些照片里，安迪正在杂货店购物、付款。有几张照片里，安迪和查莉站在度假营地船坞的旁边，伊夫·曼德斯的威利斯被雪覆盖，仿佛一个突兀的驼峰。其中有一张照片里，查莉坐在一个压扁的纸箱上，从一个坚实的、闪闪发光的雪坡顶向下滑，头发从她戴的帽子里飘出来，那帽子对她来说显然太大了；她的爸爸站在她后面，双手叉腰，仰天大笑。上校经常凝视着这张照片，同时惊讶地发觉自己的手在颤抖。他太想抓住这对父女了。

218

他站起身，在窗前停了一会儿。今天，里奇·麦基翁没有在割草。桤木光秃秃的，干枯如骨。两座房子之间的鸭塘了无生气，仿佛一块裸露的大石板。今年初春，"商店"有许多亟须完成的重要事项，一个真正的麻烦大拼盘，但对上校来说，重要事项只有一个，那就是抓住安迪·麦吉和他的女儿查伦。

曼德斯农场的惨败造成了很大影响。事情虽然已经摆平，但相关的危机迟早还会爆发。危机的关键就在于，维多利亚[1]·麦吉被杀和她女儿被绑架的那天——尽管绑架的时间很短——麦吉的行动。很多批评都聚焦于一点：一位从未参与过任何军事训练的大学英语教师，竟然能把自己的女儿从两个"商店"特工手里夺回去，还让他们一个精神失常，一个昏迷了六个月。后一个特工虽然保住了性命，但已经毫无用处了；只要被他听到有人说出"睡觉"这个词，他就会立马栽倒在地，睡上四小时到一整天。从某种诡异的角度来说，这确实也挺有趣的。

另外一个火力集中点是，麦吉父女竟然牵着他们的鼻子走了这么长时间。这显得"商店"这个组织很差劲，显得他们都是蠢蛋。

不过最主要的批评还是集中在曼德斯农场事件本身，因为当时几乎整个组织都暴露在了公众的视野中。上校知道，已经开始有一些风言风语了。流言蜚语、备忘录，甚至可能还有在最高机密的国会听证会上的发言。我们不能任由他像胡佛一样在那个位置上混那么久。古巴那边的事已经全权交给委员会负责了，因为他已经没法从麦吉的档案中脱身。他的妻子刚死，大家都知道，真遗憾。这让他很受打击。现在整个麦吉事件恐怕又要砸在他手里了。但说不定，换个年轻人……

但这些人对他们在对抗的力量一无所知。他们以为自己清楚，但他

***

1. 即薇姬。——编者注

们根本就不明白。一次又一次，他看到那些人拒绝承认这个小女孩能意念控火——凭空放火——这个简单的事实。几十份书面报告显示，曼德斯农场的火灾是汽油泄漏造成的，是因为那个女人打翻了煤油灯，是他妈的自燃，或者其他上帝才知道的胡说八道。其中一些报告甚至来自那些从现场逃命回来的人。

站在窗前，上校发觉自己反常地希望万利斯能够在这里。万利斯也明白。他能跟万利斯讨论对这……这些危险的视而不见。

他回到办公桌前。自欺欺人是没有意义的；一旦崩坏开始，便覆水难收，跟癌症真的很像。你可以通过乞求恩惠来延缓这一进程（去年冬天，上校就为此给上头打了电话，折寿十年，仅仅为了保住他的位置）；你甚至可以通过施压来让它暂时停止。但或早或晚，你都得完蛋。他觉得如果就这样风平浪静地打发日子，他能够在这个位子上坐到七月；而如果他开始行动，且态度强硬，说不定能干到十一月。然而，进一步行动可能就要冒摧毁整个组织的风险，而他不想这样。他不想亲手毁掉自己用一生搭建的东西。但如果他要完蛋了，他会那么做。他会一直看着这一切走向尽头。

让他保住位置的主要原因，是他们很快就再次找到了麦吉的藏身之所。上校很高兴接受相关的表扬，因为这有助于让他继续工作下去，尽管这一切实际上都是计算机的功劳。

计算机已经在麦吉事件里工作了很久，足以掌握一切蛛丝马迹。在计算机的存档里，有麦吉–汤姆林森家族超过二百个亲戚和四百个朋友的一切信息。这些朋友关系里甚至包括薇姬上一年级时的好朋友凯茜·史密斯，她现在在加利福尼亚州的卡布拉，已经成为弗兰克·沃西太太，可能二十多年来都不曾想起过薇姬·汤姆林森。

在获得"最新目击"的数据后，计算机很快给出了一个概率列表。排在第一位的就是安迪已故的爷爷，他拥有佛蒙特州塔什莫尔池塘岸边的一处度假营地；在他去世之后，这片度假营地已经转到了安迪名下。麦吉一家曾在那里度假，并且它距离曼德斯农场并不远，可以通过小路抵达。计算机认为，倘若安迪和查莉去的是任何一个"已知地点"，那么很可能就是这个地方。

他们搬进爷爷的度假营地还不到一周，上校便知道他们在那里了。一条由特工组成的松散的警戒线随即被布设在营地周围。考虑到无论购买什么他们可能都需要去布拉德福德，"新潮新品"商店也被他们买了下来。

除了消极监控，他们什么都没做。所有照片都是在最佳隐蔽条件下用长焦镜头拍摄的。上校不想冒再制造一片火海的风险。

他们本可以趁安迪穿越湖面的时候把他抓住，或者是就像拍摄查莉把硬纸板箱当雪橇滑雪时那样，轻而易举地将他们两个一并射杀。但上校想要控制那个女孩。他同时也发觉，如果真的想要控制她，他们同样需要她的父亲。

重新确定他们的位置后，最重要的事情就是保证他们留在原地。不需要计算机上校也清楚，随着安迪越发害怕，他向外界求助的概率也就越大。在曼德斯事件发生之前，他们本来已经将媒体方面牢牢控制住了。但在那之后，情况就完全不同了。一旦让《纽约时报》掌握了这些信息，光是想想，上校就会做噩梦。

在曼德斯农场事件发生之后那段短暂且混乱的时间里，安迪本有机会把信寄出去。但显然，麦吉父女一直没有拿定主意。他们寄信或打电话的黄金时机已经溜走……而且很可能不会再来。最近一段时间，森林里时常有怪人出没，而新闻工作者同其他人一样见利忘义。他们的职业无疑已经成了香饽饽，只要继续报道花边新闻就能赚得盆满钵满。没人愿意火中取栗。

现在他们两个无疑是瓮中之鳖了。整个冬天，上校都在考虑最终的行动方案。即便是在妻子的葬礼上，他也在思考该如何抓人。渐渐地，他的计划有了眉目，而现在，他打算把它付诸实践。他们在布拉德福德安排的特工佩森汇报说，塔什莫尔池塘上的冰已经快要解冻。同时麦吉终于把信寄出来了。他一定在迫不及待地等待答复，或许他现在就已经开始怀疑信能否送达目的地。他们已经准备要离开，而上校喜欢他们的这种状态。

照片下面是一份厚厚的打印报告，超过三百页，装订在蓝色的"绝密"封皮里。这是一份由十一位医生和心理学家，在临床心理学家和心理治疗师帕特里克·霍克斯特博士主持之下递交的一份联合报告。在上校看来，霍克斯特博士是整个"商店"里最聪明的十个人之一。他也应该如此，因为这份报告前前后后花掉了纳税人八十万美金。现在，上校翻阅着这份报告，想知道那个年迈的预言家万利斯会对这份报告说些什么。

他认为安迪应当活着的推断在这里得到了证实。霍克斯特小组的成员们基于自己的逻辑链条得出的假设是，他们所感兴趣的那些特殊力量都是主动发生的，产生这些力量的原因都是基于主观……关键词是意志。

意念控火是女孩所有特殊力量的基础，它可能会失控，超越她的意志行事。但这份包含了所有现有信息的研究显示，是女孩自己选择了是否去控制这种力量——就像在曼德斯农场，当她意识到自己父亲的生命受到"商店"特工的威胁，她放任了自己，制造了一片火海。

他迅速地浏览了之前"第六批"试验的摘要。所有的图表和计算机数据也都指向了同一个结论：意志是第一原因。

以此为基础，霍克斯特和他的同事对无数药物进行了试验，最终决定给安迪准备氯丙嗪，而给小女孩一种名为奥拉辛的新药。报告里有整整七十页例行公事的文字，总结起来只有一句话：这些药物可以让他们兴奋、迷乱、晕头转向。他们两人将无法完全按照自己的意志在巧克力牛奶和纯牛奶之间做出选择，更不用说纵火，或是让别人信服自己是瞎子了。

他们可以让安迪·麦吉一直服用药物。对他们来说，安迪没什么用处。这份报告和上校的直觉都表明，安迪是一颗废子，没什么影响和作用。他们感兴趣的是小女孩。给我六个月，上校心想，六个月就足够了。只要有足够的时间来绘制出那神秘的小脑袋里的运作规律就可以了。没有任何众议院或参议院的小组委员会能够抵挡化学诱导产生超能力机理的诱惑，同时只要这个小女孩的力量有万利斯怀疑的一半，她就会对军备竞赛产生巨大的影响。

同时还有其他可能。这部分内容没有出现在蓝色封皮的报告里，因为它太过爆炸性，连"绝密"的标题都不合适。随着整件事情的轮廓逐渐清晰，霍克斯特也变得越发兴奋，他在一周前向上校提出了一种可能。

"这个 Z 因子，"霍克斯特说，"如果这个孩子具备生育能力，是真正的突变体，你是否考虑过接下来的可能？"

上校确实考虑过，但他并没有告诉霍克斯特这一点。这是一个涉及优生学的有趣问题……优生学的爆炸性议题，但其中牵涉到纳粹主义以及其构想出的优等民族这些挥之不去的阴影，这些正是美国在二战中竭力摧毁的东西。但挖掘出一口哲学之井，产生出一系列有关篡夺上帝权力之类的废话是一回事，而令"第六批"实验者结合，成为人类未来之火把、前瞻者、远期模型或罗盘，甚至是老天才知道是什么的神奇玩意，显然又是另一回事。只要没有可靠的论据，所有理念都是便宜货。但如果有了论据，它能够催生出什么呢？人类繁殖农场？这尽管听上去疯狂至极，但上校却完全可以想象它的存在。它可能成为通往一切的钥匙。世界和平，或者说统治世界——当你去除所有花言巧语和夸夸其谈，这二者难道不是一回事吗？

这个项目将延伸出很多东西。这种可能性将会延续到未来的十几年。上校清楚，自己的任期最多还有六个月，但这些时间足以用来规划线路，打好基础。这将成为他留给国家乃至世界的遗产。而与之相比，一个疲于奔命的大学英语教师和他衣衫褴褛的女儿的性命，又算得了什么呢？

如果经常给女孩用药，势必会影响对她进行的观察和测试的有效性。但他的父亲可以成为决定他们命运的人质。他们也可以对他进行少量测试，而他的女儿就将成为人质。这是个简单的杠杆游戏。就像阿基米德总结的那样，只要杠杆足够长，就可以撬起整个世界。

对讲机响了。

"约翰·雨鸟到了。"新来的女孩说。她例行公事的提示几乎不带一丝多余的情绪，表明她正处在恐惧之中。

我不怪你，亲爱的。上校心想。

"请让他进来吧。"

2

还是那个老雨鸟。

他慢慢踱着步走进来，穿着一件磨得光亮的棕色皮夹克，里面是一件褪色的格子衬衫。在他那条同样褪色的直筒牛仔裤裤脚下面，露出一双磨损得很严重的旧野狗牌靴子。他那颗硕大的头颅几乎要擦到天花板。看着他那只空洞的眼窝里的累累伤痕，上校不由得胆战心惊。

"上校。"他打了招呼，坐了下来，"我闲了太久了。"

"我听说你在旗杆镇有栋房子，"上校说，"你还收藏了不少鞋子。"

雨鸟只是用他那只好眼直直地盯着上校。

"那我为什么一直都只见你穿这双旧鞋呢？"上校问。

雨鸟微微一笑，仍然什么都没说。此前的不安再次向上校袭来，他发觉自己又在想雨鸟知道了多少，以及自己为什么会如此在意这件事。

"我有个任务给你。"他说。

"很好，是我想要的那个吗？"

上校看着他，感到吃惊。他思考了一会儿，然后开口："我认为是。"

"那就告诉我吧，上校。"

上校简单说了一遍将安迪·麦吉和查莉·麦吉带到朗蒙特的计划。没用多长时间。

"你会用那种枪吗？"讲完之后他问。

"我什么枪都会用。你的计划不错。它会奏效的。"

"能得到你的认可再好不过了。"上校说，他想轻描淡写地嘲讽一下，但听上去就像在使小性子。真他妈的恶心。

"我接受这个任务，"雨鸟说，"不过，有个条件。"

上校站起身，手撑在铺满了麦吉父女档案资料的桌子上，倾向雨鸟。

"不，"他说，"你不能跟我谈条件。"

"这次我要谈。"雨鸟说，"不过我想这个条件对你来说也不算是难事。"

"不行。"上校说，突然间，他发觉自己的心脏在胸口怦怦直跳，但他不确定是因为恐惧还是愤怒，"你搞错了。我是这个组织的负责人，只有我说了算。我是你的上级，我想你应该在军队里待了挺久了，足够弄清楚上级对你来说意味着什么。"

"是的。"雨鸟说，嘴角带笑，"我还宰过一两个呢，有一次是'商店'的任务。奉您之命，上校。"

"你是在威胁我吗？"上校吼道，他在一定程度上很清楚，自己的反应有些过度，但他无法控制自己，"你他妈是在威胁我吗？如果是，我觉得你简直是疯了！要是我不想让你从这里走出去，我只需要按下一个按钮！能开那把枪的有三十个人——"

"但没人能和这个红皮肤的独眼黑鬼一样有把握。"雨鸟说，他的声音依旧温和，没有丝毫改变，"你觉得你已经让他们无处可逃了，上校，但人家现在过得好着呢。不管是哪个神从中作梗，反正他大概是不想让你抓住他们，让你把人家关进你那邪恶又空虚的小房间里。以前你就曾觉得自己胜券在握。"他指了指放在手推车上的档案材料,又指了指那份蓝色封皮的文件夹,"这些我都读过了,还有霍克斯特博士的那份报告。"

"你这个魔鬼!"上校喊道,但他已经从雨鸟的脸上看到了真相。他读过了,不知怎的,他确实读过了。是谁提供给他的?他怒火中烧。是谁?

"哦,是的,"雨鸟说,"我想要什么就能够得到什么,人们都会拱手相送。我想……一定是因为我天生英俊。"他咧开嘴笑了起来,突然表情变得凶恶。他那只好眼在眼眶里转来转去。

"你想跟我说什么?"上校问。他想喝口水。

"只是告诉你我在亚利桑那州待过很长一段时间,在那里到处走走,闻着迎面吹来的风……对你来说,上校,那里的风闻起来会很苦,就像从盐碱地上吹过来的。我有很多时间来阅读和思考,所以我想明白了,我是这世界上唯一能够把那两个人带来这里的人。而且我可能是唯一一个在把那个小女孩带过来之后能对她做些什么的人。你那废话连篇的报告里,什么氯丙嗪、奥拉辛,这些药物可能根本起不了什么作用。这里面的危险,比你想象的多得多。"

雨鸟的这些话,仿佛出自万利斯的鬼魂之口,上校彻底陷入愤怒和恐惧当中,一时哑口无言。

"我会把事情办妥,"雨鸟友好地说,"我会把他们带到这里,让他们接受你的全部测试。"他说话的语气就像是一位父亲在允许他的孩子玩某种新玩具。"我的条件是,在你做完测试之后,把那个女孩交给我处置。"

"你疯了。"上校轻声说。

"你说的没错,"雨鸟说,然后大笑起来,"你不也是吗?我们都丧心病狂。你坐在这儿,就想制订个计划,控制你都没法理解的力量。一种只属于神的力量……属于那个小女孩的。"

"这么看来,此时此地,我非得把你抹掉不可了。"

"我保证,"雨鸟继续,"要是我消失了,出不了这个月,一股强烈的恐慌与义愤就会席卷整个国家，让水门事件变得就像丢了颗水果糖一样不值一提。我保证，要是我消失了，不出六周，'商店'也会消失，不出半年，你就得站在法官面前，为足以让你被终身监禁的重罪接受判决。"他又微微一笑，露出凹凸不平、墓碑似的牙齿，"别怀疑我，上校。我在这臭气熏天、正在腐败的葡萄园里待了不少日子了，而且这个年份的葡萄肯定苦得很。"

上校想笑，却只挤出一声咆哮。

"这么多年来，我一直在储存坚果和饲料，"雨鸟平静地说，"就像任何了解冬天并且还记得这回事的动物一样。我的存货可不少，上校——照片、磁带和各种文件的复印件，足够让我们亲爱的公众汗毛倒竖了。"

"荒唐至极。"上校说。但他心里清楚，雨鸟并非虚张声势。他觉得仿佛有一只冷冰冰的、看不见的手，压在他的胸口上。

"哦，其实不算荒唐，"雨鸟说，"过去三年里，我一直处在信息中央，因为这三年里，只要我想，我随时都可以打开你的电脑。当然，由于分时作业的缘故，这么干的成本不小，不过我还付得起。我的报酬不错，投资也让我一直稳赚不赔。我就是站在你面前的——或者说坐着，虽然是事实，但说着不怎么通顺——一个自如运转的美国自由企业的成功范例。"

"你办不到。"

"我办到了。"雨鸟回应说，"我是约翰·雨鸟，但我还有个名字，叫'美国地质调查局'，有兴趣你可以查一下。我的电脑代码是 AXON。去查查你的终端上的分时代码，你就清楚了。坐电梯去吧，我等你。"雨鸟跷起二郎腿，右边裤脚爬了上去，露出靴子接缝位置的裂口。他看上去一副如有必要，等多久都无妨的样子。

上校脑子里一片混乱。"也许，确实可以通过分时系统进入计算机，但你不可能登录我的——"

"去见见诺夫齐格博士，"他继续和气地说，"问问他在通过分时系统进入一台计算机之后，有多少种方式可以登录上面的账号。两年前，有个聪明的十二岁小孩进入了南加州大学的计算机系统。顺便说一下，上校，你的密码我也知道。今年是 BROW，去年是 RASP。我觉得去年的更好一点。"

上校坐在原位，看着雨鸟，他的思绪已经无法集中，似乎变成了一场大型嘉年华表演。其中一部分惊讶源于他此前从未听雨鸟说过这么多话。另一部分则在努力消化这个疯子已经知晓"商店"所有秘密这一想法。还有一部分是因为想到了一句中国的诅咒，本身听上去似乎令人愉快，直到你坐下来仔细思考。愿你生活在一个有趣的时代。[1] 在过去的一年半里，他的生活确实非常有趣。他觉得只要再来一件"有趣的事"，他绝对会彻底疯掉。

然后他又想到了万利斯——伴随着逐渐扩张开来的恐惧。他几乎觉得，似乎……似乎……他自己也变成了万利斯。自身被魔鬼环绕，却无力将它们赶走，甚至求救无门。

"你想要什么，雨鸟？"

"我已经告诉过你了，上校。我只想要你向我保证，我跟那个女孩，查伦·麦吉的关系以那把枪开始，而不会以它结束。我想——"雨鸟的目光黯淡下来，变得思虑重重、抑郁伤感，似在自省，"我想了解她，亲密无间地。"

上校看着他，充满恐惧。

雨鸟突然明白了过来，他轻蔑地朝上校摇摇头。"不是那种了解，不是《圣经》里的那种。[2] 但我会了解她的，上校。如果她真的像'商店'

---

1. 原文为 "May you live in interesting times"。此句据传是一句中国谚语，但未有原句与之对应，意思最接近的一句话为"宁为太平犬，莫作离乱人"。
2. 即并非发生性关系。《圣经》中通常以 "to know"（了解）来指代性关系的发生。

的资料里显示的那样强大，我们会成为朋友。"

上校发出一种表明幽默的声音：确切来说并不是笑声，而是一种尖厉的咯咯声。

雨鸟脸上的轻蔑表情并没有发生变化。

"不，你当然觉得这没可能，你看着我的眼神就像是在看一头怪物。你看着我的手，只能看到上面沾满了你命令我除掉的人的鲜血。但我告诉你，上校，那是有可能的。那女孩这两年里一个朋友都没有。她只有她的父亲，此外就什么都没有了。你看她就像在看我，上校，这就是你最大的失败。在你眼中，看到的只有怪物。只是在这个女孩身上，你看到的是一头有用的怪物。这也许是因为你是个白人。白人看什么都像怪物。白人看自己的生殖器都像在看怪物。"雨鸟再次放声大笑。

上校终于冷静了下来，可以理智思考。"就算你说的都是对的，我为什么要答应你呢？我们都知道，你也活不了多久了。二十年来你一直在追逐自己的死亡。其他的一切都是偶然，只是个爱好。用不了多久你就能追上了，然后我们就都结束了。所以我为什么要给你这个机会，让你得到你想要的乐趣呢？"

"也许正像你说的。也许我确实是在追逐自己的死亡——我没想到你还能说出这么漂亮的话，上校。也许你应该把对上帝的恐惧经常挂在心头。"

"你不是我心目中的上帝。"上校说。

雨鸟咧嘴笑了。"更像基督教的魔鬼，没错。但我告诉你，就算我真的是在追逐自己的死亡，我也早就已经追上它了。也许我一直在跟它玩猫捉耗子。但我不想让你失望，上校，我也不想让'商店'或是美国国内的情报局失望。我不是空想家。我只要那个女孩，而且你会发现你需要我。你会发现只有我能完成霍克斯特博士报告里那些药物完成不了的事。"

"我能得到什么？"

"等麦吉的事情告一段落，'美国地质调查局'也将同时消失。你的电脑主管诺夫齐格能够改写所有的编码。而你，上校，将和我一起坐公共航班去亚利桑那。我们将会在旗杆镇上我最喜欢的餐厅享用一顿丰盛的晚餐，然后你跟我一起回家，去我家后院，大沙漠里，我们可以一起生火，一起烧掉许多文件、磁带和录像带。要是你愿意，我还可以给你展示一下我收藏的鞋子。"

上校开始斟酌。雨鸟给他时间，安静地坐着。

最后上校开口："霍克斯特和他的同事们认为，至少需要两年时间，我们才能完全获得那个女孩的配合。这取决于她的保护性抑制程度有多深。"

"而你还有四到六个月就要退休了。"

上校耸耸肩。

雨鸟用食指捏了碰自己的鼻翼，把头扬起，仿佛在模仿某个童话人物的怪异姿势。"我想我们可以让你在这个位子上多坐一段时间，上校。我们两个知道成百上千个尸体的下落——字面上的和比喻上的都是如此。而且我想这用不了那么多时间。这样一来，我们都可以得到自己想要的东西。你觉得如何？"

上校想了想。他觉得疲惫不堪，满心挫败。"我想，"他说，"这笔生意你做成了。"

"很好，"雨鸟轻快地说，"我会照顾好那个姑娘的，我想。现在的这个计划里，根本没有这个角色，而这会对她很重要。当然，她永远也不会知道是我开的枪。这很危险，不是吗？非常危险。"

"为什么？"上校最后开口，"你为什么要做这些疯狂的事？"

"你觉得这很疯狂吗？"雨鸟轻声说。他站起身，从上校的桌子上拿起一张照片，是查莉坐在硬纸板箱上，大笑着从雪堆上往下滑的那张。"干我们这行，过冬前都要备好饲料和坚果，上校。胡佛是这么做的，中情局那帮领导也是。你也一样，不然你现在就得开始领退休金了。我也一样，查伦·麦吉还没出生的时候我就这么干了。我只是在给自己留条后路。"

"但为什么是那个女孩？"

雨鸟思量许久。他仔细看着那张照片，几乎眼含深情。他伸手触碰它。

"她很美，"他说，"而且年纪很小。然而她的身体里有你的 Z 因子。那是神的力量。她会和我很亲近的。"他的眼神变得飘忽，"没错，我们会很亲近。"

七

在瓮中

1

三月二十七日，安迪·麦吉突然下定决心要从塔什莫尔离开。距离他把信寄出已经过了两周多，倘若真的会发生什么，早就应该发生了。爷爷的度假营地周围依旧悄无声息，令他感到不安。他原本已经做好了被人当成疯子，所有的信都石沉大海的准备，但是……他不相信。

他相信的，他内心深处的直觉在低语的，是他的信不知怎的被人拿走了。

而那就意味着，他们将会知道他和查莉的这个藏身之所。

"我们要走了，"他对查莉说，"把东西收拾好。"

她只是认真地看着他，眼神里带着一丝害怕，同时一言不发。她没有问他们要去哪儿，或他们要去做什么，但这同样令他不安。在一个壁橱里，他找到了两个旧旅行箱，上面贴着古老的托运贴花——大急流城、尼亚加拉瀑布、迈阿密海滩——他们两个开始整理需要带走和留下的东西。

耀眼的阳光从小屋东边的窗户射进来。水流在雨水管里汩汩流淌。前一天晚上，他几乎彻夜未眠；冰已经开始融化，他静静地听着它开裂的声音——古老的黄色冰层噼啪作响，缓缓向池塘下游移动，发出高亢、空灵、莫名神秘的声音。它移动的方向是大汉考克河，这条河一路向东，横穿新罕布什尔州和缅因州全境，被污染得越发恶臭，直至将所有的污秽、毒物和死亡注入大西洋。那声音仿佛是被拖长的水晶音乐，或者也许是琴弓在小提琴的高音弦上不断拉扯发出的声音——持续且破碎的吱吱嘎嘎声，驻足在他的神经末梢，仿佛令它们也跟着同情地颤动起来。他从未在冰融之时来到这里，也不确定以后还会不会再有机会。那种声音在这低矮、风化了的山丘间，在寂静的常绿树丛间不停地回荡，有几分骇人，又有几分超然。

他觉得他们再次逼近了，就像不断反复的噩梦里的几乎不可见的怪物。查莉生日之后的第二天，他踩着一双并不合脚的越野雪橇板出门，发现了一排雪鞋的痕迹，一路延伸到一棵巨大的云杉下。地上还有凹痕，仿佛此人曾把雪鞋藏在雪堆里。后来此人又穿上了雪鞋，不过显然动作并不熟练（"泥巴船"，爷爷以前总是这样称呼雪鞋，出于某种隐晦的原因，他并不喜欢这种鞋子）。在树根附近，安迪发现了六个优势牌烟头，还有一个皱皱巴巴的黄色包装，之前里面装的是柯达胶卷。前所未有的不安袭来，他脱下滑雪板，爬到了树上。爬到一半，他发觉自己所在的位置刚好正对一英里外的度假小屋。它并不显眼，几乎不可见，但一旦有远摄镜头……

这件事，他对查莉只字未提。

旅行箱已经装好，她仍然默不作声，让他不得不开口，仿佛她的沉默是对他的指责。

"我们先搭便车去康州的柏林，"他说，"然后乘灰狗巴士回纽约。我们会去《纽约时报》的办公室——"

"但是爸爸，你已经给他们寄过一封信了。"

"宝贝，可能他们没能收到。"

她沉默地看了他一会儿，然后说："你觉得是他们把信拿走了吗？"

"当然不——"他摇了摇头，然后继续说，"查莉，我并不知道。"

查莉没有回应。她跪在地上，合上一只旅行箱，笨拙地摸索着箱子的搭扣。

"我帮你弄，宝贝。"

"我能行！"她对他大喊，然后哭了起来。

"查莉，别这样。"他说，"求你了，亲爱的。就快结束了。"

"不，没有结束。"她说，哭得更厉害了，"永远都不会结束。"

2

麦吉爷爷的小屋周围聚集了十几个"商店"的特工。前一天夜里他们便已经就位了，所有人都穿着绿白相间的迷彩服。他们中没有一个去过曼德斯农场，也都没有配备武器，除了带着步枪的约翰·雨鸟以及带了一把点二二手枪的唐·朱尔斯。

"我不想让纽约发生的事情引起这些人的恐慌。"雨鸟告诉上校，"那个贾米森，现在看上去还是战战兢兢的。"

同样，他也不希望特工们配备武器。事情的走向很难预料，他不想带着两具尸体结束这次行动。他亲自挑选了所有参与行动的特工，而唐·朱尔斯是他挑选出来专门抓捕安迪·麦吉的人选。朱尔斯个子很矮，三十多岁，沉默寡言，总是一副悒悒不乐的表情。他能力出众，雨鸟深知这一点，因为他是他唯一一个曾多次选择与之共事的人。他手脚麻利，办事利索，危急时刻不会拖后腿。

"麦吉会在白天的某个时刻外出，"雨鸟把材料上的内容告知他们，"那个女孩经常出来，而麦吉是每天都会出来。如果是那个男人单独出来，我会把他控制住，朱尔斯要迅速把他带走，注意别弄出动静。如果是那个女孩单独出来，计划相同。要是两人一起，我去抓那个女孩，朱尔斯对付安迪。其他人原地待命——都明白了吗？"雨鸟盯着他们，"你们待在这里，以防万一，以免出现意外情况。当然，如果出现意外情况，你们中的大多数人也只能在裤子着火的状态下往湖边跑。你们待在原地，等着看有没有百分之一的机会让你们能够做点什么。当然，要是我挂了，你们也能看个热闹，证明我是为国捐躯。"

最后这句换来了一阵紧张的轻笑。

雨鸟竖起一根手指。"要是你们中任何一个出了差错，让他们听见风声，提前开溜，我就会把你们塞进我能找到的最险恶的南美洲丛林里去——在屁股被爆开之后。这种事我干得出来，先生们。你们是我这场表演里的稻草人，不许说话不许动。记住这一点。"

稍后，在他们的"集结地"——圣约翰斯伯里的一家废弃的汽车旅馆，雨鸟把唐·朱尔斯叫到了一边。

"你读过这个人的档案。"雨鸟说。

朱尔斯抽着骆驼烟，"没错。"

"你明白精神支配是什么意思，对吧？"

"对。"

"你知道俄亥俄州那两个人怎么样了，对吧，就是想把他女儿带走的那两个？"

"我跟乔治·韦林一起工作，"朱尔斯平静地说，"那家伙能凭空烧开水泡茶喝。"

"对安迪来说，这算不上什么难事。我只希望我们能干净利落地解决，手脚一定要快。"

"好，没问题。"

"那家伙休息了整整一个冬天。要是让他抓住机会，在接下来的三年里，你很可能就要在一间加软垫的房间里度过了，以为自己是一只鸟、一颗萝卜，或者别的什么东西。"

"明白。"

"明白什么？"

"干净利落，手脚要快。放心吧，约翰。"

"他们很可能会一起出来。"雨鸟说，无视他的回应，"你待在门廊的拐角，他们会从门口出来。你等我先把那女孩抓住，她爸爸会来救她，这样你就可以出现在他背后。擒住他的脖子。"

"明白。"

"别搞砸了，唐。"

朱尔斯轻笑了下，抽了口烟。"不会。"他说。

3

行李已经收拾妥当。查莉穿上外套，套上滑雪裤。安迪套上夹克，拉好拉链，提起行李箱。他感觉不太好，一点也不好。头痛突然开始，预感再度袭来。

"你感觉到了，对吧？"查莉问。她的小脸煞白，毫无表情。

安迪懊丧地点点头。

"我们该怎么办？"

"我希望这次的预感来得比较早。"他说，虽然他心里并不抱什么希望，"我们还能做什么？"

"我们还能做什么？"她重复了一遍。

她走到他跟前，伸出双臂，示意他抱她起来。在安迪的记忆里，她已经很久没这么做了——差不多有两年了。时间过得真快，一个孩子的变化竟然会如此之大，就在你的眼皮底下，她就会变得像个小大人。这几乎让人有些害怕。

他放下旅行箱，把她抱了起来。她吻了吻他的脸颊，然后紧紧抱住他，抱得非常紧。

"准备好了吗？"他问，把她放了下来。

"我想是的。"查莉说，她又快要哭出来了，"爸爸……我不想放火，就算他们已经到了，我也不想。"

"没事的，"他说，"没关系，查莉。我都明白。"

"我爱你，爸爸。"

他点点头。"我也爱你，小家伙。"

安迪走到门前，把门打开。那一瞬间，阳光十分刺眼，他几乎什么都看不见。他的瞳孔收缩，眼前的景象才变得清晰。屋外一片明亮，地上的雪正在消融。他的右手边是塔什莫尔池塘，大片的浮冰之间已经出现了一块耀眼的、形状参差的蓝色水域。正前方是松树林，透过树林，他几乎可以看见最近的一个营地的绿屋顶，上面的雪终于融化了。

树林里一片死寂，安迪越发感到不安。当气温开始转暖，每天都会迎接清晨的鸟鸣声，今天却不曾响起。什么声音都没有……除了树枝上融化的雪水滴落的声音。他发觉自己非常希望爷爷能在屋外装个喇叭。他突然涌起一股冲动，想大喊一声"谁在那里？"，但这么做肯定无济于事，只会让查莉更加害怕。

"看起来一切正常。"他说，"我想我们还是赶在了他们前头……如果他们打算过来。"

"那就好。"她不带感情地说。

"我们走吧，宝贝。"安迪说，然后第一百次想，还能怎么办？接着再次想到他有多么痛恨那些人。

查莉从房间里出来，从早上他们刚洗过早餐盘子的水槽边经过。整间小屋保持着他们刚来时的样子，一切如常。爷爷一定很满意。

安迪用一只胳膊搂住查莉的肩，再次给了她一个短暂的拥抱。然后他拿起行李箱，两人一起走进初春的阳光之中。

4

约翰·雨鸟在一百五十码外一棵高大云杉的半腰上。他脚上穿着电工穿的钉鞋，同时用电工腰带把自己牢牢地绑在树干上。小屋的门一开，他便把步枪扛到肩上，稳稳地摆好架势。他整个人异常镇定。

在那只好眼当中，面前的一切都被他一览无余。失去一只眼睛令他平时的视力有所影响，但像现在这样注意力高度集中的时刻，他昔日清晰的视力又恢复了；仿佛那只被毁掉的眼睛，在短时间内能够自我复原。

这段射程并不算长，如果枪里装的是一颗子弹，他轻而易举就可以射穿女孩的脖子，但眼下的情况复杂得多，让风险系数提高了十倍。这把经过特殊改装的步枪里装了一只镖头，里面有足够剂量的奥拉辛。在这段距离当中，镖头可能会发生翻滚或转向。所幸，当天几乎没有什么风。

*如果这与圣灵和我祖先的意愿相符，*雨鸟在心里默默祈祷，*请指引我的手和眼，让这一枪正中目标。*

女孩和她爸爸一起出来了——朱尔斯也有活干了。在望远镜里，这女孩几乎跟谷仓的门一般大小。在小屋行将腐朽的木门板的映衬下，她的大衣仿佛一丛亮蓝色的火焰。雨鸟还有空暇注意到麦吉手里的行李箱，意识到他们险些又晚了一步。

女孩的兜帽垂在脑后，大衣的拉链只拉到胸口的位置，因此衣领在胸口微微敞开。天气很暖和，真是天公作美。

他扣紧扳机，把十字线对准她的喉咙底部。

如果这与圣灵——

他扣动了扳机。没有发出爆炸声，只有一声空洞的噗，以及步枪后膛冒出的一小股烟。

5

他们刚走到台阶边上，查莉突然停住脚步，发出窒息般的吞咽声。安迪立刻把行李箱放下。他什么都没听到，但却清楚出了大事。查莉身上发生了某种改变。

"查莉？查莉？"

他盯着她，而她一动不动地站在原地，仿佛雕像一般，在明亮的雪原之中美得不可方物，也小得惊人。突然，他意识到了查莉身上发生了怎样的改变。这种改变如此基本，如此可怕，以至于他一开始没能反应过来。

一根仿佛长针一般的东西，从查莉喉咙的位置伸了出来，刚好在喉咙之下。她戴着手套的手摸索到了它，令它改变了角度，向上伸出，形态近乎怪诞。一小股鲜血从伤口的位置流出，流到她喉咙的一侧。鲜血仿佛小而精巧的花朵，沾染了她的衬衫领口，刚好触到她大衣拉链上方的人造皮衣领边缘。

"查莉！"他尖叫道，扑到她身前。这时她已经翻了白眼，向外倒去。他赶忙抓住她的胳膊，把她抱到门廊里，一次次喊着她的名字。她喉咙里的镖头在阳光下闪闪发光，整个身体柔弱无骨，仿佛没有生命。他托住她，轻轻抱着她，望着外面阳光闪耀的丛林，丛林看上去是那么空旷——连鸟儿都不再歌唱。

"谁干的？"他尖叫道，"谁干的？敢不敢出来，让我看看你！"

唐·朱尔斯从门廊侧边走了出来，脚上穿着阿迪达斯网球鞋。他单手举着点二二手枪。

"谁朝我女儿开的枪？"安迪继续尖叫。他喉咙里有什么东西，在随着他的叫声剧烈颤抖。他让她靠在自己的身上，在那件温暖的蓝色大衣下面，她小小的身体是那么单薄且柔软。他用手指攥住飞镖，把它拔了出来，瞬间又有一股血流了出来。

带她回屋，他想，带她回屋。

朱尔斯走到他跟前，开枪射中了他的后颈，像极了演员布斯射杀总统的那一幕。安迪猛地跪在地上，把查莉紧紧拥在怀里，然后向前扑倒在她身上。

朱尔斯谨慎地察看了他的情况，然后挥挥手，把树林后面的人都叫了出来。

"搞定了。"当雨鸟朝小屋走过来，艰难地蹚过三月份黏糊糊的融雪时，他自言自语道。

"搞定了，这么折腾何必呢？"

八

至暗时刻

1

一场夏季风暴，两台发电机出了故障，令这一连串事件以毁灭和死亡告终。

风暴在八月十九日降临，距离安迪和查莉被人从佛蒙特州麦吉爷爷的度假营地带走已经大约过去五个月了。这十天里，天气一直闷热熬人，空气静止。而在八月的那一天，雷暴云砧刚过中午便开始集聚，但人们仍在自顾自地忙碌着，没人认为这些云彩会带来严重的后果。工人们仍在草坪上除草，计算机室里的女人仍在处理 A 到 E 部分的档案（以及房间里的咖啡机）——午餐过后，她还从马厩里牵出了一匹马，悠闲地在马道上慢跑了一圈。上校同样不曾察觉，他在空调房里享用了一个大号三明治，然后继续对付明年的预算报表，丝毫没有受到外面的温度与湿度的影响。

也许在朗蒙特的"商店"基地，唯一预感到将要下雨的，只有那个以"雨"命名的人。这个大个子印第安人在十二点半开车进来，准备在一点钟打卡上班。一到下雨天，他的骨头和被毁掉的左眼窝就会疼痛难忍。

他的座驾是一辆老式雷鸟车，生了锈，车窗上贴着一张 D 级停车牌。他穿着一身干干净净的白衣服，下车前，他给左眼眶戴上眼罩，眼罩上还绣着花。上班时他总要戴着眼罩，因为他会遇到那个女孩。但这总会令他心烦意乱，因为只有在戴眼罩的时候，他才会想起自己失去的那只眼睛。

"商店"的基地总共有四个停车场。雨鸟自己的新车，柴油驱动黄色凯迪拉克车贴的是 A 级贴纸。A 级车用的是 VIP 停车场，位于最南端两座种植园的地下。那里有地下通道和电梯，可以直接与计算机室、情报分析室、"商店"的大型图书馆及报刊阅览室连通，当然还包括"访客住宿区"——包含实验室及配套公寓的综合建筑，查莉·麦吉和她的爸爸就住在那里。

B 级停车场专门提供给次级别的特工，距离相对较远。C 级停车场属于秘书、机械师、电工之类的雇员，位置更加不方便。至于 D 级停车场，则是留给那些更低级别的工作人员，用雨鸟的话说就是打杂的。D 级停车场距离任何建筑物都有将近半英里的距离，而且堆满了底特律出产的破铜烂铁——只会在杰克逊平原每周的旧车集市上出现的货色。

官僚主义的等级序列，雨鸟一边想，一边把自己的老式雷鸟车锁好，抬头望着天上的雷暴云砧。暴风雨就要来了。大概四点钟就会下起来，他估计。

他朝那栋坐落在松树林里的松木小屋走去，低级员工——五级和六级员工——在那里进进出出。他的白衣服在空中飘动。一个园丁从他身边经过，开着一辆割草机。这样的机器，在"商店"的地面修整部门大概有十几辆。割草机驾驶座上方竖着一把五颜六色的遮阳伞。园丁并没有注意到雨鸟，这同样也是官僚主义等级序列的一部分。如果身为四级员工，那么你就可以对五级员工视而不见。即便是雨鸟这张半边毁了的脸，也不会引起人们过多注意；就像其他的政府机构，"商店"也雇用了许多退伍老兵，只是为了撑足排场。论表面功夫，化妆品厂蜜丝佛陀都要让美国政府三分。而且无须多言，一个带有明显残疾的老兵——戴着假肢、坐着电动轮椅，或是有一张残缺的脸——自然抵得过三个看上去"正常"的老兵。雨鸟认识不少越战老兵，虽然看上去正常，但他们在心

244

智和精神上受到的重创，不比雨鸟这张脸好多少，他们更乐意在"小猪扭扭"超市打零工。但那些人本身也不对劲，雨鸟并不觉得他们值得同情。实际上，他觉得这一切都很滑稽。

现在跟他一起工作的人，没有一个人认出他曾经是"商店"的特工和杀手，这一点他可以确信。直到十七周以前，他还是黄色凯迪拉克车偏光风挡玻璃后面的一道影子，某个拥有 A 级停车牌的机要人员。

"你不觉得这么干有点过了吗？"上校问，"那个女孩跟园丁或者其他打杂的不会有任何接触。只有你跟她在一起。"

雨鸟摇摇头。"一着不慎，满盘皆输。只要有一个人随便提上一句，那个毁了容的和气老头把车停在了 VIP 停车场，而且到行政部门的洗手间里才换上白衣服，这一切就会前功尽弃。我要努力建立起我们两个人之间的信任感，这种信任感的前提是我们都是局外人——或者怪胎，如果你愿意这么叫——一起被幽禁在克格勃的美国分部。"

上校不喜欢这个想法。他不喜欢任何人在"商店"里玩过家家，尤其是这个人还把过家家玩得这么大。

"好吧，那你一定会大获成功。"上校回答说。

但这话并没有应验，因为实际上，雨鸟的计划并不成功。在这段时间里，那个女孩甚至连一根火柴都没有点着过。她的父亲也是如此，没有任何迹象表明他拥有精神支配方面的特殊能力。他们甚至开始怀疑他们是否还拥有超能力。

那个女孩倒是很喜欢雨鸟。来"商店"的头一年，雨鸟修了许多大学里没有的课程——电话窃听、汽车偷窃、秘密搜查，以及诸如此类的十几种技能。唯一一门让雨鸟全神贯注的是一个名叫 G. M. 拉马登的惯偷讲授的"保险箱破解术"。拉马登被人从亚特兰大的一座监狱里"借调"过来，专门来给"商店"的新人们传授这门手艺。拉马登应该是这一行里最出色的人，雨鸟对此并不怀疑，尽管他也相信，自己在这个领域也已经炉火纯青。

拉马登在三年前去世了（雨鸟还在他的葬礼上献了花——真是人生如戏！），他把对付斯基德莫尔锁、方门盒的方法传授给了他们，教会他们遇到二次锁紧装置可以用锤子和凿子敲掉复合转盘，这样就能永久冻结保险柜的安全锁体；他给他们讲桶形箱、黑人头，还有钥匙的配制；石墨的多种用途；如何用布里洛垫[1]获取钥匙的形状、在浴缸里制取硝化甘油，以及如何把保险箱从后面一层层剥开。

雨鸟对拉马登抱有一种冷淡且轻蔑的热情。拉马登曾说保险箱就像女人，只要工具在手，时间充足，没有一个是打不开的。有的容易开，他说，有的不好打开，但没有不能打开的。

这个女孩就是不好打开。

起初，为了不让查莉把自己饿死，他们不得不通过静脉注射的方式喂食。过了一段时间，她开始明白，不吃东西无济于事，只能让她的手臂内侧多几个针孔。然后她开始吃东西，仍然无精打采，只是因为用嘴吃饭可以少些痛苦。

她看了几本给她的书——不管怎么说，至少都翻了翻。有时她会打开房间里的彩色电视，但看不了几分钟就会关掉。六月份，她把一部当地的电影《黑骏马》的介绍从头到尾看了一遍，还看了一两回《迪士尼奇妙世界》。这就是每周报告中的全部内容，"偶发性失语症"开始越发频繁地出现。

雨鸟在一本医学词典里查了这个词，立马就明白了——自己作为印第安人和战士的经历，让他或许比医生对此更为了解。有时女孩会说不出话来，只是呆呆地站着，没有一丝沮丧的情绪，嘴巴在无声地蠕动着。

---

1. 浸润肥皂后用于擦洗锅盆的钢丝网垫。

有时她又会突然蹦出一个跟前后文完全不相干的词，而且显然自己并没有意识到这一点。"我不喜欢这条裙子，我喜欢干草的那条。"有时她会漫不经心地纠正自己——"我是说那条绿色的"——但更为通常的是，她根本不会注意自己的错误。

医学词典上说，失语症是一种由于大脑疾病引起的健忘现象。医生们立刻给她准备药物。奥拉辛被替换成安定，但并没有产生明显的效果。他们还曾把安定和奥拉辛一起给她服用，但这两种药物之间未知的相互作用令她不停地哭闹，直到药效渐渐消失。他们还给她试过一种全新的药物，一种安定剂和轻度致幻剂组合在一起的混合药物，试用了一段时间后，似乎起了作用。但随后她却开始结巴，身上还出现了轻微的皮疹。最近她又开始服用奥拉辛，同时被密切观察，以防失语症进一步恶化。

大量报告都在论述这个女孩敏感的心理状况，以及心理学家们所说的"基本放火矛盾"，说起来会很绕，这件事是"商店"要求她做但又恰恰是她父亲不让她做的……而她对曼德斯农场事件充满了内疚感，又令这件事变得更加复杂。

雨鸟认为这些都是无稽之谈。她的状态与药物无关，也不是因为一直被关押和监视，或被迫跟爸爸分开。

她只是不大好开，仅此而已。

她已经下定决心，无论如何，她都不会跟"商店"合作。结束了，一切都完了。心理学家们可以一直研究她的罗夏墨迹测验结果，医生们可以一直给她开药，同时捋着胡须，嘟囔着给一个八岁孩子对症下药有多困难。报告文件会堆积如山，上校则会一直骂娘。

而查莉·麦吉则会顽抗到底。

雨鸟对此的推断，就和他对今天下午会下雨的预感一样笃定。而他也因此对她十分钦佩。她把一大群人耍得团团转，不明就里地一通瞎忙活。要是任由他们继续，感恩节和圣诞节都过了好几轮了，他们还是会这样瞎干下去。但他们不会永远被这个小姑娘耍，这是雨鸟更加担心的地方。

保险箱盗窃专家拉马登曾讲过一个有趣的故事，说有两个小偷在一个周五的晚上闯进了一家超市，因为他们听说一场暴风雪阻止了富国银行的运钞车把这周超市入账的现金运走，所以这些钱只能暂时被存放在保险箱里。保险箱是桶型的。他们一开始想通过复合转盘把它打开，但没能成功。然后他们想从后面把它层层剥开，却无法把它的任何一个角弄弯。最后他们干脆上了炸药，结果成功得非常彻底。他们炸开了保险箱，但里面的钱也跟着上天了。剩下的钱就像你在装饰品上看到的那些碎钞票图案。

"重点在于，"拉马登用他那干巴巴的、上气不接下气的声音说，"这两个小偷并没有战胜保险箱。整个游戏的目的就是战胜保险箱。除非把保险箱里你要的东西拿走，否则就不算战胜了它，你们明白了吗？他们做得太过了，把钱都毁了。他们两个是正经的蠢货，保险箱让他们一败涂地。"

雨鸟明白了。

有六十多个大学专业都在讲这一点，但归根结底，把这一点体现得最为明显的还是开保险箱。他们曾试图用药物解开那个女孩身上的密码；他们聚集了足够多的心理学家，集中火力解决"基本放火矛盾"；而那废话连篇的报告，相当于试图把她一层层剥开。

雨鸟走进松木小屋，从架子上取下自己的考勤表，给自己打了卡。值班员 T. B. 诺顿正在埋头阅读一本平装书，此时把头抬了起来。

"来这么早也不算加班，印第安佬。"

"是吗？"雨鸟说。

"是的。"诺顿挑衅似的望着他，表情冷酷。被这种人拿来当令箭的，通常都是鸡毛。

雨鸟低下头，走到公告牌前看了起来。护工保龄球队昨晚赢了比赛。有人想出手"两台好用的洗衣机"。一份正式通知上说："所有 W1 到 W6 区的员工离开办公室之前都必须洗手。"

"好像要下雨了。"雨鸟回头对诺顿说。

"不可能，印第安佬。"诺顿说，"你怎么还不滚？你把这个地方都弄得臭烘烘的。"

"好的，头儿，"雨鸟说，"我只是来打个卡。"

"行吧，下次打完卡别在我这儿转悠。"

"好的，头儿。"雨鸟又说了一遍，退了出去，望了一眼诺顿粉红色脖子侧面的一个点，颌骨下面的一个柔软的位置。你能叫出声吗，头儿？等我把食指插进你的喉咙，你能叫出声吗？就像用穿肉串的扦子穿过一块牛排……头儿。

他回到屋外的闷热中去了。雷暴云砧看上去已经离得很近了，正在缓慢移动，聚集的雨水令它显得有些弯曲。暴雨将至，雷声滚滚，从远方传来。

门现在是关着的。雨鸟会绕到侧门，那里原来是食品储藏室，乘 C 电梯下四层楼。今天他要把女孩房间的所有地板擦干净，再打上蜡。这会是他的好机会。不是她一直不愿意对他开口，并非如此。只是因为他们两个一直隔得太他妈远了。他想用自己的方式把保险箱剥开，如果能逗她笑，哪怕只有一次，给她讲个"商店"的笑话逗她发笑，这便意味着他已经掰弯了保险箱的一角。他有机会再进一步，把凿子插进去。只要能让她笑一次。这会让他们紧密相连，让他们成为秘密同盟，一起对抗这个基地。

但到目前为止，雨鸟还没能听到那个笑声。而雨鸟对她的钦佩已经超出了他的言语范围。

2

雨鸟刷了一下身份卡，然后下楼去了护工休息室，准备给自己倒杯咖啡。他并不想喝咖啡，但现在为时尚早。他不能表现得太积极；让诺顿发觉并且嘟囔了几句已经很糟了。

他从加热板上拿起咖啡壶，给自己倒了杯黄泥般的咖啡。至少截至目前，其他的怪胎都还没有到。他坐在已经开裂的灰色沙发上，喝着咖啡。他那张疤痕累累的脸（查莉只在一开始表现出了一点点好奇，随后便视若无睹），平静且漠然。他沉浸在思考之中，继续分析着眼下的状况。

眼下的状况和拉马登之前说过的那个超市保险箱一样。他们现在正小心谨慎地对待着那个女孩，但这么做的原因并非出于爱。他们迟早会发觉，这样的小心谨慎毫无意义，而当"软"的手段都失灵了之后，他们就会来硬的，考虑炸掉保险箱了。而当他们这么做之后，雨鸟几乎可以肯定他们会"把钱毁掉"，正如拉马登一语道破的那样。

他已经在两份医生的报告里看到"轻度休克治疗"这个说法了，其中一份来自品乔医生，他在霍克斯特那儿很有话语权。他看到一份紧急报告，充满了愚蠢的专业术语，几乎像是用另外一种语言写成。翻译过来后，你会发现里面的内容非常极端：如果让那孩子看到自己的爸爸处在极度的痛苦之中，她就会崩溃。但在雨鸟看来，即便让那个女孩看到自己的爸爸被通上德尔科电池，头发根根竖起，跳着快速波尔卡，她也只会平静地回到自己的房间，砸碎一个玻璃杯，然后把碎片吃下去。

但你没法这样跟他们讲。和联邦调查局或中情局一样，"把钱毁掉"也是"商店"做事的常态。如果提供援助不能让外国领导人听话，那么只需要带上汤普森冲锋枪和葛里炸药把那个浑蛋暗杀掉即可。可以在卡斯特罗的雪茄里抹点氰化物。这很疯狂，但你没法跟他们讲。他们只想看到结果，辉煌、灿烂，就像中了传说中的拉斯维加斯头奖。所以他们会把钱连同保险柜一起炸上天，然后呆呆地站在原地，任凭绿色的钞票碎屑从手指间滑落，打破头也想不明白为什么事情会被搞成这副样子。

此时，其他护工开始晃晃悠悠地走进来，有说有笑，互相拍打着大臂，谈论着前一天晚上打保龄球时的战况，谈论着女人、汽车，谈论着喝醉以后撒的疯。同样的陈芝麻烂谷子，却足以支撑他们一直游荡到世界末日。哈利路亚，阿门。他们有意避开了雨鸟。他们都不喜欢雨鸟。他不打保龄球，也不想谈论他的车，而且他整个人看上去就像是从电影《弗兰肯斯坦》里面逃出来的难民。他让他们不安。如果他们中有人胆敢拍打他的手臂，他恐怕会把那个人直接从地面提到半空。

他拿出一袋红人牌烟丝、一张锯齿烟纸，迅速给自己卷了根烟。他坐着抽烟，等着去女孩的房间。

总的来说，他最近感觉不错，更有活力，比以往许多年感觉都好。他意识到了这一点，并将此归功于那个女孩。在某种程度上，她永远也不会知道，她已经将他的生命归还给他很长时间了——一个对事物具有强烈感受，且怀有强烈希望之人的生命。换言之，一个有着重大人生课题的生命。她不好被打开是件好事。他最终会让她敞开心扉（有好开的和不好开的，但没有开不了的）；他会让她为他们跳舞，无论付出怎样的代价。等那舞蹈一结束，他就会杀了她，看着她的眼睛，希望捕捉到大彻大悟的火花，捕捉到某种信息，在她跨越那无人知晓的界线的时刻。

与此同时，他会活下去。

他灭掉烟，起身准备去工作。

3

雷暴云砧越积越厚。三点的时候，朗蒙特"商店"基地已是乌云盖顶。雷声越来越大，向下面的人宣告，一场暴雨已不可避免。割草工人把机器收了起来，露天平台上的桌子也被抬回屋里。马厩里，两个马夫试图安抚马儿们的情绪，天空中每传来一阵可怕的轰隆声，都令它们无助地踱着步子。

暴风雨大约在三点半时来临。它来得很突然，仿佛枪手发动了突袭，带着满腔的怒火；一开始是雨，很快变成了雹子。风由西吹向东，然后突然转向完全相反的方向。闪电在空中劈下一道道蓝白色的电光，令空气中弥漫着汽油的味道，若有若无。风开始逆时针旋转，傍晚的天气预报里有一段龙卷风的影像，它刚刚从朗蒙特市中心绕过，并把行进路线上的福托－基维克购物中心的屋顶卷上了天。

"商店"基地基本扛住了暴风雨的袭击。有两扇窗户被冰雹砸破，鸭塘远端的一座古朴小凉亭的低矮篱笆桩被吹到了六十码以外。不过这已经是全部损失了（除了折断乱飞的树枝以及不同程度受损的花坛——园丁们接下来有的忙了）。在暴风雨最猛烈的时候，护卫犬们在围栏内外狂奔不止，但随着风雨渐弱，它们也消停了下来。

紧随冰雹和狂风暴雨而来的雷暴导致了事故的发生。由于罗安特里和布雷萨发电站遭到雷击，东弗吉尼亚地区直到午夜时分才恢复电力供应。而布雷萨发电站覆盖的区域刚好包括"商店"总部。

霍利斯特上校在办公室里。灯熄灭时，他烦躁地抬起头，空调发出的细小的嗡嗡声也随之消失。也许等了五秒或者更久，电力供应还是没有恢复，上校不禁骂了一声"妈的"，想知道他们的备用电气系统出了什么幺蛾子。

他瞥了眼窗外，闪电几乎在不停地闪烁。那天晚上，警卫室的保安会告诉他的妻子，他看到一个电火球，足有两个盘子那么大，在电力不足的外层电网围栏和电力充足一些的内层围栏之间来回跳跃。

上校想伸手去拿电话，问问电力系统的情况，这时灯又亮了起来。

空调开始发出嗡嗡声，上校便放弃了电话，转而拿起铅笔。

这时灯又灭了。

"该死！"上校说。他把铅笔扔在桌上，拿起了电话。正在他准备破口大骂某人之际，窗外一道闪电挑衅似的再次划破天空，令他不禁有些慌乱。

东弗吉尼亚电力局专门为草坪上的这两座优雅的建筑，以及"商店"在地下的所有建筑供电，同时还配备了两个柴油发电系统作为备用电源。其中一个用于"重要功能"用电——电网围栏、计算机终端（在计算机时代，停电可能造成的损失难以估量），以及小型医务室。另一个发电系统可以满足建筑内部相对次要的功能——照明、空调、电梯等。第二个发电系统的功能是"单向交互"的，也就是说，如果第一个发电系统出现过载，第二个就会去协助发电，但如果第二个发电系统过载，第一个发电系统仍会按照自己的模式工作。而在八月十九日这一天，两个发电系统同时过载了。当第一个发电系统出现过载时，第二个发电系统开始按照电力系统架构师所计划的那样（尽管实际上，他们从未设想过主发电系统会出现过载的情况），协助其工作。结果两个发电系统仅仅同时工作了七十秒，接着便开始相继爆炸，如同一连串鞭炮。只是这些鞭炮价值八万美金。

后来，在上层进行例行调查时，这次事故的原因被不痛不痒地归结为"机械故障"，然而更确切的原因应该是"贪得无厌和以权谋私"。一九七一年，在备用发电系统安装时，一位参议员知道了这个小项目（以及总价值一千六百万美元的"商店"基地的其他基础建设）采取低价中标制，并将这一消息透露给了他做电气工程师的姐夫。于是这位工程师决定，偷点工，减点料，便能轻而易举地提出最为低廉的报价。

在这样一个靠人情和非公平竞争运转的领域，这只是冰山一角。然而值得注意的是，它同时也成了一连串毁灭与死亡的第一个环节。备用发电系统建成之后，多年来只零星地使用过几次。布雷萨发电站因暴风雨停止运转，这是它所面临的第一次真正的考验，而它却一败涂地。当然，这个时候，那位电气工程师姐夫早已飞黄腾达；他拿到了一个大项目，在圣托马斯的科基海滩上建造一个投资额达数百万美元的海滩度假村。

直到布雷萨发电站恢复运转，"商店"基地才恢复供电……也就是说，和东弗吉尼亚其余地区一样，直到午夜，这里才恢复正常。

而那时，这个故事的新走向已经形成。安迪和查莉都发生了巨大的改变，尽管他们都不清楚对方发生了什么。

在停滞了五个月之后，车轮又开始滚滚转动起来。

4

电力供应停止的时候，安迪正在看电视上的《PTL 俱乐部》。PTL的意思是 "Praise the Lord（赞美主）"。弗吉尼亚有一个电视台，似乎二十四小时都在播这个节目。实际情况也许并非如此，但安迪的时间观念早已模糊不清，因此很难搞明白。

他长胖了。有时——大部分是在他站起来的时候——他会瞥一眼镜子里的自己，想到猫王埃尔维斯·普雷斯利在生命尽头如同吹气球一般胖起来的模样。其他时候，他会想到，要是把一只公猫也这样"固定"起来，它也会变得又胖又懒。

他其实还算不上胖，但也已经在朝那个方向发展了。在黑斯廷斯谷，他曾在"美梦之乡"汽车旅馆的浴室里称过体重，那时他一百六十二磅[1]。这些日子他的体重大概已经到了一百九十磅。他的脸颊变得圆润，双下

---

1. 1 磅约合 0.45 公斤。

巴若隐若现，高中体育老师曾叫他（带着十足的蔑视）"大奶男"，现在那个地方也有卷土重来的趋势。这不仅仅是他感觉如此。来到这里后，他没有怎么锻炼过——在服用氯丙嗪的情况下，他也不可能有锻炼的欲望——而且这里的伙食非常好。

他因药效上头时，并不担心自己的体重，大部分时间里都是如此。当他们决定要再做一些毫无意义的测试时，他会一连十八小时都不得安宁。医生会测试他的身体反应，通过脑电图确认他的脑电波是否正常而清晰，然后他会被带进一个测试间，那是一个白色的小房间，四周是带孔的软木镶板。

自四月起，他们开始让志愿者介入。他们给他指令，并且告诉他如果做了什么过分的事情，比如让某人以为自己瞎了，他自己也会受到惩罚。而且他们还暗示，如果犯错，受罚的将不止他一人。安迪觉得这纯属虚张声势；他不相信他们真的会去伤害查莉。她才是他们的重中之重，而他不过是这个项目的附属品。

负责测试他的医生是一个名叫赫尔曼·品乔的男人。他三十五岁往上，除了笑得太多，其他都很正常。有时，他满脸堆笑的样子会让安迪感到慌张。偶尔还会有个名叫霍克斯特的上了年纪的医生过来，但大多时候都是这个品乔来负责他。

在第一次测试开始前，品乔告诉他，小测试室里有一张桌子，桌子上有一瓶贴着"墨水"标签的葡萄汁、一支立放着的钢笔、一个笔记本，还有一壶水和两个玻璃杯。品乔告诉他，志愿者并不知道墨水瓶里装的并不是墨水，然后又告诉他，如果他能"推动"志愿者给自己倒一杯水，并往里面加"墨水"，再把那杯东西喝掉，他们会非常感激。

"妙啊。"安迪说。他自己感觉一点都不妙。他怀念氯丙嗪，以及这种药物带给他的宁静和惬意。

"非常妙。"品乔说，"你会照办吗？"

"我为什么要照办？"

"作为交换，你会得到一些东西，"品乔说，"一些很不错的东西。"

"做只乖老鼠，就有奶酪吃，"安迪说，"是这意思吧？"

品乔耸耸肩，咧嘴一笑。他的工作服也很妙，看上去像是在布鲁克斯兄弟那里定做的。

"好吧，"安迪说，"听你们的。让那个倒霉蛋喝墨水，我能有什么好处？"

"嗯，一方面，你可以回去，继续吃你的药。"

他突然感到一阵恶心。他想知道氯丙嗪是否会上瘾，如果是的话，是生理上的成瘾还是心理上的。"跟我讲讲，品乔，"他说，"当毒枭的感觉如何？这也是希波克拉底誓言[1]的一部分？"

品乔耸耸肩，咧嘴一笑。"你还可以到外面待一会儿。"他说，"我想你曾经说过你有这个打算，对吧？"

确实如此。安迪住的地方很不错，有时甚至会让人忘记那是个牢房。里面总共有三个房间，外加一个浴室。有一台配有家庭影院的彩色电视，每周都有三部新电影可供选择。某个小矮人——可能就是品乔——一定已经指出，拿走他的皮带，只给他蜡笔写字、塑料勺子吃饭是没用的。如果他想自杀，他们一点办法都没有。只要不停地发力，他的脑子就会像旧轮胎一样自己爆掉。

所以这个地方的生活用品一应俱全，甚至在小厨房里还有个微波炉。房间里的装饰也很用心，客厅地板上铺着一块厚厚的粗毛地毯，所有装饰画都很精美。但即便如此，裹着糖霜的狗屎也没法充当婚礼蛋糕。这里的一切都是裹了糖霜的狗屎，小公寓里所有通往外面的门上都没有把

---

1. 被西方视为典范的医学伦理道德准则，据传出自古希腊医生希波克拉底。——编者注

手。公寓周围到处都有孔洞，就是你会在旅馆门上看到的那种。甚至连浴室门上也有一个。安迪估计，这里的任何一个角落都逃不过他们的视线。他猜测电视可能也是个监控设备，很有可能还配备了红外线，如此一来，他不可能有任何隐私。

他没有幽闭恐惧症，但长时间闭门不出令他感到不适。即便不断服药，他还是会感到焦躁。这是一种情绪低落下的紧张不安，通常表现为长时间的叹息和无精打采。实际上，他确实曾提出要求，想要到户外走一走。他想再次感受阳光和绿草。

"没错，"他轻声对品乔说，"我确实说过我对出门转转有兴趣。"

但他并没有得到出去的机会。

志愿者一开始很紧张。毫无疑问，他以为安迪会让他倒立、学鸡叫，或者做其他类似荒唐的事情。他是个橄榄球迷。安迪渐渐掌控住话题，让他——迪克·奥尔布赖特——介绍上个赛季的比赛情况。谁进了季后赛，以及季后赛情况如何，谁拿下了超级碗。

奥尔布赖特兴奋起来。在接下来的二十分钟里，他重温了整个赛季，逐渐不再感到紧张。当他正讲到糟糕的罚球让迈阿密海豚队在美国橄榄球联合会锦标赛里输给了新英格兰爱国者队时，安迪说："需要的话喝杯水吧，你一定口渴了。"

奥尔布赖特抬眼看他："是的，我有点渴。嘿……我是不是话太多了？你觉得我这样是不是把测试搞砸了？"

"不，我不这么觉得。"他看着迪克·奥尔布赖特从水壶里给自己倒了杯水。

"你要来点吗？"奥尔布赖特问。

"不，我不渴。"安迪说着突然一用力，"你不用加点墨水一起喝吗？"

奥尔布赖特抬头看了看他，然后伸手去拿"墨水"瓶。他把它拿起来，看了看。"往水里加墨水？你疯了吧。"

　　品乔像测试之前一样咧嘴笑了起来，但他并不满意。相当不满意。安迪同样如此。当他对奥尔布赖特发力时，他并没有像以往那样感觉到有东西从身体里滑出……伴随推动而来的加倍的古怪感觉。他也没有头痛。当他把所有的意志都集中在给奥尔布赖特建议，说服他往水里加墨水是完全正当合理的事情时，奥尔布赖特做出了完全正当合理的反应：他把安迪当成了疯子。除了挫败感，安迪同时感到一阵恐慌，他的超能力可能已经离他而去了。

　　"你为什么不配合我们呢？"品乔问他，他点了根切斯特菲尔德，又咧开了嘴，"我搞不懂你，安迪。这么做对你有什么好处？"

　　"第十次了，"安迪回应说，"我没有不配合。我没有骗你们。我已经用力推那个人了，但是什么都没发生。我也没办法。"他想吃点药。他既沮丧，又有些不安。在他眼中，所有颜色都太过刺眼，光线也很强，声音震耳欲聋。吃了药会好一点。吃了药，他对眼前情况的无意义的愤怒、因离开查莉而感到的孤独，以及对她身上可能发生的事情的担忧——这些情绪都会退去，变得可以控制。

　　"我恐怕没法相信你的说法。"品乔说，又笑了，"好好想想吧，安迪。我们没让你把某人弄下悬崖，或者让他朝自己的脑袋开枪。我看你是没有自己说的那么想出去活动活动。"

　　他站起身，似乎要离开。

　　"听着，"安迪说，无法抑制自己声音里的绝望，"我想再要一片药。"

　　"你想？"品乔说，"好吧，有件事你可能会感兴趣，我正在减少你的药量……只是怕万一氯丙嗪会影响到你的能力。"他再度绽放笑容，"当然，如果你的能力能够突然恢复……"

　　"有些事情你应该知道，"安迪告诉他，"首先，那家伙很紧张，他是有防备的。其次，他并不是很聪明。上了年纪的人、弱智或低于平均值的人都很难控制。"

"是这样吗？"品乔说。

"没错。"

"那你为什么不控制我，让我给你一片药呢？我的智商是一百五十五。"

安迪已经试过了——无事发生。

最后他还是出去了，还让他们增加了药量——在让他们相信，他真的没有骗他们之后。实际上，他真的已经非常努力地在动用自己的能力，却再也没有成功过。安迪和品乔都开始怀疑，如果他没有用光自己的能力，那就是在把查莉从纽约带到奥尔巴尼县机场，再到黑斯廷斯谷的过程中，他让自己发生了根本性的变化。同时，他们都怀疑这可能是出于某种心理障碍。安迪自己开始相信，要么是他的能力真的消失了，要么这就只是一种防御机制：他的头脑拒绝使用这种能力，因为这可能会让他死于非命。他并没有忘记他脸上和脖子上曾经失去知觉的地方，以及那只充血的眼睛。

无论如何，结果都是一样的——一个大鸭蛋。品乔原本期望着成为第一个证明精神控制这种超能力，并且有实验数据加以佐证的人而荣耀加身，但现在，这个梦已经同他渐行渐远。

测试一直持续到五六月——一开始是更多的志愿者，然后是对测试内容完全没了解的受试对象。品乔一开始便承认，以这样的方式进行测试并不符合科学伦理，但当初对受试者使用致幻剂同样不符合伦理。安迪惊奇地发现，把这两个错误联系到一起后，品乔竟然"负负得正"，认为自己的行为完全无可指摘。这倒确实没有造成什么后果，因为安迪未能推动任何人。

一个月前，七月四日刚过，他们开始用动物来参与测试。安迪抗议说，既然蠢人都没法控制，动物更没可能。但他的抗议对品乔和他的团队而言毫无效果，在这一点上，他们倒是秉持了科学研究的严谨态度。于是，每周一次，安迪发现自己要跟一只狗、一只猫或一只猴子同处一室，感觉自己就像某部荒诞小说里的主人公。他还记得那个在他的控制下把一美元看成五百美元的出租车司机，还有那些胆小的公司经理在他的轻轻发力下变得有魄力、有担当。在他们之前，他还在宾夕法尼亚的港市办过一个减肥训练班，参加者都是一些孤独的肥胖主妇，她们对小蛋糕、百事可乐以及任何夹在两片面包中间的东西都欲罢不能。这些东西稍微填补了她们生活中的空虚。对于她们，他只需要稍微用点力，因为她们中的大多数人本就有减肥的意愿。他只需要帮她们一把。他还想起了那两个把查莉拐走的"商店"特工身上发生的事。

他之前能够做到，但现在却做不到了。即便是当时的感觉，他现在也很难记起。所以他只能呆呆地坐着，任由狗舔他的手，猫发出咕噜咕噜的声响，猴子不停地挠屁股，有时候还会龇出牙齿，露出品乔一般恶心的笑容，而且理所当然地没有做出任何不寻常的行为。然后他会被带回自己没有门把手的公寓房间里，厨房的流理台上放着一只白色盘子，里面盛着蓝色药片。再过一会儿，他的不安与沮丧便会消失。他会再次感觉还不错。接下来，他会在家庭影院里挑一部电影——如果可以，他会看柯林特·伊斯特伍德的片子——或者是《PTL俱乐部》。对于自己失去了能力，沦为一个无用之人，他并没有感到太多困扰。

5

暴风雨那天下午，他正坐在电视机前看《PTL俱乐部》。一个留着蜂窝头的女人正在向主持人讲述上帝的力量如何治愈了她的布赖特氏病。安迪看她看得入了迷。她的头发在摄影棚的灯光下闪闪发光，仿佛一条刷过清漆的桌子腿。她看上去就像是个来自一九六三年的时间旅行者。这是《PTL俱乐部》吸引他的原因之一，此外还有这个节目无耻的劝诫宣讲，目的是以上帝的名义进行公开募捐。安迪会听着那些穿着昂贵西装、表情麻木的年轻人滔滔不绝，困惑地想，基督是如何将货币兑换商从圣殿驱逐而出的。而且所有参演《PTL俱乐部》的人都仿佛是从一九六三年穿越过来的。

那个女人讲完了上帝如何拯救她，令她免于粉身碎骨之苦的故事。而在之前的节目里，一个在二十世纪五十年代成名的演员告诉观众，上帝是如何帮他戒断酒精之瘾的。现在，那个蜂窝头女人哭了起来，而那个昔日的明星则拥抱了她。摄像机推了近景，背景乐响起，节目组的伴唱演员开始哼唱。安迪在座位里稍微挪动了一下。差不多该到吃药的时间了。

他模模糊糊地意识到，在过去五个月里，药片也许只是导致自己身上出现这些奇怪变化的部分原因，而体重微增只是一个外在现象。当"商店"把查莉从他身边带走时，他们也夺走了他生命中仅存的一根支柱。查莉离开了——哦，她肯定是在附近的某个地方，但也有可能去了月球——而他似乎也没理由再认真生活下去了。

更主要的是，之前的逃亡经历让他的神经始终处于震颤的状态。在钢索上生活了那么久，以至于当他最终跌落，便完全陷于一种懈怠的状态。实际上，他认为自己已经经历了一场非常温和的神经崩溃。如果再见到查莉，他甚至无法确定，她是不是还能认得出他，这让他沮丧万分。

他从没想过要欺骗品乔，或者是在测试中弄虚作假。他倒不觉得这么做会让查莉面临危险，但以防万一，一丁点红线他都不会去触碰。而且按照他们的要求做事其实更容易。他变得任人宰割。在爷爷家的门廊上，飞镖插进女儿的脖子，而他抱着她放声尖叫之时，他已经耗尽了自己的怒火。他不再愤怒了。他已经放弃抗争了。

这就是八月十九日，当暴风雨从山的另一侧咆哮而来之时，坐在房间里看电视的安迪的精神状态。节目主持人做了个募捐演讲，然后介绍下一个节目是福音三重奏。三重奏刚开始，灯就灭了。

电视节目也中断了，屏幕缩小成一个光点。安迪坐在椅子上，一动不动，不明白发生了什么。他的头脑刚好有足够的时间习惯这可怕的黑暗，然后灯又亮了起来。福音三重奏再次出现在屏幕上，正唱到"我给天堂打电话，上帝他在家"。安迪松了口气，可突然灯又灭了。

他坐在远处，双手紧紧抓住椅子扶手，仿佛自己一松手就会飞上天。尽管知道电视节目已经中断，但他还是死死地盯着屏幕，仿佛能看到先前节目的幻象……或者只是他的想象。

再过一两秒就会恢复，他喃喃自语，这里的某个地方一定有备用发电机。这么大个地方，停电可受不起。

尽管如此，他依然很害怕。他突然想起自己小时候看过的"男孩冒险故事"。在大多数故事里，洞穴里都会发生某种意外，把火把或蜡烛熄灭。而且作者总会不遗余力地描绘黑暗，"伸手不见五指"，或者"一团漆黑"。甚至还有个老掉牙的说法叫"活生生的黑暗"，比如"活生生的黑暗吞噬了汤姆和他的伙伴们"。如果这样讲是为了让九岁的安迪对黑暗心生恐惧，那么它们可就都失败了。对当时的他来说，如果想"被活生生的黑暗吞噬"，他只需要走进衣柜，关上门，再用一条毯子把柜子下边的门缝塞起来。黑暗不过只是黑暗罢了。

现在，他意识到自己错了。这并不是他在小时候犯的唯一一个错误，但可能是最后一个被发现的。他希望自己能尽快忘记这个发现，因为眼前的黑暗并不只是黑暗。他一生中从未遇到过这样的黑暗，除了能够感知到屁股和手下面的椅子，他仿佛飘浮在一片洛夫克拉夫特式[1]的暗淡星

1.霍华德·菲利普·洛夫克拉夫特（Howard Philips Lovecraft, 1890—1937），美国著名恐怖小说家，他的作品独树一帜，启发了后世众多该类型小说的创作。"洛夫克拉夫特式"（Lovecraftian）也成为固定用法，多形容怪诞、奇异之物。

空中。他举起一只手，任由它自行来到眼前。尽管已经能够感觉到手掌在轻轻触碰鼻子，他却什么都看不见。

他把手从面前移开，又抓住了椅子的扶手。他的心脏在胸口迅速跳动。外面传来某人嘶哑的吼声："里奇，你他妈的在哪儿？"安迪则蜷缩在椅子里，仿佛受到了惊吓。他舔了舔嘴唇。

再过一两秒就好了，他心想，然而内心受到惊吓的部分却拒绝被理性安慰。它质问道：在全然的黑暗里，一两秒或者一两分钟到底是多久？在全然的黑暗里，你怎么能估算出时间？

在外面，在他的"公寓"外，有什么东西掉了下来，有人在痛苦和惊吓中发出尖叫。安迪又缩了回去，浑身颤抖、呻吟着。他不喜欢这样。这太糟糕了。

好吧，如果他们需要一段时间才能解决问题——比如重置断路器或者进行其他操作——他们会来放我出去的。他们必须这么做。

即使是他心里被吓坏了的那一部分——距离胡言乱语只有咫尺之遥——也意识到在逻辑上这恰如其分，于是他松了口气。毕竟，这只是黑暗，仅此而已——不过是缺少了照明。这并不意味着黑暗中会有怪兽出没，或者类似的东西。

他觉得很渴。他不知道自己敢不敢站起来，去从冰箱里拿一瓶姜汁汽水。他觉得自己只要小心一点，应该可以做到。他站了起来，向前迈了两步，结果胫骨砰的一声撞到了咖啡桌的边缘。他弯下腰，揉着小腿，疼出了眼泪。

这也很像小时候。他们玩过一个叫"瞎子"的游戏，他觉得小孩应该都玩过。你必须用大手帕或者别的什么东西蒙住眼睛，然后从房间的一端走到另一端。如果你在垫子上绊倒，或者摔倒在餐厅和厨房之间的门槛上，所有人都会哈哈大笑。这个游戏总会给你惨痛的教训，让你明白你对自以为烂熟于心的房间布局其实知之甚少，以及你有多依赖视力而不是记忆。而且这个游戏会让你担忧，一旦失明了，这个世界该有多么可怕。

但我会没事的，安迪想，我会没事的，只要我小心一点，慢慢来。

他绕过咖啡桌，然后慢慢拖着步子向前走，穿过客厅的开阔地带，双手在身前摸索。有趣的是，黑暗中的开阔地带竟会让人觉得分外危险。也许灯马上就会亮起来，我就可以好好嘲笑自己一番，只要我——

"哎哟！"

他伸出的手指碰到了墙壁，不由得痛苦地缩了回来。什么东西掉了下来——应该是挂在厨房门旁边的那幅怀斯[1]风格的谷仓与干草场的风景画，他猜想。它从他身边嗖一声划过，声音不祥，仿佛黑暗中的一把破空的利剑，然后咣当一声掉落在地上，震耳欲聋。

他一动不动地站在原地，捂着自己疼痛的手指，小腿也余痛未消。恐惧令他的嘴巴干得要命。

"嘿！"他喊道，"嘿，你们把我忘了吗？你们这些家伙！"

他等待着，侧耳细听。无人应声。周围似乎仍有声音，但现在离他更远了。如果它们离得再远一些，四周将会彻底悄无声息。

他们全都把我忘了，他想，恐惧进一步加深了。

他的心在狂跳。他能够感觉到自己的手臂和额头上直冒冷汗，同时发觉自己想到了在塔什莫尔池塘的情景。当时他游出去太远，感觉到疲惫，四肢开始扑腾，发出尖叫，确信自己就快要死了……然而当他把脚踩到湖底，却发现水只到他的胸口。现在的"湖底"又在哪里？他舔了舔干燥的嘴唇，但他的舌头也一样干燥。

"嘿！"他竭尽全力地大喊了一声，而声音里的恐惧则令他更加害怕。他必须让自己镇定下来。他现在处于极度恐慌的边缘，只能原地乱转、

---

1. 安德鲁·怀斯（Andrew Wyeth，1917—2009），美国当代写实主义画家。

大喊大叫。所有的这一切，可能不过是因为有人熔断了保险丝。

真他妈的该死，不管怎么说，为什么偏偏要在我该吃药的时候发生这种事？要是我吃了药，一定不会这样。那样我就没事了。老天，我觉得我的脑袋里全是碎玻璃——

他站在原地，喘着粗气。他找准厨房的门，走了过去，结果却偏离了路线，撞到了墙上。他觉得自己现在已经彻底失去了方向，甚至记不清那张愚蠢的谷仓风景画是在门口的左边还是右边。他真希望自己现在仍坐在那张椅子上。

"镇定，"他大声嘟囔着，"镇定。"

他意识到这不仅仅是恐慌。是因为那些没有吃到的药片，让他成瘾的药片。怎么可以在他还没吃到药的时候发生这种事呢？

"镇定。"他再次嘟哝了一声。

姜汁汽水。他要去拿姜汁汽水，上帝会保佑他如愿以偿。集中注意力，一切都会回到正轨，姜汁汽水也终将被他拿到。

他又开始移动，往左边走，却立刻摔在了那幅掉在地上的画上。

安迪尖叫着向下栽倒，两条胳膊疯狂地摆动，徒劳地想要保持平衡。头重重地撞在墙上，他再度尖叫出声。

现在的他已如惊弓之鸟。帮帮我，他想。谁来帮帮我，给我拿根蜡烛，看在上帝的分上，帮帮我，我害怕——

他哭了起来，手指笨拙地摸索着头部，感觉到有一侧湿湿的——是血，一种麻木的恐惧笼罩着他，他想知道自己伤得有多严重。

"人都去哪儿了？"他尖叫道。没人回答。他听到——或是以为自己听到——远处有人在喊，然后又是一片死寂。他摸到了那幅把他绊倒的装饰画，立刻感到怒不可遏，顺手把它扔到了房间的另一边。它击中了沙发旁边的床头柜，把现在已经毫无用处的台灯砸了下来。灯泡碎了，发出砰的一声，而安迪又哭了起来。他感觉自己的脑袋一侧有更多的血涌了出来，仿佛有一条小河从他脸上缓缓淌过。

他喘着粗气爬了起来，伸手去摸墙壁的位置。当坚实的墙壁再次消失在黑暗之中，他赶忙收回手，同时吸了口气，就好像他期待有什么怪物从黑暗中现身，将他抓住。轻声的"哇啊啊啊啊！"被他努力咽下了肚。一时间，他仿佛回到了自己的童年，他几乎能听到山精们包围他时的窃窃私语。

"不过是厨房门罢了，真该死。"他粗声粗气地嘟哝着，"没别的。"

他爬了过去。冰箱就在右边，他壮着胆子继续向前，慢慢地爬，呼吸急促，放在瓷砖上的手变得冰凉。

头上的某个地方，突然有什么东西掉了下来，发出一声巨响。安迪猛地直起身子。他的神经已然绷断，他再也镇定不了了。他开始尖叫"救命啊！救命啊！救命啊！"，一遍又一遍，直到声音沙哑。他不知道自己四肢着地，在这黑暗的厨房里喊了多久。

终于，他停了下来，试图让自己恢复镇定。他的手和胳膊都在无助地颤抖。他的头因为刚才的撞击还在疼，但血似乎已经止住了。这让他心安了一些。刚才的尖叫让他的喉咙着火，让他再度想起了姜汁汽水。

他又爬了起来，发现冰箱就在不远的地方。他打开冰箱门（可笑地期待着冰箱里熟悉的白光灯能够突然亮起），在又黑又冷的冰箱隔间里摸索，直到摸到一个上面带环的罐子。安迪关上门，靠在冰箱上，打开姜汁汽水，一口气喝掉一半。他的喉咙对此满怀感激。

然后，一个念头冒了出来，他的喉咙突然哽住了。

这地方着火了，他的内心故作平静地告诉他，这就是为什么没人来放你出去。他们都疏散了。而你，现在……你是无关紧要的。

这个想法引起了他极度的幽闭恐惧症，远超恐慌的范畴。他只能背靠着冰箱，蜷缩起来，龇牙咧嘴，一副痛苦的表情。他的双腿变得无力。有那么一会儿，他甚至想象到自己能闻到烟味，热气似乎在朝他涌来。汽水罐从他手指间滑落，里面的液体汩汩地流到地板上，弄湿了他的裤子。

安迪坐在这一摊狼藉之中，不住地呻吟。

6

约翰·雨鸟后来想，即便事先有计划，也不会更加顺利了。而且要是那帮胡思乱想的心理学家真有本事，他们理应事先有所准备。但事情就这样发生了，一个幸运的停电事故，让他的凿子终于有机会插进查莉·麦吉那钢铁般的心灵防线的一角。这需要运气，还有他自己的直觉。

三点半的时候，他进了查莉的卧室，这时外面已是暴雨将至。他推着小车走进房间，这辆小车跟大多数酒店和汽车旅馆里的女服务员推的那种在各个房间里穿梭的清洁车并没有什么不同。里面装着床单、枕套、家具上光剂，以及专门清洁污迹的地毯清洁液。还有一个水桶和一根拖把。手推车的一侧还插着一台真空吸尘器。

查莉盘腿坐在沙发前的地板上，身上只穿着一件亮蓝色的丹斯金连体紧身衣。她经常这样坐着，旁人可能会觉得她是由于药物作用而精神恍惚，但雨鸟对此更加了解。她仍在服用少量药物，但现在的剂量不过就是安慰剂而已。所有心理学家都已经失望地达成一致，她肯定会坚持不再放火。药物的作用本来是防止她把自己烧死，但现在看来她肯定不会这么做……也不会做其他任何事情。

"嘿，小姑娘。"雨鸟说。他把真空吸尘器取了下来。

她瞥了他一眼，并没有应声。他给吸尘器插上电源，当他启动时，她优雅地站起身，走进浴室，关上了门。

雨鸟继续用吸尘器打扫地毯。他心里并没有成形的计划。他需要找到蛛丝马迹，然后才能顺藤摸瓜。他对那个女孩的钦佩是纯粹的。她的爸爸已经变成了一个肥宅，对一切都无动于衷。心理学家对此有自己的说法——"依赖性休克"，还有什么"认同缺失""精神涣散""轻度现实障碍"，但归根结底，他已经放弃了自己，成了一个没有意义的存在。但那个女孩没有这样做，她只是把自己隐藏起来。和查莉·麦吉在一起的时候，雨鸟前所未有地感觉到，自己是个印第安人。

他一边吸尘，一边等她出来——也许会。他觉得现在他能等到她从浴室里出来的次数比往常多一些。起先她会一直躲在里面，直到他离开。而现在，有时她会出来看他。也许今天她也会这样，也许不会。他会等下去，等待那蛛丝马迹。

7

查莉坐在浴室里，把门关上。如果可以，她会把门锁上。护工来打扫房间前，她正在做一些简单的锻炼。这些锻炼是她从一本书上看到的。护工每天都要来打扫卫生。现在她坐在马桶上，感觉马桶圈很凉。浴室镜子周围的荧光灯发出白光，让一切都看上去很冷，而且太过刺眼。

一开始，这里还住着一个跟她"做伴"的女人，四十五岁。她本该表现得"像妈妈一样"，但这个"假妈妈"有一双严厉的深绿色眼睛，里面还有一些小斑点。那些斑点仿佛冰块。这些人都是杀害妈妈的凶手；现在他们想让她和这个"假妈妈"住在一起。查莉告诉他们，她不想和别人一起住，他们笑了。于是查莉开始一言不发，直到那个"做伴"的女人带着那双深绿色、冷冰冰的眼睛离开，她才开口。她和那个叫霍克斯特的男人做了个交易：她会回答他的问题，但只有他一个人，并且他要把那个"做伴"的女人弄走。她想要做伴的只有爸爸，如果不能让他来，她就自己住。

在很多方面，她觉得过去的五个月（他们告诉她五个月了，但她完全感觉不到）仿佛是一场梦。时间无法被计算，一张张面孔来来回回，没有任何记忆同他们产生关联，空洞得仿佛一只只气球，这里的食物也寡淡无味。她有时会觉得自己也像是一只气球，整日在虚空里飘浮。但在某种程度上，她的头脑很肯定地告诉她，这是公平的。她是个杀人犯。她打破了十诫中最严重的一条，注定要受诅咒。

晚上，她想着这个问题，把灯光调得很暗，仿佛整个公寓都是她的梦境。她全想明白了。门廊上的人头戴火焰之冠，汽车爆炸了，鸡身上着了火。燃烧的气味，始终是一股玩具填充物的味道，那是她的泰迪熊的味道。

（她把它烧了。）

就是这样；这就是问题所在。这种事她做得越多，就会越喜欢这种感觉；做得越多，她就越能感觉到力量本身，一个活生生的东西，正在变得越来越强。它就像是一座倒转的金字塔，越往上爬，一切就越难停止。停下来就会感到痛苦（而且这件事令她感到有趣），所以她永远都不会再这么做了。她宁愿死在这里也不想再这么做。也许，她甚至更想死在这里，在一个梦里死去，听上去一点都不可怕。

只有两张脸给她留下了印象，一个是霍克斯特的脸，另一个是每天都来她房间打扫的护工的脸。查莉曾经问他，为什么每天都要来，因为她住的地方一点都不乱。

约翰——那是他的名字——从后屁股兜里掏出一个旧笔记本，然后从胸前的口袋里拿出一支旧圆珠笔。他说："那是我的工作，姑娘。"同时在笔记本上写：因为那伙人都是臭狗屎，不然呢？

她几乎咯咯地笑了起来，但一想到那些头上着火的男人，那些闻上去就像是她那只被焖烧了的泰迪熊的男人，她止住了笑意。咯咯笑可能会很危险。所以她只是假装没看到，或没看懂纸上写的是什么意思。这个护工的脸几乎是一团糟。他戴了眼罩。她为他感到难过，有一次，她几乎就要开口问他发生了什么——是因为车祸，还是别的什么原因——但这要比对着一张纸咯咯笑更加危险。她不明白为什么，但她身上的每一个毛孔都有这样的感觉。

他的脸看上去很可怕，但他这个人似乎很和蔼可亲，况且他的脸也没有哈里森的小查基·埃伯哈特那样糟糕。查基三岁的时候，有一天，他的妈妈正在炸土豆，结果查基把油锅直接从炉子上拽了下来，热油溅了他全身，差点让他一命呜呼。之后，有的时候，其他孩子会叫他查基·汉堡包，或者查基·弗兰肯斯坦，查基每次都会哭起来。这很卑鄙。那些孩子似乎并不明白这种事情在任何人身上都有可能发生。毕竟他当时才三岁。

约翰的脸上满是疤痕，但她并不觉得害怕。霍克斯特的脸倒是让她觉得有些恐怖，而他的脸——除了那双眼睛——和普通人并无二致。他的眼睛甚至比那个"假妈妈"的还要可怕。他总是用那双眼睛窥探你。霍克斯特想让她放火。他问了她一次又一次。他会把她带到一个房间，有时在她面前放一张皱巴巴的报纸，有时是盛满油的小玻璃盘，有时会是一些别的什么东西。但所有的提问，以及所有虚情假意的关心，归根结底只有一个目的：查莉，把它点着。

霍克斯特让她害怕。她感觉他会用上各种……各种（手段）让她放火。但她不会那么做，除非她被吓坏了。霍克斯特不择手段，他不在乎公平与否。一天晚上，她做了个梦，梦见她把霍克斯特点着了。她从梦中惊醒，把手塞进嘴里，以免自己喊出声。

有一天，为了推迟这个不可避免的要求，她问什么时候能见到爸爸。她一直想见到爸爸，但一直都没问，因为她知道答案会是什么。但就在这一天，她感到格外疲倦和低落，结果这个问题就从嘴里溜了出来。

"查莉，我想你是知道答案的。"霍克斯特说。他指着小房间里的桌子，桌子上有一个钢制托盘，里面装满了卷卷的木屑。"如果你能把它们点着，我就立刻带你去见你爸爸。两分钟后你就能跟他待在一起。"在那双冷冰冰的眼睛下面，霍克斯特的嘴巴张开了，露出一副"我们是朋友"一般的微笑，"所以，你觉得如何？"

"给我根火柴，"查莉说，感觉眼泪正在眼眶里打转，"我就把它们点着。"

"你只要想想就可以办到。你知道的。"

"不，我办不到。而且就算我能办到，我也不能那么做，那样做是不对的。"

霍克斯特做出一副悲伤的表情，"我们是朋友"的笑容隐去了。"查莉，你为什么要这样伤害自己？你不想见爸爸吗？他可是很想见你呢。他让我告诉你，那样做也没关系。"

然后查莉真的哭了，痛哭流涕，哭了很久，因为她确实想见他，每一天，每一分钟，她都没法不去想他，不去思念他，不去怀念他坚实的臂膀紧紧搂着她的感觉。霍克斯特看着她痛哭，脸上丝毫没有怜悯之意。这一切都在他精心的算计之中。哦，她恨他。

那是三周之前的事情了。从那以后，她就坚决不再提起爸爸，尽管霍克斯特不断地用有关她爸爸的话题旁敲侧击，告诉她，她爸爸有多伤心，她爸爸说放火也没关系，而且最糟糕的是，她爸爸告诉霍克斯特，他猜查莉已经不再爱他了。

她看着浴室镜子里自己苍白的脸，听着约翰的真空吸尘器发出持续不断的呜呜声。吸完尘后，他会给她更换床单，接着他会擦地板，然后他就会离开。突然，她发觉自己不想让他离开。她想听他说说话。

一开始，她总是躲在浴室里，一直待在那儿，直到他离开。有一回，他关掉了吸尘器，敲了敲浴室门，忧心忡忡地喊道："姑娘，你没事吧？

你没生病吧？"

他的声音十分亲切——而这种亲切，只是简简单单的亲切，在这里却很难听到——让她不得不保持镇定和冷静，因为泪水再一次涌上眼眶。

"没事……我没事。"

她等待着，想知道他是否会再进一步，像其他人那样试图挤进她的内心。但他离开了，继续用真空吸尘器吸净灰尘。在某种程度上，她有些失落。

还有一次，当他擦地板时，她走了出来。但他并没有抬头，只是提醒她："当心湿地板，姑娘。小心摔坏胳膊。"他只说了这些，但她却再一次几乎哭出来——这样的关心，简单而直接，并无其他居心。

最近，她开始越发频繁地从浴室里出来，跟他见面。见面……然后听他说话。有时他会问她一些问题，但都是些无关痛痒的内容。尽管如此，大多数时候她都不会回答，这是她早已想好的原则。但这也没有让约翰停下来。无论如何，他都会跟她说说话。他会跟她谈论自己打保龄球的战绩，谈论他的狗，谈论他家的电视机是怎么坏的，还得有几周才能修好，因为那帮人狮子大开口——不过是几根小管子而已。

她想他一定很孤独，长着这样的一张脸，他可能找不到妻子或伴侣。她喜欢听他说话，因为这就像是一条通往外部世界的秘密通道。他的声音低沉、有韵律，有时还会变得自由随意。他的声音从不会像霍克斯特的那样尖锐，充满威胁。他似乎并不需要得到回应。

她从马桶上下来，走到门口。这时，灯突然灭了。她站在原地，感到困惑，一只手放在门把手上，头歪向一边。她立刻想到这可能又是某种圈套。她听到吸尘器的呜呜声也停了下来，约翰在自言自语："哎，搞什么鬼？"

然后灯又亮了。但查莉仍然没有出去。真空吸尘器又重新启动了。脚步声来到门口，约翰说："里面的灯刚才灭了吗？"

"对。"

"我猜是刮大风。"

"什么大风？"

"我过来上班的时候天气很不好。云可厚了。估计暴风雨要来了。"

暴风雨就要来了。在外面。她希望自己能出去，看看那些云，闻一闻夏天暴雨将至之前的空气。要下雨时，会有股湿漉漉的味道。一切似乎都——

灯又灭了。

吸尘器彻底歇工了。黑暗笼罩了整个房间。她与世界之间的联系，就只剩手里的镀铬门把手。她开始用舌尖抵住上腭，若有所思。

"姑娘？"

她没有回答。是圈套吗？他说是一场暴风雨。她相信是这样。她信任约翰。在经历过这一切之后，她竟然还会相信别人的话，这让她不禁心头一惊，甚至有些害怕。

"姑娘？"他又问了一声。这次，他的声音听上去有些……慌张。

她对黑暗的恐惧才刚刚开始蔓延，却在他的身上表现了出来。

"约翰，怎么了？"她打开门，在身前摸索。她没有出去，暂时没有。她害怕会被吸尘器绊倒。

"出什么事了？"现在，他的声音里明显带着恐慌。这让她感到害怕。"灯怎么不亮了？"

"熄灭了。"她说，"你说的……刮大风……"

"我受不了黑暗。"他说，声音里充满了恐惧，还有几分怪诞的歉意，"你不明白，我不能……我得出去……"她听见他突然穿过客厅，然后一声巨响，他撞到了什么东西摔倒了——很可能是咖啡桌。他痛苦地发出哀号，这让她更加害怕。

"约翰？约翰！你还好吗？"

"我得出去！"他尖叫道，"让他们把我弄出去，姑娘！"

"出什么事了？"

没有回答，但并没有安静太久。接着，她听到一阵低沉的哽咽声，明白他正在哭。

"帮帮我。"他又开口说。查莉站在浴室门口，想要做个决定。她的部分恐惧已经化作同情，但另一部分仍充满怀疑、慎重和警惕。

"帮帮我，哦，谁来帮帮我啊。"他呢喃道，声音低沉得仿佛他已然料到不会有人来帮他。而这让她做出了判断。她慢慢地穿过房间，朝他走去，双手在身前摸索。

8

听到她正在靠近，黑暗中的雨鸟不禁咧开嘴——他赶忙用手遮住自己僵硬、狰狞的笑容，以防电力在这一刻突然恢复。

"约翰？"

他压住自己的笑意，发出痛苦的声音："我真抱歉，姑娘。我只是……太黑了。我受不了这种黑灯瞎火。这儿太像他们抓到我之后把我关起来的那个地方了。"

"谁抓了你？"

"越共。"

她现在离得更近了。笑容从他脸上消失，他开始进入角色。极度恐惧。你极度恐惧，因为越共把你的脸炸开花之后，把你塞进了一个地洞里……他们把你留在了那里……你现在需要一个朋友。

在某种程度上，他需要做的是让她相信，他在获得这个千载难逢的机会之后的极度兴奋，实际上是一种极度恐惧。而且当然，他确实也很害怕——他害怕这个机会稍纵即逝。跟这个比起来，之前从树上射出装有奥拉辛的安瓿瓶简直是小儿科。这个女孩的直觉非常敏锐。他感觉自己已经紧张得大汗淋漓。

"越共是谁？"她问，她现在已经近在咫尺了。她的手拂过他的脸，他一把将它抓住。她紧张地喘着粗气。

"嘿，别害怕。"他说，"这只是——"

"你……弄疼了。你弄疼我了。"

这才是正确的声音。她也很害怕，害怕黑暗，害怕他……同时也担心他。他想让她感觉到自己是被一个快要淹死的人抓住了手。

"我很抱歉，姑娘。"他稍稍松手，但并没有放开，"只是……你可以坐到我的身边吗？"

"当然。"她坐了下来，而他一听见她坐到地板上，便立刻跳了起来。屋外很远的地方，似乎有人对其他人喊了些什么。

"放我们出去！"雨鸟立刻呼喊道，"放我们出去！嘿，放我们出去！这里面有人！"

"别喊了，"查莉吓了一跳，"我们会没事的……我的意思是说，能有什么事呢？"

他的头脑，那台经过过度调整的机器，正在高速运转，编写着接下来的剧情。这时候不能写得太快，提前三四行足矣，不能用力过猛，破坏这种自然而然的绝佳氛围。最重要的是，他不知道自己还有多长时间，再过多久灯就会亮起来。他告诫自己不要期望或奢求太多，他已经把凿子插进保险箱的一角了，再多的都是惊喜。

"是的，我想不会有什么事。"他说，"只是停电了，仅此而已。我他妈的连根火柴——哦，嘿，姑娘，对不起。我说顺嘴了。"

"没关系，"查莉说，"有时候我爸爸也会说那个词。有一次他在车库里修理我的小车，不小心被锤子砸到了手，一连说了五六次那个词。其他时候也会这样。"这是她跟雨鸟说过的最长的一段话,"他们会很快过来,把我们放出去吗?"

"在来电之前,他们是不会来了。"他说,表面上忧心忡忡,心里却乐开了花,"这些门,姑娘,都是电子锁。如果电源断开,它们会自动锁定。他们会把你关在监——关在这个小房间里,姑娘。这儿看上去是个不错的小公寓,实际上跟蹲大牢差不多。"

"我明白。"她轻声说。他仍然紧紧地握着她的手,但她现在似乎并不太介意。"但你不该说出来。我想他们会听到的。"

他们!雨鸟心里立刻涌起一团胜利的喜悦火焰。他隐约意识到,在过去的十年里,他从未感受过如此强烈的情感。他们!她对我说了他们!

他觉得自己的凿子在这个名为查莉·麦吉的保险箱上插得更深了。他又不由自主地捏了捏她的手。

"哎呀!"

"抱歉,姑娘。"他说,把手松开,"我当然知道他们会听。但现在他们听不了了,因为停电了。哦,姑娘,我不喜欢这样,我一定要从这里出去!"他开始发抖。

"越共是些什么人?"

"你不知道吗?……是啊,你还太小了,我猜。曾经有场战争,姑娘。在越南的战争。越共都是些坏蛋,他们穿着黑色灯笼裤。在丛林里。你知道越战,对吧?"

她知道……一点点。

"在巡逻的时候,我们遇到了埋伏。"他说。这是事实,但从这里开始,约翰·雨鸟便决定不再说实话。没必要把小姑娘搞晕,说他们当时已经嗑药嗑嗨了,大部分人跟柬埔寨大麻相处融洽。他们那个西点毕业的中尉指挥官更是如此,整天都处在半梦半醒的状态,无论什么时候出去巡逻，嘴里总要嚼上一颗仙人球扣子[1]。雨鸟曾经看见这个疯子用半自动步枪射杀一个孕妇，看着那个女人六个月大的胎儿从她的肚子里爆开，炸成碎片。之后，这个中尉告诉他们，这叫"西点堕胎法"。再之后，他们返回基地的路上，确实遇到了埋伏，但埋伏的是自己人，他们嗑得更嗨，四个家伙就这样被炸上了天。雨鸟不觉得有必要把这些，或者那枚马里兰军火厂出品、跟他的半张脸同归于尽的阔刀地雷讲给查莉听。

"我们只有六个人逃了出来。我们不停地跑，穿过丛林，结果跑错了方向。错的？对的？在那场疯狂的战争里，你根本分不清对错，因为根本没有正确的道路可走。我跟其他人跑散了，我努力寻找眼前有什么熟悉的标记物，结果踩到了一颗地雷。然后我的脸就变成了这样。"

"我非常抱歉。"查莉说。

"当我醒来时，他们抓住了我。"雨鸟说，展开一个全然虚构的世界。实际上，他当时在西贡[2]的一家战地医院里打点滴。"他们不会给我治疗，根本不会，除非我开口回答他们的问题。"

现在要小心。他有预感，只要小心谨慎，事情就会很顺利。

他提高了声音，听上去既困惑又苦涩。"他们提问题，不停地提问题。他们想知道部队的行动计划……补给……轻步兵部署……一切。他们从不休息，一直向我提问题。"

"是啊。"查莉积极回应。他十分高兴。

"我一直告诉他们我什么都不知道，没法告诉他们任何情报，因为我只是个倒霉的大头兵，只是来充数的。但他们并不相信我。我的脸……很痛……只好跪下来，求他们给我一点吗啡……他们说只要……只要我给他们情报，他们就会给我吗啡。我还能在很好的医院里接受治疗……只

1.威廉斯仙人球花，俗称"仙钮"，可以提取毒品。
2.今越南胡志明市。

要我回答他们的问题。"

现在换作查莉紧紧地攥着他的手了。她想到了霍克斯特那双冷酷的灰眼睛，想到了霍克斯特指着盛满卷曲木屑的钢托盘，对她发号施令。我想你是知道答案的……如果你把它们点着，我就立刻带你去见你爸爸。两分钟后你就能跟他待在一起了。她的心已经向这个脸上疤痕累累的男人，这个怕黑的大男人敞开了。她想她能够理解他的经历，理解他的痛楚。在黑暗中，她开始默默为他哭泣，在某种程度上，这眼泪也是为她自己而流……是过去这五个月以来积攒下来的泪水。这既是痛苦的泪水，也是愤怒的泪水，为了约翰·雨鸟、爸爸、妈妈，还有她自己，炽热且灼人。

雨鸟的耳朵如同雷达，足以捕捉眼泪流下时的声音。他不得不再次抑制涌上来的笑意。真棒，这一凿子直插要害。保险箱只有好开的和不好开的，就没有开不了的。

"他们始终不愿意相信我。最后，他们把我扔进了一个地洞，里面始终是一片漆黑。有一个……小房间，我猜你会那样称呼它，四周都是土墙，墙角露着树根……偶尔我能看到一点点阳光，在九英尺高的地方。有个人会来探视，我猜那是他们的司令，他会问我有没有准备好回答问题。他说我在下面待久了会变白，变得像鱼一样。我的脸会被感染，脸上会长坏疽，它会进入我的脑袋，让我的脑子烂掉，让我发疯，最后死掉。他问我想不想从里面出来，再见见太阳。而我只能恳求他……乞求他……以我母亲的名义发誓，我什么都不知道。然后他们就会把挡板放回去，用泥土盖住，就像活埋一样。黑漆漆的……就像这里……"

他让喉咙里发出哽咽的声音，查莉紧紧地握住他的手，向他表明有她在。

"地洞里有一个房间，还有一段大约七英尺长的小隧道。我不得不走到隧道的尽头……你知道的。然后空气会变得很糟糕，我一直以为我会在里面窒息而死。我会无法呼吸，因为自己的粪——"他呻吟了一声，"我很抱歉，我不该跟一个孩子说这些。"

"没关系的。如果说出来能让你好受一些，完全没关系。"

他考虑了一下，决定再进一步。

"我在那里待了五个月，然后他们交换了我。"

"你吃什么？"

"他们会把烂掉的大米倒下来。有时候是蜘蛛。活的蜘蛛，个头非常大——树蛛吧，我猜。我在黑暗里捉它们，你知道的，杀掉，然后吃掉。"

"哦，真恶心！"

"他们让我变成了畜生。"他说，然后停顿了一会儿，大声喘息，"你比我好一点，姑娘，但是归根结底还是一样的。陷阱里的老鼠。你觉得他们短时间内能把灯弄亮吗？"

很长一段时间，她什么都没说。虽然仍然保持冷静，但他不禁有些担心自己是不是有些过头了。然后查莉开口了："没关系，我们在一起。"

"好吧，"他说，然后迅速补充说，"你不会说出去的，对吧？说这些他们会解雇我的，我需要这份工作。要是你也活成我这样，能有这样的工作简直谢天谢地。"

"不会的，我不会说的。"

他感觉凿子已经顺利地插进了下一个阶段。现在他们已经有共同的秘密了。

他已经把她握在手里了。

在黑暗中，他想，如果用手掐住她的脖子会如何。当然，这是最终极的目标——不是他们那些愚蠢的测试，那种操场上的游戏。她……然后可能就是他自己。他喜欢她，真的喜欢她。他甚至可能会爱上她。把她送走时，他会一直凝视着她的双眼。到那时，如果她的眼睛给他长久以来都在寻找的信号，他也许就会紧随其后。没错，也许他们两个人可以一起遁入真正的黑暗。

外面，在紧锁着的门外，狂风呼啸，时近时远。

雨鸟在心里朝手心吐了口唾沫，然后继续在她身上的工作。

9

安迪并不知道，之所以没人来把他放出去，是因为停电让门自动上了锁。他惊恐地坐在原地，不知过了多久，想象着整个基地正在燃烧，想象着烟雾的味道。实际上，外面的风暴已经平息，傍晚的阳光正渐渐沉入黄昏。

突然，查莉的脸在他的脑海中浮现，就像她本人突然站在他面前。

（她有危险查莉有危险）

他的预感来了，自塔什莫尔的最后一天后，这是他第一次有了预感。他以为跟推动别人的能力一样，他的预感也丧失了，但事实显然并非如此，因为他从未感受到如此清晰的预感——甚至比薇姬死于非命那天还要清楚。

这是不是意味着他的推动力也还在？并非彻底消失，只是暂时冻结？

（查莉有危险！）

什么样的危险呢？

他并不知道。但是这个想法，这份恐惧，让她的面孔出现在他眼前，在黑暗中清晰可辨。而她的脸，那双纯蓝色的大眼睛，那美丽的金色头发，同时也给他带来了愧疚……用愧疚来形容他的感受也许太过温和；那种感觉更像是恐惧。灯灭以后，他一直处于一种疯狂的恐慌当中，而这恐慌完全来自他自己。他从未想过，查莉也同样身处黑暗之中。

不，他们会放她出去的，他们可能早就把她放出去了。查莉是他们的重中之重。查莉是他们的饭票。

这倒能讲得通，但他仍感觉她处在某种危险之中，这种预感压得他喘不过气来。

对她的担忧，倒是有助于消除他自己的恐慌，或者至少使之变得易于控制。他的意识再度回到外界，重新变得客观。他意识到的第一件事，是自己还坐在一摊姜汁汽水中。他的裤子又黏又湿，让他不禁发出厌恶的声音。

动起来。动起来是消除恐惧的良方。

他跪在地上，摸到那个已经空了的加拿大姜汁汽水罐，把它扔到一边。罐子叮叮当当地从瓷砖上面滚远。他仍感到口干舌燥，于是又从冰箱里取了一罐汽水。他拉开拉环，扔进罐子里，喝了起来。拉环被他一不小心喝到了嘴里，他漫不经心地吐了回去，继续思考眼前的处境，并没有想到，单凭那枚拉环足以让他再次恐惧并颤抖十五分钟。

他开始摸索着朝厨房外走去，用没拿汽水罐的那只手扶着墙壁。现在，四周已经完全安静下来，偶尔远处会传来几声呼喊，但声音当中似乎已经不再有不安或恐慌。刚才四处弥漫的烟雾味不过是他的幻觉，屋子里的空气有些不新鲜，但那只不过是停电后所有通风设备都停止工作了的缘故。

安迪并没有穿过客厅，而是向左拐，回到了卧室。他小心摸索着爬到床上，把姜汁汽水罐放在床头桌上，然后脱掉了衣服。十分钟后，他终于换上了新衣服，感觉舒爽许多。他突然想到，刚才他的行动并没有遇到什么麻烦，然而在刚刚停电的时候，他走出的每一步都好像在穿越雷区一般千钧一发。

（查莉啊——查莉出什么事了？）

但那种感觉并不只是她出了什么事，而是她正面临危险。只要可以见到她，他就能问她——

在黑暗中，他苦笑。是啊，没错。猪会吹口哨，乞丐骑大马。说不定他还可以让天狗一口吞掉月亮。说不定——

有那么一会儿，他的思绪完全停滞了，然后又继续思考——缓慢，且不再苦涩。

说不定他还可以让经理们更加自信。

说不定他还可以让胖女人变苗条。

说不定他还可以让绑架查莉的暴徒变瞎子。

说不定他还可以让自己的超能力回归。

他的手在床罩上一通忙活，不停地拽着、揉着、摸索着——这是让他的大脑继续思考的必要行为，几乎是无意识的。希望超能力回归是没有意义的，因为它已经消失了。他再也不能用自己的能力把自己带到查莉身边，就像他没有机会为辛辛那提红人队上场投球一样。他没机会了。

（是这样吗？）

突然，他不确定了。他内心的一部分——深藏心底的某一部分——也许决定不打算再继续任由事态自行发展，随波逐流。也许这部分已经决定，他要坚持到底。

他坐在床上，无意识地揉搓着床罩。

那预感是真的吗？还是只是他一厢情愿、心血来潮、无从验证的幻想？说不定那预感跟他闻到的烟雾味一样，只是焦虑引起的无中生有。他根本没法验证自己的预感，而且这里根本没人可以推动。

他喝了口姜汁汽水。

即便他的能力恢复了，也不意味着问题可以轻松解决，他和其他所有人都知道这一点。他可以给很多人轻微的影响，或在自己崩溃之前完全控制三四个人。他也许能够找到查莉，但根本没有哪怕一丁点机会，让他们两人从这里逃出去。他所能做的就只有通过脑出血让自己丧命（每每想到这一点，他的手指就会下意识地抚摸自己的脸，抚摸那一度毫无知觉的地方）。

还有一个问题是，他们一直在给他服用氯丙嗪。他知道，没有及时服药——由于停电——也是造成他恐慌的很大一部分原因。即使是现在，他感觉自己已经能够控制自己，却也在怀念氯丙嗪带给他的那种安宁、平和的感觉。一开始，在每次测试前，他们都会提前两天给他停用氯丙嗪。结果那两天他会持续感到紧张，同时情绪低落、萎靡不振，仿佛脑袋里乌云盖顶，永远不会散去……那时，他还没到积重难返的程度。

"面对现实吧，你现在已经是个瘾君子了。"他喃喃自语。

他其实并不知道这是不是真的。他知道，有人对尼古丁和海洛因上瘾，并导致中枢神经系统出现生理变化。然后心理成瘾。他曾跟一个名叫比尔·华莱士的人在大学里共事，此人一天不喝上三四杯可乐就会焦躁不安，而他在大学认识的老朋友昆西则是个薯片怪——但他只对一个鲜为人知的新英格兰牌子"汉普蒂·邓普蒂"情有独钟。他声称其他薯片都难以令人满意。安迪认为这样的家伙都应该算是心理成瘾。他不知道自己对那种药片的渴望是源于生理需求，还是只是心理作用。他只知道自己需要它，真的需要它。光是坐在这里，想着那些盛在白托盘里的蓝色药片，他就再次觉得口干舌燥。他们已经不会再在测试的四十八小时前给他停药了，尽管他不知道，这是因为他们觉得他忍不了多久就会精神崩溃，还是之后的测试不过是在走过场。

于是便有了一个极其简单但无法解决的问题：用了氯丙嗪，他就无法再推动别人，可他没有足够的意志力拒绝药物（当然，如果被发现他在拒绝服药，他们肯定会想办法来应对，对吧？）。当这一切结束，他们用白托盘盛着蓝色药片给他吃，他会吃下去。慢慢地，他就会恢复到停电之前那种平和、冷漠、稳定的状态。这些都将不过是一场充满惊吓的小小奇遇。他很快就会继续回到《PTL俱乐部》和柯林特·伊斯特伍德的世界，在食物充足的冰箱的保障下吃得脑满肠肥、日渐圆润。

（查莉，查莉有危险，查莉遇到大麻烦了，有人要伤害她）

即便如此，他也无能为力。

而且即便如此，即便他能战胜骑在他背上的猴子，带查莉逃出这个地方——猪都能吹口哨，乞丐都能骑大马，为什么不这么干呢——查莉的未来该怎么办？问题终是无法解决。

他躺在床上，四肢摊开。现在，在他的头脑里，只有渴望着氯丙嗪的那一小部分还在大声疾呼。

眼下无路可走，于是他的思绪飘向了过去。他看到自己和查莉在第三大道上逃亡，仿佛噩梦里的慢动作，一个穿着磨损的灯芯绒外套的大个子男人，带着一个绿衣红裤的小女孩。他看到了查莉，她的小脸紧张得煞白，当她拿到机场公用电话里的所有零钱后，泪水顺着她的脸颊流了下来……她拿到了零钱，还把一个军人的鞋烧着了。

他的心思继续飘远，回到了宾夕法尼亚州的港市，还想起了格尼太太。又胖又难过的格尼太太穿着一身绿色西服套装走进减肥办公室，手里拿着他写得很认真的宣传单，上面的广告语还是查莉想出来的。百分之百成功减肥，没效果下半年你们家的伙食费我们包！

格尼太太在一九五〇年到一九五七年间，为她做卡车调度员的丈夫生了四个孩子。孩子们一长大就开始讨厌她，她丈夫也开始厌倦她，还跟别的女人约会。对此她完全可以理解，因为斯坦·格尼五十五岁了，仍是个英俊、有活力、有男子气概的男人。自倒数第二个孩子上大学以来，她的体重慢慢增长了足足一百六十磅，结婚时她一百四十磅，而现在已达到三百磅。她满心绝望地走进来时，庞大的身躯被包裹在撑得看不见褶皱的绿色套装里，屁股几乎像银行行长的大办公桌一样宽。而当她低下头，寻找自己钱包里的支票簿时，三个下巴一下变成了六个。

他安排她跟其他三个胖女人一同上课。课程的内容包括适度的锻炼和温和的饮食，这两项安迪都在公共图书馆里做过研究。此外，他还会跟她们聊天，加油打气，他称之为"咨询"——偶尔，他会用中等程度的力量推一推她们。

没过多久，格尼太太的体重就从三百磅减到了二百八十磅，然后是二百七十磅。她既高兴又害怕，表示自己已经不再想着吃完饭后给自己加餐了。加餐的味道似乎变得不再美妙。以前，她总会在冰箱里存上一份又一份零食（成盒的甜甜圈、两三个萨拉·李冷藏芝士蛋糕），准备晚上看电视时享用，但现在，不知怎的……好吧，这听上去有些疯狂，但她一直想不起它们的存在。以前她一直听别人说，节食的时候，你满脑子想的都是零食。然而当她尝试减肥中心后，可以说事情完全不像他们说的那样。

这一组的另外三个女人也同样热情地给了反馈。安迪则站在她们后面，看着她们，感觉自己像个荒唐的老父亲。这四个女人都对她们共同的感受感到惊讶和欣喜。以前感觉既无聊又痛苦的塑身训练，现在似乎变得很愉快。而且她们经常会有奇怪的冲动，想要突然站起来，四处走一走。她们都同意，如果这一天结束时没有走到足够的步数，她们就会感到烦躁不安。格尼太太表示，她现在已经养成了每天在市区里步行的习惯，即便往返路程超过两英里。在以前，她总是坐公交车，这无疑是明智之举，因为车站就在她家门前。

但有一天，她还是坐了公交，因为她感觉大腿肌肉很痛，但坐上公交后，她却感觉很不舒服，于是在第二站就下车了。其他人也都表示赞同，她们都万分感谢安迪·麦吉，为了她们酸痛的肌肉以及其他的一切。

第三次称重时，格尼太太的体重已经降至二百五十磅，当全部六周课程结束时，她已经减到了二百二十五磅。她说她的丈夫对此感到震惊，尤其是在她那么多次心血来潮的节食失败后。他想让她去看医生，因为他担心她得了癌症。他并不相信通过自然的方法，一个人能够在六周内减掉七十五磅。她向他展示了自己手指，上面都是用针线改小衣服时留下的伤痕和老茧。然后突然，她伸出胳膊搂住了他（差点把他的后背折断），把脸埋在他的脖颈处痛哭流涕。

他的"学员们"经常会回来看他，就像那些功成名就的毕业生总喜欢回母校一样。有的人是来表达谢意，有的则只是来炫耀自己的成功——来让大伙儿瞧一瞧，看一看，长江后浪推前浪……安迪有时会想，有些事情其实并没有他们想的那么难。

但格尼太太属于前者。在安迪察觉自己被人监视，感到不安的大概十天前，她还曾专程来港市打招呼并表示感谢。就在那个月的月底，他和查莉去了纽约。

格尼太太仍是个大块头的女人；如果你见过她之前的模样，你就会注意到她身上出现了怎样惊人的改变——就像广告里的"疗程前"和"疗程后"。最后一次来的时候，她的体重已经降到了一百九十五磅。当然，重要的已经不是她的体重了。关键在于，她正在以每周六磅左右的速度继续减重，波动范围为正负两磅。她还会以这样的速度继续减重，直到体重下降到一百三十磅左右，误差在上下十磅之内。她不会突然减重，也不会产生厌食反应。很多时候，减肥都会使人饱受神经性厌食的困扰。

安迪需要赚些钱，但他不会以伤害任何人为代价。

"你真该让自己出名，为国家做贡献。"在告诉安迪她和孩子们和好如初，跟丈夫的关系也在改善后，格尼太太说。安迪微笑着向她表示感谢，但此时，躺在一片黑暗之中，越来越接近梦乡之时，安迪觉得这句话简直一语成谶：他和查莉，正在被要求为国家做贡献。

尽管如此，有这样的能力并不是坏事。比如能帮到像格尼太太这样的人。

他微微一笑。

又笑了笑，安迪睡着了。

10

他记不起那场梦的细节了，只记得自己在寻找着什么。他走在迷宫似的走廊里，里面只有暗淡的红色故障灯的光亮。他打开一扇又一扇空房间的门，又把它们一一关上。有的房间里到处都是皱皱巴巴的纸团，有一个房间里有一盏打翻了的台灯，还有一张怀斯风格的画同样掉在地上。他感觉自己仿佛被关在某种装置里，出于某种紧急原因，这个装置已经被紧急制动并遗弃了。

但他最终还是找到了自己要找的东西。那是……什么？一个盒子？大箱子？无论是什么，它都非常重，上面有一个白色的骷髅头标记，外加一对交叉的骨头，就像一罐放在地下室高架子上的老鼠药。不知怎的，尽管它很重（至少和格尼太太一样重），但他还是把它拿了起来。他能感觉到自己已经用尽全力，所有肌肉和肌腱都绷得紧紧的，但并没有感觉到疼痛。

当然不会痛，他告诉自己。根本不会痛，因为这是个梦。过会儿你才会为此付出代价，过会儿你才会感觉到疼。

他把箱子从找到它的房间里搬了出来。他觉得自己现在必须要去一个地方，可他又不知道那是什么地方——

看见它你就会知道，他在心里呢喃道。

于是他拿着这个盒子或者箱子，走在漫无尽头的走廊里。它的重量压迫着他的肌肉，令他的后颈感到僵直，虽然肌肉并没有感到疼痛，但他的头却痛了起来。

大脑是一种肌肉，他的内心在宣讲，而这段宣讲很快变成了一首儿歌似的圣歌，踩着小女孩蹦跳时的节奏：大脑是一种肌肉，它力大无穷，可以移动整个地球。大脑是一种肌肉，可以……

现在所有的房间门都像是地铁门，向外微微凸出，装着大大的窗户。所有这些窗户的边缘都是圆形的。透过这些门（如果是门的话），他看到了一幅令人困惑的景象。在一个房间里，万利斯博士正在演奏一架巨大的手风琴。他看上去就像是发了疯的劳伦斯·威尔克[1]，身前放着一个装满了铅笔的锡杯，脖子上还写着标语"什么都没有""像不愿睁眼的人一样瞎"。而透过另一扇窗户，他看到一个穿着白色长袍的女孩正在空中飞行，随着一声尖叫撞在了墙上。安迪赶紧从那扇门前走开。

透过又一扇门，他看到了查莉，并且再次确定这个梦应该是海盗主题——被埋葬的宝藏，哟吼吼，诸如此类——因为查莉似乎在跟高个子约翰·西尔弗[2]说话。这个男人肩膀上有只鹦鹉，眼罩遮住一只眼睛。他对查莉咧嘴一笑，带着一丝虚伪的友善，令安迪十分紧张。似乎是为了证实这一点，这个独眼海盗用一只胳膊搂住了查莉的肩膀，哭了起来，声音刺耳："就是这样呀，姑娘！"

安迪想停在这扇门前，拍打玻璃，引起查莉的注意——她正盯着海盗，仿佛被人催眠了。他想让她看透眼前这个男人，让她明白他并不是现在看上去的这副模样。

但他停不下来，他被这该死的（箱子？盒子？）拽着……

（？？？）

1.劳伦斯·威尔克（Lawrence Welk, 1903—1992），美国音乐家、手风琴演奏家、乐队指挥和电视节目主持人，以其在1951年至1982年间主持的电视节目《劳伦斯·威尔克秀》在美国家喻户晓。
2.英国小说家史蒂文森经典作品《金银岛》中的海盗，为人奸诈，在小说中背叛了主人公。

拽向什么？他到底该怎么办？

但只要时机到了，他就会知道。

他又经过了十几个房间——看到的景象他一个也没记住——来到了一条空荡荡的漫长走廊，尽头是一堵空白的墙。但它又不完全是空白的；它的正中央有个东西，一个大大的铁盒子，像是个邮筒。

然后他看到了上面凸起的文字，恍然大悟。

清理，上面写着。

突然间，格尼太太来到他的身边，一个又苗条又漂亮的格尼太太，身材匀称，双腿修长，仿佛随时都能下到舞池中央热舞一番，吸引所有人的目光，直到地老天荒，东方既白。安迪困惑地想，旁人恐怕永远也猜不到，这个女人曾经只能穿得下帐篷厂商生产的最大码的衣服。

他想把箱子抬起来，却失败了。突然，它变得很重。他的头痛也加重了。那匹黑色的马，那匹没有骑手、红着眼睛的马。他感到恐惧，因为他意识到这匹马已经不受束缚，它就在这台被遗弃的装置里，正在朝他狂奔而来，嗒——嗒——嗒——

"我来帮你，"格尼太太说，"你帮过我，现在换我来帮你。毕竟你才是能给国家做贡献的人，我不是。"

"你看上去美极了。"他说，声音仿佛离得很远，隔着不断加重的头痛。

"我感觉自己就像是刑满出狱了，"格尼太太说，"让我来帮你吧。"

"我只是有些头痛——"

"当然。毕竟，大脑是一种肌肉。"

是她帮了他，还是他自己帮了自己，他记不得了。但他记得，他终于明白这个梦了，他想摆脱的东西是他的超能力，他发自内心想永远摆脱它。他记得自己把那个箱子抵在上面有"清理"字样的铁箱子上，翻了过来。他有些好奇里面的东西倒出来会是什么样子，那些从大学时代起就一直盘踞在他脑子里的东西。但倒出来的并不是他的超能力；当箱子打开时，他既惊讶又恐惧。倒进铁箱子里的是源源不断的蓝色药片，他的药片，这让他十分害怕。用麦吉爷爷的话说，他吓得魂都飞了。

"不！"他喊道。

"对。"格尼太太坚定地回应，"大脑是一种肌肉，它可以移动整个地球。"

然后他明白她是如何帮他的了。

药片倒得越多，他的头就越痛，而头越痛，眼前就越黑暗，直到所有光线都消失，黑暗彻底降临。这黑暗是活生生的，不知什么地方，有人烧断了保险丝，没有光，没有盒子，没有梦，只有头痛欲裂，以及那匹无人驾驭的红眼黑马，正在不断逼近。

嗒——嗒——嗒——

11

他一定过了很久才意识到自己已经醒了。房间里的黑暗使得梦境和现实的分界线变得模糊。几年前，他读到过一个实验，在这个实验中，一些猴子被关在专门设计用来抑制所有感官的环境中。猴子们最后都疯了。他能理解其中的缘由。他不知道自己究竟睡了多久，没有确切的信息，除了——

"哎哟哟哟，老天！"

他的头痛得仿佛有两根巨大的螺栓正钻进他的身体，让他直接坐了起来。他用手拍打自己的头骨，摇晃脑袋，让头痛渐渐缓和到能够控制的程度。

感官感知不到确切的信息，除了这让人发疯的头痛。我一定是睡落枕了，他想，或者之类的。我一定是——不。哦，不。他认出了这种头痛，太熟悉了。这是他用力推动别人之后会随之而来的那种头痛……比他推动那些胖女人或懦弱的经理们后更严重，不过要比在收费公路推动那群人后轻一点。

安迪迅速用手摸过自己的脸，从眉毛到下巴。并没有哪个地方失去了知觉。他试着笑了笑，两个嘴角轻松翘起，一如往常。他希望上帝能给他一束光，让他可以到浴室的镜子前观察自己的眼睛，看看里面是否出现血丝，以证明他再次出了问题……

推？推动？

这太荒唐了。在这里有谁可以推动？

谁，除了——

他深吸一口气，然后慢慢吐出，让呼吸恢复正常。

他曾这样想过，但从未尝试过。他想这样做的结果很可能就像不断让电流循环，最终使电路过载。他不敢尝试。

我的药片，他想，没人来喂我吃药，我想要它，我真的想要它，我真的需要它。我的药片会让一切都好起来。

但这只是一个想法。并没有带来欲望。想要氯丙嗪的想法跟你在早餐桌上想让别人递一下黄油没什么不同。事实是，除了这该死的头痛，你现在状况相当不错。况且在这之前，你头痛的程度曾经比这个可怕得多——比如在奥尔巴尼机场的那次。跟那次相比，这次绝对是小巫见大巫。

我已经推动自己了，他想，太不可思议了。

这是他第一次真正对查莉感同身受，因为他第一次对自己的超能力感到害怕。同时他也第一次意识到自己之前对于这种能力的真面目以及它究竟能够做些什么仍知之甚少。之前，它为什么消失了？他不知道。

它为什么又回来了？他也不知道。是因为他突然感觉到查莉正面临危险（他还隐约记得那个可怕的独眼海盗，但这段记忆很快就飘远不见了），还是源于他消沉的自我厌恶，因为他把查莉的处境抛到了脑后？甚至可能是他摔倒撞到头后出现的后遗症？

他不知道，他只知道自己刚刚推动了自己。

大脑是一种肌肉，它可以移动整个地球。

他突然想到，在自己轻轻推动那些胖女人和经理们的时候，他本可以办一个私人戒毒中心，刚刚就在他自己被药片束缚手脚后，他看到了挣脱它们的曙光。在睡着前，他想到自己的能力既然可以帮到格尼太太，那就意味着这种能力并不全然是件坏事。这样一种可以让纽约城那些可怜的瘾君子都甩掉骑在自己背上的猴子的能力又怎样呢？你觉得呢，老伙计？

"老天，"他轻声说，"我真的戒掉了吗？"

他确实没有那种欲望了。氯丙嗪，白色托盘上的蓝色药片，那个图像已经不再让他心生波澜。

"我戒掉了。"他自问自答。

下一个问题：他能够保持住吗？

但还没等他好好思量这个问题，其他问题便蜂拥而至：他能搞清楚查莉究竟出了什么事吗？他刚刚在睡梦中推动了自己，就像是一种自我催眠，那么他还能在清醒的时候推动别人吗？比如那个没完没了咧着嘴奸笑、让人恶心的品乔？品乔应该知道查莉现在的处境。品乔能告诉我吗？我能带着查莉从这个地方逃出去吗？我有办法吗？即便我们出去了，以后该怎么办？唯一可以肯定的是，我们不能再逃亡了。那样无济于事。我们必须找到真正的出路。

几个月以来，他第一次感到兴奋，满怀希望。他开始尝试拼凑一个计划，接受、拒绝、质疑。几个月以来，他第一次感到自己头脑清醒，充满活力，能够行动。最重要的是，他意识到：只要他能够继续让那些人相信两点——一是他还在继续用药，二是他仍旧无法利用自己的能力——那么他就有机会做点什么。

当灯亮起来的时候，他还在翻来覆去地思考。在另一个房间，电视里又传出那翻来覆去的口号："上帝让你心灵富庶，我们照看你的账户。"

眼睛，电子眼！他们又开始监视你了，或者用不了多久就可以恢复……别忘了！

有那么一刻，一切仿佛都回来了——他必须在接下来几天和几周里一直设法蒙骗他们，而且几乎可以肯定，某个时刻他们会抓住他。沮丧波动而来……但它并没有唤起他对药片的渴望。这令他信心大增。

他想到了查莉，而这帮助更大。

他慢慢从床上起身，走进客厅。

"出什么事了？"他大声喊道，"我好害怕！我的药呢？谁来把我的药送来！"

他坐在电视机前，恢复了往日呆滞、松弛、涣散的表情。

而在这张了无生气的脸庞背后，他那能够移动整个地球的大脑却在越发高速地运转着。

12

和她爸爸当时做的梦一样，查莉也记不起她跟约翰·雨鸟的那场漫长对话的细节了，只记得高潮部分。她记不得自己是如何将来到这里的过程和盘托出的，以及离开爸爸身边的极度孤独，和对他们会找到办法欺骗她，让她再次使用意念控火的恐惧。

当然，其中的部分原因是停电，她确信他们没有机会监听。另一部分原因是雨鸟本身，他受了那么多苦，非常害怕黑暗，害怕那些"越共"把他关在地洞里面的可怕记忆。他几乎是不经意地问起他们为什么要把她关起来，而她开始说话只是为了转移他的注意力。但很快就超出了这一范畴。话语迅速倾泻而出，她一直都把这一切好好封存，但一旦开口，它们便一句接一句地溜了出来。有一两次她哭了起来，而他则笨手笨脚地抱着她。他是个好人……在很多方面，他都让她想起了她的爸爸。

"如果让他们发现你知道了这一切，他们怕是也会把你关起来。"她说，"我不该讲出来的。"

"无所谓了，我现在和被关起来差不多。"约翰兴奋地说，"我是 D 级员工，姑娘，他们只给我打开地板蜡罐子的权限。"他大笑起来，"我猜只要你不说出去，我们都会没事的。"

"我不会的。"查莉赶忙回应，她也有些不安：约翰一旦说出实情，他们可能会利用他来对付她。"我渴极了，冰箱里面有冰水，你要喝吗？"

"别离开我。"他立刻央求。

"好吧，那我们一起去拿，抓着我的手。"

他似乎早有预料。"好。"他说。

他们一起拖着脚步，朝厨房走去，双手紧握。

"你最好别跟别人讲，姑娘，尤其是这个。大块头印第安人还怕黑。那些家伙会笑话我的，让我在这个地方抬不起头。"

"就算他们知道，他们也不会——"

"也许不会，也许会。"他轻笑一声，"但我希望他们永远都不知道。我只是谢天谢地，有你在这里，姑娘。"

这句话让她很感动，泪水再次涌上来，她不得不努力克制自己。他们来到冰箱前，凭着感觉，她摸到了冰水罐。水已经不冰了，但还是很解渴。她心神不宁地思索自己到底讲了多久，想不出答案。但她已经……讲完了全部。就连原本准备保密的部分她也说了出来，比如曼德斯农场事件。当然，霍克斯特那些人也知道这些，但她并不在乎。她在乎约翰……以及他对她的看法。

但她还是说了。他会提一个问题，不知怎的，这个问题会直指问题的核心，而且……她便哭着把一切都告诉他了。然而他并没有表现出更多的疑问、质疑和不信任，只有接受和平静的同情。他似乎能够理解她曾经历过的地狱般的苦难，因为他自己也曾置身地狱。

"水在这儿。"她说。

"谢谢。"她听到他在喝水，然后把它放回她的手里。"非常感谢。"

她把水罐放回原处。

"我们回其他房间吧，"他说，"我想知道他们是不是已经把灯修好了。"他有些着急，想要让灯现在就亮起来。他猜他们现在已经在这里待了七个多小时了。他想从这里出去，好好想想这一切。不是她告诉他的那些——他都已经知道了——而是如何利用这一切。

"我想他们很快就会来了。"查莉说。

他们拖着脚步，回到沙发上坐下。

"他们没跟你说过你老爹的情况？"

"这就说明他没事。"她说。

"我打赌我能去见见他。"雨鸟说，好像突然想到了这个主意。

"真的吗？你真的能见到他？"

"我可以找一天跟赫比换班，去见见你老爹。告诉她你没事。好吧，不能告诉他，而是给他张字条什么的。"

"哎，那会不会很危险？"

"确实有些危险，姑娘。但这是我欠你的。我会去看看他怎么样了。"

她在黑暗中伸出双臂，搂住他，吻了他。雨鸟也友好地抱了抱她。以他自己的方式，他爱她，而现在他比以往任何时刻都要更爱她。她现在属于他，他想他也属于她。在一段时间内。

他们坐在一起，没再多说话，查莉打起了盹。突然，他说了一句话，仿佛被一杯冷水泼在脸上，查莉完全清醒了过来：

"该死，你就该点他妈的火，要是你能办到的话。"查莉倒吸一口凉气，吓了一跳，仿佛他刚刚打了她一巴掌。

"我告诉过你了，"她说，"这就像是……把动物园里的老虎从笼子里放出来。我已经向自己保证永远都不会那么做了。机场的那个士兵……农场里的那些人……我杀了那些人……他们被烧焦了！"她的脸很热，也像是着了火，同时再一次处在痛哭流涕的边缘。

"照你的说法，你那实际上是在自卫。"

"是的，但我没理由去——"

"而且听上去，是你救了你老爹的命。"

查莉沉默了。但他能感觉到纠结和痛苦的情绪正涌上她的心头。他赶忙跟进，不想让她想起她当时也差点杀死自己的爸爸。

"还有那个霍克斯特，我见过那人。那种人战争里也有。那帮人都是赶鸭子上架的傻冒军官，拿着鸡毛当令箭的狗屁山大王。要是没得到他想要的东西，他肯定会变着法子折磨人。"

"我最怕这个了。"她低声承认。

"而且这种家伙还很心急，跟火烧屁股似的，成天上蹿下跳。"

查莉被吓了一跳，但忍不住咯咯地笑了起来——就像下流的笑话往往会让她发笑，只是因为那种话说出口实在是太糟糕了。笑完之后，她说："不，我不会再放火了。我跟自己保证过。那是坏事，我不会再干了。"

已经够了，该停手了。出于纯粹的直觉，他觉得自己还能继续下去，但他认为这种感觉可能是错误。他现在累了，跟这个女孩周旋，和对付拉马登的保险箱一样让人筋疲力尽。这样的情况下，很有可能会造成永远也无法挽回的错误。

"好吧，好吧，我想你是对的。"

"你真的会去见我爸爸？"

"我会试试的，姑娘。"

"我很抱歉，约翰，你跟我一起被困在这里。但我也高兴极了。"

"是的。"

他们又谈了些无关紧要的内容，然后她把头靠在了他的胳膊上。他觉得她又睡着了——现在已经很晚了——四十分钟后，当灯亮起时，她已经睡熟了。灯光打在她的脸上，让她不由得转过脸去，把头埋在他的身上。他若有所思地望着她脖子纤细的曲线、头骨柔软的轮廓。如此强大的力量，竟然孕育在这小小的、精致的人骨摇篮当中。这是真的吗？他的理智仍拒绝相信，但他心里却觉得正是如此。自己如此分裂，这令他感到奇怪，同时又有种奇妙的感觉。他打心底觉得这是一个他们不会相信的真相，一个只会被当成万利斯式胡言乱语的事实。

他把她抱起来，放到床上，替她盖好被单。当他把被单拉到她的下巴时，她半梦半醒。

他突然有一股冲动，俯下身子，吻了吻她。"晚安，姑娘。"

"晚安，爸爸。"她仿佛梦呓一般含糊地回应。然后她翻过身去，一动不动了。

他低着头，注视了她几分钟，然后走进客厅。十分钟后，霍克斯特进来了。

"电力故障，"他说，"暴风雨，该死的电子锁，全他妈锁死了。她怎么——"

"只要你他妈的小点声，她就没事。"雨鸟压低声音说。他的大手猛地伸出，钳住霍克斯特白大褂的领子，把他拉到眼前，霍克斯特那张瞬间惊恐的脸离他只有不到一英寸。"还有，要是你再表现出认识我的样子，让人看出我可能不只是个 D 级护工的话，我就杀了你，把你剁成块，煮熟了喂猫。"

霍克斯特无力地挣扎着，口水从他的嘴角往外冒。

"你明白了吗？我会杀了你。"他拽着霍克斯特的身子，摇晃了两下。

"我，我，明……明……明白了。"

"那我们出去吧。"雨鸟说，顺势把脸色苍白、眼睛睁得溜圆的霍克斯特推到走廊里。

他最后环顾了一下房间四周，把自己的清扫车推了出去，关上身后自动上锁的门。卧室里，查莉仍在熟睡，这是她这几个月里睡得最安稳的一次。也许是这几年里。

九

小火苗，老大哥

1

暴风雨过去了。又过去了三周——夏天的湿热与低气压仍旧控制着东弗吉尼亚，但学校已经重新开学了，笨重的黄色校车在朗蒙特维护良好的乡间道路上来回颠簸穿行。而在距此不远的华盛顿特区，又一年度的立法、造谣和含沙射影也开始了，其标志仍旧是国家电视台氛围怪异的电视节目、有条不紊的内幕泄露，以及上班前喝了太多波旁威士忌的节目嘉宾。

这一切都没给这两座凉爽的、房间有环境控制的内战前建筑风格的房子带来多少波澜，包括那些走廊，还有房子下方蜂窝状分布的地下空间。唯一有关联的可能就是查莉·麦吉也要上学了。霍克斯特想让她去上学，查莉犹豫了，但约翰·雨鸟最终说服了她。

"去上学有什么坏处呢？"他问，"像你这么聪明的姑娘不去念书，简直他妈没道理。该死——抱歉，我又说脏话了，查莉——但有时我真希望老天保佑我不止上过八年学。不然我现在肯定就不在这儿拖地板了——你可以跟我赌我这双靴子。再说了，上个学还能让你打发时间呢。"

于是她答应了——为了约翰。老师们来了：一个年轻男人教英语，上了年纪的女人教数学，一个戴着厚眼镜的年轻女人开始教她法语，还有一个坐轮椅的男人教她自然科学。她听他们上课，觉得自己学到了不少，但这都是为了约翰。

约翰曾三次冒着风险，给爸爸送去纸条。她对此感到过意不去，于是更认真地开始做一些她觉得能让约翰高兴的事。而他则带给她有关爸爸的情况——他很好，而且听说查莉也很好之后，他很欣慰。现在他正在配合他们进行测验。最后这条消息让她有些难过，但她已经足够大了，可以理解了——不管怎样，能够理解一点——对她来说最好的办法不一定适用于爸爸。而且最近，她也越来越觉得，约翰也许知道对她来说什么才是最好的。他既认真又幽默（他总是先说脏话，然后向她道歉，令她乐不可支），而且很有说服力。

停电那天之后的将近十天里，他都没再提放火的事。后来，每当想要交谈这些事的时候，他们就会去厨房，因为他说那里没有"虫子"，而且他们总是压低声音说话。

有一天，他说："你后来还想过关于放火的事情吗，查莉？"现在他总是叫她"查莉"，而不是"姑娘"。是她让他这么做的。

她开始瑟瑟发抖。自从曼德斯农场事件之后，只要一想到放火，她就会有这种反应。她会觉得冷，很紧张，全身颤抖；在霍克斯特的报告里，他称这是"轻度恐惧反应"。

"我跟你说过，"她说，"我办不到，我不会再做了。"

"不，办不到和不会是两码事。"他正在拖地板——动作非常慢，所以能跟她交谈。他的拖把一刻不停，说话时嘴唇几乎不动，这是人们在监狱里的交谈方式。

查莉没有回应。

"我只是对这个有些想法，"他说，"如果你不想听——已经拿定了主意——那我就闭嘴。"

"不，没关系。"查莉有礼貌地说，但她打心底里希望他闭嘴，不要谈论此事，甚至想都不要想，因为这会把她逼疯。但约翰为她做了这么多……她非常不希望冒犯到他，或是伤害他的感情。她需要一个朋友。

"好吧，我只是觉得，他们肯定了解过农场那次的事件，"他说，"所以他们应该会非常小心，我觉得他们不会让你在堆着纸或油桶的房间里做测试，对吧？"

"是的，但是——"

他放开了拖把。"听我说，听我说。"

"好吧。"

"而且他们肯定知道你唯一一次制造——应该怎么说——大火灾的原因是什么。小火苗，查莉，那是一张门票。小小的火苗。而且即便真的出了什么事——我觉得并不会，因为我觉得你比自己心里想的更能好好控制自己——假设真的出了什么事。他们会怪谁呢？怪你吗？在那帮蠢货花了半年时间，恨不得掰着你的手腕让你给他们放把火之后？哦，该死，我又说脏话了，对不起。"

他说的话让她感到害怕，但她还是不得不用手捂住嘴巴，被他脸上悲伤的表情逗笑。

约翰也微微一笑，然后耸耸肩。"我想到的另一点是，除非经过不断的练习，否则你没法控制自己的能力。"

"我不管我能不能控制它，因为我根本不打算再用了。"

"也许是这样，也许不是。"约翰执着地说，同时拧干了拖把。他把拖把戳在角落里，倒掉脏水，然后接了桶清水继续拖地。"搞不好你还会有用到它的时候。"

"不，我觉得不会了。"

"或者假设有一天你发了高烧，因为得了流感、哮吼，或者别的什么见鬼的传染病。"这是霍克斯特给他的为数不多的有用的启发之一。"你割阑尾了吗，查莉？"

"没——"

约翰继续拖地板。

"我哥哥做过这个手术，结果伤口感染，差点把命丢了。那是因为我们是印第安原住民，没人让我们——没人在乎我们的死活。他发了高烧，大概有一百零五度[1]吧，我猜，都烧糊涂了，一直念念叨叨说着什么，像是在跟不在场的人对话。你知道吗，他把我们的父亲看成了死亡天使或者别的什么东西，准备接他走，结果他就用床头桌上的水果刀扎了他。我跟你讲过这个，对吧？"

"没有。"查莉说，她声音很轻，并不是怕被人偷听，只是出于恐惧，"这是真的吗？"

"千真万确。"约翰肯定地说，他再次把拖把拧干，"那不是他的错，是发烧烧糊涂了。人在糊涂的时候什么话都可能说出口，什么事都可能干得出来。"

查莉明白他说的是什么意思了，感到一阵恐惧。她从没往这方面考虑过。

"但如果你能控制这致火什么——"

"如果我真的神志不清了，那我又如何控制它呢？"

"如果你能，那就一定可以。"雨鸟开始引用万利斯用过的那个比喻，那个在一年前让他觉得非常恶心的比喻，"这就像上厕所训练，查莉。一旦学会了控制大小便，你就能让它们永远在你的掌控之中。神志不清的人可能会出汗把床弄湿，但他们很少会尿床。"

霍克斯特曾指出这句话并不完全对，但查莉并不知道。

"好吧，不管怎么说，我的意思是，只要你有能力控制，你就不用再为此担心了。一切尽在掌握。但想要学会控制，就必须反复练习。这就像你学着系鞋带，或者在幼儿园里学写信一样。"

---

1. 约合 40.6 摄氏度。

"我……我只是不想再放火了！而且我不会再那么做了！不会了！"

"好吧，好吧，我惹你不高兴了，"约翰苦恼地说，"我绝不是故意这样的。我很抱歉，查莉。我不会再说了。我真是个该死的大嘴巴。"

但下一次，却是她自己提出了这个话题。

那是在三四天之后，她仔细地考虑了他说的话……然后她相信自己发现了一处破绽。"这件事不会就这样结束的。"她说，"他们总会想要更多。只要你知道他们是怎么追我们的你就明白了，他们永远都不会放弃。一旦开始了，他们就会让我放更大的火，越来越大，越来越大，然后……我不知道……但我很害怕。"

他再次对她感到钦佩。她的直觉和天生的机智如此敏锐，简直令人难以置信。他有点好奇，如果他，雨鸟，去告诉霍克斯特，查莉·麦吉已经对他们最高机密的计划了如指掌，他会做何反应。他们所有关于查莉的报告都认为，意念控火是许多相关超能力的核心所在。雨鸟相信她的直觉也是其中之一。她的爸爸一次又一次告诉他们，在斯泰诺维茨和其他人抵达农场之前，查莉已经察觉了他们的动向。这简直让人毛骨悚然。如果有一天她对他的真实身份有了什么有趣的直觉……好吧，俗话说得好，察觉自己被人骗了的女人比地狱烈火更可怕，况且只要查莉的能力有他相信的一半，她就绝对有能力亲手制造一个地狱，或者一个功能齐全的复制品。他可能会突然发觉自己全身发热。这倒让这个任务多了一份刺激……像是一味失落已久的香料。

"查莉，"他说，"我并没有说让你白白做这些事情。"

她望着他，感到困惑。

约翰叹了口气。"我不知道该怎么和你说。"他说，"我猜我有一点喜欢上你了。你就像是我的女儿，虽然我自己从未有过女儿。那些人把你关在这里，不让你见你爸爸，不让你出门，让你错过那些小女孩该有的乐趣……这让我难过至极。"

他用自己那只好眼睛怒气冲冲地盯着查莉，把她吓了一跳。

"你能够得到一切，只要配合他们……同时跟他们提条件。"

"提条件。"查莉说，感到迷惑。

"对！我敢打赌，他们会同意让你出去晒晒太阳，甚至可以去朗蒙特的大商场买东西。你能从这个闷罐子里出来，搬到普通的房间去住。跟其他小朋友一起玩，还可以——"

"还可以见我爸爸？"

"没错，当然能见你爸爸。"但这一条永远都不会实现，因为一旦父女俩把各自的信息放在一起，他们就会发现这位友好的护工约翰简直太友好了，友好得像个骗子。雨鸟根本没向安迪传递过任何信息。霍克斯特觉得这样做太冒险，况且无利可图。雨鸟也表示同意，尽管在大多数事情上，他都觉得霍克斯特是个活该没屁眼的浑蛋。

用厨房里没有窃听器，他们只要压低声音就不会被人听见这种鬼话糊弄一个八岁孩子是一回事，但用同样的鬼话糊弄这个女孩的父亲就是另一回事了，尽管他已经毒瘾缠身。但麦吉可能还没有糊涂到会错过这样一个事实，那就是他们现在正在跟他和查莉玩一个叫"好警察，坏警察"的经典游戏——警察们用这招对付罪犯已经有数百年的历史了。

他只是维持着把她的信息传递给安迪的假象，就像他努力地维持着其他谎话。他确实经常见到安迪，不过是在监视器上。安迪也确实在配合他们进行测试，但他已经丧失能力，连劝小孩吃冰棍都办不到。他已经变成了一个毫无价值的死肥宅，只关心电视节目，还有他的药片什么时候来。而且他已经不再询问他的女儿了。跟他见面、看到他们对他做的事情，很可能会促使查莉重新开始抵抗，而他现在已经快要攻克她的防线了；她也愿意被他攻克。所以什么事情都可以商量，只有这条不行。查莉·麦吉永远也不可以再见到她的爸爸。雨鸟猜想，也许用不了多久，上校就会用飞机送安迪去毛伊岛。但女孩同样也不需要知道

306

这个。

"你真的觉得他们会让我见他？"

"毫无疑问。"他回答得很轻松，"当然，一开始肯定不行；他是他们手里的王牌，他们也知道这一点。但如果你达到了某种程度，然后对他们说你要终止测试，除非他们能让你跟他见面——"他故意把话停在这里。鱼饵放出来了。一个巨大且闪闪发光的鱼钩被抛入水中。钩子显眼，鱼饵也不美味，然而眼前这条坚强的小鱼并不清楚。

她若有所思地看着他。那一天，她没再说话。

而现在，大约一周后，雨鸟突然来了个大转弯。这样做并没有什么具体的原因，但他的直觉告诉他，进一步的诱导已经不起作用了。现在该扮可怜，就像布尔兔[1]求狐狸不要把它扔进荆棘地里一样。

"你还记得我们之前说的话吗？"他以此开始了谈话。他正在厨房里给地板打蜡。她则假装在冰箱里挑选零食，一只干净的粉红色小脚立在另一只脚后面，他能够看到脚底——这个姿势让他奇怪地联想起自己的少年时光。不知怎的，他觉得这有几分吸引力，几乎是神秘的。他再次倾心于她。这时她转过头来，怀疑地望着他。她的头发绑成了马尾辫，垂在一边的肩膀上。

"嗯，"她说，"我记得。"

"好吧，我一直在琢磨，我开始问我自己，凭什么给别人出主意。"他说，"我甚至连从银行贷一千美元给自己买辆车都办不到。"

"哦，约翰，那说明不了什么——"

"能。要是我有文化，我就能成为像霍克斯特博士那样的人。受过大学教育的人。"

1.美国文化中经典的兔子形象，以其机智和不循常理深入人心，最早出现在"雷穆斯叔叔"系列南方故事当中，后被迪士尼搬上银幕。

对此，她十分轻蔑地回道："我爸爸说过，任何一个傻瓜想要搞到大学文凭都很容易。"

他打心底里非常高兴。

2

三天后，小鱼吞下了鱼饵。

查莉告诉他，她已经决定配合他们进行测试。她会小心的，她说。同时，如果那些人不知道该怎么办，她也会让他们小心。她板着脸认真地说，脸色苍白。

"别那么做，"约翰说，"除非你全都想清楚了。"

"我想过了。"她低声说。

"你是为了他们做这些吗？"

"不！"

"很好！那你是为了你自己？"

"是的，为了我，也为了我爸爸。"

"没错。"他说，"还有查莉——一定要牵着他们的鼻子走，明白吗？你已经向他们展示过你有多坚强了。不要让他们看到你的软肋。如果被他们看到了，他们一定会利用的。保持坚强，你懂我的意思吧？"

"我……应该吧。"

"他们得到他们想要的，你也该拿到你想要的。每次都是，没有赠品。"他的肩膀垂了下来，眼睛失去了神采。她不喜欢看他一副挫败、失落的样子。"别让他们像对待我那样对待你。我把我四年的生命和一只眼睛都给了这个国家，其中一年我被塞在地洞里，抓虫子吃，天天高烧，闻着自己的屎，不停地从头发里捉虱子。等我终于出来了，他们说太感谢你了，约翰，然后往我手里塞了一个拖把。他们偷了我的东西，查莉，明白吗？不要让他们那样对待你。"

"我明白。"她郑重地说。

他稍微振作了一点，露出微笑。"所以你打算哪天找他们？"

"我打算明天去见霍克斯特博士。我会告诉他我准备跟他合作……一下下。然后我会……我会告诉他我想要的东西。"

"好吧，一开始别跟他们要太多。这就像巡回马戏团，查莉。在拿到钱之前，先给他们变几个小戏法。"

她点点头。

"但你得让他们看见谁是老大，对吧？让他们知道谁说了算。"

"没错。"

他的笑容更灿烂了。"好姑娘！"他说。

3

霍克斯特非常愤怒。

"你到底在玩什么鬼把戏？"他对雨鸟大喊。他们在上校的办公室里。他敢大喊大叫，雨鸟心想，是因为有上校在场。他又打量了一眼霍克斯特那双深蓝色的眼睛、通红的脸颊、发白的指节，然后承认自己可能做得不妥。他竟敢擅闯霍克斯特的神秘花园，还在里面做了不少手脚。停电之后对霍克斯特的粗鲁无礼只是一方面；留给霍克斯特的时间不多了，他自己也知道。现在完全是另一回事了，雨鸟想。

雨鸟只是盯着霍克斯特。

"你说的那些根本不可能！你很清楚她根本不能去见她的父亲！还什么他们得到他们想要的东西，你得到你的。"霍克斯特说，"你这个蠢货！"

雨鸟继续盯着霍克斯特。"别再叫我蠢货了。"他用完全正常的声音说。霍克斯特畏缩了一下，但只有一点点。

"别吵了，先生们，"上校说，"别吵了。"

他的桌子上有一台录音机。他们刚刚听完那天上午雨鸟跟查莉的谈话。

"显然，霍克斯特博士并没有注意到他的团队最终能获得一些东西。"雨鸟说，"百分之百提升他们的实用知识储备，如果我的数学还算过关的话。"

"因为一场不可预见的事故。"霍克斯特绷着脸说。

"一场由于你们这些人都太短视而导致的失控事故，"雨鸟揶揄道，"可能你们都在忙着跟小白鼠玩吧。"

"够了，先生们！"上校说，"我们在这里不是为了相互扣屎盆子，这次碰头还有别的目的。"他看向霍克斯特，"现在该你上场了。"他说，"但我得说，你这个人，一点感恩之心都没有。"

霍克斯特嘟囔了一声。

上校看向雨鸟："你也一样。我觉得你在扮演狱友的过程中戏有点过了。"

"你这么觉得？那是你没看明白。"他从上校看向霍克斯特，然后又看向上校，"我想，你们两个的理解力好像都不太够用。你手里还有两个儿童心理学的博士，要是你们这帮人真代表了这个领域的普遍水平，那心理出问题的孩子们麻烦可就大了。"

"你说得倒轻巧，"霍克斯特说，"这——"

"你根本就不知道她有多聪明。"雨鸟打断了他，"你根本就不明白……她有多么擅长把握事物之间的因果联系。在她身边工作就像蹚雷区找出路。我把这个胡萝卜加大棒的策略讲给她，是因为她自己也能想到。通过替她着想，我才得到了她对我的信任……实际上，我是把劣势变成了优势。"

霍克斯特刚张嘴想要说些什么，上校便伸手制止了他，然后转向雨鸟。他语气柔和、抚慰人心，没人能……但在这时，雨鸟就是那个"没人"。"但你的行为限制了霍克斯特和他的团队能走多远，这一点是无可辩驳的。她迟早会明白，自己最终的请求——跟爸爸见面——是不会被允许的。我们都明白，一旦让他们见面，这个女孩可能永远都无法为我们所用了。"

"对极了。"霍克斯特说。

"而且，如果她真像你说的那样聪明，"上校说，"她迟早会把我们逼进这个死胡同。"

"她会的。"雨鸟表示同意，"到那时，一切就都结束了。无论如何，只要见到他，她就会明白我一直都在骗她。这会让她明白，我一直都在为你们效力。所以现在就只剩下一个问题，你们能让她配合多久。"

雨鸟俯身向前。

"有几个关键点。首先，你们必须明确一点：她根本就不可能随心所欲地为你们所用。她是个人，是一个想见爸爸的小女孩。她并不是小白鼠。"

"我们已经——"霍克斯特开始不耐烦。

"不，不，你们没有。这一点可以追溯到实验奖励机制的基础。胡萝卜加大棒。查莉觉得她可以把放火当作胡萝卜，一步步把你们，还有她自己，引到她爸爸那里去。但我们都知道事实并非如此。实际上，她爸爸才是那根胡萝卜，是我们在引导她。在一头骡子眼前绑一根胡萝卜，它就能犁完四十里地，因为骡子蠢。但这小姑娘一点也不蠢。"

他抬头看了看上校和霍克斯特。

"我一直都说。这就像往橡树里敲钉子——头一次被砍的橡树。你们知道吗，那很难办；你们应该都记不得了。迟早她会明白过来，让你们滚蛋。因为她不是骡子，更不是实验室里的小白鼠。"

而且你想让她退出实验。上校厌恶地想。你想让她赶紧退出，然后杀了她。

"所以你们必须从这个基本事实出发，"雨鸟继续说，"才能开始。然后你们就要想办法，尽可能延长跟她合作的时间。然后，等时间耗尽了，你就可以安心写报告了。如果能拿到足够的资料，拿个大奖升个职还是没什么问题的。吃到胡萝卜，然后你就可以给那些可怜又无知的蠢货一次次注射你的女巫精心熬制的灵丹妙药了。"

"你这是在侮辱人。"霍克斯特嚷道，声音尖厉。

"我没说你是蠢货。"雨鸟回答说。

"你觉得该怎样延长跟她合作的时间？"

"你们可以每次都只给她一点点好处。"雨鸟说，"去草坪上散个步，或者……所有小姑娘都喜欢骑大马。我敢打赌，找个马倌带她骑着马绕马厩走一圈，你们就能让她配合你们做五六次实验。这应该足够让霍克斯特这种只会爬格子的码字工人忙活五年了。"

霍克斯特腾地站了起来。"我可不是来这儿坐着听你说这些的。"

"坐下，闭上嘴。"上校说。

霍克斯特脸涨得通红，似乎准备跟雨鸟打一架；然而这股勇气来得快去得也快，很快又变成了一副快要哭出来的表情。

然后他就坐下了。

"你们还可以让她进城，逛逛商场。"雨鸟说。

"也许你们还可以安排她去佐治亚州的六旗游乐场，坐坐过山车。甚至还可以让她的好朋友，护工约翰，陪她一起去。"

"你真的觉得这样就能——"上校开口了。

"不，我没这么觉得。这不会维持多久。她迟早会提出要去见她爸爸。但她也是个人，她也有自己想要的东西。她可以替你们做很多，按照你们的意图，同时自行合理化，这不过是让你们掏钱前给你们变的小戏法。但最终她还是会要求见她亲爱的老爹，毫无疑问。她不是那种会屈服的人。她很坚强。"

"而那就是这段旅程的终点了。"上校意味深长地说，"大家都得下车，项目结束了，至少是告一段落。"很大程度上，结束这一切的前景令他倍感欣慰。

"这倒不完全对，不，"雨鸟微笑着说，一副无忧无虑的样子，"我们还有一张牌可打。当小胡萝卜不管用的时候，我们还能拿出更大的。不是她爸爸——不是头等奖——而是能让她配合更久的东西。"

"是什么？"霍克斯特问。

"你自己想吧。"雨鸟仍微笑着，不再言语。上校可能已经想到了，尽管过去的半年里他受到了沉重的打击，但只用一半脑子，他也比他所有的手下（以及所有觊觎他位置的人）聪明。至于霍克斯特，他永远也猜不出来。在庸碌无能这方面，霍克斯特绝对称得上登峰造极。比起其他地方，他的这一特点在联邦官僚主义之下简直如鱼得水。毕竟，霍克斯特连跟着味道去找一块抹了狗屎的奶油乳酪三明治都很难做到。

无论他们是否能想出这个小把戏里的最后那根胡萝卜（有人可能会说是"胡萝卜王"）是什么，对结局其实都没有影响。雨鸟始终可以稳稳地坐在驾驶座上。他可能会问问他们：既然她的爸爸不在这里，那么谁是她的爸爸呢？

让他们继续想吧，如果他们想得出来。

雨鸟继续面带微笑。

4

安迪·麦吉坐在电视机前。小小的琥珀色家庭影院方形指示灯在电视上方闪烁。屏幕上，理查德·德莱福斯[1]正忙着在客厅里搭建魔鬼峰。安迪的表情平淡而安详，愉悦地观看着，然而内心却焦躁不安。就是今天了。

对安迪来说，停电后的三周，紧张和压力几乎让他无法忍受，同时还伴随着一丝负罪的兴奋。他现在既可以理解苏联克格勃是如何激发此般恐惧的，同时又能体会到乔治·奥威尔笔下的温斯顿·史密斯有多么享受他那疯狂而鬼鬼祟祟的短暂反叛。他再次拥有了秘密。这秘密噬咬着他，让他不安，就像它们对待所有背负着秘密的人那样。但它的存在同样令他感受到自己的完整和强大。他现在蒙骗了他们。天知道他能坚持多久，或者这样做会有什么后果，但重要的是他正在为此努力。

快到十点了。品乔，那个永远笑个不停的人，会在十点到他的房间。他们会到花园散步，"讨论他的进步"。安迪准备推动他……或者至少尝试一下。他本可以早早尝试，但总有监视器和无处不在的窃听设备碍事。这段等待的时间让他有机会谋划进攻路线，并仔细考虑其中的漏洞和不足。实际上，他已经在脑海中进行了多次修补。

每天晚上，他都躺在床上，一遍又一遍地思考：老大哥在看着你[2]。要永远记住这一点，把它刻在心里。他们把你锁在老大哥的前脑里，而如果你真的想帮查莉，你就得继续蒙骗他们。

他现在睡觉的时间比之前任何时候都要少，主要是因为害怕自己会说梦话。有些晚上，他不得不清醒地平躺几个小时，甚至不敢翻身，以免他们质疑一个嗑药上瘾的人怎么会辗转反侧。当他半梦半醒时，奇怪的梦境就会出现在他的脑海当中（通常都是高个子约翰·西尔弗的形象，那个装着一条木腿的独眼海盗），而且很容易醒过来。

1.理查德·德莱福斯（Richard Dreyfuss, 1947—），美国演员。此处及后文的情节均来自他的代表作《第三类接触》。
2.源自乔治·奥威尔的小说《一九八四》。书中的政府头目"老大哥（Big Brother）"彻底控制着国民。"老大哥在看着你"这一标语提醒人们注意，他知道他们所做的一切。

躲过吃药是最容易的部分，因为他们已经相信他上瘾了。给药的频率是每天四次，而在停电之后，他们也没再给他安排过测试。他相信他们已经放弃了，而这正是今天散步时品乔会告诉他的事情。

有时候，他会把药片从喉咙里咳出来，捂住嘴巴吐在手里，然后放进食品包装袋，找机会跟垃圾一起丢掉。更多时候他会直接丢进厕所。有时他假装用姜汁汽水服药，然后把药片吐进汽水罐里，再假装忘了喝剩下的半瓶汽水，让它在里面溶解，最后倒进水槽里。

天知道他在这方面一点也不专业，而那些监视他的人又训练有素。但他觉得他们已经不再严密监视他了。如果他们严密监视，他肯定会被抓到。而直到现在，他还平安无事。

德莱福斯和那个被外星人带走儿子的女人正在攀登魔鬼峰，这时门铃突然短促地响了一声。安迪努力控制住自己，没有一下子蹦起来。

时候到了，他再次告诉自己。

赫尔曼·品乔走进客厅。他比安迪矮，还非常瘦。安迪总觉得他有些娘娘腔，但又没法明确地指摘这一点。今天他穿了一件灰色高领毛衣和一件夏装夹克，看上去非常完美，而且，当然，满脸堆笑。

"早上好，安迪。"他说。

"哦。"安迪应了一声，然后停住，好像在思考什么，"你好啊，品乔医生。"

"你介意我把电视关掉吗？我们应该去散个步，你知道的。"

"哦，"安迪皱了皱眉，似乎很为难，然后恢复常态，"可以的。这片子我都看了三四遍了。但我喜欢这个结尾。太美了。外星人把他带走了，你知道的。去外星了。"

"没错。"品乔说着关掉了电视，"我们可以走了吗？"

"去哪儿？"安迪问。

"去散个步。"赫尔曼·品乔耐心地说，"还记得吧？"

"哦，"安迪说，"当然。"他站起身。

5

安迪房间外的大厅很宽敞，地上铺着瓷砖，光线柔和。不远处有一个通信或计算机中心，人们把打孔卡片放进机器，然后打印出色板，传出轻型机械的嗡嗡声。

一个穿着定制运动外套——政府特工的标配——的年轻人，正在安迪的房间外东游西逛。他的胳膊下面鼓出来一块。这名特工是标准操作流程的组成部分之一，当安迪和品乔散步时，他会远远地跟在后面，注视着他们，但听不到他们的谈话。安迪想他应该构不成什么麻烦。

当安迪和品乔慢慢走到电梯前，这名特工仍跟在他们身后。安迪心跳加速，感觉整个胸腔都在跟着颤抖。但他仍在以不被人察觉的方式注视着周围的一切。走廊里大概有十几扇光秃秃的门。以前穿过走廊去散步时，他曾看到其中几扇门打开过——有一个房间是小型图书室，还有一间是影音室——但其中大多数房间，他都无从知晓它们的用途。查莉——他想到她可能也在这些房间中的某一间里……或者在建筑的其他部分。

他们走进电梯，电梯的空间足够大，能够容纳医院里的推床。品乔拿出钥匙，插进一个钥匙孔，拧了一下，然后按了一个没有标记的按钮。门关上，电梯平稳上升。"商店"特工站在电梯厢的后面，安迪把手插在裤袋里，脸上挂着一抹冷漠而呆滞的微笑。

电梯门打开了，这一层曾经是舞厅。抛光的橡木地板被用钉子连在一起。横穿大厅，有一座双螺旋上升的楼梯，优雅地旋转着通往上层。左边是一扇法式大门，门外有一座阳光明媚的露台，远处是一个假山庭院。右边则是一扇半开着的沉重橡木门，里面传出打字的声音，当天的两大包文件正在被飞速录入。

这里到处都弥漫着鲜花的芳香。

品乔打头，穿过阳光明媚的大厅，安迪则一如既往地评价起了用钉子连接的橡木地板，仿佛自己此前从未注意过。他们穿过那扇法式大门，"商店"特工仍旧在他们身后如影随形。天气很暖和，近乎湿热，蜜蜂在空中懒洋洋地发出嗡嗡声。假山庭院以外是绣球花、金钟花和杜鹃花组成的花丛。割草机的声音不时传来，仿佛永不停歇。安迪愉悦地面朝太阳，流露出发自内心的感激之情。

"你觉得怎么样，安迪？"品乔问。

"很好，很好。"

"你知道，你在这里已经快半年了。"品乔用一种"美好时光竟然总是如此短暂"的口吻对安迪说。他们向右拐，来到一条碎石小路上。金银花和黄樟的香气扑面而来。鸭塘的一侧，在另一栋建筑附近，两匹马正在慢跑。

"那么久了。"安迪说。

"是啊，是很久了。"品乔说，咧嘴笑了，"而我们已经认定你的能力……有所减弱，安迪。实际上，你也知道，我们根本没有得到任何结果。"

"是啊，你们一直给我喂药。"安迪责怪似的说，"你不能指望我在嗑嗨了的时候还表现出最好的水平。"

品乔清了清喉咙，但并没有指出，前三次测验时他们并没有给安迪服用药物，而那三次同样没有任何结果。

"我的意思是，我已经尽力了，品乔医生。我努力过了。"

"是的，是的，你当然已经尽力了。所以我们觉得——实际上，是我觉得——你应当休息一下。'商店'在夏威夷群岛的毛伊岛上有一处基地，安迪。而且最近我要写一份半年报告。你觉得如何？"品乔的笑容已经扩大到少儿节目主持人的程度，仿佛即将给眼前的小朋友一个惊喜——"如果不久后我提议把你送到那里去，你觉得怎么样？"

不久后，可能是两年，安迪想，也可能是五年。他们想继续观察他，以免他的精神支配能力复苏。也许是把他当作王牌藏在那里，用来对付查莉那边可能出现的意想不到的困难。但到最后，他理所当然会发生意外，死于服药过量或是"自杀"。用奥威尔的话说，他会成为一个"非人"。

"我还能继续吃药吗？"安迪问。

"哦，当然。"品乔说。

"夏威夷……"安迪出神地念叨着，然后他环顾四周，脸朝向品乔，希望让他看到自己脸上狡黠又愚蠢的表情。

"也许霍克斯特博士不想让我走，我感觉。"

"哦，他会同意的。"品乔向他保证，"他喜欢你，安迪。而且无论如何，你是由我负责的，不是霍克斯特博士。我可以向你保证，他会听从我的建议。"

"但你连这个事情的备忘录都还没有写呢。"安迪说。

"不，因为我觉得我应该先和你谈谈，安迪。而且说真的，霍克斯特博士那边，不过就是走个形式。"

"再做一系列测试可能比较稳妥，"安迪说，同时在品乔身上轻轻发力，"以防万一嘛。"

品乔的眼睛突然以奇怪的方式闪烁了一下。他的笑容渐渐退去，变得困惑，进而完全消失了。现在，品乔反倒像是个瘾君子，这让安迪产生了一种罪恶的满足感。蜜蜂在花丛中流连，空气中弥漫着新割的青草的气息，厚重得几乎让人窒息。

"打报告的时候，你要提议再多做一系列测试。"安迪重复说。

品乔的眼神恢复正常，他的笑容也回来了。"当然，夏威夷的事情暂时只有咱们两个知道。"他说，"写报告的时候，我会提议再做一系列测试。这样做比较稳妥，以防万一嘛，你知道的。"

"但在那之后，我能去夏威夷吗？"

"当然，"品乔说，"在那之后。"

"另一系列测试，可能需要三个月？"

"没错，大约三个月。"品乔微笑着看着安迪，仿佛他是个品学兼优的好学生。

他们正在朝鸭塘走去，鸭子们正懒洋洋地在如镜的水面上穿行。两人在鸭塘边停了下来。他们身后那个穿运动装的年轻人正看着在鸭塘远端骑马缓行的一对男女。他们的影子倒映在水面上，随着一只白色鸭子平稳的长距离滑行而破碎。安迪觉得这对男女仿佛邮购保险宣传单上的人物，就是那种总是从周日的报纸里掉出来，落在你的膝盖上或是咖啡里的东西。

他的头突然感到轻微的阵痛。并不严重。但出于紧张，他险些用比所需力度更强的力量推动品乔，而那个年轻人可能已经注意到了结果。他似乎并没有朝这边看，但安迪绝不会掉以轻心。

"跟我说说附近的道路和村子的情况吧。"安迪轻声说，然后再次轻轻用力。从以往各种各样的谈话中，他可以确定此处离华盛顿不远，同时离 CIA 位于兰利的总部也很近。除此之外，他一无所知。

"这地方很漂亮，"品乔像是在说梦话，"自从他们把那些坑填上之后。"

"是的，这地方是不错。"安迪说完便不再开口。有时推动会让被推的人产生一种近乎催眠一般的记忆回溯，通常是通过一些模糊的联想，而打断它是非常不明智的。它可能会导致记忆回溯，记忆回溯会造成反弹，而反弹可能会造成……好吧，几乎是任何可能。这曾发生在一个叫沃尔特·米蒂的经理身上，那次把安迪吓得魂不附体；最后倒不至于产生什么严重的后果，但如果眼前这位朋友突然大声尖叫，那后果可能也不会太好。

"我妻子喜欢那东西。"品乔继续说，如同说梦话一般。

"什么东西？"安迪问，"她喜欢什么？"

"她的新款垃圾处理器，那东西非常……"

他停了下来。

"非常漂亮。"安迪提醒说。那个穿运动服的人稍微靠近了一些，安迪感觉自己的上唇已经微微冒汗。

"非常漂亮。"品乔同意道。他迷迷糊糊地望向鸭塘。

"商店"的特工又靠近了一些。安迪决定自己可能还要再冒一次小小的险……再非常轻地推一次。品乔呆呆地站在他身边，仿佛一个显像管爆掉的电视。

跟着他们的特工从地上捡起一块木块，扔进水里。它轻轻地撞击水面，水波扩散开来，在阳光下闪闪发光。品乔的眼睛眨了眨。

"这周围非常漂亮，"品乔说，"有很多山丘，你知道的。很适合骑马。有时间的话，我和我妻子每周会出去骑次马。我猜离这儿最近的是西边的道恩镇……西南边，实际上。很小的镇子，道恩镇在三〇一号高速公路上，东边离这儿最近的是盖瑟镇。"

"盖瑟镇在高速公路上吗？"

"不，还得再走一小段。"

"道恩方向的三〇一号高速公路通往哪里？"

"呃，一直到华盛顿，要是往北开的话。往南的话，大部分路是去里士满。"

安迪本来还想问问品乔查莉目前的情况，但他的反应让安迪有些害怕。他联想到了他老婆、坑、漂亮，还有——很诡异的——垃圾处理器。这很不寻常，不知怎的让人十分不安。虽然品乔可能是个容易被推动的对象，但并不是一个好的实验对象。也许是因为品乔的心中潜藏着某种不安，虽然他通过自我约束让自己获得了正常的外表，但天知道他内心深处潜藏着怎样姑且偏安一隅的暗流。推动精神不稳定的人，可能会导致各种不可预见的后果。如果没有特工跟在身后，他可能还会继续尝试（在经历了这么多事情之后，他并不会对扰乱赫尔曼·品乔的精神状况心存愧疚），但现在他不敢这么做。一个具有精神推动能力的精神病学家可能是人类莫大的福祉……但安迪并不是精神病学家。

也许这只是庸人自扰，不过是记忆回溯而已；以前他经常遇到这种情况，很少有人出现失控。但他无法信任品乔。这人太爱笑了。

他内心深处突然传来一个冷酷且凶残的声音，仿若来自他潜意识深处的某个暗井：让他回去，杀了自己。推他。用力推。

他努力摆脱这个声音，感到害怕，还有点恶心。

"好吧，"品乔说，环顾四周，咧嘴笑了，"我们回去吧，好吗？"

"好啊。"安迪说。

他开始行动了，然而他还是对查莉一无所知。

6

部门间备忘录

寄件人：赫尔曼·品乔

收件人：帕特里克·霍克斯特

日期：九月十二日

主题：安迪·麦吉

过去的三天里，我已重新浏览过所有文字档案及大部分录音资料，并已与麦吉面谈。自我们于九月五日讨论后，情况并无实质性改变，但目前看来，倘若没有明确的反对意见，我认为应当将夏威夷计划暂时搁置（就像霍利斯特上校自己说的："不过浪费点钱罢了！"）。

实际上，帕特，我认为以防万一，我们应当再进行一组测试。在那之后，我们或许可以再考虑将他送到毛伊岛。我认为最后这一系列测试需要持续三个月左右。

请在我开始必要的文书工作之前提供建议。

赫尔姆

7

部门间备忘录

寄件人：P.H.

收件人：赫尔曼·品乔

日期：九月十三日

主题：安迪·麦吉

我不明白！上次讨论的时候我们明明已经达成共识——你也同意了——麦吉那个废物早就凉透了。这又不是什么一失足成千古恨的事！

如果你非要再安排一组测试——手脚麻利一点，可以随你的便。我们计划下周对那个女孩开始测试，但由于各种各样的干预因素，预计跟她合作的时间不会太久。虽然如此，让她父亲待在旁边也许并不是坏主意……让那废物当个"灭火器"？？？

哦，对了——那确实是"浪费钱"，但浪费的可是纳税人的钱。这个问题可马虎不得，赫尔姆。霍利斯特上校说的话不是每一句都靠谱。记着点。

最多让他再待上六到八周，除非你能搞出什么结果……要是你真能搞出来，让我生吃你的小牛皮皮鞋都可以。

帕特

8

"该死的狗娘养的。"读完这份备忘录，品乔大声咒骂。他重新读了一遍第三段：这个霍克斯特，这个拥有全新修复一九五八年款雷鸟车的霍克斯特，竟然在钱的问题上教训他。他把备忘录揉成一团，扔进废纸篓，然后一屁股坐进椅子里。最多两个月！他一点也不喜欢这样。三个月会更合适的。他真的觉得——

他的脑海里突然莫名其妙地浮现出他家里装的那台垃圾处理器。他同样不喜欢这个，不知怎的，这台垃圾处理器最近经常闯进他的脑海，而且他似乎无法将它清除出去。尤其是当他开始处理跟安迪·麦吉有关的问题时，这个情况尤其严重。机器中央有个黑色的洞，上面有一层橡胶薄膜……就像阴道……

他向后靠在椅子上，脑子止不住地胡思乱想。当他终于摆脱这一想法时，却不安地发觉时间已经过去将近二十分钟了。他抽出一张空白的备忘录，给老浑蛋霍克斯特写回信，心里还在抱怨霍克斯特那句装模作样的话，"那确实是浪费钱"。他努力控制自己不再提三个月的要求（在他脑海里，那台垃圾处理器的图像再度浮现）。既然霍克斯特说两个月，那就两个月吧。但如果麦吉的测试真的有了结果，一刻钟内，霍克斯特一定会在他桌上发现一双九号的小牛皮皮鞋，旁边还给他配好了刀叉和佐料。

写完回信，他胡乱在最底下签了个名，身子往后一靠，揉起自己的太阳穴。他觉得头很痛。

在高中和大学时代，品乔一直是个隐秘的异装癖。他喜欢穿女人的衣服，因为他觉得那样的自己非常……好吧，非常漂亮。大三那年，作为 Δ Τ Δ 兄弟会（Delta Tau Delta）的成员，他的癖好被两个兄弟会成员发现。让他们保持沉默的代价是羞辱仪式，跟品乔自己热衷参与并认为自己很有幽默感的欺负新生活动没有什么不同。

深夜两点，那两个发现他秘密的同学把垃圾堆满整个联谊会厨房，强迫品乔只穿着女士内裤、长袜、吊袜带和文胸，文胸里还塞满了报纸，把厨房打扫干净，同时不断吓唬他：有"兄弟"下来吃夜宵了，他要暴露了！

这一事件最终以相互手淫告终。品乔觉得自己应当心存感激——可能这是唯一让他们一直守口如瓶的原因。但他最终还是退出了兄弟会，同时对自己感到恐惧和厌恶，很大程度上是因为他发觉自己竟会在这一事件中感到兴奋。从那以后，他再也没穿过异性服装。他有一个可爱的妻子和两个乖巧的孩子，这足以证明他不是同性恋。这些年来，他甚至没再想起过这件让人丢脸的恶心事。然而——

那台垃圾处理器的图像，那光滑的、表面有橡胶薄膜的黑色的洞在他脑子里挥之不去。他的头痛越发严重了。

安迪的推动所导致的记忆回溯开始了。现在它处于慢动作的阶段；垃圾处理器的图像，以及要打扮得漂漂亮亮的想法，仍只是断断续续地出现。

但它开始加速了，开始不断反弹。

直到让人无法忍受。

9

"不，"查莉说，"这是不对的。"然后她转身，再次从右边离开了小房间。她脸色苍白，显得很紧张。眼睛下面出现了暗色的眼袋。

"嘿，哇哦，等一下，"霍克斯特说着伸出手，轻轻笑了笑，"有什么问题，查莉？"

"都有问题，"她说，"都不对。"

霍克斯特看了看整个房间。在一边的角落里，一台索尼电视机已经安装妥当。电视线路从装了隔音板的墙上穿过，与隔壁观察室的录像机连通。房间中央的桌子上有一个盛满木屑的钢制托盘。托盘左边是一个脑电波记录仪，一个穿白大褂的年轻人正在调试它。

"我还是不明白。"霍克斯特说。他的脸上仍挂着慈祥的笑容，但心里早已抓狂。根本用不着读心术就能看穿这一点；瞧瞧他的眼睛就知道了。

"你们根本不听我说话，"她尖声回答，"你们都不听，除了——"

（除了约翰，但是你不可以说出来）

"告诉我怎么办，好不好？"霍克斯特说。

她仍余怒未消。"如果你听我讲话了，你就会知道。那个盛着木屑的钢托盘没问题，但只有它没问题。那桌子是木头的，墙上的东西都是易燃的……还有那家伙身上穿的衣服。"她指向那个技术员，后者被吓了一跳。

"查莉——"

"还有那个摄像机，也是能着火的。"

"查莉，那摄像机是——"

"它是塑料的，易燃易爆炸，一旦炸掉，里面的小零件就会炸得到处都是。而且这里还没有水！我告诉过你，一旦我开始放火，我就会把它往水里引。我爸爸和妈妈是那样教我的。我得把它推到水里，把它弄灭。不然……不然……"

她大哭起来。她想约翰了，她想爸爸了。关键是，哦，最关键的是，她不想待在这里，她昨晚一宿没睡。

霍克斯特若有所思地望着她。眼泪、情绪低落……他觉得这些都说明她真的已经做好准备要配合测试了。

"没问题，"他说，"没问题，查莉。你告诉我们该怎么办，我们就怎么办。"

"这样才对，"她说，"不然你们什么也别想得到。"

霍克斯特暗想：我们会得到一切，你这小婊子。

事实证明，他是对的。

10

下午晚些时候，他们把她带到另一个房间。当他们把她带回公寓后，她在电视机前睡着了——她的身体足够年轻，尽管内心焦虑不安，但生理需求还是占了上风——睡了将近六小时。结果在吃了一顿汉堡和薯条作为午餐后，她感觉好多了，自控能力也有所恢复。

她花了很长时间检查这个房间。

那盘木屑放在一张金属桌子上。墙壁是灰色的工业钢板，没有任何装饰物。

霍克斯特说："那边的技术员穿的是石棉制服和石棉便鞋。"他声音压得很低，仍然带着慈祥的微笑。脑电波仪器操作员看上去很热，躁动不安。他还戴了副白色的布口罩，以免吸入石棉纤维。霍克斯特指了指远端墙上的一块方形的、狭长的镜面玻璃。"那是一块单向玻璃，我们的摄像机放在后面。浴盆也准备好了。"

查莉走了过去，那是一个老式的爪足浴盆，在这个空荡荡的房间里，它显得格格不入。里面装满了水。她想这样应该可以了。

"好的。"她说。

霍克斯特把嘴咧得大了一些。"很好。"

"你也要去别的房间。做那件事的时候我不希望你在旁边看着我。"查莉神秘地盯着霍克斯特，"说不定会发生什么。"

霍克斯特慈祥的笑容隐去了几分。

11

"她是对的，你知道。"雨鸟说，"只要听她的，你就能一步到位。"

霍克斯特瞅着他，嘴里嘟囔着什么。

"但你还是不信，对吧？"

霍克斯特、雨鸟和上校站在单向玻璃前。在他们身后，摄像机窥视着整个房间，而索尼录像机则正在发出几不可闻的嗡嗡声。玻璃多少有些偏光，让测试房间里的一切看上去都是淡蓝色的，就像坐灰狗巴士时看到的风光。技术员把查莉和脑电波仪器连接在一起。观察室里的一台显示器随即呈现出她脑电波的图像。

"看看这些阿尔法波，"一个技术员喃喃自语，"她真的兴奋起来了。"

"害怕，"雨鸟说，"她真的很害怕。"

"你信了，对吧？"上校突然发问，"一开始你还不信，但现在你信了。"

"没错，"雨鸟说，"我信了。"

在隔壁房间里，技术员从查莉身边走开。"这边准备就绪。"

霍克斯特扳动一个开关。"准备好你就开始吧，查莉。"

查莉朝单向玻璃瞥了一眼。有那么一刻，她似乎盯住了雨鸟的那只眼睛。

他回看着她，微微一笑。

12

查莉·麦吉盯着单向玻璃，除了自己，她什么都没看到……但被人盯着的感觉却非常强烈。她希望雨鸟能在玻璃后面，那会让她感觉更放松一点。但她并没有感觉到他的存在。

她回头望向那盘木屑。

不是推动，而是要猛地一推。她想着，发觉自己想那样做的同时感受到了厌恶和害怕。她很想那么做，那种感觉就像当一个人又热又饿，面对一杯巧克力冰激凌苏打时，会很想把它一口吞掉。那没什么，但首先你还想……好好品尝一下。

这个想法让她感到羞愧。她几乎是愤怒地摇了摇头。我为什么就不能想去做这件事？对于自己擅长的事情，人们总是乐于去做，就像妈妈和她的填字游戏，以及港市的那条街上的杜雷先生，他总是在做面包。自己家够吃了，他还会做一些送给别人。如果你擅长做一件事，你就很想……

木屑，她略带鄙夷地想，他们应该给我一点有挑战性的东西。

13

最先感受到的是技术员。他穿着石棉服装，感觉又热又燥，汗流浃背。一开始他以为只是衣服的缘故。随后他看到小女孩的阿尔法波达到高峰，这意味着她的注意力高度集中，同时大脑在进行头脑风暴。

炽热的感觉越发强烈——突然，他感到十分恐惧。

14

"来了来了，"观察室里的一个技术员兴奋地高声说，"温度刚刚一下子上升了十度，她的脑电波就像是他妈的安第斯山脉——"

"成了！"上校宣布道，"成了！"他的声音有些颤抖，仿佛千年等一回的巨大胜利唾手可得。

15

她尽可能地"猛推"那盘木屑。它们并没有像爆炸那样突然迸出火焰。片刻之后，托盘翻了两次，燃烧的木屑纷纷弹出，撞到墙上，力度足以在钢板上留下一个个小坑。

负责观察脑电波记录仪的技术员恐惧地大叫一声，突然朝门口冲了过去。他的叫喊声让查莉一下子回想起奥尔巴尼机场的情景。那是埃迪·德尔加多的喊声，他穿着着了火的军鞋，冲向女卫生间。

突然，她感到既恐惧又兴奋。哦，老天，这力量变得多么强大！

充当墙壁的钢板上出现了一种暗色的奇怪波纹。房间里的温度陡然升高。隔壁房间里的温度计已经由七十上升到八十，稍停片刻后又迅速爬上九十、九十四，随后才慢下来。[1]

查莉开始把火推向浴盆；她现在几近惊慌失措。浴盆里的水形成旋涡，随后迸出一连串气泡，只用了五秒钟，里面的凉水就变成了滚烫的、冒着热气的沸水。

技术员已经冲出房间，连测试室的门都顾不上关。观察室里则突然一阵骚动。霍克斯特大呼小叫，上校目瞪口呆地站在单向玻璃前，注视着浴盆里的沸水。水蒸气从里面升腾而出，单向玻璃被蒙上了一层雾气。只有雨鸟还很冷静，面带微笑，双手紧握背在身后。他就像一位老师，看着自己的明星学生用让旁人匪夷所思的解法，解决了一个超级难题。

（收回来！）

她的内心在尖叫。

（收回来！收回来！收回来！）

---

1. 分别约合 21.1、26.7、32.2、34.4 摄氏度。——编者注

突然，它消失了。有什么东西脱离了，旋转了一两下，然后一切都停止了。她的注意力分散了，于是火停了下来。她能够看清整个房间，同时感觉自己制造的热量让自己出了汗。在观察室里，温度爬升至九十六度[1]，随后下降了一度。沸腾的浴盆缓和下来——但至少有一半的水蒸发了。尽管门开着，这个小房间里仍像桑拿房般湿热难耐。

16

霍克斯特正在疯狂地鼓捣他的仪器。他的头发通常干干净净、整整齐齐地梳向后面，此时也已经乱七八糟，看上去就像是电视剧《小淘气》里的"阿尔法法"。

"成了！"他上气不接下气地喊道，"成了，我们成了……都录下来了……还有温度计记录……你看见浴盆里的水都开了吗？……老天！……我们录音了吗？……录了吗？……我的老天啊……你看到她做了什么吗？"

他从一个技术员身前走过，突然又转过身去，一把抓住他的衣服前领。"她做的这一切，你还有疑问吗？"他大声嚷道。

那个技术员几乎跟霍克斯特一样兴奋，摇晃着脑袋。"毫无疑问，老大，一点疑问都没有。"

"万能的神啊，"霍克斯特说着，转着圈走开，神情再次变得恍惚，"我就说……会这样……没错是这样……但那托盘……飞了……"

他看到了雨鸟，后者还是背着手站在单向玻璃前，脸上带着温和且

令人困惑的微笑。对霍克斯特来说，此前的怨恨已经烟消云散。他冲到大块头印第安人跟前，抓着他的手，紧紧握住。

"我们成了。"他以极度满足的语气对雨鸟说，"我们大获成功啊！这下什么人来找我们的碴都不用怕了！哪怕是狗娘养的最高法院！"

"没错，没错，你们成了。"雨鸟友善地表示赞同，"现在你最好派人把她带回来。"

"哈？"霍克斯特看着他，一脸茫然。

"好吧。"雨鸟仍在用最和气的口吻跟他说话，"屋子里一开始还有个人，但他好像忘了自己有个重要的约会，因为他刚才跟火烧屁股似的跑了出去。他连门都没顾得上关，而你的小打火机也出去了。"

霍克斯特目瞪口呆地盯着玻璃那面。水雾在一定程度上遮蔽了视线，但不妨碍他看到房间里空空荡荡，只剩下那个浴盆、脑电波仪器、翻倒的钢制托盘，以及还在燃烧的木屑。

"你们谁去把她找回来！"霍克斯特转身喊道。五六个人站在仪器旁边，谁都没动。显然，除了雨鸟，谁都没注意到那女孩一出门，上校也跟着出去了。

雨鸟对着霍克斯特咧嘴一笑，同时抬眼望向其他人。这些家伙的脸突然都变得煞白，跟他们的白大褂一个色号。

"嘿，"他轻声说，"你们中有谁愿意去把那个小女孩带回来？"

所有人都一动不动。这真的很有意思；雨鸟突然想到，当那些政治家耍完自己的把戏，发觉导弹真的已经上了天，炸弹倾泻而下，森林与城市都在熊熊燃烧时，他们一定也是这副表情。这真的太好笑了，他忍不住了……哈哈哈哈哈……哈哈哈哈哈……

17

"这太漂亮了，"查莉轻声说，"这些都太漂亮了。"

他们正站在鸭塘附近，距离几天前她爸爸和品乔驻足的地方不远。今天比前些天凉快了不少，一些树叶已经开始变色。一股比微风稍大一些的轻风，吹皱了池塘的水面。

查莉朝着太阳抬起头，闭上眼睛。雨鸟站在她旁边。出国参战之前，他曾在亚利桑那州的斯图尔特营地守过半年仓库。任务结束后，他也曾在那些长期不见天日的男人脸上看到过同样的表情。

"你想去马厩看看马吗？"

"哦，好啊，没问题。"她立刻回答，然后害羞地瞥了他一眼，"我是说，要是你不介意的话。"

"介意？能出去转转我也很高兴。这对我来说是休息。"

"他们派你来的？"

"不是。"他说。他们开始沿着池塘，朝远处的马厩走去。"他们问谁愿意来陪陪你，我觉得应该没多少人报名，尤其是在发生了昨天那样的事情之后。"

"他们被吓坏了吗？"查莉说，带着一点撒娇的口气。

"我猜是的。"雨鸟说，这倒是千真万确。查莉后来去了大厅，在里面走来走去。上校找到她，把她送回了公寓。那个逃跑的脑电波仪器技术员已经被送去巴拿马城接受渎职审查。测试之后举行的全体工作人员会议以混乱收场，科研人员们都在狂喜和恐惧这两个极端间徘徊，一方面提出了上百个全新的构想，另一方面则在担忧——尤其是那场测试发生后——该如何继续控制她。

有人提议让她住进防火的房间，安排一个专职警卫，同时继续给她服药。雨鸟尽量听完这些语无伦次的发言，然后用戴着大号绿松石戒指的手指敲了敲桌面。他不停地敲，直到把所有人的注意力吸引过来。因为霍克斯特不喜欢他（说"讨厌"也不算过分），他的科学精英们也不喜欢，尽管如此，他们还是没能阻止雨鸟发言，毕竟，他才是整天跟那个人形火焰喷射器在一起的人。

"我建议，"他开口，站起身，用那只周边伤痕累累的眼睛环视四周，"我们还是以不变应万变。在今天之前，这个女孩的特殊能力已经被记录了不下二十次，但你们都不相信。你们觉得即便她能放火，也只是某种小把戏，而且即便不是小把戏，她也不会再用了。现在你们改主意了，但你们只会把她再次激怒。"

"不是这样的，"霍克斯特恼怒地嚷道，"那简直——"

"就是这样！"雨鸟对着他大吼，把霍克斯特吓得缩回了座位，雨鸟又对周边的众人笑了笑，"现在，这个女孩正在吃东西。她已经长胖了十磅，不再是之前那个皮包骨的小可怜了。她会读书、说话、玩拼接玩具，她想要个娃娃屋，而她的护工朋友答应去帮她争取。总而言之，她的心情相较于之前已经大为改观。先生们，我们可不能在已经初有成效的情况下开始胡搞乱搞，对吧？"

先前在观察室里负责观看监控录像的人迟疑地发言："那如果她把自己的小房间点着了怎么办？"

"要是有这个打算，"雨鸟心平气和地说，"她早就点了。"然后其他人就都不吱声了。

此时，他正跟查莉一起从池塘边走过，来到另一侧刷着红漆白边的马厩前。雨鸟突然放声大笑："我打赌你害怕它们，查莉。"

"可你不害怕吗？"

"我怎么会怕呢？"雨鸟说着，伸手揉了揉她的头发，"只有天黑的时候我才会变成小宝宝，吓得不敢出门。"

"哦，约翰，你用不着为这个难为情。"

"要是你想把我点着，"他说，并且重新组织了一下前一天晚上的发言，"我想你现在就可以点了。"

她突然变得紧张："我希望你不要……不要再说这样的话了。"

"查莉，对不起。有时候我的嘴巴不受大脑控制。"

他们走进马厩，里面很黑，弥漫着干草的香气。曚昽的阳光斜射进来，让整个空间纵横斑驳，干草的颗粒梦幻般地在其中翩翩起舞。

一个马倌正在给一匹白额黑骟马梳理鬃毛，查莉停住脚步，兴奋地看着那匹马，马倌回头看着她，报以微笑。"你一定就是那位年轻的小姐了，他们跟我说你会来。"

"她好漂亮。"查莉轻声说，她的手颤抖着抚摸那丝绸般光滑的皮毛，这匹马平静且温柔的黑色眼睛，令她一见倾心。

"好吧，实际上这是个小伙子。"马倌说，对雨鸟眨了眨眼。他此前并未见过雨鸟，也从未听说过这号人物，"差不多算是吧。"

"他叫什么名字？"

"通灵师。"马倌说，"想摸摸它吗？"

查莉犹豫地靠近了一步，马低下头，她开始抚摸它。过了一会儿，她开始跟它说话。她根本就没想过要再放五六次火，来换她跟约翰一起骑一次马……但雨鸟却从她的眼睛里看到了这些，不由得咧嘴一笑。

她突然回头，看到了他的笑容，抚摸马的那只手立刻停了下来。这笑容里有她不喜欢的东西，而她本以为自己喜欢约翰的一切。她对大多数人都有自己的直觉，而且从未对此多想；这是她的一部分，就像她的蓝眼睛和她能弯到后面的拇指。通常，她都是依赖这种感觉与人相处的。她不喜欢霍克斯特，因为她看得出他只是拿她当实验试管，她不过是他的一个实验对象罢了。

但跟雨鸟相处的时候，她对他的喜爱只是因为他为她做的事、他对她的好心，也许还有一部分是他被毁容的脸。由于这一点，她对他产生了认同和同情。毕竟如果不是因为同样是个怪物，她怎么会来到这个地方呢？不过除此之外，他还是那种少见的人——就像劳赫尔先生，那个在纽约的时候经常跟爸爸下棋的熟食店老板——不知怎的，他们就是能够跟她完全亲近。劳赫尔先生上了年纪，戴着助听器，前臂上还文着一串蓝色的数字，已经有些褪色。有一次，查莉问爸爸那个数字是不是有什么特殊含义，爸爸告诉她——在提醒她不要对劳赫尔先生提起之后——他以后会跟她解释的。但他一直都没告诉她。有时候，劳赫尔先生会给她带来切好的波兰熏肠，她会在看电视的时候享用。

而此时，看着约翰不知为何让人不安的古怪笑容，她第一次想知道，你在想什么呢？

不过这些碎屑般的想法，很快就被对马的好奇冲走了。

"约翰，"她说，"'通灵师'是什么意思？"

"嗯，"他说，"据我所知，它的意思大概跟'巫师'或者'魔法师'差不多。"

"巫师、魔法师。"她轻声嘀咕着这些词，一边抚摸着通灵师黑色绸缎般的皮毛，一边琢磨着它们的含义。

18

往回走的路上，雨鸟说："要是很喜欢那匹马，你可以让霍克斯特答应让你骑骑它。"

"不……我不能……"她抬起头望着他，似乎吓了一跳。

"哦，你当然可以，"他说，故意装作不明白她的想法，"我对骟马不是很了解，但我想，它们的性格应该还算温和，虽然看起来很高大，但我觉得它应该不会带着你疯跑的，查莉。"

"不——我不是这个意思。他们不会答应的。"

他停下脚步，双手扶在她的肩膀上。"查莉·麦吉，有时候你可真是个笨丫头。"他说，"停电的时候，你帮了我一把，查莉，而且你没跟任何人说。所以现在你听我说，我也会帮你一把，你想再见到你爸爸，对吧？"

她迅速点了点头。

"那你就需要让他们知道，你想跟他们做生意。这就像是玩扑克牌，查莉。如果你不按套路出牌……那你就没法跟人玩下去。每次你给他们放火，配合他们做测试，你就应该从他们那里得到点什么。"他轻轻摇了摇她的肩膀，"这就是约翰叔叔要对你说的话，你听到我说什么了吗？"

"你觉得他们真的会让我骑马吗？如果我跟他们提要求。"

"如果你提要求？那可能不灵。但如果你告诉他们你想骑马，那肯定没问题。我有可能听到他们说话，如果你只是替他们清空废纸篓和烟灰缸，那他们只会把你当成另一种摆设。上次那个霍克斯特差点吓尿裤子。"

"真的吗？"她微微露出笑意。

"骗你干吗？"他们又开始走路了。"你呢，查莉？我知道你以前很害怕做这种事。现在感觉怎么样？"

她花了很长时间思考。当她终于开口时，雨鸟听到了一种前所未有的口吻，十分周全，仿佛大人一般成熟。"现在不一样了。"她说，"那力量更强大了。但……我也比以前更能控制它了。在农场那次，"她的声音突然一抖，降低了些，"它只是……只是脱离了我一点点。然后……然后就到处都是了。"她的眼神变得黯淡。她看到了记忆里那些无辜的鸡变成活体烟花的模样，"不过昨天，当我把它收回来的时候，它就被收回来了。我对自己说放一点点就好，果然只有一点点火。仿佛我有了一根绳子，能够拴得住它。"

"然后你还能把它拉回身体里？"

"老天，那怎么可能。"她抬头望向他，"我把它推到水里面了。要是我把它拉回自己的身体……我猜我自己就会烧起来。"

他们默默地走了一会儿。

"下次还得多准备一些水。"

"所以你现在不害怕了？"

"不像以前那么怕了。"她斟酌着措辞，"你觉得他们什么时候才会让我去见爸爸？"

他伸手搂住她的肩膀，仿佛自己是她百无禁忌的好朋友。"把线放长点才能钓大鱼，查莉。"

19

那天下午，天上的乌云开始堆积。到了晚上，一场秋雨飘落下来。在"商店"基地附近一个非常高档的小型住宅区，名叫朗蒙特山里，帕特里克·霍克斯特正在他的工作间里建造一艘船模（船和修复款的雷鸟车是他仅有的爱好，他的房子里到处都是捕鲸船、护卫舰和硬纸盒），同时想着查莉·麦吉。他的心情相当不错。他觉得如果能再做上十几次，甚至是二十几次测试，他的未来应该就高枕无忧了。他可以把余生都用在"第六批"的研究上……以及要求涨工资上。他小心翼翼地粘好一根后桅杆，愉快地吹起了口哨。

在朗蒙特山的另一栋房子里，赫尔曼·品乔正在把他妻子的内裤从下体的巨大勃起处往上拽。他的眼睛黑洞洞的，茫然无神。他的妻子正在外面参加特百惠举办的消费者聚会。他那两个乖巧的孩子，其中一个在出席童子军大会，另一个则在征战他们初中举办的校内国际象棋大赛。品乔小心翼翼地把老婆的胸罩在背后扣好，它无力地耷拉在他平坦的胸前。他看着镜子里的自己，觉得自己看上去太……好吧，太漂亮了。他走进厨房，丝毫不顾及没拉窗帘的窗户。他走起路来仿佛在梦游，在刚安装好的垃圾处理器前站定，凝视着中间的开口。经过长时间的深思熟虑后，他打开了电源。伴随着机器转动和齿轮咬合的声音，他把自己的老二握在手里，手淫起来。当高潮来了又去之后，他环顾四周。他的眼睛里满是茫然的恐惧，仿佛一个人突然从噩梦中惊醒。他关掉垃圾处理器，跑回卧室，经过窗户前时还压低了身子。他的头疼得嗡嗡直响。老天啊，到底发生了什么？

在第三栋朗蒙特山的宅子里——这里能够看到山麓的风景，霍克斯特或者品乔这种人根本无力承担——霍利斯特上校和雨鸟正在客厅里用矮脚酒杯喝白兰地。上校的立体声音响播放着维瓦尔第。维瓦尔第是他妻子的最爱之一。可怜的乔治娅。

"我同意你的看法。"上校缓缓说道，再次暗自琢磨自己为什么要把这个可怕又可恶的家伙邀请到家里做客。那女孩的力量是非凡的，他想这力量一定来自她那对特殊爸妈的结合。"她漫不经心地提到了'下一次'，这一点非常重要。"

"没错，"雨鸟说，"这说明她已经咬钩了。"

"但不会持续太久。"上校转动着手里的白兰地杯，勉强让自己直视雨鸟咄咄逼人的眼睛，"我想我知道你打算怎么把线放长，即便那个霍克斯特还一头雾水。"

"你知道？"

"对，"上校说，停顿了会儿，然后补充道，"这对你来说很危险。"

雨鸟微微一笑。

"如果让她识破了你的真实身份，"上校说，"你可能就有机会体验在微波炉里被加热的牛排的感受了。"

雨鸟的微笑在脸上延伸，变成了鲨鱼式的狞笑。"你会为我流一滴眼泪吗，霍利斯特上校？"

"不会，"上校说，"跟你撒谎没有意义。不过最近这段时间——从她同意合作并进行测试前到现在——我一直感觉万利斯博士的鬼魂在这里转悠。有时他好像就趴在我的肩膀上。"他从玻璃杯上沿望向雨鸟，"你相信有鬼魂吗，雨鸟？"

"是的，我信。"

"那你就明白我说的是什么意思了。最后一次见面的时候，他还在警告我。他打了个比方，让我想想，说约翰·弥尔顿在七岁的时候写自己的名字还很费劲，结果长大之后写了《失乐园》。他说她有……有潜在破坏性。"

"没错。"雨鸟说，他的眼睛微微泛光。

"他问我，等我们找到这个小女孩之后打算怎么做，她能放火，以后说不定就能引发核爆炸，把整个地球炸飞。我当时觉得他是危言耸听，搞学问搞傻了，基本上是胡说八道。"

"但现在你觉得他说的可能是对的。"

"这么说吧，我有时候发现自己夜里三点还在琢磨这个问题。你也是吧？"

"上校，当年曼哈顿计划的项目组在引爆他们第一个原子能装置的时候，没人确切地知道这意味着什么。有人说这会引起一连串永无止境的连锁反应，直到世界末日，整个地球变成荒漠，只剩下一轮闪着光的微型太阳。"

上校缓缓点头。

"纳粹当年也很可怕，"雨鸟说，"日本人有过之而无不及。可现在，德国人和日本人都很听话，恐怖的是苏联人。谁知道我们未来还会害怕什么？"

"她很危险，"雨鸟说，不安地提高了声音，"万利斯在这一点上是对的。她是个死结。"

"也许吧。"

"霍克斯特说测试室的墙上都出现了波纹。那可是钢板，只有升至极高的温度才会这样。那个托盘都已经变形了。她把它熔化了。那个小女孩可能瞬间释放出了高达三千度[1]的热量。"他望向雨鸟，雨鸟却漫无目的地扫视着客厅，仿佛对谈话失去了兴趣。"我想说的是，你的计划不光对你一个人有危险，对我们所有人都一样。"

"哦，是这样，"雨鸟颇有几分得意地表示赞同，"这是个冒险，也许我们不必这么做，也许霍克斯特博士那聪明的脑子能解决所有问题，这样我们就用不着这个……呃，B 计划了。"

"霍克斯特就是个打字机器，"上校斩钉截铁地表示，"他对写报告上瘾，永远都写个没完。他能给她做两年的测试，还不停地嚷嚷时间不够用，当时机成熟，我们能……能解决她的时候。这一点我们都心知肚明，所以就别开玩笑了。"

"我们会知道什么时候时机成熟的，"雨鸟说，"我们会的。"

"你打算怎么动手？"

"友好的护工约翰会走进房间，"雨鸟说，露出微笑，"他会跟她打招呼，跟她聊天，逗她开心。友好的护工约翰能逗她开心，因为他是唯一能做到这一点的人。当约翰觉得她开心得不得了的时候，他就会打她的鼻梁，把鼻梁打断，让骨头扎进她的脑子里。这一步很快……到时候我会一直看着她的脸。"

他笑了，这次的笑容一点都不像鲨鱼。这笑容很温柔，很友善……近乎父亲般慈祥。上校喝光了杯子里的白兰地。他必须喝一口。他只希

---

1. 约合 1649 摄氏度。——编者注

望雨鸟真的知道什么时候时机成熟，不然他们就可以一同体验在微波炉里被加热的牛排的感受了。

"你是个疯子。"上校脱口而出，没来得及把这句话咽回肚子。雨鸟似乎并不生气。

"哦，没错。"他同意了，同时也喝光了自己的白兰地。他继续微笑。

20

老大哥。老大哥是个问题。

安迪从自己房间的客厅走进厨房，强迫自己拖着脚步，脸上挂着经典款的傻笑——一个沉迷于药物营造的美妙世界之人的步伐与表情。

到目前为止，他取得的成果只有把自己留在了查莉身边，了解到最近的一条路是三〇一号高速公路，以及周边都是偏远农村。所有这些都是在一周前取得的，而距离停电那天已经过去一个月了，他对整个基地的布局仍旧一无所知，除了通过跟品乔外出散步时了解到的那一点点情况。

他不想在公寓里对任何人动手，因为老大哥能看见也能听见。他也不想再对品乔发力，因为品乔已经快要崩溃了——安迪确信这一点。那天走到鸭塘旁边后，品乔整个人都瘦了。他的眼睛下面经常挂着黑眼圈，似乎睡眠也出了问题。他还经常说着说着话就断片，仿佛想不起来自己要说什么……或者像是被什么旁人不知道的东西打断了。

所有这些都让安迪自己的处境岌岌可危。品乔的同事们要多久才会注意到此人的变化？他们也许只会把它归结于神经紧张或焦虑，但如果他们把它跟安迪联系起来呢？那安迪带查莉逃出这里的最后一线机会可能就会随之破灭。同时，他越发感觉到查莉陷入了大麻烦。

老天啊，他到底该怎么对付这个无处不在的老大哥？

他从冰箱里拿出一罐韦尔奇葡萄汁，回到客厅，坐在电视机前，无心观看节目，脑子飞速运转着，希望能找到出路。出路出现了，却是个（就像那次停电）不折不扣的意外之喜。在某种程度上，这要归功于赫尔曼·品乔：他自杀了。

21

有两个男人来找他。他认出其中一个在曼德斯农场出现过。

"过来，兄弟。"那个家伙说，"出来散个步。"

安迪傻傻地笑了，心里却泛起了恐惧。出事了，而且还不是好事。如果是好事，他们是不会派这样的家伙过来的。也许是他暴露了。实际上，这是最大的一种可能。"去哪儿？"

"过来就行。"

他被带进电梯，但从舞厅那层出来的时候，他们没有去户外，而是朝建筑的更里面走去。他们经过秘书室，来到一个更小的房间，里面有一个秘书正在 IBM 打字机前忙碌。

"直接进。"她说。

他们从她的右边经过，穿过一道门，走进一间小书房。书房里有一扇凸窗，放眼望去，鸭塘在一片桤木外依稀可见。在一张老式的卷盖式书桌后面，坐着一个五官分明、面容睿智的老者；安迪心想，他那红润的脸颊应该不是因为酗酒，而是阳光和风滋润后的结果。

他抬头看向安迪，然后朝那两个把他带来的男人点了点头。"谢谢。你们可以到外面等着了。"

他们离开了。

书桌后面的人目光犀利地盯着安迪，安迪则温和地望着他，仍挂着那副笑容。老天，他希望自己没有装得太过火。"你好，你是哪位？"他问。

"我是霍利斯特上校，安迪。你可以叫我上校。他们说我是这个地方的负责人。"

"很高兴见到你。"安迪说，让自己的笑容更加灿烂了一些，而心头却再度一紧。

"我有个悲伤的消息要告诉你，安迪。"

（哦，老天，不，一定是查莉出事了）

上校那双小而精明的眼睛沉稳地盯着他。那双眼睛被淹没在面部细纹的网络中，让你几乎无从察觉它的冷酷与锐利。

"是吗？"

"是的。"上校说，随即又沉默了片刻。静默如针一般扎在安迪心头。

上校低下头，开始审视自己整齐地叠放在书桌上的双手。安迪努力克制住自己不跳到他面前，掐住他的脖子。过了一会儿，上校终于抬起头来。

"品乔医生死了，安迪。他昨晚自杀了。"

安迪惊讶地张大嘴巴，这不是装出来的。他既松了口气，同时又感到恐惧。而在这一切之上，如同困惑之海上方的那一片沸腾的天空，他意识到这将带来巨变……但他该如何利用这个机会？一切又将走向何方？

上校盯着安迪。他在怀疑，他在怀疑什么。他的怀疑是认真的，还是只是他工作的一部分？

疑问成千上万。他需要时间来思考，但现在恰恰没有时间。他必须随机应变。

"你惊讶吗？"上校说。

"他是我的朋友。"安迪回答得很简单，闭上嘴强忍着不说太多。这个人会耐心地听他的发言，他会在安迪每次回答后停顿很久（就像他此时这样），看看安迪会不会继续说下去。标准的审讯技巧。而且安迪已经预感到他早已布好重重陷阱；感觉十分强烈。品乔当然是死于记忆回溯，一次失控的记忆回溯。他在品乔身上发力，结果引起了记忆回溯，把他搞疯了。尽管如此，安迪却不曾打心底感到抱歉。他只是觉得害怕……同时还有个原始人在兴奋雀跃。

"你确定是……我的意思是，有时候意外也会像是——"

"恐怕那不是一场意外。"

"他留遗书了吗？"

（提到我了？）

"他穿着他妻子的内衣，走进厨房，启动垃圾处理器，然后把手伸了进去。"

"我……的……天……啊。"安迪重重地靠在椅子上。他的双腿仿佛失去了知觉。他带着满心的恐惧望着霍利斯特上校。

"你跟此事无关，对吗，安迪？"上校说，"你没有操控他，让他这么做吧？"

"没有，"安迪说，"就算我还能办到，我为什么要这么做呢？"

"也许是因为他想把你送去夏威夷，"上校说，"而你不想去毛伊岛那边。因为你的女儿在这里。也许你想一直耍我们，安迪。"

尽管霍利斯特上校已经在他的秘密周边徘徊，但安迪还是有种如释重负的感觉。如果上校真的能认定是他主导了品乔的自杀，那么这次会面就不会只有他们两人在场了。不，这只是一次例行公事的调查。他们可能已经在品乔的档案里找到了他自杀的动机，所以不必费心去寻找什么神秘的谋杀手段了。他们不是说精神科医生是所有职业里自杀率最高的吗？

"不，根本不是那样。"他的声音听上去很害怕，充满困惑，几乎带着哭腔，"我想去夏威夷。我跟他说了。我想这就是为什么他希望多给我做一组测试，因为我想去夏威夷。我觉得他在某些方面并不喜欢我。但我肯定跟……他身上发生的事情没有任何关系。"

上校若有所思地看着他。他们对视了一会儿，然后安迪先垂下了目光。

"好吧，我相信你，安迪。"上校说，"赫尔曼·品乔这段时间压力有点大，我想这是我们每个人生活的一部分。令人遗憾。再加上他还有这种癖好，好吧，他妻子肯定会很难过。会相当不好过。但我们都得好好照顾自己，安迪。"安迪能够感觉到这个男人的目光一直盯在他的身上。"对吧，我们都要照顾好自己。这是最要紧的事。"

"没错。"安迪呆呆地回答。

沉默的时间越来越长。过了一会儿，安迪抬起头，本以为上校还在看着他，但上校的目光已经转移到了屋后的草坪以及赤杨木上。他看上去有几分憔悴，皮肤已经有些下垂，表情困惑，似乎陷入了往昔那些更美好的时光。他注意到安迪在看他，脸上立刻浮现出一丝厌恶，但随即便消失了。安迪心里立刻涌起一股愤恨，这个霍利斯特凭什么感到厌恶？当然，他面前正坐着一个肥头大耳的毒虫——或者可以说，他是这样看待他的。但又是谁让他变成了这副模样？你又在对我的女儿做什么，你这老怪物？

"好吧，"上校说，"我还有个好消息。你可以去毛伊岛了，安迪。因祸得福吧，差不多可以这么说，是吧？我已经开始打报告了。"

"但是……嘿，你真的觉得我跟品乔医生的事情没有关系，对吧？"

"对啊，当然。"又是一次一闪而过的厌恶，这次安迪倒是感觉到了几分病态的满足感，他想象了下，当一个黑人从一个仇视黑人的白人面前大摇大摆地走过时就会是这种感觉吧。但是那句话引起了他的恐慌，"我已经开始打报告了"。

"好吧，那就好，可怜的品乔医生。"他只低头默哀了一瞬间，然后便热切地询问，"我什么时候走？"

"尽快吧，最迟下周末。"

最多还有九天！他的胃不禁一阵绞痛。

"跟你谈话很愉快，安迪。很抱歉我们的初次见面是在这种悲伤难过的状态下。"

他伸手准备拨动对讲机的开关，安迪突然意识到他不能让他这么做。在他自己的房间里，摄像头和窃听器令他无法施展自己的能力。但这家伙如果真的是个大人物，那么他的办公室肯定没有监视装置：他会定期清理这个地方，以免有人想打他的注意。当然，他可能会自己装监听设备，不过——

"把手放下。"安迪说着发了力。

上校迟疑了。随后他把手放了下来，跟另一只手一起平放在桌面上。他朝屋后的草坪望去，神情恍惚，仿佛沉浸在回忆里。

"你把我们的对话录下来了吗？"

"没有，"上校镇定地开口，"有很长一段时间，我这里都有个声控的乌赫尔5000，就是那个给尼克松惹了大麻烦的型号，不过十四周前我把它拆掉了。"

"为什么？"

"因为我差不多快要滚蛋了。"

"你为什么觉得自己快要滚蛋了？"

上校很快作答，仿佛念咒一般："没有结果。没有结果。没有结果。资金投入必须与结果匹配。要把领导换掉。没有录音。没有绯闻。"

安迪努力把这些拼凑在一起。这样做对他有意义吗？他不知道，快没时间了。他觉得自己成了复活节寻蛋活动里面最蠢、最慢的那个孩子。他决定沿着这条小路走下去。

"你为什么出不来结果？"

"麦吉的精神支配能力失灵了。永久失灵了。所有人都同意这一点。那个女孩不愿意放火。她说不管怎样她都不会放火。人们说我被'第六批'搞疯了。搞到弹尽粮绝。"他咧嘴笑了，"但现在没问题了，连雨鸟都这么说。"

安迪再度发力，感到前额一阵疼痛。"怎么就没事了？"

"截至目前已经测试成功三次了，霍克斯特乐疯了。昨天她烧了一块钢板，霍克斯特说只用了四秒，温度就达到了两万度[1]。"

震惊令头痛更加严重，让他难以控制自己飞速运转的思想。查莉在放火？他们对她做了什么？老天啊，到底做了什么？

他张开嘴，刚想追问，对讲机响了。这让他更加用力地推了下去。有那么一刻，他把全部力量都用到了上校身上。上校一时间抖如筛糠，仿佛刚刚被电棍打了一顿，嘴里发出低沉的呜咽声，脸上也失去了大部分血色。安迪头痛欲裂，只能徒劳地提醒自己先放松，在这个男人的办公室里休克不会带来任何帮助。

"别这样了。"上校说，"疼——"

"告诉他们十分钟内不要再打过来。"安迪说。

在某个地方，他脑子里的那匹黑马正在猛踢马厩的门，想要出去，想要自由奔驰。他能感觉到油腻腻的汗水正顺着脸颊往下流。

对讲机再次响起。上校俯身向前，拨动开关。他的脸看上去突然老了十五岁。

"上校，汤普森参议员的助手带着你要的项目资料过来了。"

"十分钟内别再打过来。"上校说，然后挂断。

安迪坐在椅子上，大汗淋漓。这样有用吗？还是他们已经察觉到有状况？威利·洛曼[2]哭个没完，树林在燃烧。老天，他想威利·洛曼干吗？他要疯掉了。黑马就要逃出来了，骑上它就解脱了。他几乎要咯咯

---

1. 约合 11093 摄氏度。——编者注
2. 戏剧《推销员之死》中的主人公，一生都在追求"美国梦"，却被残酷的现实击败，最终选择自杀。

笑出声。

"查莉放火了吗？"

"是的。"

"你们是怎么做到的？"

"胡萝卜加大棒。雨鸟的点子。一开始两次她可以出去走走，这次她能去骑马。雨鸟觉得接下来几周还可以继续这样控制她。"然后他重复了一句，"霍克斯特乐特疯了。"

"雨鸟是谁？"安迪问，丝毫没意识到自己刚才已经问到了关键。

接下来的五分钟，上校连珠炮似的把雨鸟的来历和盘托出。他告诉安迪，雨鸟是"商店"的杀手，之前在越南受了重伤，把一只眼睛丢在了那边（我预感里的那个独眼海盗，安迪自然地联想到）。他告诉安迪，正是这个雨鸟主持了"商店"那次把他和查莉从塔什莫尔池塘带到这里的行动。他讲了那次停电，以及雨鸟是如何一步步引导查莉开始配合他们进行测试的。最后，他还告诉安迪，等这一连串把戏结束后，雨鸟就会取走查莉的性命。他说这些话的时候虽然毫无感情，却有些急迫。说完这些，他便陷入了沉默。

安迪越听越愤怒，越听越恐惧。等上校说完这一切，他已经浑身发抖。查莉，他想，哦，查莉，查莉。

他的十分钟已经快用完了。但他还想知道更多。他们两人默不作声地坐了大约四十秒；倘若有人看到这一幕，恐怕会觉得他们是一对知心老友，无须言语便可互诉衷肠。安迪的大脑转得更快了。

"霍利斯特上校。"

"嗯？"

"品乔的葬礼是什么时候？"

"后天早上。"上校平静地说。

"我们会去。我们两个。你明白了吗？"

“明白。我们会去参加品乔的葬礼。”

“我要求出席。听说他去世的消息我悲痛欲绝，痛哭流涕。”

“好的，你悲痛欲绝，痛哭流涕。”

“我非常难过。”

“好的，你非常难过。”

“我们要坐你的车去，只有我们两个人。如果你们有规定，可以在前面和后面都安排你们的车，两边安排摩托车，但只能我们两个坐在你的车里。你明白了吗？”

“好的，我明白了。只有我们两个人。”

“我们要愉快地聊聊天。这个你也明白吧？”

“明白，愉快地聊聊天。”

“你的车上有窃听器吗？”

“完全没有。”

安迪再次发力，这次是一系列轻推。每推一次，上校就缩一下身子。安迪知道这很可能引起他的记忆回溯，但他已经管不了那么多了。

“到时候，我们要谈谈查莉被关在了什么地方，还要谈谈如何让基地陷入混乱，同时还不能像停电时那样所有门都被锁死。我们要讨论让我和查莉从这里离开的办法。你明白了吗？”

“你们不能逃走，”上校用一种孩子气的讨嫌口气说，“这不在计划当中。”

“现在它在了。”安迪说着，再次发力一推。

“哎哟哟哟哟！”上校发出哀号。

“你明白了吗？”

“好的，明白了，别再这样了，太疼了！”

“这个霍克斯特——他会质疑我们一起参加葬礼吗？”

“不会，霍克斯特的心思现在全在那个小女孩身上。这些天他完全想不到别的。"

"很好。"这一点也不好。这是搏命一击。"最后一点，霍利斯特上校，你会把我们这次对话全部忘掉。"

"好的，我会全部忘掉。"

黑马跑出来了。它开始狂奔了。让我从这里出去，安迪暗想，让我出去，黑马跑出来了，树林在燃烧。刚才的头痛已经变成了循环往复的剧痛。

"我告诉你的每一件事都会自然地出现在你的脑海中。"

"好的。"

安迪看到上校的书桌上有一盒面巾纸，他抽出一张，擦拭自己的眼睛。他并没有哭，但头痛令他流泪。这样刚好。

"现在我要走了。"他对上校说。

他停止对上校发力。后者再次茫然地望向屋后的桤木林，脸上渐渐恢复了生气。他转向安迪，后者正一边擦着眼睛，一边抽着鼻子。这并不需要假装。

"你现在感觉怎么样，安迪？"

"好一点了。"安迪说，"但……你知道……听到这种事情……"

"没错，你悲痛欲绝。"上校说，"需要给你来杯咖啡或者别的什么吗？"

"不了，谢谢，我想回我的房间，可以吗？"

"当然。我送你出去。"

"谢谢。"

22

那两个送安迪来上校办公室的人满腹狐疑地看着他——手里拿着面

巾纸，双眼红肿、泪眼婆娑，上校还如同慈父般把胳膊搭在他的肩膀上。上校秘书的眼神也跟他们的类似。

"听到品乔的死讯，他悲痛欲绝，痛哭流涕。"上校平静地说，"他难过极了，我想我会看看能不能安排他跟我一起去参加赫尔曼的葬礼。你愿意去送他最后一程，对吧？"

"是的，"安迪说，"我愿意，求你了。如果能安排的话。可怜的品乔医生。"然后他突然又大哭起来。那两个人带着他，从同样困惑而尴尬的汤普森参议员助手身边走过，后者手里还拿着几个保密文件夹。他们一人挽着安迪的一只胳膊，把他带到外面，而安迪还在哭泣。他们脸上同样带着厌恶的神情，跟上校的如出一辙——这个染上毒瘾的胖子让他们感到恶心，此人已经完全失去了控制情绪的能力，竟然在为囚禁他的人哭丧。

安迪的眼泪是真实的……但是为了查莉而流。

23

骑马的时候，约翰总是形影不离，但在查莉的梦里，她总是一个人策马奔驰。马厩的负责人彼得·德拉布尔给她准备了一具小巧干净的英式马鞍，但在梦里，她是直接骑在马背上的。她和约翰骑着马走在马道上，穿过"商店"的院子和玩具般的小松树林，绕过鸭塘，连慢跑都算不上。但在梦里，她总是和通灵师一起狂奔，速度越来越快，穿过一片真正的森林，沿着一条乡间小径疾驰而下，头顶的树枝纵横交错，光线浸染着绿色，头发在身后流动。

她能够感觉到通灵师绸缎般光滑的皮毛下，肌肉不停地起伏，她手攥着马鬃，伏在它耳边低语："快点……快点……再快点。"

通灵师回应了她。它的蹄子如雷鸣般。在繁茂浓绿的树林间穿行，仿佛在通过一条隧道，而在她身后，隐约传来了一阵噼啪声。

（树林在燃烧）

一股浓烟。那是一场大火，一场她放的火，但她对此并无内疚之情——只感到兴奋。他们可以穿过这条隧道。通灵师能够去到任何地方，它无所不能。他们就要逃出这条绿色的隧道了，她已经可以感觉到前方的光亮。

"快点，再快点。"

兴奋。自由。她几乎无法分辨自己的大腿在何处，它已经跟通灵师融为一体。它们融合在一起，就像测试时她用力量将金属焊接在一起。他们的前方有一棵巨大的枯树倒伏在路上，已经风化成了白色，仿佛一摊枯骨。她欣喜若狂，用光着的脚跟轻轻踢了踢通灵师，同时感觉到它的后腿绷得紧紧的。

他们从上方越过，还在空中悬浮了一会儿。她头向后仰，双手攥着马鬃，发出尖叫——并不是出于恐惧，而是倘若不尖叫，不以此克制，她可能就要爆炸了。自由，自由，自由……通灵师，我爱你。

他们轻而易举越过了拦路的枯树，但那股燃烧的气味却越发刺鼻和清晰——他们身后传来噼噼啪啪的声响，而当一颗火星落下，像出门时碰到荨麻般短暂地刺痛了她的皮肤，她才意识到自己一丝不挂。一丝不挂而且——

（树林在燃烧）

自由自在。不受任何约束，信马由缰——她和通灵师，向着光明一路狂奔。

"快点，"她轻声说，"再快点，哦，求你了。"

不知怎的，这匹黑色骟马竟然真的爆发出了难以置信的速度。查莉耳中只有不断呼啸的风声。她不必呼吸；空气被她从半张的嘴巴喝进喉咙。太阳从这些老树枝间穿过，在飞扬的尘土中，它们如同斑驳的古董铜条。

　　光明就在前方——森林的尽头，开阔的原野，查莉和通灵师能永远驰骋的地方。火、烟雾难闻的气息以及恐惧通通被他们甩在身后。太阳就在前方，她可以骑着通灵师一路来到海边，在那里，她可能会找到她的爸爸，他们两个可以靠打鱼为生，每次都满载而归。

　　"再快点！"她兴奋地大喊，"哦，通灵师，快啊，快啊，快跑——"

　　就在这时，一个巨大的黑影出现在树林尽头，阻挡住了漏斗状的光线，拦住了他们的去路。一开始，和往常梦到这个场景时一样，她以为这个身影是她的爸爸，一定是她的爸爸，她的狂喜几乎令她感到疼痛……在它突然变成彻底的恐怖之前。

　　她只有时间注意到，这个男人太高了，太大了，但即便只是这样一个模糊的身影，她也能感觉到此人莫名地熟悉，熟悉得骇人。通灵师突然立起前腿，尖叫起来。

　　马能尖叫吗？我都不知道它们还能尖叫——

　　当马的前蹄在空中胡乱蹬踢之时，她努力夹住马身。它并没有尖叫，而是在轻声嘶鸣，但尖叫和其他的哀号却不时从她身后传来，哦，天哪，她想，在马后面，马的后面，树林在燃烧——

　　而在前方，是那个挡住了光线的轮廓，那个可怕的人影。现在它向她靠近了，她一头栽在小路上，通灵师低下头，轻轻碰了碰她赤裸的腹部。

　　"不要伤害我的马！"她对眼前这个她曾以为是她的爸爸，但并不是爸爸的人影尖叫道，"不要伤害我的马，哦，求你了，不要伤害它！"

　　但那个人影还是走到近前，拔出了枪。这时她就会醒来，有时伴随着尖叫，有时只是一身冷汗，浑身发抖。她知道自己做了噩梦，但她什么都想不起来，除了沿着林间小路疾驰而下时的狂喜和火的气息……以及一种遭到背叛的恶心的感觉……

　　那天在马厩里，她会触摸通灵师，或把脸颊贴在它温暖的身体上，感受自己内心无名的恐惧。

十

终局之战

1

这是个稍大一点的房间。

实际上，直到上周，这里还是"商店"的无教派教堂。上校满足霍克斯特要求的速度足以证明事态的发展有多顺利。一座新的教堂——并非古怪的备用房间，而是一座真正的教堂——将在"商店"院子的东边拔地而起。与此同时，查莉剩余的测试则会在这个房间里进行。

假木镶板和长凳都已被移除。地板和墙面上都加了一层钢丝绒般的石棉隔热层，外面又固定了一层加厚的回火钢板。祭坛和中庭已被隔离开，霍克斯特的检测仪器和计算机终端都已安装就绪。所有这些都是在一周内完成的；开工于赫尔曼·品乔以惨烈的方式结束自己的生命前四天。

现在是十月初某一天的下午两点。一堵煤渣墙立在被分隔开的长房间的中间。它的左边是一个巨大的水槽，足有六英尺深，里面倾倒了两千多磅冰块。查莉·麦吉站在水槽前，她穿着蓝色牛仔套衫和红黑相间的条纹橄榄球袜，金色的辫子用黑色的天鹅绒蝴蝶结固定住，垂到肩胛骨的位置，看上去乖巧可人。

"好了，查莉。"霍克斯特的声音通过对讲机传出来，和其他设备一样，对讲机安装得也很匆忙，所以他的声音听上去又小又含混，"等你准备好了，我们就开始。"

摄像机是彩色的，在镜头里，小姑娘微微低下头，几秒过去了，什么都没发生。镜头左边有一个读数栏，显示的是当前的温度。突然，它的数字开始蹿升，从七十一一下子攀至九十。[1] 在那之后，数字飙升得更快，以至于成了一团模糊的红色。电子温度计被安装在煤渣墙的墙体中央。

现在，镜头里的影像变成了慢动作；只有这样，它才能捕捉整个过程。对那些在观察室里通过观察窗口目睹这一切的人们来说，整个过程只在眨眼之间。

动作调至最慢，煤渣墙开始冒出缕缕青烟；小颗粒的砂浆和混凝土开始像爆米花一般缓慢地向上跳跃。然后可以看到将煤砖块固定在一起的砂浆开始熔化，如同热蜂蜜一般流淌下来。再然后是砖块由中心向外侧开始碎裂。当砖块在高温下碎裂的同时，碎屑先是如阵雨般落下，接着又如同烟尘一般升腾而起。此时，固定在墙体中央的数字温度计在七千[2]的读数上停止了。并非温度不再攀升，而是传感器本身已经损坏。

在这座曾经是教堂的实验室周围，有八台嘉荣华空调，每一台都开足马力，将冷气泵入室内。当室内温度超过九十五度[3]时，它们便开始运转。查莉已经能够将热量集于一点，但每一个曾被热锅把手烫伤的人都知道，只要热量足够，即便是所谓的不可导热的物体表面也能传导热量。

理论上讲，在开足八台嘉荣华工业空调的情况下，实验室里的温度应当是华氏零下十五度[4]，误差五度以内。然而空调启动后，温度不降反升，很快就超过了一百度，然后达到一百五十度，再然后是一百七十度。[5]而观察者们脸上恣意流淌的汗水，又不仅仅是热量能够解释的。

现在，即便动作调至最慢，摄像机也无法清楚地记录整个过程，但

---

1. 分别约合 21.7、32.2 摄氏度。——编者注
2. 约合 3871 摄氏度。——编者注
3. 约合 35 摄氏度。——编者注
4. 约合零下 26.1 摄氏度。——编者注
5. 分别约合 37.8、65.6、76.7 摄氏度。——编者注

有一点是清楚的：在煤渣持续崩裂的同时，它们无疑也在燃烧。这些砖块就像火炉里的报纸，正在迅速化为灰烬。当然，中学课本早已写明，只要温度够高，任何东西都能燃烧。但跟常识相比，亲眼看到煤渣砖在蓝色和黄色的火焰下熊熊燃烧，绝对是另一番体验。

随后，整堵煤渣墙彻底蒸发，崩解后的微粒狂舞反冲，将一切笼罩。在慢动作镜头下，小女孩缓缓地半转过身去，过了一会儿，水槽的冰水表面开始震动沸腾。当温度升至一百一十二度[1]（尽管八台空调同时开动，房间里仍像是正午的死谷[2]般闷热）后，读数开始缓缓回落。

接下来该清洁工出场了。

2

部门间备忘录

寄件人：布拉德福德·海克

收件人：帕特里克·霍克斯特

日期：十月二日

主题：遥测，查莉·麦吉最近一次测试（#4）

帕特——我已经把影像资料看了四遍，但还是不敢相信这不是什么特效之类的把戏。冒昧地提几个建议：在你去参议院小组委员会面前做"第六批"拨款和计划更新的报告前，一定要做好万全准备，尤其是要留后手！人性如此，看到这种影像资料，他们很难不认为这是什么电影技术的最新成就。

---

1. 约合 44.4 摄氏度。——编者注
2. 美国加利福尼亚州东部的沙漠地区，气候炎热。

正事方面：分析报告已由特别信使送出，应该会在你读到这份备忘录后的两三个小时送达。你可以自行通读，但我想先跟你总结一下我们的结论。结论只有一句话：我们搞不明白。这次我们在她身上插满了线路，就像是进入太空的宇航员。你会发现：

（1）对一个八岁的孩子来说，她的血压在正常的参数范围内，即便那堵墙像遇到广岛原子弹似的顷刻间蒸发时，她的血压也没有丝毫波动。

（2）阿尔法波读数异常：我们称之为她的"想象电路"是很有道理的。你可能会同意，也可能不同意我和克拉珀的观点，即这种脑波变得更加平稳，说明她"非凡的想象力越发可控"。这也许表明她正在控制它，同时控制力在不断增强。

（3）所有代谢遥测都在正常的参数范围内，没有任何奇怪或不正常的地方。这就像是在说她当时更像是在看一本好看的书，或是在写作业，而非像你所说的在操控超过三万度的热量。在我看来，最神奇（也是最令人沮丧的！）的是，比尔－瑟尔斯最热衷的热量测试。几乎没有卡路里消耗！以防你已经把物理常识忘光——毕竟精神病学家基本用不上这方面内容——我得告诉你，卡路里是热量单位。更准确地说，指的是使一克水升高一摄氏度所需的热量。在那次小小的演示中，她燃烧了大约二十五卡路里，相当于我们做六次仰卧起坐或围着大楼转两圈。但卡路里是热量单位啊，该死的热量，她产生了热量啊……对吧？这热量是她产生的吗，还是只是通过她的身体传递？如果是后者，那这热量又是从哪儿来的？能把这个问题搞定，你明年就能把诺贝尔奖奖章揣进后屁股兜了！但我说句实话：如果我们的测试时间真如你所说的那么有限，那我可以肯定我们永远也解决不了这个问题。

最后说几句：你真的确定要继续这项测试吗？最近一想到那个小孩，我就十分不安。我开始想到脉冲星、中微子、黑洞之类的东西，天知道还有些什么。宇宙中确实散落着我们甚至还不知道的力量，有些我们只能在数百万光年之外才能观察到……这点足以让人长舒一口气。最近一次看那个测试录像时，我觉得这孩子就是一道裂缝——如果你喜欢，叫缺口也行——在这个上帝造的大熔炉里。我知道这话听着不靠谱，但如果不说，我觉得是我的失职。上帝本人跟我三个可爱的小女儿都会原谅我，但从我的角度讲，如果这个小女孩能被解决掉，我本人也会长舒一口气。

既然她轻轻松松就能产生三万度的热量，那么你有没有想过，一旦下定决心，她能做出什么样的事情？

布莱德

3

"我想见我爸爸。"霍克斯特进来时，查莉对他说。她脸色苍白、憔悴。她换掉了针织套衫，穿了一件旧睡袍，头发披散在肩上。

"查莉——"他开口了，但突然不知道说什么好。布莱德·海克的备忘录和遥感数据分析报告让他现在有些心神不宁。实际上，光是布莱德能在报告上直接写出最后那两段内容，便已经说明了很多问题，也提醒了他。

霍克斯特自己也十分害怕。批准把小教堂改造成测试室的同时，上校还安排人在查莉房间周围加装制冷空调——不是八台，而是二十台。截至目前只装了六台，但上次测试后，霍克斯特对这一工程的进度已经毫不关心了。他觉得就算他们装两百台，也不会对查莉的能力有任何妨碍。问题不再是她会不会自杀；问题是她会不会摧毁整个"商店"基地——甚至捎带上整个东弗吉尼亚。霍克斯特现在觉得，只要她想，这些对她来说都不是难事。而这条思路的终点甚至更加可怕：唯一能控制她的人是约翰·雨鸟，而雨鸟是个疯子。

"我想见我爸爸。"她重复道。

她爸爸在可怜的品乔的葬礼上。应上校的要求，他跟上校一同出席。尽管品乔的死跟这里的一切都毫无关系，但也同样给霍克斯特心里投下了一层不祥的阴影。

"好吧，我想应该可以安排一下，"霍克斯特谨慎地说，"只要你能再配合我们——"

"我配合得够多了，"她说，"我想见我爸爸。"她的下嘴唇不住地颤抖，眼睛里闪着泪光。

"你那个护工，"霍克斯特说，"那个印第安大个子，说今天早上测试后你不想去骑马。他好像很担心你。"

"那不是我的马。"查莉说，她的声音变得嘶哑，"这里什么东西都不是我的，除了我的爸爸。我——想——见——他！"她声音里充满愤怒，泪流满面地喊道。

"别激动，查莉。"霍克斯特赶忙安慰她，他十分害怕。他觉得周遭似乎变得很热，或者只是他的想象？"你别……别激动。"

雨鸟呢？这不是雨鸟的工作吗？真该死。

"听我说，查莉。"他的嘴咧得更大了，展示出友好的笑容，"你想去佐治亚的六旗游乐场吗？除了迪士尼乐园，那里可是整个南方最棒的游乐场了。我们可以租那个地方一整天，只为你一个人。你可以坐摩天轮，去鬼屋，玩旋转木马——"

"我不要去什么游乐场，我只想见我爸爸。我一定要见到他。我希望你能听我的话，因为我一定要见到他！"

更热了。

"你在流汗哦。"查莉说。

他想到了那面煤渣墙，它垮掉的速度如此之快，你只能通过慢动作镜头才能看清火是怎么着起来的。他想到了那个钢托盘，飞过房间时还在空中转了两圈，燃烧的木屑喷溅到四面八方。要是她的那股力量奔他而来，他立马就会化为灰烬。可能还没意识到发生了什么，他就变成一堆渣渣了。

哦，老天，不要——

"查莉，你别生我的气，这没用——"

"不，"她说，而且完全说对了，"这是有用的。我很生你的气，霍克斯特医生，你真的让我很生气。"

"查莉，别——"

"我要见我爸爸。"她再次重复道，"你现在给我滚。你去告诉他们我要见我爸爸，然后他们想怎么测试就怎么测试。我不在乎。但如果见不到他，我一定会做点什么。去告诉他们吧。"

他滚了。他觉得自己应该再说点什么——说点能挽回尊严的话，掩饰一下她从他脸上看到的惊慌失措——

（"你在流汗哦。"）

但什么都没有发生。他滚了，即便是他和她之间有扇钢门，也无法完全缓解他内心的恐惧……对雨鸟心怀恨意也没用。因为雨鸟已经预见到了这一点，而他什么都没说。如果他当面斥责雨鸟，那个印第安佬也只会皮笑肉不笑，去问大伙谁才是精神病学家。

他们的测试已经大大削弱了她对起火这件事的抗拒，仿佛让一座堤坝上出现了十几处缺口。同时这些测试还给了她足够的练习机会，把一把粗糙的大锤锻造成了一柄能够精确打击的利器，就像马戏团表演时用的加重匕首。

最后，这些测试还是完美的实物展示，它们毫无疑问地展现出，谁在这里说了算。

是她。

4

霍克斯特离开后，查莉倒在沙发上，双手捂住脸，啜泣着。一时间，她被矛盾的情绪包围——内疚与恐惧、愤慨，甚至又恼怒又喜悦。但恐惧是其中最为强烈的。同意接受测试时，事情就变得不一样了；她害怕事情就此改变，无法挽回。而且她现在不只是想要见到爸爸，她需要他。她需要他告诉自己下一步该怎么做。

起先她得到了奖赏——和约翰一起外出散步，抚摸通灵师，然后骑骑它。她喜欢约翰，也喜欢通灵师……但那个笨蛋根本不知道，当他说通灵师是她的时，她有多难过，因为她知道通灵师从来都不可能属于她。只有在她那朦胧而不安的梦里，这匹高大的骟马才属于她。但现在……现在……那些测试本身，那些让她能够动用自己的力量并感觉自己的力量越发成熟的机会……开始成了奖赏。这很可怕，可又让她欲罢不能。而且她感觉自己只是触及皮毛。她就像一个婴儿，才刚刚开始蹒跚学步。

她需要爸爸，她需要他来告诉她什么是对的，什么是错的，她应该继续还是立刻停手。如果她能的话——

"如果我能停下来。"她在手指间轻声呓语。

这是最可怕的事情——她已经不再确定自己还能不能停下来。如果不能，那意味着什么？哦，那意味着什么呢？

她又哭了起来，她从未感觉自己如此孤独。

5

葬礼简直一团糟。

安迪本以为自己会没事；他的头痛已经好了，而且毕竟，葬礼只是单独跟上校谈话的一个借口。他对品乔从未有过好感，虽然最后事实证明此人十分卑劣，连憎恨都配不上。他从不掩饰自己的趾高气扬，以及凌驾于他人之上时的扬扬自得——由于这些原因，以及他现在心里唯一关切的只有查莉，安迪对他无意中造成品乔记忆回溯几乎没有任何愧疚之意。正是记忆回溯将这个人撕成了碎片。

这种情况以前也时有发生，但他总有机会将它恢复正常。当他们从纽约逃走时，安迪对此已经很熟练了。每个人的大脑里几乎都有一片隐藏的雷区，根深蒂固地埋藏着恐惧与愧疚、自杀倾向、分裂的自我认知、偏执的冲动，甚至是谋杀倾向。安迪的推动会产生一种极端的暗示效果，如果这种效果指向了那些黑暗的区域，最终便可能会导致毁灭。他的减肥培训班上就曾经有一位家庭主妇陷入可怕的精神恐慌当中；他班上的一个经理也曾经承认自己产生了把手枪从衣橱里拿出来玩俄罗斯轮盘赌的冲动，这种冲动在某种程度上跟埃德加·爱伦·坡的短篇小说《威廉·威尔逊》有关，他是在高中的时候读的这篇小说。而在这两个案例中，安迪都成功地赶在记忆回溯变得失控之前让一切恢复了正常。在经理的案例当中，他所做的只是再次对他发力，告诉这个沙色头发的、文静的三等银行职员他根本没读过坡的那篇小说。这样一来，所有的联系——不论是怎样的联系——都被打断了。但是在品乔的案例中，他始终没有得到阻止记忆回溯的机会。

他们在一场肃杀的秋雨中驱车赶往葬礼现场，上校一直在焦躁不安地谈论此人的自杀；他似乎还在努力适应这个意外。他说他想不到一个人竟然会……在那机器开始运转的时候，把自己的手臂伸进去。但品乔就是那样做的。不知怎的，他就是伸进去了。自此开始，安迪觉得这场葬礼变得糟糕起来。

他们两人只参加了安葬仪式，共撑一把伞，远远地站在一小群死者的朋友和家属后面。安迪发现尽管自己还记得品乔的傲慢无礼,记得这个小个子男人有多么热衷于把鸡毛当令箭,还有他那没完没了、令人恼火、神经兮兮的抽搐式笑容;然而一旦看见他那穿着黑西服、脸色苍白憔悴、戴着面纱帽子的遗孀,两手各牵着一个孩子(年纪稍大的那个跟查莉差不多大,两个孩子都处于从震惊到茫然的状态下,就像被人灌了药)时,感觉就完全不同了。她肯定知道这些亲朋好友都已经听说她丈夫横死时的模样——穿着她的内衣,右臂各肘以下全部消失,剩下的部分像是一根削好的活铅笔。他的血到处都是,水槽上、橱柜上,而他的肉块——

安迪无助地想要呕吐。他在冷冷的雨里弯下腰,努力克制自己的冲动。牧师的声音起起落落,而他完全听不进去。

"我想走了,"他说,"我们能走吗?"

"好啊,当然可以。"上校说。他同样脸色苍白,毕竟上了年纪,身体也不大好。"今年我参加的葬礼已经够多了。"

他们从围在人工草坪上的人群身后悄悄离开。由于天降大雨,花瓣已经散落,飘到地上,棺材即将被放到墓穴当中。他们并肩走在蜿蜒的碎石路上,上校的经济型雪佛兰车停在葬礼车队的最后。他们走在柳树下,柳条上不时有雨水滴落,沙沙作响,平添了几分神秘气息。有三四个人影在他们身边移动,几乎看不真切。安迪觉得自己体会到美国总统的日常感受了。

"妻子和孩子肯定都不好过。"上校说,"人言可畏啊,你知道。"

"她能……呃,有人照顾她吗?"

"钱的话,照顾得很周到。"上校几乎毫无感情地说。他们已经来到车道附近。安迪已经能看见上校停在路边的橙色织女星车了。有两个人已经钻进前面的比斯坎车里,另外两个人则上了后面的灰色普利茅斯车。

"但那两个小男孩就没法补偿了。你看到他们的表情了吗?"

安迪没有说话。现在他觉得愧疚了;仿佛有一把锋利的锯片,在他心上来来回回。即便安慰自己当时是自身难保也无济于事。他现在唯一能做的就是思念查莉……想到她身后还站着一个不祥的黑影，那个名叫约翰·雨鸟的独眼海盗。他已经取得了她的信任，他会加快那一天的到来……

他们上了车，上校发动引擎。比斯坎车已经开出，上校跟在后面。普利茅斯车则紧随他们身后。

安迪突然觉得——几乎带着可怕的笃定，他的超能力再次离他而去了——这次推动不会带来任何效果。仿佛他要为那两个男孩的表情付出代价。

但除了继续尝试，他还有什么选择？

"我们要稍微聊一下。"他对上校说，同时发力。他的能力还在，并且头痛随即到来——这是他过于频繁使用能力的代价。"这不会影响到你开车。"

上校似乎在座椅上调整了下坐姿。他的左手似乎想去打转向灯，犹豫了一会儿后并没有这么做。织女星车稳稳地跟在领头车的后面，从巨大的石柱间穿过，来到大路上。

"好的，我觉得我们稍微聊一下不会影响到我开车。"上校说。

他们距离"商店"总部二十英里。安迪一开始就留意了里程表，到墓地时又留意了一次。大部分时间他们都行驶在品乔告诉他的那条三〇一号高速公路上。这是一条快速路。他想他只有二十五分钟来安排一切。在过去两天里，他几乎一直都在思考今天的计划，并且认为自己已经胸有成竹……只是有一件事，他迫切地需要知道。

"你和雨鸟能保证查莉配合多久，霍利斯特上校？"

"不会太久，"上校说，"雨鸟的计划很妙，你不在的时候，他是唯一能够控制她的人。代理父亲。"他以一种低沉的、几乎是在吟唱的声音说道，"她爸爸不在的时候，他就是她的爸爸。"

"当她停止配合的时候，她就会被杀掉？"

"不会立刻杀掉。雨鸟会多留她一会儿。"上校打了转向灯，开上三〇一号高速公路，"他会假装被发现了。我们发现他们在私下聊天。发现他在给她出主意，有关她的……她的问题。发现他给你传了字条。"

他不说话了，安迪也不需要他继续说下去了。他觉得恶心，他不知道他们会不会相互祝贺，说蒙骗一个小孩有多么容易，在一个孤独的地方赢得她的爱，取得她的信任后让她做他们希望她做的事。等所有手段都失效后，他们只要告诉她，她唯一的朋友，护工约翰将会丢掉自己的饭碗，甚至会因为成为她的朋友而依照《官方机密法》被起诉。查莉不会坐视不管。查莉会满足他们的要求。她会继续跟他们合作。

希望能尽快见到这个家伙。我真的希望。

但他现在没有时间考虑这些……而且如果计划顺利，他根本就不必和雨鸟正面交锋。

"我一周后去夏威夷。"安迪说。

"好的，没问题。"

"我怎么去？"

"坐军用运输机。"

"你联系谁安排这件事？"

"帕克。"上校立刻说。

"帕克是谁？"

"维克多·帕克里奇少校。"上校说，"他在安德鲁斯。"

"安德鲁斯空军基地？"

"是的，当然。"

"他是你的朋友？"

"我们一起打高尔夫。"上校微微笑了笑，"他老打斜飞球。"

好消息。安迪心想。他的头不住地抽痛，仿佛一颗烂掉的牙齿。

"今天下午给他打电话，说你打算让他提前三天起飞，可以吗？"

"嗯？"

"会很麻烦吗？需要打很多书面报告？"

"哦，那倒不会。帕克看报告也是画条斜线了事。"微笑再度浮现，有几分古怪，并不是真正的愉快。"他老打斜飞球，我跟你说过吗？"

"对，对，你说过。"

"哦，那就好。"

汽车以完全合法的时速五十五英里稳步前行。雨渐渐停歇，变成朦胧的雨幕。雨刷器在风挡玻璃上来来回回，咔嗒作响。

"今天下午给他打电话，上校。一回去就打给他。"

"打给帕克，好的。我也觉得我确实应该打给他。"

"告诉他我要在周三动身，而不是周六。"

四天时间不足以让他恢复元气——三周还差不多——但事情已经到了紧要关头。终局之战已经开始。事实正是如此，而安迪也必须意识到这一点。他不愿，也不可以再把查莉留在雨鸟规划的道路上。

"周三动身，而不是周六。"

"没错。然后你还要告诉帕克，你也要一起去。"

"我也一起？不——"

安迪再度发力。这让他感到一阵剧痛，但他还是加大了力道。上校在座位上猛地一抖。汽车在路上轻微地偏转了方向。安迪想，自己几乎是在故意让他的大脑产生记忆回溯。

"我一起去，没错，我一起去。"

"很好。"安迪严肃地说，"现在告诉我，你在安保方面做了哪些安排？"

"没什么特殊的安排，"上校说，"在氯丙嗪的控制下，你基本上已经没什么行动能力了。而且你的特殊能力也已经消失，不可能再精神控制任何人。它处在休眠状态。"

"啊，正是如此。"安迪说，同时用微微颤抖的手捂住了前额，"你是说只有我一个人坐飞机吗？"

"不，"上校立刻回答，"我想我会跟你一起去。"

"没错，但除了我们两个，还有其他人吗？"

"还会有两名'商店'的特工，一方面当乘务员，一方面负责监视你。标准作业程序，你知道。保护投资利益。"

"只有两个特工跟我们一起？你确定吗？"

"确定。"

"当然，还有机组人员？"

"对的。"

安迪望了望窗外。现在他们已经走了一半路程。到最关键的部分了，而他头痛欲裂，生怕自己漏掉了什么。倘若果真如此，整个计划很可能会前功尽弃。

查莉，他想，努力打起精神。

"从弗吉尼亚到夏威夷有很长一段路程，霍利斯特上校。飞机中途会落地加油吗？"

"会。"

"你知道在哪儿吗？"

"不知道。"上校平静地说，安迪很想朝他的眼睛打一拳。

"等你跟那个……"那人叫什么名字？他在自己疲惫又痛苦的头脑中奋力搜索，终于想起来了，"等你跟帕克通电话时，问问他飞机会在哪里停靠加油。"

"好的，没问题。"

"要自然地提到这个话题。"

"好的，我会在通电话的时候自然地谈到这个话题，问问他飞机会在哪里停靠加油。"他若有所思地瞥了安迪一眼，眼神迷离，而安迪发觉自己在想是不是就是这个人下令杀死了薇姬。突然他升起一股冲动，想让他一脚把油门踩到底，朝正前方的桥墩撞过去。但他还有查莉。查莉！他在心里呼唤道。为了查莉，一定要坚持下去。"我告诉过你帕克老打斜飞球吗？"上校一脸天真地问。

"是的，你说过。"思考！思考，该死的！最有可能是在芝加哥或者洛杉矶附近，但肯定不会是奥黑尔或者洛杉矶国际机场这种民用机场。飞机应该会在空军基地加油。这对他的计划不会有什么妨碍——为数不多的几件无妨的事——只要他能提前弄清基地的位置。

"我们下午三点动身。"他告诉上校。

"三点。"

"你要确保约翰·雨鸟在别的地方。"

"把他送走？"上校十分期待地反问道。安迪意识到上校十分害怕这个雨鸟，感到一阵毛骨悚然。

"没错，什么地方无所谓。"

"圣地亚哥？"

"可以。"

现在，最后一步了。他已经做好准备；前方有一个闪光的绿色标志，显示他们即将通过朗蒙特出口。安迪把手伸进裤兜，掏出一张叠好的字条。他把它放在膝盖上，用拇指和食指捏住。

"你要告诉那两个跟我们一起去夏威夷的特工，他们要在空军基地跟我们碰头，"他说，"他们会在安德鲁斯跟我们见面。只有我们两个去安德鲁斯，就像现在这样。"

"好的。"

安迪深吸一口气。"但我的女儿要和我们一起。"

"她？"上校立刻变得焦躁不安，"她？她太危险了！她不可以——我们不能——"

"她一点都不危险，直到你们的人开始骗她。"安迪几乎是在呵斥，"她必须跟我们一起，你不可以再反驳我，明白了吗？"

这一次，汽车的转向更加明显，上校含混地重复："她跟我们一起走。"他同意了，"我不会再反驳你了。痛啊，太痛了。"

但根本没有我痛得厉害。

现在，他的声音仿佛是从很远的地方传来，穿过浸满了鲜血的疼痛封锁网，大脑似乎因疼痛越发缩紧。"你要把这个交给她。"安迪说，把手里的字条递给上校，"今天就给，但一定要小心，不要让任何人起疑。"

上校把字条塞进胸前的口袋里。现在他们已经来到基地附近了，他们的左边是两段带电围栏。警告标志每隔五十码左右就会出现一次。"把重点再重复一遍。"安迪说。

上校开始复述，语速很快，干净利落——这是一个从小在军校接受记忆行为训练的男人的声音。

"我会安排你在周三而不是周六乘军用运输机前往夏威夷。我会跟你一起去，你的女儿也跟我们一起。两个和我们同去的'商店'特工会在安德鲁斯跟我们碰头。我会问帕克飞机中途在哪里加油。我会在打电话告诉他更改启程日期时顺便问他。我有一张字条，要转交给你的女儿。跟帕克通完电话后我就把字条交给她，这样不会让别人起疑。另外，下周三我会安排约翰·雨鸟去圣地亚哥。我想这样可以避免麻烦。"

"好极了，"安迪说，"我想也是。"他靠在座位上，闭上眼睛。过去与现在杂乱无章的记忆碎片在他的脑海中漫无目的地飘过，仿佛稻草人在狂风中摇摆。这真的能奏效吗？还是只是让他们两个白白送死？他们已经知道查莉能做什么了；他们已经亲眼见识过。如果出了差池，他们可能会在那架军用运输机的客舱里被就地解决。然后被装进两口箱子里。上校在警卫室门口停车，递出去一张塑料卡片，值班人员把它塞进电脑终端。

"过去吧，先生。"他说。

上校继续前进。

"最后一点，霍利斯特上校。你要忘掉这一切。你会自发地完成我们刚才讲到的这一切。你不会跟任何人讨论这些内容。"

"没问题。"

安迪点点头。不是没问题，但必须这样做。造成记忆回溯的可能性非常大，因为安迪施加的力量非常大，而且他给上校提出的指令完全违背常理。上校可能只能依靠他的职权来完成这一切，也许他办不到。但现在安迪太累了，头痛欲裂，根本无法考虑这些。

他几乎没有力气从车里出来，上校用胳膊撑住了他。他隐约察觉到冷冷的秋雨打在脸上，感觉很舒服。

从比斯坎车上下来的两个男人冷眼旁观，脸上挂着厌恶。其中一个是唐·朱尔斯，朱尔斯穿了件运动衫，胸前写着"美国奥运喝酒代表队"。

瞧瞧这头嗑药的死肥猪。安迪茫然地想。他又差点哭出来，感觉喘不上气。好好瞧瞧他吧，要是这次逃得出去，他准保会把这片腐败的化粪池从沼泽地里炸上天。

"这边，这边。"上校说，拍拍他的肩膀，带着傲慢和敷衍的同情。

干好你的活，安迪想，强忍着泪水。他绝不会再在他们面前哭了，绝对不会。干好你的活！

6

回到房间，安迪跌跌撞撞地栽进床里。他几乎立马就睡着了。在接下来的六小时里，他仿佛死了一般躺在床上，血液从大脑里的一个极细微的裂口中渗出，许多脑细胞开始变白、死去。

当他醒过来时，已经晚上十点了。头痛仍在肆虐。他用手碰了碰自己的脸，左眼下、左颧骨和颌骨往下一点的地方都出现了毫无知觉的区域，范围比上次更大了。

我不能再发力了，否则我会死的。他心想，并且清楚事实就是如此。但如果可能，他还会继续撑下去，给查莉活下去的机会。不管怎样，他一定要坚持到底。

他走进浴室，接了杯水。然后他又躺回床上，这次过了很久才睡着。他的最后一个念头是，查莉一定读过他的字条了。

7

参加完品乔的葬礼，霍利斯特上校忙得不可开交。刚走进办公室，他的秘书就给他送来了一份部门间备忘录，上面写着"紧急"。备忘录来自帕特·霍克斯特。上校吩咐秘书给维克多·帕克里奇打电话，自己先坐下来读备忘录。我是应该经常出去走走，他想，这样可以让脑细胞或者别的什么东西通通气。在回来的路上他突然就想到了，等上一周才把麦吉送到毛伊岛简直毫无意义，这周三就已经够晚了。

然后，这份备忘录吸引了他的全部注意。

报告的风格跟霍克斯特一贯坚持的高冷考究相去甚远。实际上，整篇报告的行文近乎歇斯底里，上校完全能够感觉到那孩子真的把霍克斯特吓得够呛。屁滚尿流。

报告的核心内容是查莉决定拒绝合作。这一刻比他们想象中来得要早。也许——不，只是可能——甚至超出了雨鸟的预想。好吧，他们可以把这个问题搁置几天，然后……然后……

他的思路断了。他的眼前突然出现了一个遥远的、有些令人困惑的身影。脑海中，他看到了高尔夫俱乐部，一根五号铁杆，呼啸着重重地击在一颗高尔夫球上。他几乎能听见挥杆时那呼啸的声音。然后球高高飞起，成了蓝天上的一颗白点。但它斜着飞……斜着飞……

他的眉头舒展了。他在想什么？他并不经常这样胡思乱想。查莉拒绝合作，这才是他在想的事情。是的，没错。

没必要着急。他们可以晾她几天，晾到周末，然后就可以让雨鸟出手。为了让雨鸟免于牢狱之灾，她肯定会乖乖听话。

他的手摸了摸胸前的口袋，感觉到了那张叠起来的小字条。这时他在脑海里再度听见了挥杆时的呼啸声。这个声音似乎一直在办公室里回荡。但现在它已经不只是呼啸声了。它变成了平静的咝咝声，几乎像是……一条蛇发出的声音。这可真让人不舒服。他一直都很讨厌蛇，从很小的时候就开始了。

费了一番功夫，他才把蛇和高尔夫球俱乐部从脑子里清理出去。也许那场葬礼比他想象的还要让他心烦。

对讲机响了，秘书告诉他帕克在一号线上。上校拿起电话，一番闲聊后，他问帕克如果他们打算把往毛伊岛的运送任务从周六改到周三，是否会有问题。帕克核对了日程，然后告诉他完全没问题。

"嘿，那下午三点左右如何？"

"没问题，"帕克重复说，"别再提前了就好，要不我们就忙不过来了。这地方遇上高峰期不比高速公路清闲多少。"

"不会，这次就定下来了。"上校说，"还有点事：我会跟着一起去，但你替我保密，好吗？"

帕克突然爆发出一阵浑厚的笑声。"晒晒太阳，找找乐子，瞅瞅草裙舞？"

"为什么不呢？"上校表示同意，"这次运的货挺重要的，我得亲自出马。我想要是有必要，让我去跟参议院那帮人解释也没问题。况且自一九七三年起，我就没好好休过假了。垃圾阿拉伯人和他们的石油把我那年假期的最后一周给毁了。"

"我会保密的，"帕克说，"你想在那边玩两把高尔夫吗？毛伊岛上我知道至少有两块不错的场地。"

上校沉默了。他若有所思地望着桌面，似乎把它看穿了。听筒慢慢从他耳边滑落下来。

"上校？你还在吗？"

在这间小小的、舒适的办公室里，回荡着低沉、确切又不祥的声音：

"嗞嗞嗞嗞嗞嗞——"

"该死，又掉线了，"帕克嘟哝着，"上校？上——"

"你还老打斜飞球吧，老伙计？"上校问。

帕克笑了。"你在开玩笑吧？等我死了，他们会把我埋在该死的长草区。我以为刚才你那边掉线了。"

"我一直在呢。"上校说，"帕克，夏威夷有蛇吗？"

这次轮到帕克沉默了。"你说什么？"

"蛇。有毒的蛇。"

"我……哎呀，该死，我怎么知道。要是这事很重要的话，我倒是可以帮你查查。"帕克怀疑的语气似乎是在暗示上校完全可以让自己手下的五千名特工去查清楚这件事。

"不，没关系。"上校说，他再次把电话紧紧地贴在自己的耳边，"我想我是在自言自语。可能我年纪大了。"

"哪儿的话，上校。你永远都精力旺盛。"

"是啊，也许吧。谢谢你了，老伙计。"

"没什么。我很高兴你能有空出来玩玩。经过去年的事情，没人比你更应该休个假了。"当然，他指的是乔治娅；他并不知道麦吉一家的事情。

这也意味着，他并不太知道我这日子过得到底有多糟，上校疲惫地想。

他开始道别，然后突然补充了一句："顺便问一下，帕克，那架飞机会在什么地方降落加油？你知道吗？"

"在伊利诺伊州的德班，"帕克立刻回答，"出了芝加哥。"

上校谢过他，道了别，然后挂断电话。他的手指又摸到了胸前口袋里的字条。他的视线落在霍克斯特的备忘录上。看上去那女孩好像也非常难过。下去跟她说说话，安慰一下她，也许不是什么坏主意。

他俯身向前，拨开对讲机。

"什么事，上校？"

"我下楼一会儿，"他说，"大约三十分钟后回来。"

"好的。"

他起身离开办公室。离开时，他的手放在胸前，又摸到了那张字条。

8

上校离开十五分钟后，查莉躺在床上，脑子里满是沮丧、恐惧和困惑的想象。她真的不知道该如何继续思考。

那人是在半小时前，也就是五点半的时候来的，自称霍利斯特上校（"不过叫我上校就可以，大家都这么叫。"）。他有一张和蔼而敏锐的脸，让她想到了《柳林风声》那本书里的一小幅插图。这张脸她最近也在某个地方见过，但她一时间想不起来了，直到上校提醒了她。第一次测试后，当那个穿白大褂的人突然逃走，测试室的门还开着，而她也走出去之后，正是这个人把她带回了房间。当时她完全处在震惊、愧疚以及——没错——胜利的喜悦中，难怪没能把他认出来。

说不定，就算是 Kiss 乐队主唱吉恩·西蒙斯把她送回房间，她大概也不会有多少印象。

他说的话很圆滑，令人信服，让查莉立刻起了戒心。

他告诉她，霍克斯特很担心，因为她宣称除非能见到她的爸爸，否则她不会继续配合测试。查莉点点头，没有说话，执拗地保持沉默……主要还是出于恐惧。如果跟一个像上校这样圆滑的谈话者据理力争，你的理由会被他逐个击破，直到一切都黑白颠倒。所以只要简单地提出要求就好。这样更安全。

但他却让她出乎意料。

"如果你只想这样，那也可以。"他说。她脸上吃惊的表情看上去一定很滑稽，因为他难掩笑意。"这需要做一些安排，不过——"

一听到"需要做一些安排"，她的脸立刻沉了下来。"我不会再放火了，"她说，"也不会配合你们做测试了，就算你们花十年时间来做'安排'。"

"哦，我觉得我们应该用不了那么久。"他说，毫无责备之意，"只是我还有一些人要对付，查莉，像这种地方，做什么都得打报告。不过应该用不了多长时间就能通通搞定。"

"那就好。"她冷冷地说，并不信任他，不相信他真的能搞定任何事情，"因为我也等不了太久。"

"我想我们应该可以安排在……这周三。没错，就是这周三，肯定没问题。"

他突然沉默了，脑袋微微侧向一旁，仿佛在听什么频率太高她没法听到的东西。查莉困惑地看着他，正想询问他怎么了，突然又闭上了嘴巴。他的状态……他的状态让她感觉似曾相识。

"你真的觉得我能在周三的时候见到他吗？"她紧张地问。

"是的，我觉得没问题。"上校说。他在椅子上挪动了一下身子，重重地叹了口气。他跟她对视，满脸困惑地微微一笑……这神情她同样觉得很熟悉。接着他胡乱地问了一句："你爸爸高尔夫球打得不怎么样吧，我听说。"

查莉一脸茫然。据她所知，爸爸这辈子都没碰过高尔夫球杆。她正准备如此开口……然后，她突然想到了，一种极度的兴奋感突然贯穿她的身体，令她头晕目眩。

（梅勒尔先生，他跟梅勒尔先生一模一样！）

梅勒尔先生曾是爸爸在纽约开的经理培训班的学员。他个头不高，浅金色头发，戴着一副粉红框的眼镜，笑起来甜甜的，很害羞。和其他人一样，他希望通过培训收获信心。他在一家保险公司或者银行之类的地方上班，而很长一段时间，爸爸似乎都很担心梅勒尔先生。他产生了"机翼会速"[1]。由于爸爸对他发了力，让他想起了自己读过的一个故事。爸爸让他获得了信心，但因为想起了那个故事，反而让他的处境很危险，让他生了病。爸爸说"机翼会速"会让那个故事像网球一样在梅勒尔先生的脑子里蹦来蹦去，让他对那个故事的记忆越来越强烈，直到梅勒尔先生病倒为止。只有查莉知道，爸爸担心的还不只是梅勒尔先生会因此病倒；他害怕梅勒尔先生会杀掉自己。所以有一天晚上，当所有人都离开后，爸爸把梅勒尔先生留了下来，并让他相信自己根本没读过那个故事。在那之后，梅勒尔先生就恢复正常了。爸爸告诉她，他希望梅勒尔先生千万不要去看一部叫《猎鹿人》的电影，但他并没有说为什么。[2]

但在爸爸让梅勒尔先生恢复正常之前，他的样子跟现在的上校一模一样。

她突然坚信爸爸对这个人发了力。她不禁感到异常兴奋。除了约翰偶尔带回来的消息，她已经很久没有听到关于他的消息了，再也没见过

---

1. 即"记忆回溯"，查莉年纪小，没能准确地记下这个词。
2. 该片中有关于"俄罗斯轮盘赌"的镜头。

他，也不知道他到底身在何处。而现在，他就好像以一种奇怪的方式突然出现在这间屋子里，告诉她一切都好，他就在她身边。

上校突然站了起来。"好吧，现在我要走了，但我们还会再见面的，查莉。别担心。"

她想告诉他别走，想让他说说她父亲的情况，他现在在什么地方，他是不是一切都好……但她却牢牢地把嘴巴闭了起来。

上校走到门口，突然停住了。"哦，差点忘了。"他穿过房间，回到她的身边，从胸前的口袋里掏出一张叠好的字条，递给她。她茫然地接过来，看了看，然后放进自己的睡袍口袋。"骑马的时候，一定要小心蛇。"他亲密地说，仿佛两人是知心好友，"要是让马瞧见了蛇，它会受惊的。每次都是这样。那可糟了——"

他停下来，举起手，揉了揉太阳穴。有那么一刻，他看上去十分苍老、神志不清。接着他摇了摇头，仿佛对自己刚才的想法不屑一顾。他跟她道别，然后离开了房间。

他走之后，查莉在原地站了许久。然后她掏出字条，展开，读上面的内容。一切都变得不一样了。

9

查莉，亲爱的——

第一，读完这张字条，你要把它冲进马桶里，好吗？

第二，如果一切顺利——按照我计划的那样——周三我们就能离开这里了。给你这张字条的那个人会帮助我们，尽管他并不知道自己在这样做……明白了吗？

第三，我希望你周三下午一点去马厩。我不管你用什么办法过去——如果有必要，再给他们放把火也没关系。但一定要去。

第四，最关键的一点：别相信那个叫约翰·雨鸟的人。他会让你失望的。我知道你现在很信任他，但他是个危险的人，查莉。没有人会因为你信任他而责怪你——霍利斯特上校说那个人是专业的，拿个奥斯卡奖都绰绰有余。但你要知道，他就是那个负责在爷爷的度假营地抓捕我们的人。我希望你不会太难过，但我了解你，知道这不可避免。发现自己被人利用肯定会非常难过。听着，查莉：如果那个雨鸟再来——他可能会来——一定不要让他察觉到你对他的态度有变化，这一点非常重要。周三下午的时候，他就会离开。

我们会去洛杉矶或者芝加哥，查莉，我想我有办法安排一场新闻发布会。我有个叫昆西的老朋友，我想让他来帮助我们。而且我相信——我必须相信——只要取得联系，他就会来帮助我们。一场新闻发布会意味着整个国家都会看到我们。他们也许还会把我们留在某个地方，但我们一定可以在一起。我希望你跟我一样也期待着如此。

这样一来，事情就不会太糟，除非他们让你为完全错误的目的放火。如果你对再次逃跑有疑问，记住，这是最后一次了……而且你妈妈也会希望我们这样做。

我想你，查莉，很爱很爱你。

爸爸

10

约翰？

约翰就是那个用带镇静剂的镖头射她和爸爸的人？

约翰？

她把头转向另一边。她感到十分悲哀，心碎的感觉似乎难以遏制。这样残酷的困境终究是无解的。如果相信爸爸，她就必须相信约翰一直在骗她，只是为了让她同意接受测试才接近她。但如果要继续相信约翰，那么她揉成一团冲下马桶的那张字条就是个彻头彻尾的谎言，上面还签着爸爸的名字。无论如何选择，代价和伤痛都让她难以承受。这就是长大的意义吗？接受伤痛？承担代价？如果真的是这样，她希望自己可以现在就死掉。

她还记得自己第一次见到通灵师的时候约翰的笑……他的笑里有某种她不喜欢的东西。她还记得自己从未在他身上体会到任何情感，就像他有意把自己封闭起来，或者……或者……

她努力想摆脱这个想法。

（或者他的心已经死了）

但这个念头无从摆脱。

可他不是那样的人。他真的不是。他怕黑。他讲自己的故事，那些越共是如何对付他的。那些都是谎话吗？他那张残缺的脸可以证明这一切吗？

她躺在枕头上翻来覆去，翻来覆去，翻来覆去，没完没了地否定着。她不想去想，不想，不想。

但她控制不住。

也许……也许那次停电是他们有意为之？也许那次停电是个偶然……而他利用了它？

（不！不！不！不！）

然而，她的思绪现在已经不受意识的控制了，正在以一种无情且冷酷的决心，在这片令人发狂的、恐怖的荨麻周围逡巡。她是个聪明的女孩，正小心翼翼地摆弄着自己的逻辑串珠，一次一颗，如同痛苦的忏悔者般，一定要将那可怕的忏悔与告解做完。

她想到了自己看过的一集电视剧，好像是《警界双雄》。他们把一个警察跟一个众所周知的大强盗关在一起。他们称那个假扮成罪犯的警察为"卧底"。

约翰·雨鸟也是卧底吗？

爸爸是这么说的。爸爸为什么要骗她呢？

你该相信谁，是爸爸还是约翰？约翰还是爸爸？

不，不，不，她在心里反复抗拒着……而这无济于事。她陷入了一种也许其他八岁女孩从未经历过的两难境地。她睡着了，而那个梦又来了。只有这一次，她终于看清了那个挡住光线的人影的模样。

11

"好吧，怎么了？"霍克斯特没好气地问。

这语气表明他的心情简直好得太他妈好了。他本来在家看周日特映的"詹姆斯·邦德"，电话铃响了，一个声音告诉他，那小女孩可能出了什么问题。电话是从公开线路打来的，霍克斯特不敢询问具体是什么问题。他只好穿着脏牛仔裤和网球衫赶回来，连衣服都没顾得上换。

他一路都在害怕，嘴里嚼着药片来对抗沸腾的胃酸。他跟妻子吻别，面对她因怀疑而挑起的眉毛，他回答说基地的设备出了一些小问题，他很快就会回来。他想，如果她得知这个"小问题"随时都有可能要了他的命，她会怎么回答。

此时站在这里，透过幽灵般的红外线监视器，他像往常那样在熄灯之后观察着查莉，他再次希望这一切都已经结束，小女孩被解决掉了。当整个事件还只是绝密文件夹里的学术问题时，他从未觉得有什么不妥。然而它的真正面目却是燃烧的煤渣墙；是现场达到三万度甚至更高；是布拉德福德·海克谈到的可能摧毁宇宙的动力来源；是他已经害怕到面目全非。他觉得自己如同坐在一个不稳定的核反应堆上。

当霍克斯特走进来时，值班的人——内亚里——正在屋里踱步。

"上校在大约五点的时候去看过她。"他说。

"她连晚饭都没吃，早早就睡了。"

霍克斯特盯着显示屏。查莉身上还穿着平日的服装，在床上不安地来回翻身。"她看上去像是在做噩梦。"

"一个，或者一连串噩梦。"内亚里冷冷地说，"我之所以打电话，是因为在刚刚的一小时内，房间里的温度升高了三度。"

"那也没多少。"

"但这是一间有温度控制装置的房间。毫无疑问，是她让温度发生了改变。"

霍克斯特琢磨着他的话，啃着自己的手指。

"我觉得应该找人去把她叫醒。"内亚里终于说出了自己的打算。

"这就是你喊我过来的原因？"霍克斯特突然咆哮道，"让我把这孩子叫醒，给她送杯热牛奶？"

"我不想越权办事。"内亚里冷冷地答道。

"不。"霍克斯特说，同时不得不把后半句咽回肚子里。如果房间里的温度继续升高，她应该会自己醒过来，但要是她因为噩梦而异常害怕，那么一旦去叫醒她，她很可能会对一睁眼看到的那个人发起攻击。毕竟，他们在消除她对意念控火的心理障碍这方面已经做得非常成功了。

"雨鸟呢？"他问。

内亚里耸耸肩："在家里玩蛋吧，据我所知。但对查莉来说，他已经下班了。现在再让他出现会让她怀——"

插在内亚里的控制面板上的数字温度计跳动了一个数字，片刻后，又迅速跳动了两下。

"该有人去看看。"内亚里说，现在他的声音也有些不稳，"里面已经七十四度[1]了，要是她继续让温度上升该怎么办？"

霍克斯特试着思考该怎么办，但他的大脑似乎被冻结了。他已经大汗淋漓，但嘴巴里却干得像只羊毛袜。他只想回家，窝在自己的沙发里，看詹姆斯·邦德追踪死亡间谍或者鬼知道是什么东西。他不想待在这里了。他不想看着液晶屏上的数字突然模糊，然后以几十、几百的速度飙升，就像那次煤渣墙里的温度计那样……

思考！他大声呵斥自己，你在干什么？你在干——

"她醒了。"内亚里轻声说。

他们两人一起盯着显示器。查莉已经坐了起来，两腿支在地板上，低着头，头发遮住了脸。过了一会儿，她站起来，走进浴室，脸上仍是一片茫然，眼睛几乎是闭着的——说是醒了，倒不如说还在睡，霍克斯特猜。

内亚里轻敲了一下切换键，浴室里的场景便出现在显示器上。在浴室灯的照射下，画面十分清晰。霍克斯特本以为她会尿尿，但查莉只是站在浴室门口，望着马桶。

"哦，圣母马利亚，瞧瞧这个。"内亚里嘟哝着。

抽水马桶里的水渐渐开始沸腾。沸腾的过程持续了一分多钟（内亚里在报告里写的是一分二十一秒）。然后查莉走到马桶前，按下冲水键，尿尿，又冲了遍水，喝了两杯水，接着回到床上。这次她很容易就睡着了，睡得很沉。霍克斯特瞥了一眼温度计，发现已经下降了四度。在他看着温度计的时候，读数又下降了一度，降到六十九度[2]，只比标准室温高一度。

他仍跟内亚里一起留在监控室，直到午夜。"我要回家睡觉了。你会把这一切都记下来，对吧？"

---

1. 约合 23.3 摄氏度。
2. 约合 20.6 摄氏度。

"职责所在。"内亚里淡淡地说。

霍克斯特回家了。第二天，他写了一份备忘录，建议应均衡考虑测试中获取的成果与潜在的危险。在他看来，潜在的危险增长太快，令人十分不安。

12

对于那晚的事情，查莉几乎不记得了。她只记得突然很热，她起了床，把热量散了出去。她记得自己做了个梦，但很模糊——有种自由自在的感觉——

（前方是一片光明——森林的尽头，一个广阔的世界，她和通灵师可以永远在那里驰骋）

夹杂着恐惧和失落。那是他的脸，是约翰的脸，一直都是。也许她已经知道了。

（树林在燃烧不要伤害我的马哦求你了不要伤害我的马）

也许她一直以来都知道。

第二天早上醒来时，她的恐惧、困惑和哀伤变成了坚不可摧的愤怒，这个转变也许是不可更改的。

他最好在周三的时候离开，她想。他最好这么办。如果他真的是卧底，周三的时候他最好不要接近我和爸爸。

13

那天上午晚些时候，雨鸟进来了，推着他的手推车，上面装着清洁用品、拖把、海绵和抹布。他的护工白大褂的衣角走路时会轻轻飘起。

"嘿，查莉。"他说。

查莉坐在沙发上，看着一本图画书。她抬头望了一眼，那一刻，她面色苍白、不带笑意，甚至有点……警惕。她的小脸似乎绷得太紧了。然后她才露出微笑。但这可不像她，雨鸟心想，她平时不是这样笑的。

"哈喽，约翰。"

"你今天早上看起来不大好，查莉，请别介意我多嘴。"

"我昨晚没睡好。"

"哦，是吗？"他其实已经知道了。那个蠢货霍克斯特吓得都快口吐白沫了，只因为她在睡梦中让室温升高了五六度。"我很抱歉。是因为你爸爸吗？"

"我想是的。"她合上书，站起身，"我想我应该再去躺一会儿。我只是有点不想说话。"

"好的，去吧。"

他目送她离开，当卧室门咔嗒一声关上时，他走进厨房，给地上的水桶装满水。她看他的眼神让他起疑。他不喜欢她的微笑。她昨晚很难熬，好吧，没关系。每个人都会有这样的经历，到第二天你会对着妻子发无名火或者对着报纸发呆。没错。但……这其中有什么东西似乎发出了刺耳的警报声。她已经几周没那样看过他了。今天早上她没有迎接他，见到他也没有表现出开心和欣喜。他对此也很不满意。今天她要待在自己的空间里，这令他很不安。也许这只是一个糟糕夜晚的后遗症，也许前一晚的噩梦是她吃的某种东西引起的，但这同样令他不安。

还有其他一些事情也令他不安：上校昨天傍晚下来看她了。他以前从未这样做过。

雨鸟放下水桶，把拖把从橡皮钩上取下来。他把拖把浸在水里，拧干，开始慢慢拖地板。他满是伤疤的脸平静而安详。

你是准备要在我背后捅刀子吗，上校？你觉得我已经没用了？还是你怕我？

如果最后一点为真，那么他之前就彻底看错上校了。霍克斯特倒是那种人。他在参议院委员会和小组委员会前干的事就是一坨狗屎，东一泡，西一泡。还需要更加确凿的证据。他可以放任自己陷入恐惧。但上校不一样。上校知道现在证据还不充分，尤其是在处理具有潜在爆炸性的事情时（在这里，"爆炸性"名副其实），比如查莉·麦吉这种。上校需要的不是提供资金；在参加闭门会议之前，他嘴里往往充斥着官僚术语里最神秘且最可怕的那些，但归根结底只是一个词：长期融资。为了这个目的，他必然要证明这一案例具有不言自明的优生学前景。雨鸟猜，到最后，上校不可避免地要邀请一大堆达官贵人现场欣赏查莉的表演。也许那帮傻子还能把孩子带来，雨鸟想，又涮了涮拖把。这可比看水族馆里的海豚训练带劲。

上校会知道，为达到这个目的，他需要所有可以得到的帮助。

所以他昨晚为什么要下来看她？他为什么要从中作梗？

雨鸟拧干拖把，看着脏水流进水桶。他从开着的厨房门望向查莉关着的卧室门。她将他拒之门外，而他不喜欢这样。

这让他非常非常不安。

14

十月第一个周一的那天晚上，一场中等强度的风暴从南方腹地而来，乌云凌乱地卷过刚刚露出地平线的满月。第一批落叶随即飘落，在修剪整齐的草坪上游荡，等待不知疲倦的园艺工人在第二天早上把它们清走。一些落叶飘进了鸭塘，像小船一样在水上漂浮。秋天又一次造访了弗吉尼亚。

在自己的房间里，安迪看着电视，他的头痛还在继续。脸上麻木的区域已经缩小，但并没有消失。他只能寄希望于自己在周三下午前尽量恢复。如果事情如他所愿进行，他倒是能尽可能减少发力的次数。只要查莉拿到他的字条，只要她能到马厩跟他见面……然后她就可以成为他的力量、他的超能力、他的武器。当他拥有一把相当于核步枪的武器时，谁还敢阻拦他？

此时，上校正在自己位于朗蒙特山的家中。和雨鸟来做客的那天晚上一样，他喝着白兰地，音响中传来低沉的音乐。今晚是肖邦。上校坐在沙发上。屋子的另一端，斜靠在一幅凡·高画上的，是他那个破旧的高尔夫球包。这个包是从地下室拿上来的，十二年前他在那里安了一个体育器材专架，自那一年起，他跟乔治娅一起生活在这里，不必再在全世界奔波。他把高尔夫球包拿进客厅，因为这些日子他似乎无法摆脱跟高尔夫球有关的念头。高尔夫，或蛇。

他把高尔夫球包拿上来，本打算把所有的铁杆和两根推杆都拿出来，看一看，摸一摸，看看这样能否让他安心。然而当他这么做的时候，其中一根铁杆好像……好吧，这很滑稽（实际上，称之为荒唐也不为过），但其中一个铁杆似乎真的在自己移动。仿佛它并不是一根高尔夫球杆，而是一条蛇，一条爬到里面去的毒蛇……

上校把球包扔到墙边，赶忙走开。半杯白兰地下肚，他的手才勉强停止发抖。等喝完这杯白兰地，他也许就能告诉自己，这双手根本不曾发抖。

他把杯子送到嘴边，突然停了下来。它又动了！真的在动……还是他眼花了？

应该是眼花吧，这很明显。他那该死的高尔夫球包里怎么会有蛇？他最近根本就没用过它。他太忙了。他的球打得倒是不错，比不了尼克劳斯或汤姆·沃森[1]，那是自然，但至少他能让球一直留在场内，不像帕克，总打斜飞球。上校不喜欢斜飞球，因为你接下来要到长草区，那里通常坑洼不平，而且有时会有——

控制住。控制住你自己。你还有没有个上校的样子？

他的手指又颤抖起来。这是怎么回事？这他妈到底是怎么回事？有时好像可以解释，一个完全合乎情理的解释——某种解释，也许是某个人说了什么，他只是……记不起来了。但其他时候——

（就像天杀的现在）

感觉像是处在精神崩溃的边缘。他感觉自己的大脑像是热化了的太妃糖，被这些他无法摆脱的陌生想法扯得四分五裂。

（你还有没有个上校的样子？）

上校猛地把手里的白兰地杯扔进壁炉里，它随即发出砰的一声，炸得粉碎。一种哽咽的声音——啜泣声——从他哽住的喉咙里逸出，像是某种必须呕吐出来的烂东西，无论代价有多么惨痛。然后他强撑着身子穿过房间（仿佛一个醉汉，踩着棉花一般蹒跚而行），抓起高尔夫球包的背带（里面的东西好像又动了，还发出声音，"嗞嗞嗞嗞嗞嗞……"），甩过肩膀。他壮着胆子，把它拖回阴影笼罩的地下室里，额头上冒出豆大的汗珠。他的表情也十分扭曲，恐惧和殊死一搏的决心同时定格。

什么都没有只是高尔夫球杆，什么都没有只是高尔夫球杆，他在心里不停地念叨着。但每走一步，他都觉得有一条长长的、棕色的东西，它有一双黑黢黢的、发亮的眼睛，一颗颗小而尖利、渗着毒液的毒牙，它从包里滑出来，把死亡注入他的后脖颈。

回到客厅里，他立刻感觉好多了。除了头隐隐作痛，他感觉好多了。

1.均为美国职业高尔夫球手。

388

他可以重新连贯地思考了。

几乎可以。

他醉了。

明天早上他就会好起来。

暂时好起来。

15

在那个狂风呼啸的夜晚，雨鸟一直在搜集信息。令人不安的信息。他首先去了监控室，跟内亚里聊了聊。内亚里就是上校去探望查莉那天负责值班的人。

"我要看看监控录像。"雨鸟说。

内亚里没说什么。他带雨鸟去了大厅下面的一个小房间里，里面存放着周日的录像带和一台有特写和定格功能的索尼放映机。内亚里很高兴能摆脱他，只希望他不会再回来跟他提其他要求。那个女孩已经够麻烦了，而这个仿佛爬行动物一般让人不自在的雨鸟，在某种程度上更令人不安。

每盘录像带的时长都是三小时，上面标记着序号，从"0000"到"3000"。雨鸟找出上校出现的部分，看了四遍。他一动不动地盯着屏幕，看着上校说："好吧，现在我要走了，但我们还会再见面的，查莉。别担心。"

但这录像带却让雨鸟十分担心。

他觉得上校的状态很诡异。他就像是在奉命行事。跟查莉说话时，他偶尔还会断片，就像一个神志不清的老人。他的眼神里满是茫然与困惑，跟之前雨鸟在战场上见过的那种处于极度疲劳状态下的人非常相似，他的战友曾贴切地称之为"脑子里是一团糨糊"。

我想我们应该可以安排在……这周三。没错，就是这周三，肯定没问题。

看在老天的分上，他到底在说什么？

在雨鸟看来，上校让这孩子抱有这么大的期望，很可能是准备让整个测试公之于众。上校在打自己的小算盘——这完全符合"商店"做事的传统。

但雨鸟并不相信这个推测。上校的状态一点也不像是在背后搞事情。他就像是完全失去了理智。比如那句关于查莉的父亲打高尔夫球的话。完全不着边际，前言不搭后语。雨鸟还仔细琢磨了一下，考虑可能是某种暗语，但这根本没有可能。上校很清楚查莉房间里的一切都被记录了下来，几乎是经常接受审查。即便想要传递某种信息，他也应当选择更好的方式。一句关于高尔夫球的评论就像一个靶子悬在半空，只会令人困惑，惹人注目。

还有最后一点。

雨鸟看了一遍又一遍。上校停了下来。哦，差点忘了。然后他递给她一样东西。她好奇地看了看，然后揣进睡袍口袋。

雨鸟的手指一直放在暂停按钮上，让上校把"哦，差点忘了"这句话说了六次。他也把那东西递给她六回。一开始，他以为是一块口香糖，随后他用定格和变焦处理。这让他十分确信，那东西非常非常有可能是一张字条。

上校，你他妈的到底在做什么？

16

那晚剩余的时间，以及周二凌晨的几个小时，他都坐在电脑终端前，调出里面有关查莉·麦吉的每一条信息，试图从中找到某种规律，然而却一无所获。他的眼睛红肿，头也疼了起来。

他正准备关灯休息，一个全新的思路突然钻进他的脑袋。问题可能不在于查莉·麦吉，而在于她那个肥头大耳的毒虫父亲。

品乔。负责安迪·麦吉的是赫尔曼·品乔，而他上周以雨鸟所能想象的最可怕的方式干掉了自己。他显然是精神失常了。但没人把这当回事。上校还带安迪去参加了葬礼——真的，仔细想一想，这也有几分奇怪，但绝不是什么大问题。

然后上校就变得有点古怪——开始谈论高尔夫，还给查莉·麦吉送小字条。

但这太荒唐了。他已经失去超能力了。

雨鸟站在原地，手还放在电灯开关上。电脑终端的屏幕渗出暗绿色的光，仿佛刚刚出土的祖母绿。

谁说他失去超能力了，他自己吗？

雨鸟突然意识到，还有一件事同样有几分奇怪。品乔本来都已经放弃安迪了，决定把他送到毛伊岛。如果安迪展示不出任何跟"第六批"有关的超能力，那就根本没有必要再把他留在这里……况且把他和查莉分开会更加安全。

的确如此。但随后品乔却突然改变了想法，决定再安排一组测试。

再然后品乔就决定要亲手清理垃圾处理器……在它正在运转的时候。

雨鸟走回电脑终端前。他站定身子，思索片刻，然后键入：你好电脑 / 状态查询安德鲁·麦吉 14112/ 进一步测试 / 移送毛伊岛 /Q4

请稍候。电脑开始运转。过了一会儿，屏幕上开始出现文字：你好雨鸟 / 安德鲁·麦吉进一步测试信息不存在 / 审批人"欧椋鸟"/ 移送毛伊岛出发时间 10 月 9 日 15:00/ 审批人"欧椋鸟"/ 安德鲁斯空军基地至卡拉米空军基地 / 完毕

雨鸟看了眼手表。十月九日是周三，也就是说，安迪要在明天下午

离开朗蒙特，前往夏威夷。这是谁安排的？是"欧椋鸟"，也就是上校自己。但这个消息雨鸟还是第一次听说。

他的手指再次在键盘上快速敲击。

概率查询安德鲁·麦吉14112/潜在精神支配能力/交叉查询赫尔曼·品乔

他不得不停下来，翻开那本破烂的、满是汗渍的代码本，查询代表品乔的那串数字。在来这里之前，他早已做好准备，把它揣进了后屁股兜。

14409/Q4

请稍候。电脑回应道。然后便是漫长的空白，让雨鸟一度以为这次查询最终只能以错误"404"告终。

但最后电脑还是做出了回答。*安德鲁·麦吉14112/精神支配能力概率35%/交叉参考赫尔曼·品乔14409/完毕*

百分之三十五？

这怎么可能？

好吧，雨鸟心想。让我们把该死的赫尔曼·品乔去掉，看看会发生什么。

于是他继续敲出指令：*概率查询安德鲁·麦吉14112/潜在精神支配能力/Q4*

请稍候。电脑闪了一下，这次只用了不到十五秒，便给出了答案。*安德鲁·麦吉14112/精神支配能力概率2%/完毕*

雨鸟向后靠，闭上自己的那只好眼，在阵阵头痛中体会胜利的滋味。他随后要问的才是真正重要的问题，但这就是人类为直觉跳跃付出的代价。电脑对这种直觉一无所知，尽管只要装上程序，它们就会说"你好""再见""我很抱歉""这太糟了"和"真该死"。

电脑以为安迪已经不太可能具有精神支配能力了……直到你把品乔

作为变量放进去。然后概率便突然大增。

他输入指令：原因查询当赫尔曼·品乔 14409 作为交叉因素参与时安德鲁·麦吉 14112 精神支配能力概率由 2% 上升至 35%/Q4

请稍候。电脑回应。然后答案出现了：赫尔曼·品乔被判定为自杀 / 概率分析安德鲁·麦吉可能导致其自杀 / 精神支配能力 / 完毕

这就是整个西半球最大、最智能的电脑的能力。只要有人能提出正确的问题。

如果我把对上校的怀疑作为条件提供给它又会怎样呢？雨鸟想了想，决定继续查询。他掏出代码本，查到了上校的代号。

入档，他敲入指令，詹姆斯·霍利斯特上校 16040/ 参加赫尔曼·品乔 14409 的葬礼 / 同安德鲁·麦吉 14112 一起 /P4

入档完毕。电脑回应道。

入档，雨鸟继续敲击键盘，詹姆斯·霍利斯特上校 16040/ 近期显示出巨大的精神压力迹象 /F4

无效指令。电脑回应道。显然它不知道该如何处理"精神压力"这个概念。

"该死。"雨鸟嘟囔了一句，然后再次尝试。

入档 / 詹姆斯·霍利斯特上校 16040/ 近期违反指令 / 参考查伦·麦吉 14112/F4

入档完毕。

"给我入档，你这婊子。"雨鸟说，"让我们瞧瞧吧。"他的手指再次回到键盘上。

概率查询安德鲁·麦吉 14112/ 潜在精神支配能力 / 交叉参考赫尔曼·品乔 14409/ 交叉参考詹姆斯·霍利斯特上校 16040/Q4

请稍候。电脑屏幕上闪现出字样，雨鸟背靠椅子等待着，盯着屏幕。百分之二太低了，百分之三十五的话也不值当赌，但——

电脑上此时出现了这样的结论：安德鲁·麦吉 14112/ 精神支配能力概率 90%/ 交叉参考赫尔曼·品乔 14409/ 交叉参考詹姆斯·霍利斯特上校 16040/ 完毕

现在已经达到百分之九十了，足够赌一把了。

约翰·雨鸟还在赌两件事，一是上校递给查莉的确实是一张字条，二是那张字条上写的是某种逃跑计划。

"你这该死的畜生。"约翰·雨鸟嘟囔着——并非没有赞美之意。

他再次坐回电脑前，在键盘上敲了起来：

600/ 再见电脑 /600

604/ 再见雨鸟 /604

雨鸟把键盘推回去，咯咯地笑出了声。

17

雨鸟回到自己的房间，没脱衣服就睡着了。等醒来时已经是周二中午，他给上校打了电话，说自己下午不去基地了，他得了重感冒，可能是流感。他不想传染给查莉。

"希望这不会影响到你明天去圣地亚哥。"上校若无其事地说。

"圣地亚哥？"

"送三份文件，"上校说，"最高机密，我需要一个特派专员。交给你了。你的飞机明天早上七点从安德鲁斯起飞。"

雨鸟脑子转得飞快，这很可能是安迪·麦吉搞的鬼。

麦吉知道他的存在。他当然知道。这部分已经写进他给查莉的那张字条了，连同他疯狂的逃跑计划。这也就解释了那个小姑娘昨天表现奇怪的原因。在去品乔的葬礼或回来的路上，安迪一定狠狠地推了上校一把，让他把所有机密和盘托出。麦吉要在明天下午从安德鲁斯起飞，而现在上校却要他在明天早上离开。麦吉是借上校之手把他引开，这家伙——

"雨鸟？你还在吗？"

"我在，"雨鸟说，"你可以派别人去吗？我现在状态很糟，上校。"

"别人我都信不过，"上校回应说，"这些文件非常重要。我们可不想……草丛里有蛇……搞到它。"

"你说有'蛇'？"雨鸟问。

"没错！有蛇！"上校几乎是在尖叫。

麦吉一定推了他，千真万确，同时造成霍利斯特上校精神上的缓慢崩塌。雨鸟突然感觉到，也许——不，直觉上是笃定的——要是他拒绝了上校，继续跟他争辩，那么他就会崩溃……像品乔那样崩溃。

他希望如此吗？

他决定不要这样。

"好吧，"他说，"我会上飞机的。七点钟。还会吞下我能吞下的所有抗生素。你真是个老浑蛋，上校。"

"在这方面，我可是血统纯正。"上校说，但语气一点也不轻松，反而很空洞。他仿佛松了口气，打了个激灵。

"这我信。"

"也许在那边你还能打会儿高尔夫什么的。"

"我不打——"高尔夫。他跟查莉也提起了高尔夫——高尔夫和蛇。不知为何，这两样东西应该是安迪·麦吉在上校大脑里启动的旋转木马的一部分。"没错，我会玩两把。"他说。

"你要在六点半到达安德鲁斯，"上校说，"去找迪克·福尔瑟姆。他是帕克里奇少校的助手。"

"没问题。"雨鸟说，但他明天并不打算去安德鲁斯空军基地附近的任何地方，"再见，上校。"

他挂断电话，坐在床上。过了一会儿，他套上自己的旧沙漠靴，开始行动。

18

你好电脑/状态查询约翰·雨鸟14222/［出发地］安德鲁斯空军基地［目的地］圣地亚哥/Q9

你好上校/状态查询结果约翰·雨鸟14222/［出发地］安德鲁斯空军基地［目的地］圣地亚哥/东部时间07：00离开安德鲁斯空军基地/状态正常/完毕

电脑像小孩一样，读着屏幕上的信息，雨鸟心想。他只是输入了上校的新密码——要是让上校知道他掌握了密码，肯定会吓一跳——在电脑眼里，他就成了"商店"的头号人物。他情不自禁地吹起了口哨。夕阳西下，整个基地都昏昏沉沉地进行着每日的例行公事。

入档最高机密

请输入密码

密码19180

密码19180，电脑重复了一遍，入档最高机密已就绪。

雨鸟犹豫了一下，然后开始输入：入档/约翰·雨鸟14222/［出发地］安德鲁斯空军基地［目的地］圣地亚哥/取消/取消/取消/F9［19180］

入档成功

接着，雨鸟查了代码本，告诉电脑把取消的通知传送给相关人员：维克多·帕克里奇以及他的助手，迪克·福尔瑟姆。这些新的指示将在午夜时分通过电传机传递到安德鲁斯空军基地，而他本来要乘坐的飞机将在没有他的状态下起飞。没人会知道这些，包括上校。

600/ 再见电脑 /600

604/ 再见上校 /604

雨鸟把键盘推回原位。当然，他完全可以就在今天晚上阻止整个计划。但那还不够。电脑会在一定程度上支持他，但电脑只能算概率，连给面包抹黄油都办不到。最好还是在事情发生的时候阻止他们，抓个现行。这样也更有意思。

整件事都很有意思。当他们把全部注意力都放在那个女孩身上时，那个男人已经恢复了能力，或者说，他一直都在隐藏自己的能力。他很可能偷偷停了药。现在他控制了上校，这意味着他距离控制这个一开始囚禁他的组织只有一步之遥。这可太有意思了，雨鸟也知道，一部电影的"终局之战"，通常都很有意思。

他并没有确切地掌握麦吉的计划，但他基本上可以猜到。没错，他们会去安德鲁斯，但查莉会和他一起去。上校可以轻而易举地把她从"商店"带出去——也许这世界上只有他能办到这一点。然后他们会去安德鲁斯，但不会去夏威夷。安迪的计划可能是带着查莉消失在华盛顿，或者他们会在德班下飞机，然后让上校给他们找一辆公务车。这样一来，他们可以在芝加哥脱身——不过只会消失一会儿，几天后就会出现在《芝加哥论坛报》的头条上。

他曾短暂地闪过一个念头，那就是任由他们逃走。这也会很有意思。他猜，上校会在事情败露后被关进精神病院，整天在草坪上叫嚷着高尔夫和蛇，或者自己把自己掐死。至于"商店"：不妨想象一下如果一个蚁穴下面埋了一夸脱硝化甘油会是怎样的情景吧。雨鸟猜，在媒体听说了安德鲁·麦吉一家经历的诡异磨难后，不出五个月，"商店"就会不复存在。他对"商店"倒是没什么忠诚之心，从来没有。他只对自己忠诚，他是命运的残废斗士、铜皮的死亡天使，眼前的情况不会激发他的斗志。

在这种情况下，他效忠的并不是"商店"。

而是查莉。

他们两个已经约好了。他会望着她的眼睛，而她也回望着他……他们很可能一起走出去，在熊熊烈火之中。他也许可以杀了她以避免世界陷入不可想象的末世景象，但事实上他从未考虑过这种事。他对世界也没什么忠诚，就像他对"商店"一样。这个世界和"商店"切断了他跟那个封闭的荒漠世界的联系，而那里本来是他唯一的救赎……或者，如果没有它们，他本可以做一个单纯无害的印第安佬，找一份营生并乐在其中，在七十六号加油站给人加油，或者在旗杆镇通往凤凰城的高速公路上的某一段肮脏的道路边兜售假冒伪劣的卡奇纳[1]玩偶。

但是查莉啊，查莉！

自从停电那晚漫无尽头的黑暗之后，他们就一直被锁在一曲死亡的华尔兹当中。在华盛顿杀死万利斯的那个清晨，他当时唯一的怀疑，现在已经变成一种不可辩驳的笃定：这个女孩是属于他的。但他要用爱，而不是毁灭，因为他几乎也同样属于她。

这是可以接受的。他想过很多种死法。而死在她的手里，在她的火焰当中化为灰烬，会是一种忏悔……甚至可能带来宽恕。

一旦让她跟她爸爸在一起，她就会变成一把上了膛的枪……不，是一把燃料无限的火焰喷射器。

他会看着她，他会让他们重聚，那样会如何呢？谁知道呢？

提前知道了该多扫兴啊。

1.普韦布洛印第安人神话中保佑土地肥沃、庄稼丰收的祖先神灵。——编者注

19

那晚，雨鸟去了华盛顿，找到了一个工作到很晚的穷困潦倒的律师。他给了这位律师三百美元的小额钞票。在这位律师的事务所里，他处理了一些私人事务，为第二天做好了准备。

十一

凶火

1

　　周三清晨六点，查莉起床，脱下睡袍，走进淋浴间。她先用热水清洗了身体和头发，然后转成凉水，冲了一分多钟。她用毛巾擦干身体，然后认真地穿好衣服——棉内裤、丝质衬裙、深蓝色的过膝袜、牛仔套衫。最后，她穿上自己最合脚的旧便鞋。

　　昨晚她根本没想到自己能睡着，躺在床上，她一直沉浸在恐惧和紧张的兴奋之中。但最后她还是睡着了。这次，她没有梦到通灵师载着她马不停蹄地穿过树林，而是梦到了妈妈。这很奇怪，因为她已经不像以前那样经常想念妈妈了；有时候，妈妈的面孔在记忆里显得模糊而遥远，就像一张褪色的旧照片。但在昨晚的梦里，妈妈的脸——她笑得弯弯的眼睛、她温暖的嘴唇——非常清楚，仿佛查莉昨天才刚刚跟她见过面。

　　现在，穿好了衣服，整装待发，她脸上的焦虑不安已经消失了，看上去很平静。在通往厨房的门边的墙上，有一个呼叫按钮和扬声器格栅口，安装在电灯开关正下方的镀铬板上。她按了下按钮。

　　"什么事，查莉？"

　　她只知道这个声音的主人叫迈克。到了七点——大约半小时后——迈克下班，接替他的人是路易斯。

　　"今天下午我想去马厩，"她说，"去找通灵师玩，你能跟谁说一声吗？"

"我可以给霍克斯特医生写个便条，查莉。"

"谢谢。"她停顿了一会儿。一旦你熟悉了这些人的声音，迈克、路易斯、加里，你就能在脑海中看到他们的样子，就像你能够通过收音机里的声音看到那些节目主持人的样子。你会喜欢上他们。查莉突然意识到，她也许再也不能和迈克说话了。

"还有什么事吗，查莉？"

"没事了，迈克。祝你……祝你今天过得愉快。"

"哦，谢谢，查莉。"迈克听上去既惊讶又开心，"你也是。"

她打开电视，调到有线台每天早上都会播放的一个卡通节目。大力水手正在用管子吸菠菜，准备好好教训布鲁托一顿。她觉得一小时就像一年那么漫长。

要是霍克斯特医生不让她去马厩该怎么办？

电视屏幕上出现了大力水手的肌肉特写。每块肌肉都像是装了大约十六台涡轮发动机。

他最好别那么做，最好不要。因为我要去。无论如何，我都要去。

2

安迪并没有像他女儿那样那么容易睡着，睡得也没她好。他辗转反侧，偶尔打个盹，快要入睡时又被惊醒，因为总有某个噩梦的可怕尖端触碰到他的心灵。他唯一有印象的是查莉摇摇晃晃地出现在马厩的过道上，她的脑袋不见了，然而出现在脖颈处的并不是鲜血，而是红蓝色的火焰。

他本打算在床上躺到七点，但当床头的数码时钟显示为"6:15"时他便起了身。他等不下去了，于是去冲了个澡。

前一天晚上九点刚过，品乔先前的助理纳特医生带着安迪的调动文书走了进来。纳特个子很高，秃顶，五十多岁，总是笨手笨脚的，人倒是很实在。很抱歉要跟你道别了；希望你在夏威夷过得愉快；真希望能和你一起去，哈哈哈；把这个签了吧。

纳特让他签的文件上列出了他仅有的几件私人物品（包括他那串钥匙，看到时安迪心里不由得一阵绞痛）。估计到夏威夷，这些东西还要被清点一次，然后他要在另一张表格上签上自己名字的首字母，表明这些东西确实已被归还。他们想让他签署一份有关他的私人物品的文件，而在此之前，他们杀了他的妻子，在全国追捕他和查莉，然后绑架并囚禁了他们：安迪觉得这颇有几分黑色幽默和卡夫卡式的意味。谢谢你们替我保管这些钥匙哦，他想，胡乱地签上自己的名字。说不定我还得用它们来开汽水瓶呢，对吧，伙计们？

文件的最后一页是一张复写件，内容是上校拟定的周三的时间表。他们在十二点半出发，上校来安迪的住处接他。他会和上校去东边的检查点，经过 C 级停车场，那里会有两辆车出来护送他们。然后他们会开车去安德鲁斯空军基地，预计下午三点登上飞机。中途他们会降落一次进行加油——在德班空军基地，芝加哥附近。

没错，安迪想，很好。

他穿好衣服，开始在房间里四处走动，收拾衣物、剃须用具、卧室拖鞋。他们提供给他两个新秀丽牌手提箱。他时刻提醒自己动作一定要慢，要像一个嗑药成瘾的人那样笨手笨脚、意识涣散。

从上校那里听说了雨鸟的所作所为后，安迪的第一个想法是要见到他。对这个先用镇静剂射中查莉，然后又用更加可怕的方式欺骗了她的人，如果能让他用自己的枪对准太阳穴，然后扣动扳机，一定乐趣十足。但他此时已经不再想见到雨鸟了。他不希望节外生枝。脸上麻木的部分已经缩小到针孔大小，但它们并没有消失，这提醒着他，如果发生意外让他必须过分使用自己的力量，很可能无异于自杀。

他只想让一切按计划进行。

他本来就没多少东西，很快便打包完毕，于是只好静静地等待，什么都做不了。一想到待会儿就要见到女儿了，他的心里一阵温热。

对他来说，一小时好似一年般漫长。

3

那天晚上，雨鸟根本就没睡。凌晨五点半，他从华盛顿回来，把他的凯迪拉克车停进车库里，然后回到房间，坐在厨房里一杯接一杯地喝咖啡。他在等从安德鲁斯打来的电话，在那个电话打来之前，他都无法安心休息。从理论上讲，上校仍有可能发现他在电脑上的一系列操作。麦吉已经控制了霍利斯特上校的思想，但因此低估他肯定没有好结果。

大约六点四十五分，电话响了。雨鸟放下咖啡杯，站起身，走进客厅，接了起来。

"雨鸟。"

"雨鸟吗？我是安德鲁斯的迪克·福尔瑟姆。帕克里奇少校的助手。"

"你把我吵醒了，伙计。"雨鸟说，"我祝你被像装橙子的木箱子那么大的螃蟹夹到。这是一个古老的印第安诅咒。"

"你的行程取消了。"福尔瑟姆说，"我猜你已经知道了。"

"没错，上校昨晚打电话告诉我了。"

"我很抱歉，"福尔瑟姆说，"只是标准流程而已。"

"行吧，好好贯彻你的标准流程。现在我能回去睡觉了吗？"

"接着睡吧，真羡慕你。"

雨鸟发出标准的假笑声，挂断了电话。他回到厨房，拿起咖啡杯，走到窗前向外看。窗外风平浪静。

在他的脑海中，为死者祈祷的旋律在不停地回荡。

4

那天上午，上校到办公室时已经将近十点半了，比他平时晚了一个半小时。离开家之前，他从头到尾检查了一遍自己的织女星轿车，整个晚上他都觉得自己的车里爬满了蛇。检查花了二十分钟——他需要确保没有响尾蛇或是铜斑蛇（或者其他更可怕的爬虫类生物）潜伏在黑暗的后备厢里，蜷缩在杂物箱里，或在发动机散发出的温暖中打着瞌睡。他用扫帚柄按动杂物箱的按钮，不敢靠得太近，以免那不断发出咝咝声的可怕幻象真的扑到他的脸上。当一张卷起来的弗吉尼亚地图突然从方形孔洞里掉出来时，他差点尖叫起来。

随后，在驱车前往"商店"基地的路上，他经过格林韦高尔夫球场，于是直接把车停在了路肩上，如痴如醉地看着高尔夫球手们的表现，直到他们把第八洞和第九洞都打完。每次他们走到长草区，上校都会产生一股难以抑制的冲动，想要从车里走出来，大声提醒他们小心有蛇。

最后，一辆大卡车的鸣笛声让他如梦方醒（他的左侧车轮还挡在路上），继续前行。

他的秘书跟他问好，顺便带来了一堆前一天夜里的电文。但上校只是漫不经心地接了过去，并没有费心去看有什么需要即刻处理的事项。秘书回到自己的座位上，继续处理各种请求和信息。而当她出于好奇抬起头看向上校时，发现他正凝视着她桌子最上层的大抽屉，一脸困惑，完全没有注意到她的眼神。

"您怎么了？"她说。她仍然很清楚自己只是个新来的女孩，尽管在过去的几个月里，她已经取代了上校之前那个秘书的位置。说不定她还跟他睡过，这个女孩有时会猜测。

"嗯——？"他四下张望了一圈，终于看向了她。但茫然无措并没有从他的眼睛里离开。那是某种震惊的眼神……像是在看着某个传说中的鬼屋里的百叶窗。

她犹豫了一下，终于下定决心开口："上校，您感觉怎么样？您的脸色……好吧，有点不大好。"

"我感觉很好。"有那么一刻，他恢复了自己的老样子，让她稍稍放下心来。他挺起肩膀，抬起头，但那种茫然无措却还留在眼神当中。"任何一个要去夏威夷的人都会感觉神清气爽，对吧？"

"夏威夷？"这个名叫格洛里亚的女孩迟疑地说。她之前并没有听说这个消息。

"别在意。"上校说着，把桌面上的表格、部门间备忘录和电报通通拢到一起，"我待会儿再看这些。麦吉父女那边有什么情况吗？"

"有一件。"她说，"我正准备处理。迈克·凯拉说她今天下午想去马厩，去看一匹马——"

"可以，那也很好。"上校说。

"然后她又说，想在一点一刻的时候过去。"

"很好，很好。"

"让雨鸟先生带她过去吗？"

"雨鸟正在去圣地亚哥的路上。"上校念叨着，看上去很满意，"我再找个人带她去吧。"

"好的。您想不想看一看……"她的声音弱了下去。

上校的视线已经离开了她，他似乎又盯上了那个大抽屉。它敞开一半。这也是要求里规定的。那里有一把枪。格洛里亚枪法很好，和以前的蕾切尔一样。

"上校，您真的没事吗？"

"应该把那个关掉。"上校说，"它们喜欢黑洞洞的地方。它们喜欢爬进去，然后藏起来。"

"它们？"她好奇地问。

"蛇啊。"上校说着，大步走进自己的办公室。

5

他坐在自己的书桌后面，一堆电报和文件胡乱地摆在他的面前。它们都被遗忘了。现在，除了蛇、高尔夫和他要在下午一点一刻做的那件事，一切都被他抛在脑后。他想下去找安迪·麦吉。他有种强烈的感觉，安迪会告诉他，他接下来该去干什么。他有种强烈的感觉，安迪能让这一切都好起来。

而在今天下午一点一刻之后，他的人生将会陷入一片黑暗。

但他并不介意。这是一种解脱。

6

十点一刻，雨鸟悄悄走进位于查莉房间附近的小监控室。一个名叫路易斯·特兰特的大胖子正盯着监视器，他的屁股都快从椅子上溢出来了。数字温度计表明此时室内的温度稳定在六十八度[1]。门一开，胖子回头

---

1. 即 20 摄氏度。——编者注

看到来人是雨鸟，表情立刻紧绷起来。

"我听说你出城了。"他说。

"取消了，"雨鸟说，"今天上午我没来过你这儿，路易斯。"

路易斯疑惑地看着他。

"你没见过我，"雨鸟重复说，"只要过了今天下午五点，我就什么都不在乎了。但在那之前，别跟任何人说今天见过我。要是我听说你走漏了风声，我会从你身上切两块肉回去炼油。你明白了吗？"

路易斯·特兰特吓得脸色苍白。他正在吃的小蛋糕从手指尖滑落，掉在倾斜的控制面板上，上面装着监视器屏幕和麦克风拾音的控制开关。小蛋糕从倾斜的面板上滚下去，又在地上滚了几圈，留下几道残渣的痕迹。突然，他觉得自己一点都不饿了。他对雨鸟的疯狂早有耳闻，现在他可以肯定，自己听到的完全属实。

"我明白了。"在雨鸟诡异的笑容和令人发毛的一只眼睛的凝视下，他低声回答。

"很好。"雨鸟说着，朝他走了过去。路易斯缩起身子，想尽可能离他远一点，但雨鸟完全不在意，紧紧地盯着其中一个监控屏幕。那是查莉，她穿着蓝色的套衫，漂亮得像幅画。仿佛在看自己的恋人，雨鸟敏锐地察觉到她今天没有编辫子。她的头发随意地披散在脖子和肩膀上，显得十分可爱。她什么也没做，只是坐在沙发上。没看书，也没看电视。她看上去就像是个在等公交车的女人。

查莉，他满心仰慕地想，我爱你，我真的爱你。

"她今天要干什么？"雨鸟问。

"没什么特别的。"路易斯赶忙回答，实际上，他几乎是在窃窃私语，"只是打算在一点一刻去看看她骑的那匹马。我们把下场测试安排在明天了。"

"明天，是吧？"

"对。"路易斯对测试什么的毫不关心，但他觉得说这个可能会让雨鸟高兴，这样他也许就能离开了。

他似乎很满意，笑容再次浮现在他的脸上。

"一点一刻她要去马厩，对吧？"

"对。"

"谁带她去？毕竟我还在去圣地亚哥的路上。"

路易斯突然爆发出一种类似笑声的尖细声音，似乎想表明，他很欣赏雨鸟的幽默感。

"你的兄弟，唐·朱尔斯。"

"他不是我的兄弟。"

"对，他当然不是。"路易斯迅速表示赞同，"他……他觉得这个命令有点滑稽，但既然是上校亲自下达的——"

"滑稽？他为什么觉得有点滑稽？"

"好吧，因为他只需要带她出来，然后把她留在那里。上校说马厩里的伙计会照看她，但那些人对她一无所知。唐说，搞不好那里会变成一片火海——"

"对，但想这些可不是他的职责。你说对吧，胖子？"他拍了拍路易斯的肩膀，下手很重，听上去就像是微小的雷声。

"对，这当然不是他的职责。"路易斯机智地回应道，他开始冒汗了。

"回头见。"雨鸟走到门口。

"要走了？"路易斯无法掩饰自己的如释重负。

雨鸟把手放在门把手上，停住了脚步。"你这话是什么意思？"他说，"我压根就没来过。"

"对对对，您从没来过。"路易斯急忙同意道。

雨鸟点点头，悄悄走了出去，把门带上。路易斯盯着紧紧关上的门足足几秒钟，然后重重地吐了一口气。他的腋窝已经湿透了，白衬衫黏在后背上。过了一会儿，他想起自己掉在地上的小蛋糕，于是捡起来，擦了几下，又吃了起来。那女孩依旧呆呆地坐着，什么都没干。这个雨鸟——这么多人里，偏偏只有雨鸟——究竟是怎么讨得她的欢心的，路易斯感到十分困惑。

7

十二点四十五分，经过起床后的一段漫长的等待，查莉终于听到一阵短暂的门铃声。唐·朱尔斯走了进来，穿着一件棒球服和一条旧牛仔裤。他冷冷地看着她，似乎对她毫无兴趣。

"出来吧。"他说。

查莉跟在他的身后。

8

那天天气凉爽，晴空万里。十二点半，雨鸟慢慢穿过仍然保持着绿色的草坪，来到一座低矮的 L 形马厩前。马厩被漆成了暗红色——干透的血迹的颜色——外面则是一圈明亮的白色。在头上，几朵标志着好天气的白云缓缓飘过天际。一阵微风吹来，轻拂他的衬衣。

如果需要赴死，今天是个好日子。

在马厩里，他找到马倌的办公室，走了进去。他出示自己的 ID 卡，以及 A 级员工的等级证明。

"有何贵干，先生？"德拉布尔问。

"把这地方清空，"雨鸟说，"所有人都离开。五分钟之内。"

马倌没有表示异议，也没有多说什么。如果他被吓到脸色发白，那么他黝黑的肤色也很好地掩盖了这一点。"马也要离开吗？"

"只有人。从后面出去。"

雨鸟换上了自己的作战服——当年在越南，他们把这一身衣服称为"夺命服"。裤子的口袋又大又深，向外鼓起。他在其中一个口袋里装了一把大号手枪。马厩的负责人用机警且见怪不怪的眼神看向他。雨鸟随意地拿着手枪，枪口朝下。

"要有麻烦了吗，先生？"马倌问。

"也许吧，"雨鸟轻声说，"我真的说不好。赶紧走吧，老伙计。"

"我只是希望不要伤害到那些马。"德拉布尔说。

雨鸟笑了。他想她也会这样想。他看过她看那些马时的眼神。而在这个地方，有充足的干草，一垛垛干草，还有干木料，到处都有禁止吸烟的标识。

这个地方一点就着。

但随着岁月的流逝，他越来越不在意自己的生命，也越来越习惯铤而走险。

他回到大门口，向外张望。还没有人来过的迹象。他转身朝里走，在各个隔间之间穿梭，嗅闻着马身上甜蜜、强烈、充满回忆的气息。

他确保所有的马棚都已经被锁好。

他又回到大门口。这次有人过来了。两个人。他们走在鸭塘那边，还需要五分钟。不是上校和安迪·麦吉。是唐·朱尔斯和查莉。

过来吧，查莉，他温柔地想，到我这里来。

他抬头望向被阴影笼罩的上层阁楼，然后走上梯子——一组钉在支撑架上的简易木挡板——轻巧地爬上去。

三分钟后，查莉和唐·朱尔斯便置身在马厩清爽空旷的阴凉之中。他们在门口站了一会儿，才开始适应里面昏暗的光线。雨鸟手上的点三五七马格南手枪已经被装上了消音器，像是有一只奇怪的黑色蜘蛛蹲伏在枪口上。实际上，它的消音效果很有限；没法让一只大号手枪完全消音。如果他扣动扳机，第一次会是哑哑的声音，仿佛犬吠，第二次则会是低沉的爆炸声，然后消音器就没用了。雨鸟希望自己不要用到手枪，但现在他双手握紧手枪，把枪口压平，消音器正好对着唐·朱尔斯的前胸。

朱尔斯谨慎地察看四周。

"现在你可以走了。"查莉说。

"嘿！"朱尔斯拔高了声音喊道，没有理会查莉。雨鸟了解朱尔斯。他是个认真的人。他一定会奉命行事，并且觉得这样肯定万无一失。也不会有人找麻烦。"嘿，养马的！有人吗！我把那孩子带来了！"

"现在你可以走了。"查莉又说了一次，而朱尔斯再次无视了她。

"来。"他说着抓起查莉的一只手腕，"我们得找个人出来。"

真是可惜啊。雨鸟准备射杀唐·朱尔斯了。这样可能还好一点，至少朱尔斯算是奉命行事时因公殉职，不会被人找麻烦。

"我说了我让你走。"查莉说，朱尔斯突然放开了她的手腕。他并不是主动松开的；他的手自己弹开了，就像一不小心触到了烫手的东西。

雨鸟饶有兴致地关注着下面事态的发展。

朱尔斯转身看着查莉。他揉着自己的手腕，但雨鸟看不清上面是否留下了痕迹。

"你给我走。"查莉轻声说。

朱尔斯把手伸到外套下面，雨鸟又瞄准了他。不过他还不会动手，除非朱尔斯把枪拿出来，并且打算强行把查莉带回去。

但枪刚掏了一半，朱尔斯便大叫一声，把它扔到了地上。他后退两步，离开了女孩，眼睛瞪得溜圆。

查莉把身子侧过去，好像不再对朱尔斯有什么兴趣。马厩的墙上有一个水龙头，位于 L 形建筑长边的中间。下面放着半桶水。

蒸汽从水桶里缓缓升起。

雨鸟觉得朱尔斯没注意到这个；他正盯着查莉。

"给我滚出去，你这个浑蛋。"她说，"不然我就把你点着。我会把你烧成灰。"

约翰·雨鸟在心里给查莉叫好。

朱尔斯望着她，愣住了。他低头微微歪向一边，眼珠不安地来回转动，像只老鼠，很阴险。雨鸟已经准备好，如果有必要，他会帮查莉，但他还是希望朱尔斯能识相点。她的力量有时会意味着一种失控。

"赶紧给我出去，"查莉说，"从哪儿来回哪儿去。我会看着你。赶紧走！给我出去！"

她声音中尖锐的愤怒终于让他拿定了主意。

"放轻松，"他说，"好吧。但是你哪儿都去不了，小姑娘。你这是在玩火。"

一边说着，他一边慢慢地从她身边离开，退到了门口。

"我还看着呢，"查莉坚定地说，"你不转身吗，你这个……你这个浑蛋……"

朱尔斯出去了。他说了句什么，但雨鸟没听到。

"滚吧！"查莉喊道。

她站在大门口，背对着雨鸟，整个人小小的，沐浴在午后昏昏沉沉的阳光中。他再一次爱上了她。这样的话，这里就是他们约会的地方了。

"查莉。"他轻声朝下叫了一声。

她一愣神，后退了一步。她没有转身，但他能感觉到她突然认出他是谁了，并且十分愤怒，尽管他只能看到她缓缓地抬起肩膀。

"查莉，"他又叫了一声，"嘿，查莉。"

"是你！"她悄声叫道。他勉强才能听到。在下面的某个地方，一匹马轻轻叫了一声。

"是我。"他回应道,"查莉,一直都是我。"

现在她转过身来,眼睛扫过马厩那边的长走廊。雨鸟看着她的动作,但她并没有看到他。他藏在阴暗的二层阁楼的一堆杂物中间,刚好在她的视线之外。

"你在哪儿?"她厉声说,"你耍我!就是你!爸爸说那次在爷爷度假营地的也是你!"她的手不自觉地伸到自己喉咙旁边,那里曾被他的飞镖射中。"你在哪儿?"

啊,查莉,你就那么想知道吗?

一匹马轻声嘶鸣。并不是平静的满足之声,而是突如其来的恐惧。它一叫,其他马也跟着叫了起来。一匹纯种马开始踢马棚的门,传来重重的撞击声。

"你在哪儿?"她再次尖叫道,雨鸟感到周围的温度突然开始上升。在他下方,一匹马——可能就是通灵师——在大声嘶鸣,像是一个女人在尖叫。

9

门铃发出尖锐刺耳的声音,霍利斯特上校走进安迪位于北侧种植园下方的房间。跟一年前相比,他已经大不一样了。一年前的他尽管同样上了年纪,但体格健壮、精神矍铄、目光如炬;那时的他拥有一张你可能会在十一月时的猎鸭篷边缘看到的面孔,蹲伏着,他会端着猎枪,游刃有余。但现在的他只要走两步就会显出疲态。一年前他的头发只是略微泛白,而现在已经全白了。他的嘴唇时而无力地抽动。但最大的变化还是在眼神上,看上去很茫然,还有几分孩子气。这种眼神只有在他突然战战兢兢地向两边扫视时，才会被多疑、恐惧与畏缩的目光取代。他的手臂松垮垮地垂在身体两侧，手指也在不时抽动。大脑中的记忆回溯现在已经变成了不断的反弹，以疯狂的、致命的速度，在他脑海中窜来窜去。

安迪·麦吉起身迎接他。他穿的衣服和那天他们在纽约的第三大道上疯狂逃跑，被一辆小汽车追踪时的一模一样。灯芯绒外套的左肩被撕破了，棕色斜纹裤也褪了色，屁股的位置磨得有些发亮。

等待对他有益。他觉得自己已经能和这一切和解了。这并不意味着理解，不。他觉得自己永远都不能理解这一切，即便他和查莉闯过重重阻拦，逃出这里，重新开始生活。他不知道自己的性格中究竟有什么致命的缺陷，招致了这一切劫难，也不知道自己犯了什么罪，需要让女儿一起来受罚。因为需要两百美元而参加一场志愿者实验并不是什么错误的事，就跟追求自由同样不是错误的一样。如果我能逃出去，他想，我一定要告诉所有人，好好教你的孩子，教你的宝宝，认真地告诉他们，这些人声称他们知道自己在做什么，有时候确实如此，但大多数时候，他们都是在撒谎。

但现实终归是现实，不是吗？不管怎样，他们争当走狗，不过是为了钱。但这并不会让安迪感到宽恕或是理解他们的感觉。为了跟自己和解，他暂且把对以国家安全为名义，做出这些行为的不知姓甚名谁的官僚们的仇恨之火埋在心底。但现在他们中的一个就活生生地站在他的面前：微笑着，抽搐着，一脸呆滞。安迪对上校现在的状态没有丝毫同情。

这都是你自找的，朋友。

"你好，安迪。"上校说，"收拾好了吗？"

"收拾好了，"安迪说，"你能帮我拿一个箱子吗？"

上校茫然的表情被惊吓打破。"你都检查好了吗？"他大声质问，"里面不会有蛇吧？"

安迪用了力——没有很重。他需要尽可能积攒自己的力量，以备不时之需。"拿上它。"他指着两个箱子中的一个说。

上校走过去，提了起来。安迪拿起另一个。

"你的车呢？"

"就在外面，"上校说，"已经掉过头了。"

"会有人检查我们吗？"他实际的意思是会有人阻拦我们吗？

"怎么会呢？"上校真诚地反问道，"我可是这里的主管。"

安迪对此感到满意。"我们先出去，"他说，"我们把这些箱子放进你的后备厢——"

"后备厢没问题，"上校插嘴说，"我早上都检查过了。"

"然后我们就开车去找我的女儿，有问题吗？"

"没有。"上校说。

"很好。那我们走吧。"

他们离开房间，来到电梯前。有几个人正在大厅里来回走动。他们小心地瞥了上校一眼，然后赶忙把视线移开。电梯把他们带到舞厅那层楼，上校走在前头带路，穿过长长的前厅。

上校派阿尔·斯泰诺维茨去黑斯廷斯谷那天的那个前台值班的红发女孩乔茜，已经升职了。现在，接替她的是一个年纪不大，但已经开始秃顶的男人，正皱着眉头，端详着一段电脑编程文本。他手里拿着一支黄色钢笔。当他们经过时，他抬头看了一眼。

"哈喽，理查德，"上校说，"又啃书呢？"

理查德笑了。"它们啃我还差不多。"他好奇地瞥了安迪一眼，安迪则若无其事地看了看他。

上校把拇指塞进一个凹槽里，有什么东西响了起来。理查德面前的控制台上亮起了绿灯。

"目的地是？"理查德问，他放下钢笔，换了支圆珠笔。笔头停在一个小本子上。

"马厩。"上校脱口而出，"我们去接安迪的女儿，他们要跑路啦。"

"安德鲁斯空军基地。"安迪纠正道，然后用力一推。

疼痛立刻出现，像一把钝刀插进了脑子里。

"安德鲁斯空军基地。"理查德痴痴地重复道，同时把它记了下来，"祝你们愉快，先生们。"

他们走了出去，来到微风习习的十月阳光下。上校的织女星车停在整洁的白色碎石路的环形车道上。"把你的钥匙给我。"安迪说。上校递了过去，安迪打开后备厢，他们一起把行李放好。安迪砰的一声关好后备厢，把钥匙还给了他。"我们走吧。"

上校开着车，绕鸭塘一圈，载着他们来到了马厩。当他们靠近马厩时，安迪注意到有一个穿着棒球服的男人朝他们刚刚离开的那栋建筑跑去，这让他感到一阵不安。上校把车停在敞开的马厩大门前。

他伸手拔钥匙，安迪轻轻拍了拍他的手。"不，就让它开着吧，下来。"他下了车，脑袋一阵阵抽痛，痛感带着某种节奏不断送进他的大脑深处。但还不算糟糕，并不算。

上校下了车，站在原地，犹豫不决。"我不想进去。"他说，眼睛在眼窝里疯狂打转，"里面太黑了，它们喜欢黑，它们藏起来，它们咬人。"

"里面没有蛇。"安迪说着，又轻轻推了推，这已经足够让上校动起来，但还不能完全说服他。他们一起走进马厩。

安迪突然冒出一个糟糕的念头，查莉可能不在里面。光线的变化让他的眼睛暂时派不上用场。马厩里又闷又热，同时有什么东西让马儿们很不安。它们不住地嘶鸣，蹄子跑着地。安迪什么也看不见。

"查莉？"他的声音短促而嘶哑，"查莉？"

"爸爸！"她回应道，这让安迪欣喜至极——但当他听出查莉的声音里尖锐的恐惧时，他的欣喜变成了害怕。"爸爸，别进来！别进——"

"我想你说得有点晚了。"一个声音从头上的某处传来。

10

"查莉。"那个声音很轻。它是从头上的某个地方传来的，但是在哪儿呢？它似乎来自四面八方。

一股怒火席卷了她——愤怒是因为丑恶的不公，无休无止，潜藏在每一个角落，千方百计地阻止他们逃向自由。她几乎立刻感觉到，那东西就要逃出来了，它现在一触即发……几乎无法遏制。就像刚才那个带她过来的人在时那样。当他准备掏枪，她只是让他的枪变热，让他把枪丢掉。算他走运，子弹没有在枪里爆炸。

而现在，她感觉热量继续在身体里聚集，并开始像奇怪的电池，或不知是什么的方式向外辐射。她扫视上方的黑暗阁楼，并没有发现他的踪影。上面杂物太多，阴影太重。

"我不会出来的，查莉。"他的声音现在稍大了一点，但仍然很平静。它穿透了困惑和愤怒的迷雾。

"你给我出来！"查莉大声喊道，她浑身战栗，"在我把这里的东西全部点着之前，你给我下来！我说到做到！"

"我知道你能做到。"那个温柔的声音回应道，它不知从何处降下，又无处不在，"但如果你那么做了，你就要烧死那些马了，查莉。你听不到它们在叫吗？"

她听到了。他一提醒，她就听到了。它们吓得几乎快要发疯了，砰砰地踢着马棚的门。通灵师就在其中一个隔间里。

她有些喘不上气。她再次看到火舌在曼德斯农场的院子里来去无阻，鸡群在空中爆炸。

她再次转向那个水桶，心里十分害怕。那股力量已经冲到她的控制力边缘，只要再过一会儿——

（回去！）

它就会冲破束缚——

（回去！）

然后烧光一切。

（回去，回去，回去，你听不到我说话吗，回去！）

这一次，那个装了半桶水的水桶不再只是冒出水蒸气。它突然剧烈地沸腾起来。过了一会儿，水桶上方的铬质水龙头扭动了两下，随即像螺旋桨一样开始旋转，然后从墙上蹿了出来。这个固定装置如同负载火箭一般穿过马厩，撞在对面的墙上，弹到了一边。水从水管里喷出，冷冷的水，她能感觉到水的清凉。但不久后，水就变成了蒸汽，马棚的走廊间弥漫开一层薄雾。水管旁边本来有一盘绿色的软管，用钉子固定在墙上，现在已经开始熔化。

（回去！）

她开始控制自己的力量，让它渐渐平息。换作一年前，她还做不到这一点。这股力量一旦涌出便覆水难收。现在她能控制得好一些了……啊，但这力量也变得更强了！

她站在原地，颤抖着。

"你还想要什么？"她声音低沉地说，"你为什么不能让我们走？"

一匹马叫了起来，声音尖锐，充满恐惧。查莉完全能够理解它的感觉。

"没有人觉得你们真的走得了。"雨鸟沉稳地回答，"我觉得你爸爸也不会这么想。你很危险，查莉。你自己也知道。我们可以让你们走，但接下来还会有其他可怕的人来抓你们。你也许觉得我是在开玩笑，但我说的句句属实。"

"那不是我的错！"

"是啊，"雨鸟认真地说，"当然不是。但这毫无意义。我不在乎什么Z因子，查莉。我从没在乎过。我只在乎你。"

"哦，你这个骗子！"查莉尖叫道，"你骗了我，假装你不是——"

她停了下来。雨鸟轻而易举地从杂物中间爬了出来，坐在阁楼边，双脚垂下。他把手枪放在大腿上。他的脸好似一轮残月挂在查莉的上方。

"骗你？我没有。我只是把事实混在一起，查莉，而且我这么做是为了让你活下来。"

"恶心的骗子。"她轻声说。但她沮丧地发觉，自己很想相信他的说辞。泪水在眼眶里打转，让她感觉有几分灼痛。她太累了，很想相信他，想相信他喜欢过她。

"你并不聪明，"雨鸟说，"你老爸也不聪明。你们觉得他们会怎么做？说一句'哦，对不起，我们搞错了'就把你们放回大街上？你见过这些人做事，查莉。你见过他们在黑斯廷斯谷，朝曼德斯农场的那个家伙开枪。他们还扯下你妈妈的指甲，然后杀——"

"闭嘴！"她痛苦地尖叫道，身体里的力量再度翻涌，焦躁不安地想要冲出去。

"不，我不会的，"他说，"是时候告诉你真相了，查莉。这一切都在我的计划之中。是我让你变得对他们很重要。你觉得这是因为我为他们工作？去他妈的工作。他们都是浑蛋。上校、霍克斯特、品乔，还有那个带你来这儿的朱尔斯——他们都是浑蛋。"

她抬头望着他，仿佛被他那张悬在半空的脸催眠。他没有戴眼罩，脸上那块原本是眼睛的地方是一个扭曲、开裂的空洞，像是一串恐怖的记忆。

"关于这些，我没有说谎。"他说，同时碰了碰自己的脸。他的手指在脸上轻轻游走，几乎是爱抚般地从下巴内侧的伤疤，来到脱了一层皮的脸颊，最后回到烧毁的眼眶。"我只是把事实混起来说而已。确实没有什么河内耗子洞、越共。我的伤是自己人干的。因为他们都是浑蛋，跟这些家伙一样。"

查莉听不懂，不明白他是什么意思。她的心里现在天旋地转。他不知道她能把他烧得一干二净吗？

"这些都不重要，"他说，"除了你跟我，一切都不重要。我们得彼此坦诚，查莉。这就是我想要的。我想对你毫无保留。"

她感觉到他说的是实话——但他的话语背后还有一层更黑暗的真相。那是他没有讲出来的东西。

"上来吧，"他说，"我们好好聊聊。"

没错，这就像是催眠。而且，在某种程度上，这就像是心灵感应。

因为即便她已经明白这其中隐藏着黑暗的真相，她的脚还是不由自主地朝梯子移动。重点不是他说的话。是结束。是结束怀疑、痛苦、恐惧……不必制造一场烧掉一切的大火，一切都可以结束。以他这种扭曲而疯狂的方式，他告诉她他是她的朋友，是其他人永远也无法成为的朋友。而且……没错，她渴望如此。她同样也在渴望一个结局、一次释放。

于是她开始朝梯子走去。当她的爸爸闯进来时，她的手已经放在横档上了。

11

"查莉？"他喊道，终止了雨鸟的咒语。

她的手离开了横档，恐惧地意识到刚才的情形意味着什么。她转过身，看见他站在那里，她的第一个想法（爸爸你变得好胖啊！）并没有在脑海里停留太久，几乎没有留下印记。无论变胖与否，那是她的爸爸。不管怎样她都能认出他来，她对他的爱足以驱散雨鸟那咒语般的迷雾。然而她突然意识到，无论约翰·雨鸟的话对她来说是什么意思，对爸爸而言只意味着死亡。

"爸爸！"她喊道，"不要进来！"

雨鸟脸上突然泛起怒意。他的枪不再平放在腿上，而是直直地指向门口的人影。

"我想你说得有点晚了。"他说。

爸爸身边还站着一个人。她想那个人应该就是他们嘴里的"上校"。他只是站在原地，肩膀下垂，骨折了一般。

"进来吧。"雨鸟说，安迪走上前。"现在停下。"

安迪停下了，上校亦步亦趋，距离他一两步远，仿佛两个人被绑在了一起。在昏暗的马厩里，上校不安地来回乱瞟。

"我知道你能干掉我。"雨鸟说，他的声音变得更加轻浮，像是在开玩笑，"实际上，你们两个都能。但是，麦吉先生……安迪？我可以叫你安迪吗？"

"爱怎么叫怎么叫。"她爸爸说，声音冷冷的。

"安迪，如果你要用你的能力来对付我，我会在被你控制之前先打死你女儿。当然，查莉，如果你用了你的能力，我们都清楚会发生什么。"

查莉朝爸爸跑了过去，她的脸贴在他厚厚的灯芯绒外套上。

"爸爸，爸爸。"她嘶哑地唤道。

"嘿，小宝贝。"他一边说，一边抚摸她的头发。他搂着她，然后抬头看着雨鸟。雨鸟仍坐在阁楼上，仿佛一个坐在桅杆上的水手，跟安迪梦里的那个独眼海盗如出一辙。"所以你想怎样？"他的理智告诉他雨鸟只是想拖延时间，等那个他们刚才看到的从草坪上穿过的人把大部队叫过来。但不知怎的，他觉得这并非雨鸟所想。

雨鸟无视了他的问题。"查莉？"他喊了一声。

查莉将身子缩在安迪的双手之下，没有回头。

"查莉啊，"他又喊了一声，语气轻柔但坚定，"看看我，查莉。"

查莉缓缓转过身去，不情愿地抬起了头。

"上来吧，"他说，"就像刚才那样，什么都没有改变，我们把该做的事情做完，这一切就可以结束了。"

"不，我不允许那么做，"安迪说，声音里带着一丝喜悦，"我们要离开这里。"

"上来，查莉，"雨鸟说，"不然我就一枪打爆你爸爸的脑袋。你可以烧死我，但我保证我会先扣动扳机。"

查莉发出低吼，像是一头受伤的小兽。

"别动，查莉。"安迪说。

"他会没事的。"雨鸟说，他声音低沉、理智，很有说服力，"他们会送他去夏威夷，他会没事的。你自己选吧，查莉。一枪爆了他的头，还是让他去卡拉米海滩晒太阳。会怎样呢，你自己选。"

她的蓝眼睛一直死死地盯着雨鸟的独眼。她颤抖着离开了爸爸的身边。

"查莉！"他大声喊道，"不要！"

"一切都会结束。"雨鸟说，他的枪口仍然指着安迪的脑袋，"而这不就是你想要的吗？我会很温柔的，没有一丝痛苦。相信我，查莉。为了你爸爸，也为了你自己。相信我。"

她又迈了一步。然后又一步。

"不，"安迪说，"别听他的，查莉。"

但这似乎给了她离开他的理由。她再次走到梯子前。她把手放在头上的横档上，然后停住了。她抬头看着雨鸟，锁定了他的目光。

"你能保证他没事吗？"

"我保证。"雨鸟说。安迪突然顿悟：谎言的力量……此人是以谎言为生的。

我要控制的是查莉，他想，惊讶得说不出话，不是他，而是查莉。

他集中精力来做这件事。查莉已经站上梯子的第一层了，她的手抓住了头上的横档。

就在这时，上校——他们全把他抛在了脑后——发出了尖叫。

12

当唐·朱尔斯回到上校和安迪刚刚离开的那栋建筑时，他的模样太过惊慌失措，吓得在门口值班的理查德赶忙抓住抽屉里的手枪。

"怎么——"他开口道。

"拉警报，拉警报！"朱尔斯喊道。

"请问你是否有权限——"

"我他妈的当然有权限，你这个蠢货！那女孩！那女孩就要跑了！"

理查德的控制台上有两个简单的组合式拨号盘，从一到十。他赶忙放下手里的圆珠笔，把左边的拨号盘拨到"七"。朱尔斯绕到桌子里，把右边的拨号盘拨到"一"。过了一会儿，控制台发出低沉的嗡嗡声，声音在基地的院子里反复回荡。

地勤人员放下手里的割草机，朝存放武器的棚子跑去。容易被攻击的计算机室的门被彻底锁死。上校的秘书格洛里亚拿起自己的手枪。所有具有战斗能力的"商店"雇员集结到一起，等待下一步指令，脱下外套，露出藏在里面的武器。基地外墙的电压由白天的普通模式升高到致死模式。在两道栅栏间巡逻的杜宾犬听到警报声后，同样也感觉到基地已进入战斗状态，开始疯狂吠叫、上蹿下跳。"商店"基地与外部世界的大门随即关闭并彻底锁死。一辆送面包的卡车刚刚开进基地，后保险杠被带电的滑动门截断，所幸司机没有因此触电身亡。

警报声似乎无休无止。

朱尔斯抓起理查德控制台上的麦克风："进入黄色紧急状态，重复一遍，黄色紧急状态。这不是演习，目标马厩；注意安全。"他绞尽脑汁地想查莉·麦吉的代码，但没有成功。他们似乎每天都要改动他妈的代码。"是那个女孩，她正在动用自己的能力！重复一遍，她正在动用自己的能力！"

13

贾米森站在北楼三层的扩音器下面，一手抓着他的"大马"。当听到朱尔斯播报的消息后，他却坐了下去，收起了枪。

"啊哈，"看着刚才跟他一起打台球的三个人都跑出去了，他自言自语道，"啊——哈，不关我的事，跟我没关系。"其他人都像闻到浓烈气味的猎狗一样蹿了出去，但那是因为他们没去过曼德斯农场。他们不知道这个三年级小学生的怒气意味着什么。

那时，OJ唯一的想法就是找一个深深的洞钻进去，永远不出来。

14

霍利斯特上校几乎没听到查莉、她的爸爸以及雨鸟三人之间说了什么。他待在原地，因为先前的指令已经完成，新的指令尚未下达。谈话的声音无意义地盘旋在他头上，而他的脑子里则自由自在地想象着高尔夫球赛、蛇、九根铁杆、红尾蚺、五号推杆、木纹响尾蛇、九号铁头球杆，以及足以吞掉一整头山羊的大蟒蛇。他不喜欢这个地方，这里到处都是干草味，让他联想到高尔夫球场的气息。他的哥哥在他三岁时被蛇咬伤了，就是在干草堆里。那条蛇并不危险，但他的哥哥却尖叫起来，叫个不停。那里有干草的气味、苜蓿的气味、梯牧草的气味，而他的哥哥是世界上最强壮、最勇敢的男孩，但现在，他却在叫个不停。那个强壮又坚强的九岁男孩利昂·霍利斯特叫着，"去找爸爸！"，同时泪流满面，抱着自己已经肿起来的伤腿。三岁的霍利斯特上校转身去找爸爸，他吓坏了，也大哭起来，那条蛇像绿色的死水一般从他的脚面上漫过。后来医生说咬伤并不严重，那条蛇肯定在咬他之前刚刚咬过别的东西，毒液已经耗尽了，但利昂还是觉得他要死了。那是个夏天，到处都是青草甜腻的气息，蚂蚱四处跳跃，压得草叶发出声响，吐出烟草汁（"吐完就走"在当年的内布拉斯加州可是句经典台词）；气味宜人，声音美妙，高尔夫球场的气味和声音，还有他哥哥的叫喊，以及那条蛇，干燥、带鳞的触感，那扁平的三角形头颅和黑色的眼睛……那条蛇在回到高高的草丛深处时爬过了上校的脚……你也可以说它是回到了长草区里……那气味和现在一模一样……他不喜欢这个地方。

四号铁杆、蝰蛇、推杆、铜斑蛇——

现在记忆回溯的频率越来越快，来回跳跃，上校的眼睛在马厩里茫然地来回扫视，而约翰·雨鸟则正与麦吉父女针锋相对。最后，他的视线落到了爆裂的水管旁边那根部分熔化的绿色塑料软管上。它仍挂在墙上，被残余的水蒸气遮住了一部分。

恐惧迅速笼罩了他，仿佛旧核反应堆爆炸后产生的火焰。有一瞬间，他感到恐惧至极，几乎无法呼吸，更无法叫喊。他的肌肉完全僵住，整个人动弹不得。

过了一会儿，它们才恢复正常。上校猛吸一口气，身体前倾，然后突然爆发出震耳欲聋的尖叫："蛇！有蛇！蛇啊啊啊啊啊啊！"

他并没有逃走。尽管现在身体大不如前，但上校绝不是临阵脱逃的无能之辈。他像个生锈的机器人，猛扑向前，抓起一把靠在墙上的耙子。那是一条蛇，他要砸扁它，打死它，碾碎它。他要……他要……

他要救利昂！

他拿着耙子，冲向那盘部分熔化的软管。

然后，事情在转瞬之间发生了变化。

15

特工们大多拿着手枪，勤杂人员大多端着步枪。当尖叫声响起时，他们已经马马虎虎地将 L 形马厩包围了起来。过了一会儿，传来一声沉重的撞击声，以及可能是因为疼痛而发出的低沉的叫喊声。只过了一秒，里面传来一阵敲打声，再然后是一声微弱的爆炸声，显然来自一把装了消音器的左轮手枪。

以马厩为中心的包围圈停顿了一会儿，接着继续向内移动。

16

上校的尖叫和他冲向耙子的动作只让雨鸟稍有分神，但这一瞬间已经足够了。他的枪口从安迪脑袋的方向移到了上校的方向，这是一种本能，是林中猛虎长期在危险中形成的条件反射。但也正是这敏锐的本能背叛了他，让他从走了如此之久的钢丝上跌落。

安迪发力的速度同样如条件反射般迅速。枪口移向上校的一瞬间，安迪喊了一声："跳！"同时动用了他最大的力量推了过去。如同弹片一般在脑海中炸开的疼痛减弱了他的力量，他感到自己有了某种变化，似乎已经不可挽回。

爆裂，他想。这想法含糊而牵强。他踉踉跄跄地后退了几步，感觉整个左侧身体都已经麻木。他的左腿已经无法支撑身体了。

（终于来了，这该死的东西终于爆裂了）

雨鸟一用力，让自己从阁楼上掉了下去。他十分惊讶，表情近乎滑稽。他紧紧握着枪；尽管他摔得很惨，一条腿当即骨折，四肢着地，他仍紧紧握着枪；尽管无法抑制痛苦和困惑，发出尖叫，他仍然紧紧握着枪。

上校已经来到软管前面，正在用耙子死命地拍打它。他张着嘴，但没有发出声音——只有一条闪亮的口水垂了下来。

雨鸟抬起头，他的头发盖在脸上，被他猛地甩到脑后。他的一只眼睛发出光亮，嘴巴绷成一条线。他把枪口对准安迪。

"不，"查莉尖叫道，"不要！"

雨鸟开火了。一股烟从装了消音器的枪口冒出。子弹在安迪歪斜着的脑袋旁边炸开，带出几块发光的碎片。雨鸟用一只胳膊撑住地板，再次开火。安迪的脑袋顿时向反方向一扭，鲜血从他的脖子一侧喷涌而出。

"不！"查莉再度尖叫，用手捂住脸，"爸爸！爸爸！"

雨鸟的手垂了下来，一条长长的木头碎片扎进了他的手掌。

"查莉，"他呢喃道，"查莉啊，看看我。"

17

他们已经把马厩彻底包围，却不知如何是好。

"那个女孩，"朱尔斯说，"我们得抓——"

"不！"女孩的尖叫声从里面传来，仿佛她听到了朱尔斯的计划。接着她又喊："爸爸！爸爸！"

然后又是一声枪响，这次声音要大许多，同时发出一道突然而刺眼的强光，令他们一时间睁不开眼。一股热浪从马厩敞开的大门冲到外面，站在马厩门前的人跟跄着向后退去。

接着是浓烟，还有火光。

里面仿佛已是地狱，马群哀鸣不止。

18

查莉向父亲跑去，她已经完全慌了神。当雨鸟开口时，她竟真的转向了他。他趴在地上，试图用两只手把枪握住。

不可思议的是，他在微笑。

"嘿，"他奄奄一息地说，"让我看见你的眼睛。我爱你，查莉。"

然后他开火了。

那股力量疯狂地从她身体里涌出，完全失去了控制。在扑向雨鸟的过程中，它升华了那颗本来要射入查莉脑袋里的铅弹。有那么一会儿，似乎有一股强风撕扯着雨鸟——还有后面的上校——的衣服，仅此而已。但这股风撕扯的不只是衣服，还有里面的皮肉，令它们如动物油脂一般涌动、颤抖，然后从骨头上剥离、烧焦，接着骨头也燃烧了。

炫目的强光突然爆发，让她一时失明；她什么也看不见，只能听到马厩里马儿的嘶鸣声，它们已经近乎疯狂……以及烟的味道。

马儿！马儿！她想，在强光之下不停地摸索。这是她的梦，虽然有所不同，但还是那个梦。突然间，她一下子回到了奥尔巴尼机场，看到了一个小女孩，比她矮两英寸、轻十磅，比她现在更加天真无邪；小女孩拿着从垃圾桶里捡来的购物纸袋，走进一个又一个电话亭又出来，对它们用力，然后银色的硬币便冒了出来……

　　现在，她几乎是盲目地用着力，同时脑子里思索着自己该怎么办。

　　一股热浪穿过 L 形马厩长边的马棚走廊，马棚的门一个接一个地倒了下来，冒着烟，在高温之下扭曲变形。

　　马厩后面已是烟雾缭绕，木材和木板熊熊燃烧。热浪穿过雨鸟和上校的身体，继续向前，仿佛一颗出膛的炮弹。墙壁被炸裂，炸开的碎片在热风的裹挟之下向周围直径六十英尺的范围迸溅，"商店"的特工纷纷退到小路上，否则他们很可能全军覆没。一个名叫克莱顿·布拉多克的家伙出现在了错误的位置，结果被旋转飞来的谷仓门板整齐地斩首。他旁边的一个人则被一个螺旋桨似的横梁拦腰斩断。还有一个人的耳朵被一块冒烟的木块削了下来，但他过了将近十分钟才注意到。

　　临时集结的"商店"队伍作鸟兽散。那些跑不掉的人只能奋力往外爬，只有一个人还站在自己的位置上，他叫乔治·西达卡，贾米森在新罕布什尔州截获安迪的信时，他是贾米森的搭档。西达卡本来要去巴拿马城执行任务，现在只是在"商店"基地短暂停留。刚才在他左边的人现在躺在地上，不住地呻吟，而他右边则是那个倒霉的克莱顿·布拉多克。

　　西达卡本人奇迹般地毫发未伤。各种碎片在他身边飞来飞去，一个锋利而致命的铁钩——原本是用来捆绳子的——深深扎进距离他的脚四英寸的地方，发出暗淡的红光。

　　马厩后面的情景，仿佛是有五六箱炸药被同时引爆。燃烧的梁木不停地落下，形成了一个二十五英尺大小的黑洞。当查莉的力量彻底失控后，一个巨大的堆肥堆吸收了其中的绝大部分；现在它也燃烧了起来，马厩剩余的部分也着了。

　　西达卡可以听见马匹在里面无助地嘶鸣，可以看见装满草料的阁楼燃烧时发出的亮橙色火光。他仿佛透过一扇舷窗，观赏着地狱的景象。

西达卡决定逃走。

眼前的情景，比在偏僻的乡间公路上对付手无寸铁的邮递员要难一些。

乔治·西达卡收好手枪，跑得飞快。

19

查莉无法掌握眼前的情况。她还在不停地摸索。

"爸爸！"她尖叫道，"爸爸！"

一切都模糊不清，仿佛幽魂。空气炽热，充满了令人窒息的烟雾和赤色的火光。马儿们仍在踢马棚的门，不过有一些门已经开了，在火焰中摆动。至少有一部分马已经逃出去了。

查莉跪在地上，想要感受父亲的气息。马从她身边一跃而过，在重重烟雾中如梦似幻。在她头上，一根燃烧的梁木掉了下来，落到一堆松散的干草上，点燃了它。在 L 形建筑的短边，一桶三十加仑的汽油咆哮着燃烧起来。

查莉像盲人一样边摸边走，这时，一匹马的蹄子从她脑袋边不到几英寸的地方掠过，接着一匹狂奔的马蹄到了她，把她带倒在地。

她的手摸到了一只鞋子。

"爸爸？"她啜泣着，"爸爸？"

他已经死了。她确信他已经死了。一切都死了；全世界都是一片火海；他们杀死了她的妈妈，现在又杀了她的爸爸。

她的视力开始恢复，但眼前仍是一片朦胧。热浪在她身上翻涌。她摸到了他的腿、他的腰带，然后轻抚至他衬衫的扣子，直到摸到黏糊糊的一片。它还在扩散。她惊恐地停了下来，无法让她的手指再继续了。

"爸爸。"她低声唤道。

"查莉？"

这声音低沉、嘶哑……但确实是他的声音。他的手碰到了她的脸，无力地想要将她拉近。"过来，离……离近一点。"

她来到他身边，现在他的脸开始从浓重的烟雾中显露出来。他的左半边脸向下扭曲，左眼里满是血丝，这让她想起那天早上，他们在黑斯廷斯谷那家汽车旅馆里醒来时的情景。

"爸爸，太糟了。"查莉呻吟着，大哭起来。

"没时间了，"他说，"听着，听着，查莉！"

她伏在他身上，泪水沾湿了他的脸。

"没办法了，查莉……别把泪水浪费在我身上，但是——"

"不！不！"

"查莉，别喊了！"他厉声说，"他们就要来杀你灭口了。你明白吗？不……不是开玩笑。已经不可挽回了。"他扭曲的嘴角令他发音困难。"不要让他们得逞，查莉。不要让他们掩盖这一切。不要让他们说……只是一场意外……"

他微微抬起的头又垂了下去，费力地喘息着。外面，透过烟雾和火光，传来几声无关轻重的微弱枪响……以及马的嘶鸣。

"爸爸，别说话了……休息……"

"不，没时间了。"他勉强用右胳膊撑起身子，面向她。鲜血从他的嘴角涌出。"你一定要逃出去，查莉。"她用自己的衣服下摆帮他擦去嘴角的血。屋后的火已经朝她逼来。"一定要逃出去。如果你必须杀死他们，查莉，那就杀死他们吧。这是一场战争。让他们知道，这是他们亲手制造的战争。"他的声音渐渐弱了下来。"你一定要逃出去，查莉。为了我，你明白吗？"

她点头。

头上靠近屋后的位置，又有一根房梁落了下来，溅起亮橙色的火花。此时此刻，热量仿佛是从敞开的炉灶里涌出一般，扑向他们。火花溅到她的皮肤上，像来势汹汹的昆虫，带来噬咬般的灼痛。

"这样，"他咳出一口浓血，用尽力气继续把话说完，"这样他们就不能再做出这种事了。烧掉吧，查莉。把这里的一切都烧光。"

"爸爸——"

"去吧，快。赶在这一切结束之前。"

"我不能离开你啊。"她用颤抖无助的声音说。

他微笑着，把她拉到身边，像是要跟她再说一句悄悄话。

但他只是吻了吻她。

"爱你。查——"他说着，合上了眼睛。

20

唐·朱尔斯发觉自己已经被众人当成了负责人。起火之后，他一开始以为只要他们坚持得足够久，那个小女孩早晚会跑进他们的包围圈。但事态并未如他所愿——当马厩前的人看到马厩里发生的惨剧后——他决定不能再等下去，况且自己的人也已经等不下去了。他开始朝马厩移动，其他人也亦步亦趋……但他们的神情都非常紧张，不再像是参加一场火鸡围猎。

接着，突然有阴影闪过马厩的大门口。她要出来了。他们端起枪；有两个人甚至在什么都没看见的情况下就扣动了扳机。然后——

但那并不是小女孩。是马，大概有五六匹，八匹，十匹。它们身上带着火苗，翻着白眼，嘴角冒着白沫，它们都受到了惊吓。

　　朱尔斯的手下此时也控制不住自己了。他们纷纷开火。即便是后排那些能够看清跑出来的并不是人而是马的特工，在看到自己的同僚开火后也似乎无法克制。这是一场屠杀。两匹马膝盖着地栽倒，其中一匹马的嘶鸣声撕心裂肺。鲜血在十月晴朗的天空中四处迸溅，令草坪变得油亮。

　　"停止射击！"朱尔斯喊道，"停下，该死的！别他妈的射这些倒霉的马了！"

　　但他的举动无异于克努特国王命令大海退潮。人们——恐惧着看不见的东西的人们，已然被警报器的蜂鸣、黄色警报的威慑、空气中弥漫着的浓重烟雾以及马厩里那只油桶爆炸的巨响吓破了胆，终于看到了活动着的、可以射击的目标……他们怎能不扣动扳机？

　　有两匹马死在了草坪上，另一匹横躺在车道上，马身还在迅速起伏。还有三匹被吓得发了狂，转向左边，向四五个分散在外的人冲去。他们闪开后仍在射击，但其中一个人被自己绊倒，马从他身上踏过，令他发出哀鸣。

　　"停下！"朱尔斯怒吼道，"停下，别——别射了！该死的，别射了，你们这些蠢货！"

　　但屠杀还在继续。人们的表情很古怪，一脸茫然。他们大多数人都和雨鸟一样，是参加过越战的老兵。现在他们的表情呆板、扭曲，仿佛在疯狂地重温昔日旧梦。有几个人已经停止开火，但他们只是少数。五匹马或死或伤，倒在草坪和车道上。还有几匹马逃了出去，通灵师也在其中，它的尾巴如战旗一般挥舞。

　　"那个女孩！"有人指着马厩的门，尖叫起来，"那个女孩！"

　　太迟了。对马的屠杀尚未完全结束，他们的注意力都被分散了。当他们终于转过身来，看到穿着牛仔套衫和深蓝色过膝袜的查莉低着头，站在门口时，那火海里的火已经开始从她身上向他们辐射过去，如同致死的蜘蛛网，让他们动弹不得。

21

查莉让自己沉浸在力量之中。这是一种解脱。

丧父之痛像一把尖刀插进她的胸口，现在尖锐的痛感渐渐散去，变成了麻木的阵痛。

和往常一样，这力量吸引着她，仿佛一个迷人又危险的玩具，它的种种可能性仍有待她去探索。

火舌穿过草坪，向七零八落的人群冲去。

你们杀了那些马，你们这些浑蛋，她心想。父亲的声音在脑海中回响，仿佛他也表示认同：如果你必须杀死他们，查莉，那就杀死他们吧。这是一场战争。让他们知道，这是他们亲手制造的战争。

是的。她下定了决心。她要让他们知道，这是他们亲手制造的战争。

队伍已经散了，有些人正在逃跑。她微微一歪头，把一条火舌稍微转向右侧，那边的三个人立刻被吞没，衣服变成了燃烧的破布。他们倒在地上，抽搐着、尖叫着。

有什么东西从她脑袋旁边呼啸而过，还有什么东西在她手腕上映出了光亮。是朱尔斯，他从理查德那里又拿了一把枪。他站在原地，两腿叉开，摆好姿势朝她射击。

查莉随手推了过去，但却是重重的、致命的一击。

朱尔斯猛地向后飞去，查莉的力量太大了，他仿佛是被一台看不见的起重机的机械臂撞飞。他横着飞出去四十英尺，同时已然成为一颗熊熊燃烧的火球。

所有人都跑了。他们像在曼德斯农场一样四散奔逃。

很好，她想。这样很好。

她不想伤人性命。这一点从未改变。但有一点变了，如果有必要，她会杀了他们。如果他们挡了她的路。

她开始朝基地的两栋主建筑中较近的一栋走去。它们离那座像日历风景画一般完美的谷仓稍有一段距离，前方是一片开阔的草坪。随着查莉的接近，建筑的窗户如同遭到枪击一般被震碎，东边的常春藤先是颤抖了一下，然后立刻被火焰吞没。外墙的油漆层先是冒烟，接着起泡，最后也燃烧起来。火焰如同紧握的双手一般蹿上了屋顶。

一扇门突然打开，传出一阵尖锐的、令人惊慌的火警警报，秘书、技术员和分析师等二十多人跑了出来。他们在草坪上狂奔，朝围栏跑去，想要越过致死强度的高压电网和疯狂撕咬的猎狗，最后像受惊的绵羊般被碾碎。那股力量本想扑向他们，但查莉将它从他们身上转向了围栏，让金属齐齐熔化。围栏被破坏时发出低沉的撞击声和爆炸声，然后一截一截倒下，耀眼的紫色火花不停地跳跃。小火球从围栏顶端掉落，瓷质白色导体像射击场里的泥鸭子一样纷纷爆炸。

狗也疯了。它们身上穿着带钉子的外套，在围栏内外不停穿梭，仿佛着了魔一般。其中一条钻进正在瓦解的高压电网，结果被四脚朝天地炸上了天，然后落在地上，身上还冒着烟。它的两个同伴则冲了上去，对它发起歇斯底里的攻击。

查莉和她爸爸之前被关的那栋房子后面没有谷仓，不过有一座长且低矮的建筑，维护得很好，同样被刷成了红底白边。这座建筑里有"商店"的车库，此时它宽敞的大门突然打开，一辆政府牌照的、带装甲的凯迪拉克豪华轿车冲了出来，天窗敞开着，一个男人的头和躯干露在外面。他的手肘支在车顶，开始用一把轻型冲锋枪朝查莉开火。她身前的草坪立刻被冲击出一连串弹坑。

查莉转向那辆车，朝它发力。她的力量仍在增长，仿佛化身成某种既轻盈又沉重的东西，一种看不见的东西，正在以指数级的螺旋连锁反应不断增强。豪华轿车的油箱爆炸了，汽车后部烧了起来，排气孔像标枪一样射向了空中。但在那之前，那位枪手的头和躯干就已经变为焦炭，汽车的风挡玻璃也被炸裂，这辆豪华汽车特殊的自封式轮胎也已化作一摊油脂般的液体。

汽车继续带着火圈行驶，但它早已失去了控制，同时也变了形，熔化成一个类似鱼雷模样的东西。它翻滚了两次，在第二次翻滚时炸成了碎片。

另一栋房子里的秘书们现在开始逃窜，仿佛蝼蚁。她本可以轻易将他们抹除——她有点想这么做——但在意志力的控制下，她把力量发泄在了那栋房子上。她和她的爸爸曾被囚禁于此……也是在这里，约翰背叛了她。

她把全身的力量都释放了出去。一开始，似乎什么都没有发生，只是空气中闪过一道微光，就像烤肉时把下面的炭块都铺好后，刚点着火时那样……接着，整栋房子爆炸了。

她留下的唯一清晰的画面（后来幸存者曾反复叙述）是那栋房子的烟囱像火箭一样腾空而起。房子表面上看似完整，但其中的二十五个房间却如同小女孩的硬纸板玩具屋，在喷灯的火焰中彻底解体。石块、横梁、木板条纷纷上天，随着查莉的火舌一起四处飞散。一台 IBM 打字机被熔化扭曲成一件像是绿色钢质抹布的东西，打着转冲向天空，在两道围栏之间坠落，砸出了一个大坑。一把秘书的转椅疯狂地旋转着，像是被十字弓弹射到视线之外。

查莉所在的草坪现在也变得十分炽热。

她四处张望，还想继续寻找破坏的目标。现在有几个地方都在冒烟——那两栋优美的战前风格的建筑（其中一栋倒还能辨认出建筑的模样）、马厩、豪华轿车。即便是在户外，周围的温度也明显升高了。

然而她的力量仍在呈螺旋式上升，想要也需要被继续释放，以免反噬自身。

查莉不知道最终的结局会是什么。但当她回头望向围栏和出"商店"基地的路时，她看到人们正惊慌失措地想要逃出去。某些地方，围栏已被毁，他们能爬出去。一群狗围住了一个穿黄色牛仔衬衫的年轻女孩，她不停地尖叫，惊恐万状。这时，仿佛他还活着一样，查莉听到了爸爸的呼喊：够了，查莉！已经够了。在你还能停下来的时候，停下来吧！

但她能吗？

她转回身去，拼命寻找能制止她体内火焰的东西，让它归于平衡，暂时告一段落。它现在已经开始在草坪上无目的地扩散，四处盘旋。

没有。什么都没有。除了——

鸭塘。

22

OJ逃出去了。没有狗能阻止他。

当其他人还在包围马厩时，他就已经从房子里出来了。他非常害怕，但还没到忘记电网会电死人的程度。他躲在一棵疙疙瘩瘩的老榆树后面，观赏了大屠杀的整个过程。而当小女孩破坏围栏时，他一直等着，直到她的注意力回到建筑上。然后他朝围栏跑去，右手还拿着他的"大马"。

当一部分电网彻底断电后，他翻了过去，让自己掉到了一群狗当中。有两只狗朝他扑过来，他用左手握住右手手腕，端起枪打死了它们。它们都杀红了眼，但还是他的"大马"更胜一筹。吃狗罐头的好日子到头了，除非它们在狗的天堂里还能找到这样的美差。

第三条狗从背后了扑上去，扯掉了他裤子屁股的部分以及左屁股的一大块肉，让他栽倒在地。OJ扭过身去，一只手按住狗，另一只手举起"大马"。他用枪托砸了狗几下，当它向他的喉管扑来时，OJ瞅准机会，把枪口推了出去。枪口不偏不倚塞进了狗嘴里，OJ顺势扣动扳机。接着便是一声闷响。

"蔓越莓酱哦!"OJ大叫一声,浑身发抖。他哧哧地笑了起来。外面的大门已经不通电了,就连微弱的基本电流也已短路。OJ试图把门打开,其他人都已经拥到了他的身边。剩余的狗咆哮着后退。其他幸存的特工则掏出手枪,对着狗一阵扫射。人群已经相对恢复了秩序,手无寸铁的秘书、分析员和技术人员自觉地跟这些持枪者保持一段距离。

OJ用自己的身体撞向大门,但它没有开。它跟其他的一切都一起被锁定了。OJ环顾四周,不知道如何是好。理智已经恢复:如果周围没有人,逃之夭夭再简单不过,可是现在周围这么多人看着呢。

要是那个可怕的姑娘留下任何一个人证的话。

"你们得爬过去!"OJ喊道,他的声音随即在混乱中被淹没,"爬过去,该死的!"没人回应。他们只是挤在外层围栏上,一脸呆滞,眼神里充满惊恐。

OJ抓住他身边一个抵在门上的女人。

"不——!"她尖叫道。

"给我爬,你这骚货!"OJ咆哮着,把她推了过去。女人开始往上爬。

其他人看见她的行动,也开始效仿。内层的围栏还在冒烟,有的地方还蹿着火花。OJ认识的一个胖厨子不幸触到了两千伏的高压电网。他浑身抽搐,双脚在草地上不停地踢蹬,嘴巴张开,脸渐渐变得乌黑。

又有一条狗向前冲去,从一个身穿实验服、戴着眼镜的瘦削的年轻人腿上撕下了一块肉。一个特工朝它开枪,没打中狗,却把年轻人的手肘打得粉碎。年轻的实验室技术员顿时摔在地上,打着滚,捂住自己的手肘,尖叫着向圣母马利亚求救。OJ抢先打中了那条狗,避免技术员被狗撕开喉咙。

真他妈的,他在心里怒吼。老天啊,真他妈的一团糟。

现在大概有十多个人在爬围栏。OJ之前抓过去的那个女人现在已经爬到了顶端,但她摇摇晃晃栽了下去,随着一声尖叫摔到了外面。她立刻哭号起来。围栏很高，足有九英尺；她着陆的姿势完全错误，结果摔断了胳膊。

哦，老天啊，真他妈的。

他们纷纷爬上围栏，看上去就像是一群疯子在海军训练营接受训练。

OJ抻长了脖子，想看看那个孩子会不会再来袭击他们。如果她过来了，那基本上就不会留什么活口了，他就可以赶紧溜走。

接着一名技术员喊道："我的老天爷——"

咝咝的声音立刻响起，淹没了他的声音。OJ事后回忆道，他当时的第一反应是这声音就像他奶奶在煎鸡蛋，但声势大了一百万倍，仿佛某个巨人族的成员们决定搞煎蛋派对。

声音越来越大，突然间，位于两栋房子之间的鸭塘被升腾起来的白色蒸汽笼罩。这片大约五十英尺见方、中心有四英尺深的池塘正在沸腾。

有那么一瞬间，OJ还看到查莉站在距离鸭塘二十英尺远的地方，背对着这些正在逃跑的人，接着她便消失在蒸汽当中。咝咝声依旧不绝于耳，白色的雾气飘过绿色的草坪，灿烂的秋日阳光投射在棉花般吸了水的空气上，映出奇幻的彩虹。蒸汽云不断翻涌，命运未决的逃亡者们像苍蝇一般挂在围栏上，却也纷纷被这景象吸引，引颈观望。

要是水不够用该怎么办？ OJ突然想到。要是那些水不足以熄灭她的火柴、火把，还是什么东西，该怎么办？接下来会发生什么？

奥维尔·贾米森决定他不能再等在这里一探究竟了。他已经不想当什么大英雄了。他把"大马"塞回肩上的枪套里，几乎是跑着爬到了围栏顶端。在最上面，他纵身一跃，双腿弯曲落地，就在那个摔断了胳膊、仍在尖叫的女人旁边。

"我觉得你最好还是省点力气，赶快逃吧。"OJ建议她，同时按照自己的建议，撒腿就跑。

23

查莉站在她的纯白世界里，把自己的力量注入鸭塘，与它角力，试图重新控制它，让它归于平静。它的力量似乎无休无止。她现在已经控制住了它，是的，它现在就像是通过一根看不见的管子，源源不断地注入水中。但如果在她耗尽这些力气之前水都蒸发掉了，会发生什么呢？

不能再破坏了。她决心让它回到自己身体里，哪怕这样会毁掉她自己，她也不能让它再度释放，去吞噬万物。

（回去！回去！）

现在，至少，她已经可以感觉到它不再那么强烈了，它……它的集聚能力开始减弱。它正在分崩离析。四周弥漫着厚重的水蒸气，还有一股洗衣房的味道。她已经看到鸭塘里有巨大的水泡伴随着咕噜咕噜的声音往外冒了。

（回去！！）

恍惚中她又想到了自己的父亲，这让新的悲伤再次扎进她的心头。死了，他死了。这个想法似乎再次分散了它的力量，此时，嗞嗞的声音终于开始消失。蒸汽开始从她身边消散，头顶上，太阳像一枚失去光泽的银币，重新现身。

我改变了太阳，她突然冒出了这么一个念头，接着她想到，不——不是这样——是水蒸气——是雾——它会散开——

但她的内心突然变得笃定。她知道如果她愿意，她能偷天换日……迟早可以。

她的力量还在增强。

这次的破坏，这次的大灾难，仅仅接近了她目前的极限。

她的潜力尚未完全开发。

查莉跪在地上，开始痛哭，为爸爸，为所有她杀死的人，甚至为了约翰。也许雨鸟想做的事情是她最好的选择，但即便爸爸死了，即便她亲手毁掉了这一切，她仍感受到自己的生命意志在坚韧而无声地喘息着，只为了活下去。

因而，也许最重要的，她是在为自己哀悼。

24

她不知道自己把头埋在胳膊里，在草坪上坐了多久。虽然似乎不大可能，但她想她好像已经打起了瞌睡。不知道过了多久，醒过来时，她发觉太阳更加明亮，同时向西偏移了一点。沸腾的池塘冒出来的水蒸气已经彻底被微风驱散。

查莉慢慢站起身，环顾四周。

她首先看到的是池塘，它已经快见底了……只剩下一点点水，在阳光下懒懒地闪烁着，仿佛镶嵌在池底塘泥中的几颗玻璃宝石。断了根的睡莲和水草四处散落，像是被腐蚀的珠宝。有的地方，泥巴已经干涸开裂了。她看到池底有几枚硬币，还有一个生锈的东西，像是一把长长的刀，或者是割草机的锋刃。鸭塘周围的草都被烧焦了。

"商店"基地里一片死寂，偶尔传来几声火焰燃烧的噼啪声。爸爸告诉她要让他们知道这是他们亲手制造的战争，而现在，这里确实像极了一片废弃的战场。马厩、谷仓和池塘一侧的房屋都在熊熊燃烧；另一侧的房子只剩下一片被烟雾围绕的瓦砾，仿佛这个地方被一枚大型燃烧弹，或是二战时期的 V 型火箭击中。

草地四面八方都有被烧焦的痕迹，形成一些愚蠢的螺旋形图案，仍在冒烟。那辆装甲豪华轿车在一条地沟末端自燃殆尽，已经无法看出是一辆车，变成了一堆毫无意义的垃圾。

围栏那边的景象最可怕。

尸体横七竖八地躺在围栏中间，大概有五六具。而在两三具尸体中间，还散落着若干狗的尸体。

恍惚中，查莉朝那个方向走去。

有一些人在草坪上移动，但人数不多。有两个人看到她走过来，赶忙躲到一边。其他人似乎不知道她是谁，也不知道就是她制造了一切。他们晕头转向地挪着步子，似乎还没从突如其来的变故中清醒过来。

查莉开始爬内层的围栏。

"那样太危险了，"一个穿白大褂的男人搭话似的冲她喊道，"你要是爬过去，下面的狗会把你撕碎的。"

查莉没有理会。下面幸存的狗冲她咆哮，却无意靠近；看上去它们也厌倦了。她接着爬上外面的那道大门，缓慢而小心地挪动着，紧紧地抓住栏杆，同时把脚踩在菱形的空隙里。她爬到最上面，小心地转过身，接着同样谨慎地慢慢爬下去。终于，时隔半年，她踏上了"商店"基地以外的土地。她呆呆地站在原地，仿佛被吓到了。

我自由了，她怔怔地想。自由。

远处传来凄厉的警笛声，越来越近。

摔断胳膊的女人仍坐在草地上，在距离无人值守的警卫室大约二十英尺的位置。她看上去就像是个超重的孩子，因为太胖坐在地上，拒绝往前走。她的眼睛里满是惊恐，嘴唇已经有些发紫。

"你的胳膊。"查莉沙哑地说。

女人抬头看了看查莉，眼神表明她似乎认出了她。她开始发抖，同时发出恐惧的呜咽声。"别靠近我，"她含混地说道，"测试都是他们做的！都是他们！别找我！你这个女巫！女巫！"

查莉站住了。"你的胳膊。"她说，"你的胳膊，对不起。请你原谅我，好吗？"她的嘴唇开始颤抖。现在，这个女人惊恐的状态、眼睛转动的方式，以及她无意识龇出的牙齿，在她眼中都是最糟糕的事情。

"求你了！"她喊道，"对不起！是他们先杀了我的爸爸！"

"他们也该杀了你，"那女人喘息着说，"你真的觉得抱歉，怎么不烧死你自己？"

查莉朝她迈了一步，那女人慌忙挪开身子，结果再次碰到了摔断的胳膊，不由得再度哀号起来。

"别靠近我！"

突然间，查莉所有的伤痛、悲伤和愤懑都宣泄了出来。

"这都不是我的错！"她对那个摔断了胳膊的女人大喊，"这都不是我的错，是他们自找的。我不需要承担任何责任，我更不会烧死自己！你听见了吗？听见了吗！"

那女人嘟囔着，缩成了一团。

警笛声越来越近了。

随着激动起来的情绪，查莉感觉自己的力量再次聚集。

她努力把它压制住，让它平息。

（我不会再这么做了）

她穿过马路，把那个嘟嘟囔囔、缩成一团的女人抛在身后。马路的另一侧是一块田地，长着高到大腿的梯牧草。十月，它们泛着银白，但依旧草香怡人。

（我该去哪里？）

她暂时还不知道。

但他们永远也抓不到她了。

十二　查莉孤身一人

1

报道在周三晚上以片段的形式在新闻中出现，但直到周四早上起床时，人们才得以了解整件事的来龙去脉。但到了那时，所有可调用的信息都被整理成了美国人心目中的"新闻"——"给我讲个故事"，要确保它有开头、经过，以及某种结局。

美国人早上喝咖啡时，通过《今日新闻》《早安美国》以及《CBS早间新闻》得知的故事大致如下：在弗吉尼亚的朗蒙特，发生了一起恐怖分子针对一个绝密智库的燃烧弹袭击事件。恐怖组织的具体情况尚且不知，但已有三个恐怖组织宣布对此事件负责，包括"日本赤军"下属的一个组织、"黑九月"的"卡法迪"分部，以及一个自称是"好战的中西部天气预报员"的国内组织。

虽然尚不知晓此次事件的幕后黑手究竟是何方神圣，但报道似乎清楚地说明了这次袭击是如何实施的。一位名叫约翰·雨鸟的印第安裔特工，曾经参加过越战，他的真实身份是一名双重间谍。正是此人代表某个组织投放了燃烧弹。而他要么是死于意外，要么就是在马厩爆炸现场畏罪自杀。一位消息人士声称，雨鸟实际上是在试图把马匹从马厩中赶出来的过程中吸入大量烟雾，不省人事，最终丧命。这倒引发了新闻网对冷血恐怖分子的一贯嘲讽：比起人类，他们倒是对动物关爱有加。在这场惨剧中，总共有二十人丧命，四十五人受伤，其中十人重伤。所有幸存者都已被政府"隔离保护"。

　　这确实是个故事。在这个故事里，连"商店"这个名字都不曾出现。皆大欢喜。

　　然而事实的一端仍悬而未决。

2

　　"我不在乎她在什么地方。"新上任的"商店"负责人在查莉逃走四周后说。在最初的十天里，小女孩可能很容易被抓住，但当时整个组织还处于一团混乱当中。新负责人坐在一张临时写字台后面；她自己定做的那张还需要三天才能交货。"我也不在乎她能做什么。不过是个八岁的孩子，又不是什么神奇女侠。她不可能逍遥太久。一找到她，我们就会把她做掉。"

　　她正在和一个看上去像是小镇图书馆管理员的男人交谈。但无须多言，他从事的并不是这一行。

　　他把一系列整整齐齐的文件摆在负责人的案头。上校的档案没能在大火中幸存，不过大部分信息都已在电脑的数据库里入了档。

　　"现在进展如何？"

　　"'第六批'项目的请求已被无限期搁置。"负责人说，"当然，不过是政治敏感。十一个老头子，一个菜鸟，还有三个说不定在瑞士诊所还有山羊睾丸存货的蓝头发老女人……一听说那女孩失踪了，搞不好会出来说些什么就紧张得不行。他们啊——"

　　"我怀疑来自爱达荷、缅因和明尼苏达州的参议员不会对此感到紧张。"那个并非图书管理员的男人嘟囔道。

　　负责人耸耸肩。"他们倒是对'第六批'感兴趣。他们当然会，我们一清二楚。"她开始摆弄自己的头发，一头深褐色的蓬松长发，"'无限期搁置'意味着搁置到把那女孩的尸首带到他们面前为止。"

"那我们就是莎乐美,"桌子对面的男人又嘟囔了一句,"但盘子还是空的。"[1]

"你他妈到底在嘀咕什么?"

"别在意,"他说,"我们似乎又回到起点了。"

"不完全是这样。"负责人迅速坚定地回应道,"她再也没有爸爸照顾她了。孤身一人,我想我们很快就能找到她。"

"要是还没等找到人,她就把事情讲出去了该怎么办?"

负责人把脑袋靠在上校的椅子上,双手背在脑后。那个并非图书管理员的男人则欣赏着她紧绷的毛衣勾勒出的胸部曲线。上校可没这优势。

"如果有这个打算,我想她现在已经说了。"她再度俯身向前,手指叩了叩桌上的日历。"十一月五号了,"她说,"什么都没发生。与此同时,我想我们也已经采取了所有合理的防范措施。《时代周刊》《华盛顿邮报》《芝加哥论坛报》……这些主要报纸都在我们的监视之下,但现在还没有任何风声。"

"如果她找的不是主要报纸呢?比如她找了《扭腰时报》而不是《纽约时报》呢?我们可没法把全国的新闻媒体都监控起来。"

"很遗憾,确实如此。"负责人表示赞同,"但就算小报也没有动静。这说明她什么都没说。"

"不管怎么说,会有人相信一个八岁孩子讲的这种故事吗?"

"要是她讲完故事顺便放个火,我觉得会有人信。"负责人回应说,"但我可以告诉你电脑预测的结果吗?"她微笑着敲击键盘,"电脑说我们有八成的把握可以轻轻松松地把她的尸体送到委员会面前……只是证明她的身份需要花些功夫。"

1.莎乐美是《圣经·新约》中的人物,以色列希律王的女儿。希律王娶希罗底为妻时,施洗者约翰对此表示反对。宴会上,女儿莎乐美为父亲跳舞,希律王很欢喜,答应满足她的任何要求。莎乐美听从母亲希罗底的指使,要求将施洗者约翰的头颅装在盘子里,作为奖赏。

"你是说她会自杀？"

负责人点点头。这样的前景似乎令她非常愉快。

"那很好，"并非图书管理员的男人站起身，"不过我记得，电脑还曾说安德鲁·麦吉几乎可以肯定丧失了超能力呢。"

负责人的微笑有些僵硬。

"祝您今天愉快，头儿。"并非图书管理员的男人说，踱着步子晃了出去。

3

十一月的同一天，一个穿着法兰绒衬衫、法兰绒裤子和亮绿色靴子的男人，正在一片蓝天白云下砍柴。在这柔和的天气里，冬天的脚步似乎还很遥远，温度仍是令人愉悦的五十度[1]。妻子叮嘱他穿上的那件外套，现在被他挂在围栏的一根木桩上。在他身后，紧靠谷仓的一侧，堆着一大堆金黄的南瓜，颇为壮观——不过其中一些已经开始腐烂，有些可惜。

男人把一根木头放在墩子上，高高地举起斧子，劈了下去。随着一声令人愉悦的声响，木头被一分为二，掉落在两侧。他弯下腰把它们捡起来，扔到劈好的柴堆上，这时，他身后传来一个声音："你弄了块新墩子，不过痕迹还在，对吧？它还在呢。"

他吓了一跳，转过身去。这句话让他不由得向后退去，斧子落在地上，落在之前被灼烧过的、不可磨灭的痕迹上。一开始他以为自己见到了鬼，一个可怕的小鬼从达特茅斯十字架墓地游荡了三英里来到这个地方。她站在车道上，面色苍白，脏兮兮的，瘦弱不堪，两只深深地陷在

---

1. 约合 10 摄氏度。

眼窝里的眼睛却闪着光，身上的牛仔套衫也破破烂烂的。她被刮伤了，从右臂一直延伸到手肘，似乎已经感染。她穿的鞋子，或者说曾经是鞋子，现在已经看不出模样了。

但随后，他突然认出了她。这个小女孩一年前来过，她说自己叫罗伯塔。她那小脑袋还会喷火。

"伯比？"他说，"我的老天，是伯比吗？"

"没错，它还在呢。"她重复了一遍，仿佛没听见他在说什么。他突然意识到她的眼睛里为什么会闪光，因为她在哭。

"伯比，"他说，"宝贝，出什么事了？你爸爸呢？"

"还在呢。"她重复了第三遍，然后晕倒了。伊夫·曼德斯赶忙伸手扶住她。他抱着她，跪在地上，喊他的妻子过来。

4

大约黄昏时分，霍夫里茨医生来了，和那个女孩在后屋的卧室里待了大约二十分钟。伊夫和诺尔玛坐在晚饭桌前，大眼瞪小眼。诺尔玛时不时瞅瞅丈夫，眼神里并无指责，只是疑惑。同时出现的还有恐惧，并非在她的眼神中，而是弥漫在他们周围。对诺尔玛来说，这一年里的紧张性头痛和腰痛已经够她受了。

大火发生后的第二天，来了一个叫塔金顿的男人。他去了伊夫住的医院，给了他名片，上面只写着"惠特尼·塔金顿，政府调解专员"。

"你给我滚出去。"诺尔玛当时说。她的嘴唇抿得紧紧的，没了血色，眼睛和现在一样痛。她指了指丈夫缠着厚厚绷带的胳膊；他的下身还插着导尿管，这让他非常痛苦。伊夫曾说整个二战期间除了一次痔疮发作，他没经受过任何痛苦。可现在，他却在自己位于黑斯廷斯谷的家里被人枪击了。"你给我滚开。"诺尔玛重复道。

但也许有更多时间思考的伊夫却开口道:"说说你是来干吗的,塔金顿。"

塔金顿开出一张三万五千美元的支票——并非政府支票,而是以一家大型保险公司的名义开出。但曼德斯家并不曾购买过这家公司的保险。

"我们不想要你们的封口费。"诺尔玛斩钉截铁地说,然后伸手,想去按伊夫床边的呼叫按钮。

"我想,在做出让自己后悔的事情之前,你们最好听我把话说完。"惠特尼·塔金顿轻声说,彬彬有礼。

诺尔玛望向伊夫,伊夫点点头。她只好不情愿地放下手。

塔金顿带着一个公文包。他把它放在膝头,打开,拿出一份上面打着"曼德斯"和"布里德洛夫"标签的文件。诺尔玛的眼睛瞪大了,胃里一阵翻涌。布里德洛夫是她娘家的姓,没人喜欢看到写着自己名字的政府文件。关于原因的想象总有些骇人,说不定自己的隐私已经彻底暴露。

塔金顿以低沉的、有说服力的语调侃侃而谈了四十五分钟。他偶尔会展示"曼德斯/布里德洛夫"文件中的复印件,来证实自己所说的话。诺尔玛紧咬嘴唇,浏览这些文件,然后把它们递给医院病床上的伊夫。

此事事关国家安全,塔金顿在那个可怕的夜晚说。你们必须认清,我们也不希望这么做,但我们必须让你们看到我们这么做的理由。在这方面你们还知之甚少。

我只知道你们想杀死一个手无寸铁的男人,还有他的小女儿。伊夫如此回应。

塔金顿冷冷一笑——专门为对政府高深莫测的事务不懂装懂的普罗大众预备的笑容——接着回应说,你根本不知道自己看到了什么,以及那意味着什么。而我的工作也不是让你相信这个事实,而是说服你不要谈论此事。看看这儿:这也不是什么痛苦的抉择。这张支票是免税的,它能替你付清房屋修缮和住院的全部费用,还能给你留笔零花钱。这可以避免我们双方很多不愉快。

　　不愉快，诺尔玛回想着，听着霍夫里茨医生在卧室里的动静，看着自己几乎没动过的晚餐。塔金顿走后，伊夫一直面带微笑，但他的眼神里满是哀伤。他跟她说："如果你参加了一场泼粪大战，重要的不是你泼了多少，而是你身上沾了多少。"

　　他们夫妻俩都来自大家庭。伊夫有三个兄弟、三个姐妹；诺尔玛有四个姐妹、一个兄弟。他们都有很多叔叔、侄女、侄子以及堂兄弟姐妹。有很多姻亲……而且就和每个家庭一样，也有一些不规矩的亲戚。

　　伊夫有一个侄子，一个名叫弗雷德·德鲁的男孩，伊夫总共只见过他三四次。但根据塔金顿的文件，他在堪萨斯某栋房子的后院搞了个大麻种植园。诺尔玛有个叔叔是承包商，现在在得州海岸因为投机生意而债台高筑，这个名叫米罗·布里德洛夫的亲戚还养着七口之家，只要政府一句话，他们一家就会无家可归。伊夫的一个堂姐（搬过两次家；他觉得自己应该见过此人，但完全想不起来她长什么样子），似乎在六年前挪用了银行的一笔钱款。银行当时放过了她，选择不起诉以避免负面宣传。她用了两年时间还清债务，现在在明尼苏达的北福克，通过经营美容院，生活有些起色。但现在诉讼时效尚未结束，她随时可能被联邦政府以某些法律或与银行相关的法规起诉。联邦调查局还掌握了一份有关诺尔玛最小的弟弟唐的档案，唐在二十世纪六十年代中期曾参与过"民主社会学生会[1]"，并且可能参与了发生在费城陶氏化学公司一间办公室的恐怖爆炸袭击。相关证据倒是不足，不足以提出起诉（唐自己也跟诺尔玛说过，他当时并不知道发生了什么，过后便因为害怕退出了组织），但如果把这

---

1. 民主社会学生会（Students for a Democratic Society），简称 SDS，是 20 世纪 60 年代兴起的美国政治组织。该组织希望能实行真正的民主，由人民决定政治和经济上的事项。越战期间，SDS 组织了反越战抗议活动，但并未得到政府回应。部分成员因此主张采用暴力手段达成目标，最终因意见不合，组织产生分歧，于 1969 年 7 月分裂解散。

份档案转发给唐现在的公司，还是足够让他丢掉饭碗。

在密闭的小房间里，塔金顿叽叽咕咕说个没完。他把最大的牌留在最后。一八八八年，伊夫的曾祖父从波兰移民到美国，当时他的姓氏是曼德罗斯基。他们是犹太人，而伊夫也有犹太血统，尽管他的爷爷娶了一个非犹太姑娘，并且就此不再信奉犹太教；他们两人由此生活在幸福的不可知论中。到伊夫的爸爸和伊夫自己，他们家族的犹太血统越发稀薄（就像伊夫自己，娶了偶尔践行循道宗[1]信仰的诺尔玛·布里德洛夫）。但在波兰，曼德罗斯基家族依旧存在，而波兰仍在铁幕之下。只要中情局乐意，他们可以采取一系列行动，让伊夫这些素未谋面的亲戚的生活变得非常非常艰难。毕竟在铁幕之下，犹太人仍是不受欢迎的。

塔金顿的声音停止了。他把文件放回原处，啪的一声扣上公文包。再次把它放在两脚之间，满心欢喜地看着它，就像一个刚刚朗诵完毕的优等生。

伊夫枕着枕头，感觉非常疲惫。他觉得塔金顿正盯着他，对此他倒并不在意。但诺尔玛也在盯着他，充满焦虑和疑问。

远在异国的远房亲戚，是——吧？伊夫心想。这种段子很有意思，但不知怎的，伊夫却笑不出来。要隔几代他们才不算是我的亲戚？四代？六代？八代？老天啊。要是我们正直地面对这一切，那些无辜的人就可能被送去西伯利亚。我该怎么办？给他们寄张明信片，告诉他们之所以被送去挖矿，是因为我在黑斯廷斯谷载了一对搭便车的父女？老天你可开开眼吧。

年近耄耋的霍夫里茨医生缓缓地从后面的卧室里走出来，用粗糙的手把白头发梳到脑后。伊夫和诺尔玛很高兴能从过去的痛苦记忆中解脱出来，一齐望向他。

"她醒了。"霍夫里茨医生耸耸肩，"小家伙的情况不是很好，不过也

---

1. 18 世纪从英国国教分离出的基督教新教。——编者注

没有生命危险。她的胳膊有一处伤口感染了，后背上也有一处。她说那是因为她钻过带刺的铁丝网，躲避一头发了疯的猪。"

霍夫里茨医生坐下来，掏出一包骆驼烟，点了一根。他一辈子都在抽烟，他曾告诉自己的同事，据他所知，当医生的好处就是可以明确地知道自己什么时候是在找死。

"你想吃点什么吗，卡尔？"诺尔玛说。

霍夫里茨看了眼他们的盘子。"不了——不过看上去，要是我想吃一顿，你应该也不用做什么新菜了。"他干巴巴地说。

"她必须卧床很久吗？"伊夫问。

"应该送她去奥尔巴尼。"霍夫里茨说。桌上有盘橄榄，他抓了一把。"去医院好好观察。她烧到一百零一度[1]了，是感染引起的。我给你们留了一些青霉素和抗生素软膏。她现在需要做的是多吃多喝、好好休息。她营养不良，而且还脱水。"他往嘴里塞了颗橄榄，"你给她炖鸡汤是对的，诺尔玛，别的东西她吃了也会吐出来，十有八九会这样。明天只能给她喝汤水，牛肉汤、鸡汤，还要让她多喝水。当然还有杜松子酒。那是最好的汤水。"他为自己的笑话笑了起来，尽管伊夫和诺尔玛都听过几十遍了。他又往嘴里塞了颗橄榄。"我想这件事最好通报给警察。"

"不。"伊夫和诺尔玛一起说，随后又对视了一眼，明显得让霍夫里茨医生不由得又笑了起来。

"看来她有点小麻烦，对吧？"

伊夫看上去非常尴尬，他先是张开了嘴巴，随后又合上了。

"可能跟你们去年遇到的麻烦有关？"这次诺尔玛张大了嘴巴，但在她开口之前，伊夫说话了："我以为只有枪伤才需要向警方汇报，卡尔。"

---

1. 约合 38.3 摄氏度。

"法律上是这么说的，没错。"霍夫里茨不耐烦地说，同时碾灭了自己手里的烟，"但法律可不都是写成白纸黑字的，伊夫。这儿有个小女孩，你说她叫罗伯塔·麦考利，但我一点也不信，就像我不相信猪能拉出绿花花的美钞一样。她说她是在带刺的铁丝网下面爬才把后背刮伤的，我觉得这种事情发生在去看亲戚的路上可真是有点不可思议。她说上周发生的很多事情她都不记得了，这我相信。可她到底是谁呢，伊夫？"

诺尔玛看着她的丈夫，满脸惊恐。伊夫坐回到椅子上，看着霍夫里茨医生。

"没错，"他最后开口说，"她跟我们去年那次麻烦有关。这也就是我喊你过来的原因，卡尔。无论是在这儿还是在咱们波兰老家，你都遇见过麻烦。你知道什么是麻烦。而且你也知道，法律有时只取决于掌握它的那个人。我只能说，如果你把这个小女孩在这里的事情说出去，很多不相干的人都会有麻烦。我、诺尔玛、我们的很多亲戚……还有这个小女孩。我想我只能和你说这么多。我认识你二十五年了。你可以自己看着办。"

"要是我闭嘴，"霍夫里茨又点了支烟，"你打算怎么办？"

伊夫看看诺尔玛，诺尔玛也看了看他。过了一会儿，她困惑地摇摇头，眼睛落在盘子上。

"我不知道。"伊夫轻声说。

"你能把她像鹦鹉一样关在笼子里吗？"霍夫里茨问，"这个镇子很小，伊夫。我能守口如瓶，但我只是少数。你和你妻子得上教堂，得去田庄，人来人往。检查员定期会过来检查你家的奶牛。税务员也会挑个好日子过来——那个秃头浑蛋——来重新评估你家的房子。你打算怎么办？在地下室给她腾个房间？对一个孩子来说可真是有益于茁壮成长，是吧？"

诺尔玛看上去越来越不安了。

"我不知道，"伊夫重复说，"我觉得我得好好考虑一下。我想我明白你说的是什么意思……但要是你知道是什么人在追杀她……"

听到这里，霍夫里茨眼睛一亮，但他并没有插话。

"我会好好考虑的。但这个孩子的事情你暂时不要对别人说，好吗？"

霍夫里茨把最后一颗橄榄塞进嘴里，叹了口气，抓着桌子边缘站起身。"好吧，她的情况已经稳定下来了。我给她用的药已经起了作用。我会保密的，伊夫。但你最好好好考虑，好吧。这件事情很不好办。孩子可不是鹦鹉。"

"对，"诺尔玛轻声说，"对，当然不是。"

"那孩子有点奇怪。"霍夫里茨说着，拿起自己的黑包，"有点说不清楚的东西。我看不见也摸不到……但我能感觉得到。"

"没错，"伊夫说，"那孩子确实不一般，没错，卡尔，所以她才会有麻烦。"

他在十一月的雨夜，目送医生出了门。

5

在医生用他那苍老粗糙，但十分温柔的手做完检查后，查莉烧得迷迷糊糊，陷入昏迷。她能听到他们在另一个房间里的声音，知道他们在谈论她，但她也能感觉到他们只是在谈论……并没有形成什么计划。

床单舒爽又干净；被子的重量让她的胸口感到自在。她飘了起来。她记得那个喊她女巫的女人。她记得自己走开了。她记得自己搭上了一辆车，车上都是嬉皮士。他们喝着酒嗑着药。她还记得他们叫她小妹妹，问她要去哪里。

"北边。"她说，这个回答引发了一阵表示赞同的怒吼。

那之后的事情她便不记得了，直到昨天，有一头猪向她冲过来，显然是想吃掉她。至于她是怎么来的曼德斯农场，以及为什么要来——不论她是有意识这么做的，还是由于别的什么原因——她都不记得了。

她继续飘着。渐渐进入深睡眠。她睡着了。在梦里，他们回到了哈里森，而她正从自己的床上起来，她满脸泪水，大声尖叫，然后妈妈冲了进来。她亮褐色的头发在晨光中很鲜艳，很漂亮。"妈妈，我梦见你和爸爸都死了！"她的妈妈则用冰凉的手抚摸着她滚烫的前额。"嘘——查莉，嘘。天亮啦，你不觉得这个梦太荒唐了吗？"

6

那天晚上，伊夫和诺尔玛几乎没有合眼。他们守在电视机前，看完了所有情景喜剧、新闻报道，直到电视台停机检修。每隔十五分钟左右，诺尔玛就会起身，轻手轻脚地离开客厅，去看看查莉。

"她怎么样？"伊夫在深夜一点一刻时问。

"还行。睡着了。"

伊夫嘟囔了一声。

"你想好了吗，伊夫？"

"我们可以留她在这里，到她身体恢复。"伊夫说，"然后我们跟她谈谈，问问她，她的爸爸在哪儿。我现在只想到这么多。"

"要是那些人回来——"

"怎么会呢？"伊夫反问道，"他们让我们闭嘴。他们觉得我们肯定已经被吓住了——"

"确实是。"诺尔玛轻声说。

"但事情不该这样。"伊夫回应说，同样很轻，"你也知道。那笔钱……那笔'保险金'……我拿着一直不舒服，你觉得呢？"

"是啊，"她说，不安地挪了下身子，"但霍夫里茨医生说的对，伊夫。这个小女孩在家里肯定会被人……而且她得上学……还应该交朋友……还得……还得——"

"你看见她那次做了什么，"伊夫打断她的话，"意念控火。你还说她是个怪物。"

"我一直为自己说了那个词而感到后悔。"诺尔玛说。

"她爸爸——那人看上去是个好人。只要知道他现在在哪儿就行了。"

"他死了。"一个声音从他们身后传来。诺尔玛掩饰不及，惊呼了一声，转身看到查莉站在门口。她现在干净了许多，显得更加虚弱。她的前额像灯一样闪闪发亮，身上穿着诺尔玛的法兰绒睡衣。"爸爸死了。他们杀了他。我不知道我现在该去哪儿。你们能帮帮我吗？我对不起你们。这不是我的错。我告诉他们那不是我的错……我告诉他们了……但那个女人说我是女巫……她说……"眼泪喷涌而出，查莉的话语消失在不连贯的呜咽当中。

"哦，宝贝，过来。"诺尔玛说，查莉朝她跑过去。

7

第二天，霍夫里茨医生又来给查莉做检查，并宣布她已经好转。两天后他又来了，检查后宣布她已经好得差不多了。周末再过来时，他确信查莉已经康复。

"伊夫，决定好该怎么做了吗？"

伊夫摇了摇头。

8

周日上午，诺尔玛一个人去了教堂，告诉人们伊夫"有点不舒服"。

伊夫在家里陪查莉。虽然还有点虚弱，但查莉已经可以在屋子里走动了。

前一天，诺尔玛给她带回来很多衣服——不是在黑斯廷斯谷买的，那样很容易被人们议论，而是去了奥尔巴尼。

伊夫在炉子旁边做木工，过了一会儿，查莉走过来，坐在他身边。"你不想知道吗？"她问，"不想知道我们把你的车开走之后发生了什么吗？"

他从自己的工作中抬起头，对她微笑。"准备好了的话，你随时可以告诉我，宝贝。"

她脸色苍白，紧张得面无表情，没有一丝变化。"你不怕我吗？"

"我应该害怕吗？"

"你不怕我把你点着吗？"

"不，宝贝，我想你不会那么做。我告诉你一件事吧，你已经不是小女孩了。也许你还不算是个大姑娘——你现在介于二者之间——但你已经足够大了。一个孩子在你这样的年纪——任何一个孩子——都会划火柴，他们可以把房子或者别的什么东西点着，只要他想。但没多少孩子这么做。为什么他们不想这么做呢？为什么你就应该有这样的想法呢？你这么大的孩子，应该足够懂事了，我相信你，让你拿着火柴或者一把刀都不会有什么问题。所以我不害怕。"

这些话让查莉放松下来，脸上露出难以形容的轻松表情。

"我会告诉你的。"她随后说，"我会把一切都告诉你。"于是她讲了起来。一小时后，诺尔玛回到家，她还没有讲完。诺尔玛站在门口，一边听，一边解开外套的扣子，脱了下来。她放下钱包。尽管查莉年纪还很小，但她觉得这声音里似乎有一种沧桑感，正将漫长的一切娓娓道来。

当她把这一切都讲完，他们两人也终于明白，自己面临的是怎样的危险，这危险有多么巨大。

460

9

冬天来了，他们仍没有做出任何明确的决定。诺尔玛和伊夫重新开始一起去教堂，把查莉一个人留在家里，明确叮嘱她不要接任何电话。如果有人开车进了院子，就躲到地下室去。霍夫里茨说的"笼子里的鹦鹉"一直萦绕在伊夫心头。他买了一堆课本——在奥尔巴尼——开始自己教查莉学习。尽管查莉很聪明，但可惜他并不精于此道。诺尔玛倒是稍好一些。但有时他们两个会坐在餐桌旁，凑在一起研究历史或地理课本，诺尔玛会带着疑问的目光望向伊夫……但后者往往也无力作答。

新年来了；二月，三月。查莉的生日。他们在奥尔巴尼给她买生日礼物。就像笼子里的鹦鹉。查莉对此倒并不在意。而且从某种程度上说，伊夫在无法入睡的夜晚里自言自语，这也许就是她最好的选择，在这个漫长的冬天里，她有充足的时间让自己痊愈。但在那之后呢？他不知道。

四月初的一天，之前连下了两天大雨，柴火都湿了，伊夫怎么也点不着炉子。

"往后站一点。"查莉说，他不假思索地照办了，以为她想看看炉子里面的东西。他感觉有什么东西在半空中，从他身边掠过，仿佛一股热风。片刻之后，炉子便燃烧起来。

伊夫瞪大了眼睛，回头望着她，看见查莉带着紧张但期待的神情望向他。

"我帮了忙，对吧？"她的声音有些颤抖，"我没做错吧？"

"没错，"他说，"只要你能控制住就没问题。"

"我可以控制一点点。"

"只是别在诺尔玛面前这么干，姑娘。她会吓坏的。"

查莉微微一笑。

伊夫犹豫了一下，然后接着说："我倒不害怕，什么时候想帮我都可以，有时候生火可费劲了。我一点都不擅长这个。"

"我会帮你的，"她说，笑得更开心了，"而且我会小心的。"

"好啊，那就好。"他说。但猛然间，他又回想起那天那些人站在门廊上拼命扑打着，想把自己头上的火灭掉的场景。

查莉恢复的速度很快，但她仍不时会做噩梦，而且胃口不好。但用诺尔玛的话说："小姑娘就是嘴刁。"

有时她会从噩梦中惊醒，像飞行员突然被抛下飞机。四月第二周的一天夜里就发生了这样的情况。她本来睡得好好的，却突然醒过来，躺在后屋卧室的小床上，浑身大汗淋漓。有那么一会儿，噩梦尚未散去，依旧生动且可怕（已经到了产枫浆的季节，那天下午伊夫曾带她到树林里换桶；在梦里，他们又去收集枫浆，她听到身后有动静，回头一看，是约翰·雨鸟跟在他们身后，从一棵树上飞到另一棵树上，几乎不着痕迹；他那只好眼闪着冷酷的光，手里拿着枪，正是杀死爸爸的那把。他越来越近了……），然后一切都消失了。所幸，她很快就会忘掉这些噩梦。现在每次从噩梦中醒来，她也很少会尖叫，让受了惊吓的伊夫和诺尔玛跑到她的房间，看她出了什么状况。

这时，查莉听到他们在厨房里谈话。她摸着自己睡衣上的大本钟图案，把它贴在脸上。刚刚十点钟，她只睡了一个半小时。

"……去吗？"

偷听是不对的，但她没法克制自己。他们是在谈论她，她知道。

"我不知道。"伊夫说。

"你想过报纸吗？"

报纸，查莉琢磨着，爸爸就想上报纸。他说上了报纸，他们就安全了。

"什么报呢？"伊夫问，"《黑斯廷斯号角报》？他们会把这种消息放在自助广告和节目预告旁边。"

"她爸爸以前也有这个打算。"

"诺尔玛，"他说，"我可以带她去纽约，带她去找《纽约时报》。但要是在报社大厅里有人朝我们开枪该怎么办？"

查莉现在听得全神贯注。诺尔玛的踱步声穿过厨房；茶壶盖发出吱吱嘎嘎的声音，她的答话也基本被水声盖住了。

伊夫说："没错，我想这是有可能发生的。而且我还想到了更糟糕的可能，尽管我很喜欢那个小丫头。她可能会因此失控。一旦她的力量失去了控制，就像他们关着她的时候那样……诺尔玛，纽约可是个有八百万人的大城市啊，我觉得我年纪大了，真的承受不住这样的风险。"

诺尔玛的脚步声又回到了桌子前。农舍的旧地板吱吱作响。"但是伊夫，听我说一句。"诺尔玛说得缓慢而谨慎，仿佛已经深思熟虑了很长时间，"就算是像《号角报》这种小报，他们也很想从美联社那边拿奖金。这些日子总有各种各样稀奇古怪的消息，为什么？前两年有份小报就因为一个系列报道拿了普利策奖，它的发行量还不到一千五百份！"

他笑了，查莉仿佛看见他把手伸过桌子，握住她的手。"你可真没少做功课啊，是吧？"

"是啊，我确实研究了一下，而且这没什么好笑的，伊夫·曼德斯！这是件很严肃、很严肃的事情！我们现在被困住了，在有人发现之前，我们还能把她藏多久？而且你今天下午还带她去树林玩——"

"诺尔玛，我没有在笑你，而且这么大的孩子天天闷在屋子里也不好——"

"你以为我不知道吗？我也没说不让你带她出去，对吧？问题就在这儿！这么大的孩子，需要出去玩，呼吸新鲜空气，这样她才能好好吃饭，而她现在——"

"嘴刁，我知道。"

"而且瘦得像个猴。所以我也没拦着你。你带她去我挺高兴的。但是伊夫，你想过没有，要是你们今天碰巧让约翰尼·戈登或雷·帕克斯看见了，该怎么办？他们偶尔也会去树林里转转。"

"亲爱的，我们没让他们看见。"但伊夫的声音里充满了不安。

"我没说今天！我也没翻旧账！但是伊夫，这种情况不可能维持很久。我们很走运，但是你得清楚这一点！"

她的脚步声再次穿过厨房，这次传来了倒茶的声音。

"没错，"伊夫说，"没错，我知道我们很走运。但是……谢谢你，亲爱的。"

"不客气。"她说，一屁股坐下来，"但你也别跟我说什么'但是'。这种事让一个人发现就完蛋了，顶多两个人。它是会扩散的。坏事传千里，伊夫，很快大家就都知道我们这里养了个小女孩。先不说这对她有什么影响。一旦传到那些人耳朵里，咱们怎么办？"

在黑暗中，查莉感觉自己浑身都在起鸡皮疙瘩。

伊夫慢慢回应道："我知道你说的是什么意思，诺尔玛。我们不能坐以待毙。我脑子里一直在想该怎么办。一份小报……嗯，可能还不太够。你知道，如果我们想让这个小女孩接下来都能平安地生活，就必须保证这个故事能被讲清楚。想要保证她的安全，就必须要让尽可能多的人知道她的存在——是这样吧？必须要很多很多的人。"

诺尔玛·曼德斯不安地扭了扭身子，并没有说话。

伊夫继续说："我们必须为她做出正确的选择，这也是为了我们自己。因为这同样可能威胁到我们的生命。我已经吃过枪子了。我相信那样的事情还会发生。我爱她就像爱我自己一样，我知道你也爱她，但我们必须现实一点，诺尔玛。她可能会让我们丧命。"

查莉突然因羞愧感到脸上火辣辣的……同时还有恐惧。不是为自己，而是为了他们。她究竟为这个家带来了什么？

"而且这也不仅仅是为了我们和她。你也记得那个叫塔金顿的人说过的话，还有他给咱们看过的文件。上面有你弟弟、我侄子弗雷德、谢利，还有——"

"还有那些留在波兰的人。"诺尔玛说。

"没错。也许他们只是虚张声势，我希望如此。我真的很难相信会有人这么无耻。"

诺尔玛冷冷地说："他们现在已经够无耻了。"

"反正，"伊夫说，"我们都知道那些浑蛋肯定不会善罢甘休。泼粪大战又要开始了。而我只想说，诺尔玛，我不想让这些大粪泼不到点上。如果我们要采取行动，我希望可以一击制敌。我不想找乡间小报，让他们听到风声，结果把消息全部封锁。他们干得出来。他们干得出来。"

"那我们还能怎么办？"

"我一直在想这个，"伊夫沉重地说，"是报纸还是杂志，而且还要是他们绝对想不到的。它必须是诚实的，还得是全国性质的。而且最重要的，它必须跟政府或者政府相关的组织没有任何关系。"

"你是说'商店'。"她直截了当地说。

"没错，我就是这个意思。"伊夫啜饮了一口茶的声音传来。查莉躺在床上，听着，等着……可能威胁到我们的生命……我已经吃过枪子了……我爱她就像爱我自己一样，我知道你也爱她，但我们必须现实一点……她可能会让我们丧命。

（不要，求你了！）

（她会像让她妈妈丧命那样，让我们也被杀掉）

（求你了别再这样说了）

（像她爸爸被杀掉那样）

（求你了别说了）

泪水从她脸上滚落，流进耳朵里，沾湿了枕套。

"好吧，那我们再考虑考虑。"诺尔玛最后说，"会有个答案的，伊夫，一定会有的。"

"没错，我希望如此。"

"而且同时，"她说，"我们还得希望不会有人发现她在这里。"她的声音突然激动起来，"伊夫，也许我们可以去找个律师——"

"明天吧，"伊夫说，"我去找找看。诺尔玛。到现在为止，还没有人知道她在这里。"

但是有人知道。而且消息已经开始传播开了。

10

直到六十多岁，单身已久的霍夫里茨医生的生理需求，一直都是靠他的长期管家雪莉·麦肯齐慷慨相助。关于性的部分最终慢慢干涸：据他的回忆，他们上次做爱发生在十四年前，这已经算得上老当益壮了。尽管如此，两人的关系现在还是很亲密。实际上，随着性关系的结束，他们的友谊反倒加深了，毕竟这段关系不再有紧张的刺痛感，而这似乎是大多数性关系的核心。他们的友谊发生了柏拉图式的转变，这样的关系似乎只有在非常年轻或者行将就木的伴侣之间才会存在。

尽管如此，霍夫里茨医生还是将曼德斯家的秘密守口如瓶了三个月。直到二月的一个晚上，他跟雪莉酒过三巡（后者一月过后已经七十五岁了），正在看电视。突然，他要求她发誓保密，然后把整件事情对她和盘托出。

如果上校还活着，他也许会对霍夫里茨医生说，秘密这东西比铀 −235[1] 还不稳定，而且只要告诉了别人，秘密的稳定性就会不断降

1.铀元素里中子数为143的放射性同位素，是自然界至今唯一能够发生可控裂变的同位素，主要用作核反应中的核燃料。

低。在把这个秘密告诉朋友霍滕斯·巴克利之前，雪莉·麦肯齐将它保守了将近一个月。霍滕斯用了十天，将它传递给自己的朋友克里斯蒂娜·特拉格。而克里斯蒂娜几乎立刻就把它讲给了自己的丈夫以及最好的朋友（总共三个）。

这就是秘密在小镇上传播的方式：到四月的那个晚上，伊夫和诺尔玛的谈话被查莉听到的同时，黑斯廷斯谷很多人家都知道，他们家收留了一个神秘的小女孩。人们好奇心大涨，流言蜚语甚嚣尘上。

最终，这个消息传到了不该传的人的耳朵里。一通加扰电话打了出去。

四月的最后一天，"商店"的特工大军再次向曼德斯家袭来。这次，他们在初春薄雾的掩护下穿过黎明的田野，身上穿着颜色鲜艳的防火服，活像一群入侵地球的外星人。还有一支国民警卫队给他们殿后，这些人根本不知道自己执行的是怎样的任务，更不知道自己为什么会被派到这座平静的小镇上来。

冲进屋子里时，他们发现伊夫和诺尔玛正呆呆地坐在厨房里，他们中间的桌子上放着一张字条。那天早上五点，伊夫起床挤牛奶时发现了它。上面只有一行字：我想我知道该怎么做了。爱你们，查莉。

她再一次躲过了"商店"的围捕——但这一次无论去哪里，她都是孤身一人。

唯一的安慰是，这一次，她不需要走那么远的路。

11

图书管理员是个年轻男人，二十六岁，留了胡子，长头发。一个绿衣蓝裤的小女孩站在他的办公桌前，一只手里拿着一个购物纸袋。她瘦得可怜，年轻人纳闷这孩子的父母每天都给孩子吃了些什么……如果真给她吃了东西的话。

他认真地听完了她的问题。她说她的爸爸告诉她，如果遇到很难的问题，最好的办法就是去图书馆找答案，因为图书馆里有一切问题的答案。在他们身后，纽约公共图书馆的大厅里回荡着人们的交谈声，而在外面，石狮子一直在守望。

她说完后，图书管理员扳着手指头跟她重复要点。

"诚实。"

她点点头。

"很大……那就是说，得是全国性质的。"

她又点点头。

"不能跟政府有关系。"

瘦瘦的小女孩第三次点点头。

"我可以问问你为什么吗？"

"我，"她停顿了一下，"我有一些事情要告诉他们。"

年轻人琢磨了一会儿。他刚要说话，然后竖起一根手指，去跟另外一个管理员商量了一下。然后他回到小女孩面前，跟她说了一个词。

"你可以给我他们的地址吗？"她问。

他查了下地址簿，然后仔细地将它誊抄在一张黄色的纸上。

"谢谢你。"女孩说，转身准备离开。

"等一下，"他说，"你上次吃饭是什么时候，孩子？需要拿几美元去吃顿午饭吗？"

她笑了——甜甜的，很温柔。那个瞬间，管理员觉得自己几乎恋爱了。

"我有钱的。"她说着，撑开了纸袋让他看。

里面装满了硬币。

在他还没来得及开口询问——她是不是砸了自己的存钱罐或者别的什么东西——之前，小女孩便离开了。

12

小女孩坐上电梯，来到这栋摩天楼的十六层。几个跟她一起乘电梯的大人好奇地看着她——一个小女孩，绿衣蓝裤，一只手拿着一个皱皱巴巴的纸袋，另一只手拿着一杯橙汁。但他们是纽约佬。纽约佬的原则是管好自己的事，让别人管别人的事。

她下了电梯，看过指示牌，然后向左走。大厅尽头有一间漂亮的接待室，外面是双层玻璃门。在图书管理员对她说的那两个字下面还写着一句宣传语"新闻无禁区"。

查莉在外面站了一会儿。

"我要去了，爸爸，"她轻声说，"希望我做的是对的。"

查莉·麦吉推开玻璃大门，走进《滚石》杂志的办公室，图书管理员建议她来的地方。

接待员是一个灰眼睛的女人，她默默地注视了查莉一会儿：她拿着皱皱巴巴的购物纸袋和橙汁，瘦骨嶙峋；她太瘦了，几乎有些病态，但作为一个孩子仍显得高挑，同时脸上闪烁着平静、安详的光芒。这小姑娘以后肯定很漂亮，接待员想。

"我可以为你做点什么呢，小妹妹？"接待员问，微微一笑。

"我想见见给这本杂志写稿子的人。"查莉说，她的声音很低，但很清晰，也很坚定，"我有一个故事要讲，还有一些东西要给他看。"

"就像学校里表演故事那样吗？"接待员问。

查莉笑了。正是这笑容让图书管理员神魂颠倒。"没错，"她说，"我已经等了好久了。"

后 记

AFTERWORD

　　尽管这只是一部小说，但我希望它可以陪伴读者，你，度过一两个愉快的夜晚。但《凶火》中的大部分情节都是基于事实的，无论是其中令人不快的、无法解释的，还是只是引人入胜的部分。其中令人不快的部分基于的是无可否认的事实：美国政府及其机构的的确确曾不止一次邀请不明真相的受试者，使用具有潜在危险的药物。而引人入胜的情节——即便有一点点令人不安——它的背景则是美苏两国都曾有过隔离培育所谓的"突变天赋"计划（科幻作家杰克·万斯创造的万能术语），而且有可能付诸实践。在这个国家，政府资助的实验集中在克瑞安光环的影响和证明心灵遥感能力的存在之上。苏联方面的实验则主要集中在用心灵感应进行心理治疗和交流方面。苏联方面泄露的报告显示，他们在后一领域取得了一定程度的成功，尤其是以同卵双胞胎作为沟通者。

　　此外，两国政府都消耗了大笔资金，用于研究"突变天赋"中的人体悬浮，以及……意念控火。许多现实生活中的意念控火的案例都曾被报道过（查尔斯·福特曾整理出版过专著《看哪！》以及《诅咒之书》）；这些案例几乎总是关于自燃现象的，在不经意间，周遭环境便达到了不可思议的高温。我不能断然认定这种天赋——或是诅咒——真的存在，我也无意说服你应该相信它的存在。我只是希望提醒人们这些案例很怪异，有很多值得思考的疑点。当然，我绝不是希望将本书中的一系列事件解释成某种暗示，甚至是预言。倘若我真的有什么建议，那就是在这个世界上，尽管已经有了荧光灯、白炽灯、霓虹灯，但依旧存在着无数古怪离奇的黑暗角落和不为人知的裂痕。

我还要感谢我在维京出版社的精装版编辑艾伦·威廉姆斯；NAL 出版社的平装版编辑伊莱恩·科斯特；缅因州布里奇顿学院的顾问教授拉塞尔·多尔，他耐心地解答了本书中有关医学和药学方面的问题；我的妻子塔比莎，她通常都可以为我提供有价值的批评和建议；我的女儿娜奥米，她照亮了一切，帮我去理解——我想比任何人的帮助都要大——一个不到十岁的聪明小女孩该是什么样子。她不是查莉，但她帮助我，让查莉成为她自己。

斯蒂芬·金
缅因州班戈市

FIRESTARTER

Copyright © Stephen King, 1980, 1981

This edition arranged with The Lotts Agency Ltd.

through Andrew Nurnberg Associates International Limited

著作权合同登记号：图字 18-2020-004

图书在版编目（CIP）数据

凶火 /（美）斯蒂芬·金（Stephen King）著；王扬译. -- 长沙：湖南文艺出版社，2020.12

书名原文：Firestarter

ISBN 978-7-5404-8416-3

Ⅰ .①凶… Ⅱ .①斯… ②王… Ⅲ .①幻想小说—美国—现代 Ⅳ .① I712.45

中国版本图书馆 CIP 数据核字（2020）第 197028 号

上架建议：畅销·外国文学

XIONGHUO

凶火

作　　者：［美］斯蒂芬·金
译　　者：王　扬
出 版 人：曾赛丰
责任编辑：丁丽丹
监　　制：吴文娟
策划编辑：黄　琰
特约编辑：包　玥
版权支持：辛　艳　张雪珂
营销编辑：闵　婕
封面设计：梁秋晨
版式设计：李　洁
出　　版：湖南文艺出版社
　　　　　（长沙市雨花区东二环一段 508 号　邮编：410014）
网　　址：www.hnwy.net
印　　刷：北京天宇万达印刷有限公司
经　　销：新华书店
开　　本：875mm×1270mm　1/32
字　　数：387 千字
印　　张：15
版　　次：2020 年 12 月第 1 版
印　　次：2020 年 12 月第 1 次印刷
书　　号：ISBN 978-7-5404-8416-3
定　　价：58.00 元

若有质量问题，请致电质量监督电话：010-59096394

团购电话：010-59320018